ALEXANDRA BENEDICT

Écrivaine britannique, Alexandra Benedict a eu une première carrière d'auteure compositrice-interprète, en groupe et en solo, et a créé plusieurs bandes originales de séries et de films. Elle a déjà publié plusieurs romans sous le nom de A. K. Benedict, dont le premier, *The Beauty of Murder*, est en cours d'adaptation télévisuelle. Alexandra Benedict se consacre aujourd'hui à l'écriture de romans, de nouvelles, de poèmes mais aussi de scénarios. *Petits meurtres à Endgame*, son premier livre à être traduit, a paru en 2022 aux éditions Charleston. Il est suivi de *Meurtres sur le Christmas Express* en 2023, chez le même éditeur.

PETITS MEURTRES À ENDGAME

ALEXANDRA BENEDICT

PETITS MEURTRES À ENDGAME

Traduit de l'anglais
par Laura Bourgeois

CHARLESTON

Titre original :
THE CHRISTMAS MURDER GAME

Publié pour la première fois en langue anglaise au Royaume-Uni, par Bonnier Zaffre, une marque de Bonnier Books UK Limited, Londres.
Le droit moral de l'autrice a été asserté.

ISBN 978-2-266-33774-8
Dépôt légal : octobre 2023

Pour Guy et Verity, qui gouvernent mon cœur

LECTEURS, À VOUS DE JOUER !

Premier jeu : les douze jours d'anagrammes

L'intrigue du roman fait référence à une comptine de Noël bien connue des anglophones : *The 12 Days of Christmas*, dont voici la traduction :

Les 12 jours de Noël

Au premier jour des Douze
Que m'donn'rez vous ma mie ?
Un poirier et sa perdrix

Au deuxième jour des Douze
Que m'donn'rez vous ma mie ?
Deux tourterelles
Et un poirier et sa perdrix

Au troisième jour des Douze
Que m'donn'rez vous ma mie ?
Trois belles poulardes
Deux tourterelles
Et un poirier et sa perdrix

Au quatrième jour des Douze
Que m'donn'rez vous ma mie ?
Quatre merles noirs
Trois belles poulardes
Deux tourterelles
Et un poirier et sa perdrix

Au cinquième jour des Douze
Que m'donn'rez vous ma mie ?
Cinq anneaux d'or
Quatre merles noirs
Trois belles poulardes
Deux tourterelles
Et un poirier et sa perdrix

Au sixième jour des Douze
Que m'donn'rez vous ma mie ?
Six oies et leurs œufs
Cinq anneaux d'or
Quatre merles noirs
Trois belles poulardes
Deux tourterelles
Et un poirier et sa perdrix

Au septième jour des Douze
Que m'donn'rez vous ma mie ?
Sept cygnes gracieux
Six oies et leurs œufs
Cinq anneaux d'or
Quatre merles noirs
Trois belles poulardes
Deux tourterelles
Et un poirier et sa perdrix

Au huitième jour des Douze
Que m'donn'rez vous ma mie ?
Huit jeunes laitières
Sept cygnes gracieux
Six oies et leurs œufs
Cinq anneaux d'or
Quatre merles noirs
Trois belles poulardes
Deux tourterelles
Et un poirier et sa perdrix

Au neuvième jour des Douze
Que m'donn'rez vous ma mie ?
Neuf ballerines
Huit jeunes laitières
Sept cygnes gracieux
Six oies et leurs œufs
Cinq anneaux d'or
Quatre merles noirs
Trois belles poulardes
Deux tourterelles
Et un poirier et sa perdrix

Au dixième jour des Douze
Que m'donn'rez vous ma mie ?
Dix danseurs de gigue
Neuf ballerines
Huit jeunes laitières
Sept cygnes gracieux
Six oies et leurs œufs
Cinq anneaux d'or
Quatre merles noirs
Trois belles poulardes
Deux tourterelles
Et un poirier et sa perdrix

Au onzième jour des Douze
Que m'donn'rez vous ma mie ?
Onze joueurs de flûte
Dix danseurs de gigue
Neuf ballerines
Huit jeunes laitières
Sept cygnes gracieux
Six oies et leurs œufs
Cinq anneaux d'or
Quatre merles noirs
Trois belles poulardes
Deux tourterelles
Et un poirier et sa perdrix

Au dernier jour des Douze
Que m'donn'rez vous ma mie ?
Douze joueurs de tambour
Onze joueurs de flûte

Dix danseurs de gigue
Neuf ballerines
Huit jeunes laitières
Sept cygnes gracieux
Six oies et leurs œufs
Cinq anneaux d'or
Quatre merles noirs
Trois belles poulardes
Deux tourterelles
Et un poirier et sa perdrix

Dans le livre, les indices sont révélés à chacun de ces douze jours, alors je me suis amusée à y intégrer les anagrammes des douze cadeaux de Noël de la comptine[1].

Au premier jour des Douze : cherchez l'anagramme de « un poirier et sa perdrix »
Au deuxième jour des Douze : cherchez l'anagramme de « deux tourterelles »
Au troisième jour des Douze : cherchez l'anagramme de « trois belles poulardes »
Au quatrième jour des Douze : cherchez l'anagramme de « quatre merles noirs »
Au cinquième jour des Douze : cherchez l'anagramme de « cinq anneaux d'or »
Au sixième jour des Douze : cherchez l'anagramme de « six oies et leurs œufs »
Au septième jour des Douze : cherchez l'anagramme de « sept cygnes gracieux »
Au huitième jour des Douze : cherchez l'anagramme de « huit jeunes laitières »
Au neuvième jour des Douze : cherchez l'anagramme de « neuf ballerines »
Au dixième jour des Douze : cherchez l'anagramme de « dix danseurs de gigue »

---

1. La traductrice, fidèle à l'esprit facétieux de l'autrice, s'est aussi amusée à cacher dans le texte l'anagramme de ses nom et prénom. (*N.d.T.*)

Au onzième jour des Douze : cherchez l'anagramme de « onze joueurs de flûte »

Au douzième jour des Douze : cherchez l'anagramme de « douze joueurs de tambour »

Chaque anagramme apparaît comme une suite de plusieurs mots. Par exemple, l'anagramme de *les douze jours de Noël* pourrait être *en odes jouez lourd*, ce que j'intégrerais dans une phrase qui ressemblerait à : *En poèmes misez léger, mais en odes jouez lourd*. Certaines anagrammes sont plus difficiles que d'autres à tisser dans la narration. Traquez les phrases bancales et les absurdités !

Deuxième jeu : la chasse aux titres

Les titres de douze de mes romans policiers préférés sont cachés dans le livre. Saurez-vous les retrouver ?

Bonne chance !

Arbre gén
de
FAMILLE A

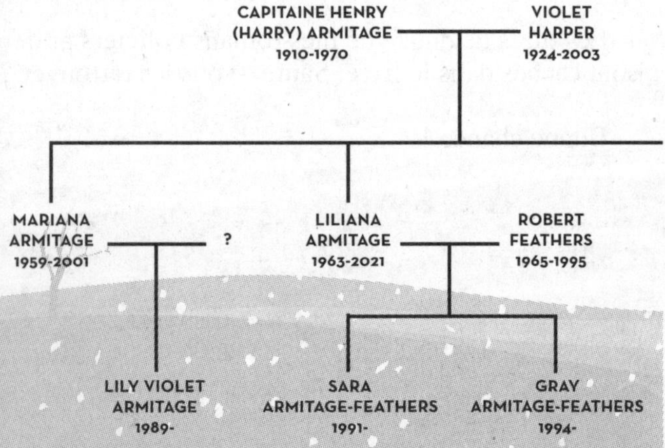

éalogique la RMITAGE

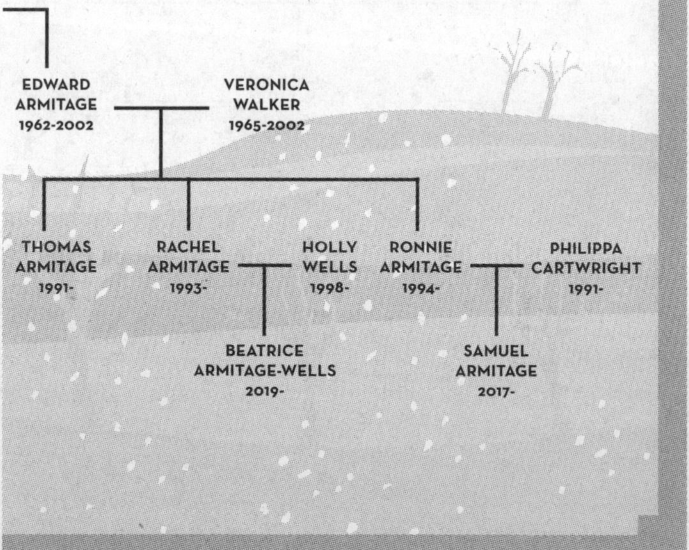

Vous confier mon secret ? N'y comptez pas ;
Peut-être un jour, qui sait ?
Mais pas ce jour ; sous la neige, le vent, et la gelée
Et vous êtes trop curieux : basta !
Vous voulez l'entendre ? Dommage
Ce secret est le mien, il reste entre mes pages.

Christina Rossetti,
« L'hiver : mon secret »

Au cœur du morne hiver
Sous les cris du vent
Le gel muait en pierre
Terres et étangs.
La neige tombait blanc sur blanc.
Blanc sur blanc, sur blanc.
Au cœur du morne hiver,
Il y a bien longtemps.

Christina Rossetti,
« Au cœur du morne hiver »

24 DÉCEMBRE

Veille de Noël

1

Il neige. Évidemment. Ç'aurait été trop facile, sinon.

Emmitouflée dans sa couette, Lily pose le front contre la vitre glacée. Il est 4 heures du matin et elle n'arrive pas à dormir. Les lampadaires projettent des cerceaux de lumière dorée sur Catford High Street. Les flocons dansent dans le ciel. Deux badauds chancellent au milieu de la route, bras dessus, bras dessous, et l'un d'eux s'écrie : « C'est Noël ! » Un renard s'enfuit loin d'eux, les yeux luisant dans l'obscurité.

Jadis, c'était l'impatience qui la tenait éveillée la veille de Noël. Mais Lily ne croit plus au Père Noël. Depuis la mort de sa mère, elle ne croit plus en personne. Et le jour est venu de retourner à l'endroit où elle a péri.

Lily enfile un sweat à capuche et sort du lit. Elle se faufile difficilement entre les portants de costumes pour accéder à sa « pièce à vivre » – c'est le terme employé par le précédent locataire, mais on ne peut pas dire que la *vie* la caractérise. Lily ne *vit* pas tant dans cet appartement qu'elle y travaille. Ce studio est son atelier. Il est encombré de toile de coton et de velours ; de bobines de fil, galons et rubans ; de boîtes de perles en os ou en métal. Sa machine à coudre l'attend devant la fenêtre. Un patron de robe est étalé en plusieurs morceaux par terre, comme la silhouette d'un cadavre sur une scène de crime.

Ce n'est pas l'appartement idéal, mais au moins elle n'est pas obligée de le partager avec des colocataires. Lily a besoin de murs solides entre elle et le monde. Qui plus est, l'espace réduit s'avère une bonne excuse pour ne ramener personne chez elle, même lorsqu'elle se sent seule. En tout cas, c'est ce qu'elle se dit.

Évitant les piles de fournitures, elle sautille d'un carré de moquette libre à un autre jusqu'à atteindre le coin kitchenette au fond de la pièce – qui se résume à des plaques de camping, un grille-pain, un micro-ondes et une bouilloire. Elle allume cette dernière, dépose un sachet de thé dans son mug, puis extirpe sa valise ensevelie sous un carton de tulle. Quelle est la tenue appropriée pour un Noël dans une maison de campagne qu'elle abhorre ? Les magasins de prêt-à-porter n'ont rien en stock pour ce genre d'occasion. Heureusement que Lily est couturière.

Une fois sa trousse de toilette bouclée, les corsets et robes soigneusement rangés dans la valise, Lily s'installe dans l'unique fauteuil de l'appartement avec sa tasse fumante. Enfin, seulement, elle s'autorise à penser au voyage qui l'attend. À sa famille qu'elle va retrouver. À Endgame House.

À la seule évocation de cet endroit, Lily sent son cœur battre avec le staccato d'une machine à coudre lancée à pleine puissance. Alors elle s'empare de sa dernière commande et se met à en broder le tissu à la main. Chaque piqûre de l'aiguille, chaque nouveau point satiné l'apaise. Son rythme cardiaque finit par ralentir, elle reprend le contrôle sur la pédale de la machine. Peut-être vaut-il mieux rester chez elle, attendre que

Noël passe. Sans aller nulle part. Retourner au lit avec une boîte de chocolats et se terrer sous la couette jusqu'au 26. Cette stratégie lui épargnerait d'interminables heures de conduite et, surtout, lui éviterait de raviver une douleur qu'elle a depuis longtemps emmurée et mise sous scellés dans son esprit.

Mais ne pas s'y rendre, ce serait décevoir Tante Liliana. Une fois de plus.

Lily plonge la main dans son sac et en sort une enveloppe. De son doigt, elle suit l'écriture cursive de sa tante. La lettre, à l'intérieur, est aussi douce et lisse que la peau poudrée de Liliana. Le papier exhale encore les notes de fond de son parfum – *Truth*, de Calvin Klein. Ironique qu'elle ait choisi la seule fragrance dont le nom en anglais signifie vérité.

Lily chérie,

J'espère que tu ne liras jamais cette lettre, car si elle se trouve à présent entre tes mains, cela signifie que je suis morte. J'ai confié à ta vieille amie Isabelle Stirling le soin de te la faire parvenir si je venais à périr avant le début du jeu de piste de Noël. Il me semble que c'est une précaution nécessaire – et Dieu sait comme cette fois je préférerais me tromper. Malheureusement, j'ai peur que les événements à venir ne confirment mes craintes.

Ainsi ai-je préparé cette missive, au cas où, qui doit t'être transmise par ma chère avocate. J'ai bien conscience que tu n'as aucune envie de remettre les pieds à Endgame House ni de jouer à une chasse au trésor puérile. Je sais qu'hériter du manoir ne t'intéresse pas, même si j'aimerais tant qu'il te revienne. Je t'implore de participer. Il est grand temps que tu apprennes la vérité et elle te sera révélée par le jeu de piste de Noël.

Si ce n'est pas une raison suffisante, alors laisse-moi te révéler une pièce cruciale du puzzle : ta mère a été cruellement assassinée. Voilà. C'est dit. Mille questions doivent se bousculer dans ta tête et les réponses viendront. Elles seront là, dans chaque indice : au commencement et à la fin de tout ce qui hante notre lignée depuis tant d'années. Les secrets les plus mornes de notre passé. Chaque énigme, sauf une, est un message qui t'est directement adressé. Lis-les attentivement. Les mots d'une morte ne doivent pas être sous-estimés, ni par dédain ni par pitié.

Je n'ai pas eu le courage de prendre la parole, de raconter ce qui est arrivé à ta mère, ma magnifique et géniale sœur aînée, parce que j'ai moi aussi des choses à me reprocher. Peut-être auras-tu plus de cran que moi. Peut-être trouveras-tu la force d'âme nécessaire pour faire entendre ta voix. Je l'espère de tout cœur. Tu as toujours été entourée de beaucoup de tendresse. Je sais que tu ne veux pas parler de ta maman, mais elle t'aimait de tout son cœur et ne t'a pas quittée. Mariana ne t'aurait jamais abandonnée. Je suis désolée de ne pas avoir pu le prouver à l'époque.

Je t'en conjure, rentre à Endgame House ce Noël. Tu seras entre de bonnes mains. J'ai engagé une gouvernante mais, à part elle, il n'y aura que toi, tes cousins et cousines et leurs conjointes. Vos retrouvailles n'auront pas lieu sous le signe de la gaieté, mais il est crucial que tu en sois. C'est mon dernier vœu. Abominable, n'est-ce pas ? Une morte qui depuis l'au-delà demande encore une faveur à sa chouchoute. C'est cruel, ça aussi – une mère ne devrait pas avoir de préférence. Ne le dis pas à Sara et Gray. Si je n'étais pas déjà morte, j'aurais honte de moi.

Ta mère, ta grand-mère et moi t'avons tout enseigné. Puise dans tes souvenirs pour y trouver l'aide qui te permettra de résoudre les énigmes et de comprendre ce qui est arrivé à Mariana. Tu auras besoin de tout te remémorer, je le crains. Ce n'est agréable ni pour toi ni pour moi. Ne te fie à AUCUN de tes cousins et cousines – pour leur bien, comme pour le tien. À trop en savoir, on peut périr. Mon petit doigt me dit que tu caches un secret, et tu fais bien. Ne le leur révèle pas. Je veux t'offrir la liberté, Lily. Te délivrer des murs que tu as érigés. Il est temps de faire prendre à ces gribouillis une forme dans la réalité. Les indices majeurs sont dissimulés dans les plus mineurs. Tâche de te souvenir combien tu es douée. Cesse de te cacher.

T'adopter a été la meilleure décision de ma vie. J'espère qu'organiser ce jeu de piste la suivra de près.

Ta tante qui t'aime, ta mère de cœur,

Liliana Armitage-Feathers

Cette lettre lui fait l'effet d'un découd-vite sur toutes les sutures de son cœur. Lily doit partir. Très bientôt. S'il neige à Londres, on peut être sûr qu'il y aura des congères dans le Yorkshire avant l'heure du dîner.

2

Comme prévu, la neige a déjà envahi les vallons du Yorkshire quand Lily atteint le nord du pays. Cette neige n'a rien de féerique – oubliés, les doux flocons qui se posent sur la langue telles des plumes mentholées : ici, elle s'écrase en blocs blancs sur le pare-brise. Les essuie-glaces sont réglés à la vitesse maximale, mais Lily a quand même l'impression de plonger dans un vortex. Impossible de voir où elle va – littéralement et métaphoriquement.

La lumière du jour commence déjà à s'amenuiser. Il est 14 h 30 et le ciel a pris la teinte bleutée du *Christmas pudding* que l'on flambe. Envahies par des haies comme des artères par du cholestérol, les routes du Yorkshire n'aident pas. Et puis il y a les arbres, dont les têtes chuchotent et s'agitent au-dessus d'elle, en plein complot.

La dernière fois que Lily a emprunté cette route, c'était dans la direction inverse. À douze ans, elle quittait Endgame House. Si Lily avait cru aux fantômes, les choses auraient certainement été différentes. Elle aurait arpenté les couloirs du manoir dans l'espoir d'y croiser l'esprit de sa mère. Mais elle ne croit pas aux revenants – ni à rien d'autre, d'ailleurs.

À l'approche d'un virage, une biche s'élance sur la voie. Lily écrase le frein et les secondes s'écoulent une à une, au ralenti, alors qu'elle tente d'empêcher la voiture de déraper dans la congère. Le paysage enneigé tournoie autour d'elle. Elle entend un bruit strident – son propre cri ? Celui des roues ? Ou de la biche ? Puisque la fin est si proche, autant lâcher les commandes et fermer les yeux.

Non.

Elle resserre sa prise sur le volant et braque pour esquiver les bras tendus de l'arbre qui l'appelle. Elle a des responsabilités à présent, et l'une d'elles implique de retourner à Endgame House.

Quand la voiture s'immobilise enfin, il n'y a plus aucune trace de l'animal. *Par pitié, ne sois pas morte*, supplie la jeune femme intérieurement en sortant du véhicule. Le cœur battant, elle se penche pour regarder sous le châssis. Rien. Pas non plus de restes sanguinolents sur les pneus. Elle inspire profondément et, au même moment, entend renâcler dans les buissons. Au milieu des arbres se dresse une biche. À côté d'elle, un petit faon tend ses oreilles vers l'avant.

La biche et Lily échangent un long regard, le temps pour les flocons de s'accumuler sur leurs têtes. Puis l'animal cligne des yeux et s'éloigne, son faon sur ses pas. Leur souffle vaporeux s'élève comme un spectre et s'enfonce dans les bois protecteurs.

Au moment de remonter en voiture, Lily remarque les flocons de neige sur ses manches. Petites roues dentées et argentées à la lumière tombante, ils transforment les bras de son manteau en une cotte de mailles façon *steampunk*. Une vision lui apparaît. Elle imagine la confection d'une robe corsetée, comme une armure de flocons, pour sa première collection. Elle se voit sur le podium au milieu d'une ribambelle de mannequins toutes vêtues de Lily Armitage Couture.

Aussitôt, comme on passe une peau de chamois sur un pare-brise, elle efface cette image. Lily a appris à ne pas se démarquer, au travail ou dans la vie. Elle s'en tiendra aux répliques de robes historiques qui font sa réputation. Ne pas faire de vague. Ne rien dire. Rester dans l'ombre, invisible.

La voiture redémarre en crachotant.

— On va y arriver, encourage-t-elle affectueusement la voiture.

Pourvu que la Mini en soit plus convaincue qu'elle.

— On n'est plus très loin maintenant.

De ça, elle est certaine. Les villages, chacun centré autour de son unique pub qui résiste au temps, se distancient de plus en plus. Pourquoi faut-il que toutes les maisons de campagne soient plantées au milieu de nulle part ? Probablement pour éviter aux lords qui les ont fait construire de se frotter à la plèbe. Lily imagine les premiers propriétaires d'Endgame House, contemplant leur domaine depuis le sommet de la colline qui surplombe les fermes environnantes dont les petites mains œuvraient avec l'effervescence des abeilles – à distance pour que la reine de la ruche ne soit pas importunée par leur bourdonnement.

Lily préfère Londres (ou n'importe quelle autre ville, d'ailleurs). Là-bas, on n'entend pas le silence. Les sirènes qui retentissent à la fréquence des cloches de la chapelle d'Endgame semblent infiniment moins menaçantes. Et l'on n'y est jamais coupé du monde, ou pas de la même façon. À Londres, Lily peut se terrer chez elle avec un patron de robe sans voir personne pendant des jours. L'isolement est un choix. Elle est libre. Ici, la neige ne laisse pas d'alternative. Autrefois, elle adorait l'hiver à Endgame, courir dans le labyrinthe – où il est plus facile encore de se perdre sous le voile blanc, dans le silence qui suit la tempête. À présent, une boule se forme dans sa gorge à l'idée d'y rester confinée avec sa famille.

C'est précisément pour cette raison que lorsque Tante Liliana lui a envoyé une première invitation, Lily a décliné. Elle n'avait aucune envie de participer à un dernier « jeu de piste de Noël » pour savoir qui remporterait l'acte de propriété.

Mais, un mois plus tard, Liliana est morte. Le surlendemain, sa seconde lettre est arrivée. Alors tout a basculé. Les émotions que Lily pensait avoir suffisamment refoulées pour ne jamais les voir remonter à la surface ont émergé. Le retour aux racines ne pourra qu'empirer les choses.

Même le GPS ne veut pas l'emmener au manoir. Avec le très mauvais réseau satellite de la région, l'appareil ne cesse de bugger et refuse de mettre à jour son parcours. Résultat, Lily ne remarque le panneau bordeaux signalant Endgame House Hôtel qu'en le dépassant. Son cœur bat plus vite. C'est la première fois qu'elle va revoir Endgame depuis sa transformation en hôtel. À l'époque où elle y vivait, le domaine était un centre d'accueil de séminaires et de conférences en tout genre, sous la direction de l'oncle Edward, avec l'aide de Liliana et de Mariana. Edward rêvait depuis longtemps de faire du manoir un hôtel de luxe, mais il est mort juste après la concrétisation de son projet. Morale de l'histoire : rien ne sert d'avoir des rêves, mieux vaut parfois qu'ils ne deviennent pas réalité.

Il faut cinq bonnes minutes à Lily pour trouver un endroit où faire demi-tour, et à chaque seconde qui s'égrène, elle envisage de retourner à Londres.

Le moment est venu de prendre une décision. Devant elle, le portail d'Endgame scelle la route qui s'enfonce dans le domaine. Les portes s'ouvrent, scindant en deux le cimier familial sculpté dans le bronze. *Tu n'es pas obligée de rester*, se rassure-t-elle en s'engageant. *Tu peux partir quand tu veux.* Dans le rétroviseur, elle voit le portail se refermer.

La voiture proteste en gravissant la colline. Lily avait oublié combien la pente était abrupte – mais, à vrai dire, elle ne l'avait jamais remontée au volant d'une Mini de quinze ans d'âge dont les suspensions se rapprochent toujours plus du sol.

La forêt qui encercle le domaine se resserre, comme si les branches tentaient de l'espionner à travers les vitres. Enfant, elle jouait beaucoup dans les bois avec ses cousins Tom et Ronnie. Ils pataugeaient dans le ruisseau tout proche.

Les souvenirs disparaissent alors que la pente boueuse s'adoucit pour se revêtir progressivement de gravier. La forêt recule, soudain craintive.

Lily débouche dans la cour ronde marquant l'entrée du manoir. Les petits cailloux qui crissent sous ses pneus charrient de nouveaux souvenirs : celui du sapin immense rapporté sur le toit de la voiture de son enfance ; celui des cousins arrivant pour l'été ; celui de l'ambulance emportant le corps de sa mère.

La voiture pousse un profond soupir de soulagement quand elle se gare. Lily, en revanche, retient son souffle, le dos crispé. Elle serre les poings. Impossible de regarder le manoir, pas tout de suite, pourtant elle sent sa présence écrasante. Endgame House l'attend, menaçant, dans l'ombre. Comme chaque jour depuis qu'elle est partie.

Il lui faut mobiliser toute la volonté dont elle est capable pour ne pas faire demi-tour. Afin de se donner du courage, Lily sort la lettre de sa poche. Puis elle ferme les paupières et ranime son dernier souvenir de sa tante.

C'était quelques semaines avant son décès. Elles se sont retrouvées à l'Orchard Tea Rooms, un salon de thé non loin de chez Liliana. À la mort de Mariana, Liliana avait accepté un poste à l'université de Cambridge, adopté Lily, et l'avait emmenée avec ses deux enfants biologiques, Sara et Gray, dans le petit village de Grantchester. Elle n'en était jamais partie depuis. Ce déjeuner était l'occasion de fêter le départ à la retraite de Liliana – qui occupait alors la présidence du département de littérature à Cambridge. Du moins, c'est le prétexte qu'elle avait donné à Lily.

Liliana a tant noyé son scone sous le beurre, la confiture, la *clotted cream* et les fruits qu'il n'avait plus rien de traditionnel. La pâtisserie s'est effondrée avant d'atteindre sa bouche. Elle a ri à en renverser du cidre sur sa jupe en tweed. Épongeant le tissu humide, elle a déclaré avec ferveur :

« Voilà pourquoi tu devrais confectionner tes corsets en tweed, ma chérie. C'est une étoffe qui résiste aux taches les plus tenaces.

— Il n'y a pas beaucoup de périodes de l'Histoire où le tweed ait été utilisé pour des robes, Tante Lil.

— Tu devrais aussi passer à autre chose, Lily. Recopier les modèles des autres n'a rien d'un travail d'artiste. Ce n'est pas comme si tu y apportais une vision nouvelle. Ne crois-tu pas qu'il serait temps de faire quelque chose de ta vie ?

— Tout va très bien pour moi, merci. »

Lily a pincé les lèvres.

« Personne ne dit ça en le pensant. “Tout va très bien”, c’est qu’au contraire, rien ne va. »

Tante Liliana a soupiré et attrapé la main de Lily. Le visage soudain grave, elle a chuchoté :

« Dis-moi que tu viendras à Noël.

— Je ne peux pas. Tu le sais. »

La regardant droit dans les yeux, Liliana a insisté :

« Si tu ne le fais pas pour moi, fais-le pour ta mère. »

Le fameux chantage affectif pour la forcer à participer. Lily a senti la colère monter. Elle a repoussé la main de sa tante. Elle voulait crier, lui dire exactement le fond de sa pensée. Au lieu de ça, elle a reporté son attention sur le set de table.

« Tu n’as pas le droit de me demander ça, Liliana. Ce n’est qu’un jeu.

— Ça n’a rien d’un divertissement, Lily. C’est une question de vie ou de mort.

— Je croyais que c’était une question d’héritage.

— En surface, oui. Mais c’est bien plus que ça.

— Alors explique-moi, a dit Lily en se penchant vers elle. Parle-moi, pour une fois. »

Tante Liliana a éclaté d’un rire sec.

« Et c’est toi, la reine des glaces en personne, qui me dis ça. Tu as cadenassé tes portes, Lily, et moi aussi. Je les ouvrirai, à ma façon. À Noël. »

Tante Liliana a regardé autour d’elle dans le salon de thé. La porte entrebâillée a laissé s’engouffrer le vent d’automne et fait frémir une guirlande de fanions sur les poutres.

« L’hiver approche. Il est temps pour toi et moi d’affronter l’inévitable. C’est l’heure de sortir de ta cachette et de rentrer chez toi.

— Je n'ai rien à affronter, a dit Lily doucement. Et je n'ai pas de chez-moi.

— Tout le monde en a un, a répondu Liliana. Ce n'est pas forcément un lieu, on peut se sentir chez soi auprès d'une personne, ou d'un chat. »

Tante Liliana a caressé ses propres genoux comme si son chat Winston (ainsi nommé d'après l'écrivain et espion du MI-6, et non pas d'après Churchill) y était blotti.

« Parfois, il faut chercher très longtemps avant de trouver la route qui mène chez soi. »

Elle a regardé par la fenêtre et une ombre douloureuse a voilé son visage. Puis elle s'est retournée vers Lily. Les deux femmes avaient les mêmes iris bleu foncé parcourus de filaments verts, mais ceux de Liliana étaient ornés d'une couronne ambre autour de la pupille, qui semblait à présent s'enflammer – un morceau de charbon envahi par le feu. C'était toujours le cas quand elle s'apprêtait à prononcer une vérité cruelle et blessante.

« Si tu n'as pas de chez-toi, pourquoi es-tu en train de tracer le labyrinthe sur ton set de table ? »

Lily a baissé les yeux. Son index dessinait le dédale de haies du jardin d'Endgame.

« Tu es restée coincée dans ce labyrinthe quand tu as trouvé ta mère morte en son centre, a repris Liliana. Si tu n'y entres pas de nouveau, tu n'en sortiras jamais. »

La colère s'est emparée de Lily. Elle a fermé les yeux, visualisant sa fureur sous la forme d'un fil enroulé autour d'une bobine et passé dans une aiguille. Elle en ferait usage plus tard. Puis elle a tiré deux billets de dix livres de son porte-monnaie, les a laissés flotter comme deux feuilles d'automne sur la table, et elle est partie.

Liliana l'a appelée à de nombreuses reprises dans les jours qui ont suivi, mais Lily n'a jamais décroché, pas plus qu'elle n'a répondu à ses messages. Ne sachant pas quoi dire, elle a préféré se taire.

Jusqu'à ce qu'il soit trop tard.

En lisant la lettre pour la première fois, Lily est restée pétrifiée, la feuille sur ses genoux, pendant au moins une heure. Le cœur serré, elle ne cessait de chuchoter : « Pardonne-moi, pardonne-moi. »

Mais, aujourd'hui, elle la replie et la range précautionneusement dans l'enveloppe pour tenter de faire de même avec son souvenir. Elle prend une profonde inspiration et tapote le volant – sa voiture a rempli sa mission. Maintenant, il est temps pour elle d'accomplir la sienne.

Hors de la bulle rassurante de sa Mini, Lily traverse la cour de gravier, tête baissée pour ne surtout pas regarder le manoir. Elle se concentre sur la guerre qui oppose les flocons et les cailloux – les premiers escarmoucheurs tombent et fondent aussitôt, mais la phalange suivante s'installe, puis la suivante. Des rangs et des rangs de soldats de neige s'entassent sur les épaules blanches de leurs prédécesseurs jusqu'à conquérir tout le territoire.

Au milieu de l'allée circulaire, Lily s'arrête devant le cadran solaire et essuie la neige qui le recouvre. L'inscription sur sa surface craquelée proclame : « Le temps est compté. » Joyeux. Surtout au plus sinistre de l'hiver, quand le jour fiche le camp avant même de s'être levé. C'est à cet endroit précis que sa mère lui a appris à lire l'heure. Lily effleure les chiffres en relief, là où Mariana a posé les doigts des années auparavant.

Le soleil bas projette une ombre étirée, lui indiquant qu'il est tout juste 15 heures passées. La lettre lui donnait pour instruction d'arriver à l'heure du thé – soit 15 h 30. En Angleterre, l'heure du thé fait débat. Dans le Sud, le *high tea* est devenu synonyme de dîner, l'heure du thé correspond à 18 h 30, environ. Mais au nord, dans les campagnes splendides et sauvages du Yorkshire, la transition de la modernité ne s'est pas faite. Dans des domaines aussi snobs qu'Endgame, on perpétue la tradition de l'*afternoon tea*, 15 h 30, et l'on prend le thé avec scones, petits sandwichs et pâtisseries.

Elle ne peut pas repousser l'inévitable plus longtemps. Il faut bien qu'elle regarde la maison à un moment où un autre, alors autant le faire maintenant. Lily prend une profonde inspiration. Elle lève la tête.

Endgame House est plus sombre encore que dans son souvenir. Un manoir massif du XVIIe siècle fait de marbre et de roche calcaire qui à une époque, paraît-il, luisait, comme phosphorescent, au crépuscule et à l'aube. Désormais, ses pierres absorbent toute la lumière des environs pour étouffer ses secrets. Les rideaux sont tirés sur les nombreuses fenêtres. Prête ou non, elle est là.

3

Un rideau frémit. L'ombre d'une tête apparaît puis disparaît derrière le velours.

Lily enfonce son bonnet à pompon sur ses oreilles. Elle avait oublié combien le vent du Yorkshire est curieux : il s'infiltre sous les manches et les cols pour déceler les secrets les plus intimes. Qu'à cela ne tienne, il n'aura pas le sien. Elle resserre son manteau et avance vers la porte dont le bois est plus noir que dans son souvenir. Elle le frôle. La peinture colle légèrement. Quelqu'un a voulu bichonner la maison. Peine perdue. Une couche de vernis et un soupçon de parfum d'intérieur ne parviendront jamais à maquiller ses péchés.

Elle frappe trois fois au heurtoir. Elle est en avance, tant pis pour eux. Les coups résonnent dans la cour gravillonnée. Pendant un moment, elle tend l'oreille, à l'affût des talons de Tante Liliana, puis elle se souvient avec un pincement douloureux : Liliana est morte.

D'autres pas, pourtant, claquent derrière l'immense battant. On imaginerait d'une porte si austère qu'elle s'ouvre dans un grincement effroyable pour révéler un majordome sinistre avec une tête d'enterrement.

Au lieu de ça, elle bascule dans un souffle léger. Une lumière vive se déverse sur le perron et une femme aux longs cheveux roux et au visage radieux apparaît. Lily ne peut s'empêcher de lui rendre son sourire. Plus elle la contemple, plus ses traits lui semblent familiers.

La femme bondit pour la serrer dans ses bras avec chaleur.

— Lily !

L'étreinte se propage jusqu'à son cœur immédiatement réchauffé par cette voix aussi suave que du vin aux épices ou du brandy. L'accent du Yorkshire la surprend. Soudain, elle qui n'est chez elle nulle part a le mal du pays.

La femme se redresse, les deux mains posées sur les épaules de Lily. Elle la contemple de haut en bas. Ses yeux se remplissent de larmes.

— Tu leur ressembles à toutes les deux, décrète-t-elle avec une voix brisée comme un bâton de cannelle.

C'est alors que Lily se souvient. Son cœur se froisse façon papier cadeau.

— Isabelle.

Face à face, elles s'observent. Isabelle a radicalement changé. Elle est à présent plus grande que Lily. Sa silhouette svelte, sa chevelure rousse et son port élégant évoquent les hêtres cuivrés de l'automne qui montent la garde à l'entrée des bois d'Endgame. Elle est splendide, à couper le souffle.

La dernière fois qu'elles se sont retrouvées toutes les deux sur ces mêmes marches, ce devait être il y a vingt et un ans, peut-être davantage. À l'époque, c'était Lily qui accueillait son amie à la maison, pour jouer. Isabelle accompagnait sa mère, Martha, la notaire de la famille Armitage, lors de ses visites à Endgame House. Lily ne se souvient pas d'un temps où elle n'aurait pas connu Isabelle. Elles ont fréquenté la même crèche, puis la même école dans le village le plus proche, à une quinzaine de kilomètres. Pendant les vacances, Martha déposait Isabelle à Endgame sur le chemin de son cabinet à Richmond, et les deux filles passaient leurs journées ensemble. La Dame Blanche, le Loup-Garou, le Cluedo… tous leurs jeux avaient trait à la mort, sauf un : s'entraîner aux bisous. Ce jeu-là avait tout à voir avec la vie. Mais, à onze ans, Lily a cessé de jouer. Elle a également renoncé au piano, à la flûte et à ce qu'elle aimait plus que tout au monde : chanter. Sans sa mère, plus rien n'avait d'intérêt. Elle ne voulait plus célébrer la vie.

— Qu'est-ce que tu attends ? Entre ! dit Isabelle exactement comme Lily le lui ordonnait à l'époque. Viens prendre le thé avec moi avant que les autres arrivent.

— Uniquement s'il y a du gâteau, rétorque Lily.

— Plus que tu ne peux en manger.

Les yeux d'Isabelle pétillent, pourtant Lily y lit de la tristesse. Liliana doit lui manquer à elle aussi.

Isabelle fait volte-face et Lily, qui lui emboîte le pas, voit ses épaules se soulever et s'affaisser d'un coup, comme si elle se forçait à se détendre. Pourquoi ? *Ne t'en mêle pas*, s'intime Lily. Voilà la raison pour laquelle elle reste à l'écart des gens. Tout est trop compliqué. Trop de paramètres à prendre en compte. Liliana comparait les individus à des sonnets : il y a ce qu'on lit en surface et puis le rythme sous-jacent, les contradictions apparentes, les nuances, les répétitions et les vérités qu'on ne déchiffre qu'au prix d'un effort. Mais Liliana était professeure de poésie et aimait la plupart des gens. Ce qui n'est pas le cas de Lily.

— Attends, je te débarrasse, propose Isabelle.

Lily déboutonne son manteau et le lui tend. Elle se sent immédiatement vulnérable, comme une mandarine pelée.

— Ta robe est incroyable, commente Isabelle. Tu l'as achetée où ?

Ses joues s'embrasent.

— Je l'ai faite.

— Elle représente un poinsettia, c'est ça ?

Isabelle détaille avec admiration le corsage rouge aux liens jaunes et la crinoline en feuilles vert sapin. Lily regrette aussitôt de s'être changée à la dernière minute. De toutes les tenues qu'elle a apportées, la robe poinsettia est censée la protéger telle une armure, pas la rendre encore plus visible.

— Liliana ne m'a pas dit que tu avais lancé ta propre marque. Aux dernières nouvelles, tu recopiais des corsets portés par Élisabeth Ire. La création originale doit être bien plus satisfaisante, ça te permet d'exprimer ta véritable personnalité.

— Je confectionne toujours des costumes d'époque. Ça me plaît de reproduire l'ancien pour le ramener à la vie.

Et ça rend l'échec plus difficile, aussi.

— Oui, oui, bien sûr.

D'un geste, Isabelle l'invite dans le grand hall.

— Après toi.

Les boiseries murales sont bien plus sombres que dans son souvenir et l'immense escalier plus fade, dépossédé du brillant de sa rampe que des générations d'enfants polissaient en la prenant pour toboggan. Étrangement, le manoir n'a pas rétréci. Ce pourrait être le cas aux yeux de Lily qui a grandi, mais au contraire, il lui semble encore plus vaste et hostile. Les marches s'élèvent jusqu'aux premier et deuxième étages. Suspendu au haut plafond, le lustre a des airs de lune poussiéreuse. Les portraits de la famille Armitage l'observent de part et d'autre des murs. Ils remontent à 1944 – une photographie floue de Grandpa, capitaine Henry Armitage, planté sur la terrasse d'Endgame. À l'époque, le manoir, réquisitionné pendant la Seconde Guerre mondiale, recueillait les soldats en état de choc posttraumatique. Le cliché suivant montre Grandpa serrant la main de Lord Cappell, désemparé, forcé de lui vendre le domaine en 1955. Puis la photo de mariage de Grandpa Harry et de Grandma Violet, devant la chapelle d'Endgame. Enfin, un portrait de Mariana, enceinte jusqu'aux yeux, assise sous le saule, les paumes sur son ventre.

Le plus grand des cadres est un tableau. Lily se souvient du temps consacré à poser, quelques mois avant que tout bascule à Endgame. Oncle Robert et Grandpa Harry étaient déjà morts à l'époque, mais, hormis eux, toute la famille y figure. Lily, onze ans, couverte d'acné et toute dégingandée, est assise entre Tom et Ronnie sur la marche la plus basse de l'escalier. Derrière elle, Sara boude, possessivement accrochée à Gray pour le retenir. À côté de lui, Rachel regarde au loin, rêvant de partir. Plus haut, Oncle Edward s'étale sur deux marches, dans les bras de Tante Veronica. Mariana et Tante Liliana se tiennent la main sur la marche du dessus et, surplombant l'escalier, la minuscule Grandma Violet rayonne dans sa combinaison de velours doré, les bras ouverts comme une étoile au sommet d'un sapin.

Lily détourne le regard pour empêcher les souvenirs d'affluer. Elle observe alors, près de l'escalier, le sapin de Noël qui s'élève jusqu'à la tribune des musiciens, au niveau du premier étage. Sans son éclairage, l'arbre évoque une silhouette menaçante tapie dans l'ombre.

— J'aurais dû l'allumer depuis longtemps, commente Isabelle en se penchant pour brancher la guirlande.

Désormais paré de centaines de perles à la lueur orangée, le sapin semble abriter des créatures aux yeux perçants et fixes.

— Liliana a été très précise sur les décorations.

Isabelle récupère délicatement un sujet suspendu à l'arbre et le place dans la main de Lily.

Au creux de sa paume gît une tourterelle. En feutrine grise, bleue et jaune, brodée de minuscules fleurs en point de chaînette pour former les plumes, elle compose l'une des douze décorations confectionnées avec sa mère. Les paroles de la comptine de Noël lui reviennent aussitôt. *Au deuxième jour des Douze, que m'donn'rez vous ma mie ? Deux tourterelles et un poirier et sa perdrix.*

— Elles y sont toutes, précise Isabelle, mélangées au clinquant typique de Liliana..

Elle désigne les boules à paillettes parsemées dans l'arbre. Sa voix est aussi douce que le souffle d'une tourterelle.

Lily fait le tour du sapin, cherchant les autres décorations cousues de sa propre main. Sa mère et elle avaient leur propre chaîne de production : Lily était chargée de reporter les patrons sur la feutrine, puis Mariana découpait les pièces et les brodait à la main. Lily ajoutait les sequins et les perles, avant d'assembler les deux moitiés de la poire, de la perdrix, des tambours… et de tous les sujets de la comptine. Elles s'étaient affairées à coudre et broder, ensemble, jusqu'au réveillon, l'année de sa mort. Désormais, il ne restait plus de ce moment que des volatiles rembourrés de coton et des petits bonshommes.

Lily rend la tourterelle à Isabelle, refusant de se laisser aller aux souvenirs qui toquent comme un oiseau à la fenêtre.

— Ça doit être difficile pour toi, murmure Isabelle. De revenir après tout ce temps.

— J'ai connu des jours plus agréables, répond Lily.

— Ça ne va pas s'arranger. Mais je suis certaine que tu vas très bien t'en sortir.

Isabelle replace la tourterelle à côté de sa jumelle, car les tourterelles vont toujours par paire, puis se tourne vers Lily. Son regard est intense, lourd de sens. Les deux femmes sont si proches que Lily perçoit la chaleur qui émane de sa peau.

Lily s'éloigne vers la cuisine, transpirant en ce jour le plus froid de l'année.

— Alors, ce thé ? demande-t-elle.

***

De la cuisine se diffusent les parfums de Noël et leurs souvenirs. L'image de sa mère préparant la pâte à *mince pies* surgit dans la tête de Lily. Elle jette un coup d'œil dans le garde-manger, dont la porte ouverte révèle des rangées de pots de confiture et de pâte de fruits secs pour les tartelettes. Lily ne sait pas si elle voit le présent ou le passé. Voilà le problème avec le retour aux sources. Dans cette maison, comme dans un bocal, elle reste coincée à l'âge de douze ans.

Lily sent le regard d'Isabelle sur elle, aussi brûlant qu'un soleil d'été sur sa peau hivernale.

— Tu te rappelles quand on se cachait là-dessous pendant que Tom comptait jusqu'à cent ? demande Isabelle.

— Cent arrivait étonnamment vite. Il nous attrapait à tous les coups.

— Peut-être parce que le temps passe plus lentement…

— Quand on est jeune, compléta Lily.

C'était un des nombreux dictons de Tante Liliana. « À ton âge, Lily, disait-elle, tu fabriques des souvenirs à chaque instant, ce qui te donne l'impression que le temps passe plus lentement que pour moi. Savoure-le. » Et c'était ce que Lily avait fait, jusqu'à la mort de Mariana. Ensuite, elle aurait voulu que le temps s'accélère et que ses jours prennent fin aussi vite que ceux de sa mère. C'est pour cette raison qu'elle n'était jamais revenue.

Isabelle se dirige vers l'évier de ferme en céramique blanche pour remplir la bouilloire.

— Puisque tu es la première arrivée, c'est l'occasion parfaite pour papoter un peu avant que tout le cérémonial démarre.

— Le cérémonial ?

— L'énoncé des règles du jeu, les détails juridiques, le tout servi avec des scones, du pain d'épices et des petits sandwichs. Et arrosé de champagne, bien sûr.

— Je n'en attendais pas moins de Tante Lil.

Isabelle place la bouilloire en fonte sur la plaque la plus chaude de la cuisinière Aga et s'installe en face de Lily. Quand elle sourit, les coins de ses yeux se plissent, faisant songer aux rayons d'un soleil dessiné par un enfant.

— On attaque par quoi ?

— Dans sa lettre, Liliana prétend que Maman a été as…

La voix de Lily s'éteint. Impossible de prononcer ce mot. Elle refuse de l'envisager.

Isabelle souffle doucement.

— Je me disais qu'on pouvait commencer par les sujets légers, tu sais : les amours, la carrière… Mais non. Tu as toujours voulu aller tout de suite au cœur des choses.

Elle s'interrompt pour prendre la main de Lily.

— Oui, ta tante pensait que Mariana a été tuée. Assassinée.

Voilà. Ce mot. Il résonne sur toutes les surfaces de la cuisine, se reflète dans les manches brillants des couteaux plantés dans leur bloc. Lily retire sa main et la pose sur sa poitrine, comme si elle avait le pouvoir d'empêcher son cœur de battre trop vite et d'enrayer les reflux gastriques qu'elle sent monter. Comment digérer ce mot ? Comment un jour l'accepter ?

— Alors elle ne s'est pas…

Ça non plus, elle n'est pas capable de le prononcer.

— Elle ne s'est pas donné la mort ? Non. Pas du tout, d'après ta tante.

La bouilloire siffle, le bouchon tremble sous la pression de la vapeur.

Lily se redresse et lève la paume pour intimer à Isabelle de rester assise.

— Je vais préparer le thé. Ça m'occupera.

Elle fouille les placards en quête de mugs.

— Deuxième porte à droite de l'évier, indique Isabelle. La boîte à thé est sur le plan de travail.

Lily récupère deux grandes tasses et ouvre la boîte de Yorkshire Tea. Aussitôt, les arômes familiers des tannins et de la tourbe s'en échappent. Elle se demande si Isabelle a raison, et s'il est dans son caractère d'aller au cœur des choses. Est-elle encore cette personne, après toutes ces années à se terrer dans son petit studio de Londres ?

— Ça t'embête si l'on ne parle pas de ça ? De ma mère, je veux dire. Je sais que c'est moi qui ai amené le sujet, mais…

Elle n'a pas besoin de regarder Isabelle pour percevoir sa pitié, collante et sucrée – de la mélasse.

— Comme il te plaira, répond Isabelle.

Lily sent ses yeux picoter sous les larmes – allergique à la pensée du meurtre comme elle l'est aux chats. Ce qui ne l'a pourtant jamais empêchée de prendre les félins dans ses bras et d'enfouir son visage dans leur fourrure. Mais elle n'a pas l'intention d'approcher le meurtre d'aussi près.

Lily dépose les sachets de thé dans les mugs et, après avoir versé l'eau bouillante, observe par la fenêtre le jardin potager encerclé de murets. Le banc est toujours à sa place, mais il est maintenant surplombé de roses trémières qui, en hiver, laissent apparaître la structure en métal qui les soutient. Deux buissons de houx montent la garde et le gui étouffe le lierre.

— Partout où je pose les yeux, je vois nos parties de cache-cache, avoue Lily. Je viens de me revoir en train de compter sur le banc.

— Tu es la seule personne que je connaisse qui comptait réellement jusqu'à cent, dit Isabelle.

Et, dans sa voix, Lily perçoit son sourire. Sa voix s'est réchauffée comme au soleil.

— C'est la règle du jeu, réplique Lily.

— Et tu respectes toujours les règles ?

Lily essore les sachets de thé avec une cuillère.

— En général, oui. Sauf si elles sont injustes.

Isabelle se lève et se dirige vers l'immense réfrigérateur-congélateur dans le coin de la pièce pour y prendre du lait.

— Ce n'est pas l'avocate qui te parle, mais tu devrais te méfier. Tout le monde n'est pas aussi honnête que toi.

— De toute façon, je ne suis pas revenue pour le jeu.

Isabelle lui adresse un sourire radieux. Ses yeux pétillent. Elle brandit son mug.

— Trinquons à ces belles paroles.

Elles font tinter leurs tasses ébréchées. Lily porte le breuvage à ses lèvres. Il a un goût bizarre, presque iodé, comme si l'on avait utilisé un filet de pêche pour faire infuser les feuilles.

Elle repose son mug sur le plan de travail.

— Selon Liliana, tous les indices en rapport avec ce qui est arrivé à ma mère seraient cachés dans les énigmes du jeu de piste.

— Si seulement elle avait pu dire les choses simplement.

— Tout était un jeu à ses yeux. Même la mort.

— Tu vas réussir. Tu as toujours été douée pour les chasses au trésor.

— Absolument pas !

— Tu oublies que j'étais là. Tu résolvais les énigmes chaque fois, mais tu as cessé de donner la réponse parce que les autres étaient jaloux de tes victoires.

Un souvenir revient à Lily, fulgurant : le jour où elle a décodé l'indice final et découvert la malle remplie de cadeaux. Ses cousins se sont jetés dessus et l'en ont écartée. Sara a même filé avec le gros lot – une PlayStation 2, prétextant que Lily ne saurait pas l'apprécier à sa juste valeur. Et Lily l'a laissée faire. Alors oui, ensuite, elle a fait semblant de ne pas connaître les réponses. Mais elle a toujours cru son secret bien gardé. L'idée d'être prise en flagrant délit de mensonge la rend malade. Un haut-le-cœur la saisit, elle se rassied à table et inspire profondément.

— Ça va ? demande Isabelle en posant une main sur son bras.

Le contact est familier, rassurant. Et étrangement intime.

— Ça ira, répond Lily. Ça fait beaucoup de choses d'un coup. Surtout après un si long trajet.

— Je n'aurais pas dû te fatiguer avec tout ça. Mais les autres ne vont pas tarder à arriver, et je vais devoir endosser mon rôle officiel d'avocate. Ensuite, après la lecture des règles du jeu, je serai forcée de partir. Ça fait partie des instructions de Liliana.

— Alors, toi aussi, tu respectes les règles.

— Eh oui, nous avons beaucoup de choses en commun. Depuis toujours.

Elles se contemplent un moment, les yeux dans les yeux. Quelque chose s'illumine entre elles comme des guirlandes. Isabelle se penche, sans rompre le contact. Son visage se fait grave. Le volume de sa voix diminue, progressivement.

— Il faut que je te dise quelque chose, avant que les autres arrivent.

— Quoi ? demande Lily.

Soudain, le heurtoir retentit depuis l'entrée.

Isabelle soupire. Elle retire sa main, enfile son blazer et noue ses cheveux en une queue-de-cheval. Quand elle regarde à nouveau Lily, ses yeux ont la dureté des châtaignes. Son visage a presque changé de forme, ses pommettes sont plus saillantes. Puis Lily se souvient. C'est sa tactique de jeu, une expression impassible et déterminée qui ne laisse rien filtrer. Lily n'a jamais eu de stratégie à elle, à part choisir d'être la perdante à tous les coups. Le problème, quand on fait semblant trop longtemps, c'est qu'on finit par croire à son propre mensonge.

— Si vous voulez bien me suivre, Miss Armitage, déclare Isabelle.

Sa voix a maintenant le tranchant du verre, sans le brandy.

Un changement radical qui perturbe Lily.

— Tu ne plaisantais pas, quand tu parlais de passer en mode avocate…

— J'ai un rôle à jouer, déclare Isabelle. Tout comme toi.

Elle fait sonner la cloche près de la porte de la cuisine. Des pas précipités martèlent les marches en pierre de l'escalier du garde-manger.

Une femme apparaît, les mains encombrées de plumeaux jaunes. Elle charrie avec elle des odeurs de cire d'abeille et d'*Opium*, d'Yves Saint Laurent.

— Je te présente Mrs Castle, dit Isabelle. La gouvernante. Elle te gardait souvent quand tu étais petite. C'est elle qui va s'occuper de vous tous et – surtout – de la maison, durant le jeu.

— Enchantée, Mrs Castle.

Lily ne se souvient absolument pas de cette femme, mais sa prosopagnosie – son incapacité à reconnaître les visages – était particulièrement sévère dans son enfance.

— Miss Lily, la salue Mrs Castle avec un bref signe de tête.

La gouvernante n'est manifestement pas ravie de voir Lily. D'ailleurs, elle semble ne jamais avoir été satisfaite de toute sa vie. Elle a le corps sec et cassant d'un sucre d'orge, sans nulle douceur. Malgré son âge avancé, son visage ne porte la trace d'aucune ride autour des lèvres ni des yeux. De très longues années sans un sourire.

Le heurtoir résonne de nouveau, cette fois avec plus d'insistance.

— Auriez-vous l'amabilité d'ouvrir et de conduire les invités dans le petit salon, Mrs Castle ?

La gouvernante hoche la tête puis s'éloigne à grands pas dans le hall. Lily tente d'arracher un sourire complice à Isabelle, en vain. Il n'y a sur son visage pas l'ombre d'un souvenir du moment tout juste passé. Lily sent le monde vaciller sous ses pieds. On frappe au heurtoir une nouvelle fois. Pourvu qu'il ne s'agisse pas de Sara et Gray. Lily les évite soigneusement depuis ses dix-huit ans, quand elle a quitté le nid de Liliana pour étudier à l'école d'arts de Central Saint Martins, à Londres. Un pincement de culpabilité la saisit – Gray ne mérite pas ce silence de sa part. Mais Sara, oui, et elle ne se décolle jamais de son frère.

Lily reste plantée au milieu du tapis dans le hall, le poids d'Endgame House sur ses épaules.

Le heurtoir résonne une dernière fois. Une voix derrière la porte lance :

— Il y a quelqu'un ?

Mrs Castle avance pour ouvrir.

Sara et Gray sont sur le perron. Gray regarde au loin derrière la gouvernante et repère Lily. Il se détourne.

— Bonjour, lance Isabelle. Et bon retour à Endgame House.

4

Entrant d'un pas assuré, Sara ôte son manteau et le tend à Mrs Castle sans même lui accorder un regard. Mrs Castle récupère celui de Gray, son bonnet, son écharpe et s'éloigne en pestant à la manière d'une pendule contrariée.

Plantée au milieu du grand hall, Sara observe les murs, le plafond. Elle s'attarde sur les portraits des précédents propriétaires du domaine d'Endgame House – probablement pour estimer ce qu'elle pourra en tirer aux enchères si elle remporte le jeu de piste. Gray traîne des pieds pour la rejoindre, tête baissée comme s'il comptait les carreaux sur le sol de dalles noires et blanches.

En voyant Lily, Sara plaque un sourire sur son visage.

— Lily ! s'exclame-t-elle en avançant vers elle.

Lily ne se souvient pas d'une époque où elles se seraient étreintes – et une expérience pareille l'aurait marquée : être écrasée dans les bras de sa cousine façon tube de dentifrice en fin de vie. Mais peut-être que Sara a changé, que son cœur s'est dégelé avec les années.

Sara recule pour l'étudier.

— Tu te portes bien, constate-t-elle. Ça te va à ravir, ces petits kilos en trop.

Bon, peut-être pas. Ça recommence déjà. Lily sait qu'une riposte lapidaire lui viendra au beau milieu de la nuit, dans son lit, en proie aux brûlures d'estomac causées par le repas trop copieux et les souvenirs mal digérés. Mais, pour le moment, tout ce qu'elle parvient à articuler, c'est :

— Tu es magnifique, Sara.

C'est vrai, d'ailleurs. Sara porte une tenue signée Stella McCartney et sa peau resplendit d'être quotidiennement chouchoutée par des crèmes non moins luxueuses.

Sara hausse les épaules. Elle a l'habitude des compliments. Son regard glisse sur Lily comme sur les articles d'un bac soldé. Elle s'intéresse maintenant au sapin et tripote une boule brillante.

— J'ai vu ce lot chez Liberty. La déco entière a dû coûter une fortune. Est-ce que c'est décompté de l'héritage ?

Isabelle serre et desserre les dents, semblant mâchonner sa réponse.

— Votre mère a spécifié ses exigences en matière de décoration dans le dernier avenant à son testament, déclare-t-elle enfin. Elle a également donné ses instructions pour les menus et rafraîchissements qui vous seront servis lors des douze prochains jours.

Lily a l'impression qu'un monte-plat vient de plonger dans son estomac.

— Douze jours ? Impossible.

Elle jette un coup d'œil vers la porte. Il serait si facile de partir.

— Dans ce cas, tu peux t'en aller dès maintenant, dit Sara.

Elle penche la tête sur le côté, et un sourire en coin étire ses lèvres tartinées de rouge Chanel.

— Pas vrai, Gray ?

Gray s'arrache à sa contemplation du sol pour regarder Sara, puis Lily, de ses iris diaphanes. La légende familiale raconte que, lorsque Gray a ouvert les yeux pour la première fois, Robert, son père, aurait déclaré : « Il a les yeux de la couleur d'un poisson pêché à Whitby par temps nuageux. On devrait l'appeler Grey. » Liliana, sa mère, aurait insisté pour modifier au moins l'orthographe du prénom. De Grey, traduction de « gris » en anglais, il est devenu Gray, homonyme du Gray Man, le tueur en série cannibale des années vingt.

— Elle fait ce qu'elle veut, dit-il en retournant à la contemplation du carrelage brillant.

— Absolument, confirme Isabelle avant de regarder Lily droit dans les yeux avec un air de défi.

— Je reste, déclare Lily.

Isabelle joint ses mains.

— Parfait, cette question est donc réglée. Si vous le voulez bien, je vous propose d'attendre l'arrivée des autres invités dans le petit salon.

***

La pièce a été transformée en salon de thé festif. Trois tables rondes ont été drapées de nappes immaculées, prêtes à accueillir huit personnes. La magistrale cheminée en pierre blanche est couverte de branches fines entortillées, de mousse et de bougies à la cire d'abeille. Un feu crépite dans l'âtre. Sur chaque set de table est disposée la porcelaine du vaisselier d'Endgame, une serviette et une brindille de symphorine aux petites baies blanches.

— Installez-vous, dit Isabelle.

Elle attend que Sara, Gray et Lily s'assoient à la même table. Lily aurait préféré rester seule, garder des chaises pour Ronnie et Tom, mais ç'aurait été malpoli.

— Nous débuterons à 16 heures, que les autres soient arrivés ou non.

— Un retard compte pour un forfait ? demande Sara.

— Tout le monde doit avoir atteint le perron d'Endgame House et frappé à la porte avant 15 h 45, répond Isabelle. Passé cet horaire, personne ne sera autorisé à entrer dans la maison ni à prendre part au jeu.

— Espérons que la neige les retiendra, dans ce cas, décrète Sara.

Elle cherche autour d'elle une approbation dont personne ne lui fait grâce.

— C'est vrai, quoi. On dirait que je suis la seule personne honnête, ici.

Lily baisse les yeux sur la nappe et remarque un discret motif en filigrane, presque invisible. Elle regarde de plus près. C'est le labyrinthe d'Endgame. Elle pourrait en reconnaître la configuration n'importe où. Petite, elle s'amusait à courir après sa mère dans ses méandres. Quand venait son tour de se cacher, elle se glissait dans l'encoche secrète au centre et attendait que sa mère la retrouve. Elle la retrouvait toujours. Jusqu'au jour où c'est Lily qui y a trouvé Mariana morte, gisant contre une haie.

Lily ravale un haut-le-cœur. Elle lève la tête pour remarquer qu'Isabelle est partie et que Mrs Castle avance précautionneusement vers eux avec un plateau d'argent. Elle pose une théière au motif peint de houx et le petit pot à lait assorti devant Lily et ses cousins. Lily repère l'ombre d'une inscription sous le pot avant qu'il touche la nappe.

— J'imagine que c'est à moi de faire le service maintenant que ma chère mère n'est plus là ? dit Sara en tendant le bras vers la théière. Ou peut-être devrais-tu la remplacer, Lily, puisqu'on t'a donné le nom de ma mère. Et que tu étais la chouchoute.

Lily ne dit rien. Toute protestation serait un mensonge. Elle aimerait révéler tout ce que Liliana lui a confié au sujet de Sara, ses sentiments à l'égard de sa fille biologique. La vérité lui brûle la langue, toutefois elle se tait.

— Ou peut-être que jouer le rôle de la mère est un peu trop tabou, continue Sara. Après tout, sans toi, la tienne serait encore en…

Gray pose une main sur le bras de sa sœur. Elle s'en dégage, mais ne poursuit pas sa phrase. Lily sait très bien ce qu'elle s'apprêtait à dire. Elle l'a déjà entendu. Sa mère serait toujours en vie si Lily n'avait pas existé. C'est ce que tout le monde raconte dans la famille, à l'exception de Liliana : que Mariana était heureuse jusqu'au jour où elle est tombée enceinte de Lily. Puis elle n'a fait que s'effacer davantage, au point de ne plus vouloir être là. La maternité l'a détruite.

Pourtant, si sa tante a raison, quelqu'un d'autre est à l'origine de la mort de sa mère. Et Lily va devoir arracher les coutures de sa vie pour reprendre depuis le début.

Lily lève la tête et remarque que tous la regardent.

Une bûche tombe dans l'âtre, rompant le silence. Le thé est versé, la passoire filtre les feuilles et le lait forme un nuage dans le breuvage. Dans le grand hall, le heurtoir retentit.

— Espérons qu'il s'agisse enfin de bonne compagnie, lance Sara en basculant contre le dossier de sa chaise pour jeter un coup d'œil par la porte du petit salon.

La porte d'entrée s'ouvre.

— Vite, vite, laisse-nous entrer, Isabelle. Il caille dehors. Holly est une fille du Sud, elle n'a pas l'habitude de se les peler comme ça !

C'est Rachel. Lily reconnaît sa voix.

Lily entend des talons sur le carrelage, des manteaux que l'on secoue et des mains que l'on frictionne pour se réchauffer. Elle est sur le point de se lever pour aller à leur rencontre quand Rachel entre dans le petit salon. Elle n'a pas franchement changé d'allure – elle s'est simplement étirée vers le haut. Lily a toujours voulu être amie avec Rachel, sans jamais y parvenir. Elle s'entendait très bien avec ses frères – Tom et Ronnie –, mais Rachel maintenait tout le monde à distance. Elle restait souvent assise seule, perdue dans ses pensées.

Rachel observe ses cousins autour de la table. Ses sourcils frémissent. Une femme entre derrière elle, elle a un visage doux, tout en fossettes et taches de rousseur.

— Holly, ma femme, dit Rachel en plaçant sa main sur son épaule.

— Ravie de faire ta connaissance, dit Lily.

La formule est trop guindée, mais Holly lui adresse un sourire rayonnant.

— Tu n'aurais pas besoin de faire les présentations si tu nous avais invités à ton mariage, fait remarquer Sara.

Un silence glacial tombe sur la pièce.

— Tu n'aurais pas pu y aller de toute façon, tempère doucement Gray. Tu étais à New York.

Sara le fusille du regard et il baisse de nouveau la tête.

— Quant à moi, je m'occupais de votre mère, dit Isabelle à Sara.

— En espérant une part d'héritage, pas vrai ? rétorque Sara. Tu dois être verte qu'elle ne t'ait rien laissé.

— Je n'ai jamais été attachée à cette maison, seulement à ses habitants.

— Ce n'est pas parce que tu jouais ici enfant et que Maman t'a pistonnée pour tes études de droit que tu fais partie de la famille. Toi et ta mère, vous n'êtes que le petit personnel.

Tout le monde se fige, comme les sujets sur une bûche de Noël.

Isabelle serre les dents. Elle doit avoir tant à répliquer. Lily se demande si ça a un rapport avec ce qu'elle s'apprêtait à lui confier avant qu'elles soient interrompues.

Le heurtoir frappe de nouveau. Mrs Castle se précipite dans l'entrée. Rachel et Holly s'assoient à une autre table. Sara affiche une moue pincée, et Lily sent son genou s'agiter sous la nappe.

Lily retourne sa soucoupe pour voir ce qui est inscrit au dos de la porcelaine. C'est une version miniature du labyrinthe. Elle en retrace le chemin avec son auriculaire. Le dessin lui est toujours aussi familier. Machinalement, elle le gribouille quand elle pense à autre chose, ou quand elle est au téléphone. Liliana avait raison. Le motif est imprimé en elle.

— Elle est arrivée ? lance Ronnie en déboulant dans le petit salon encore vêtu de son manteau.

Il porte une immense pile de cadeaux colorés. Ses bottes en caoutchouc déposent de la neige fondue sur le tapis. En apercevant Lily, il laisse tomber ses cadeaux par terre. Un fracas mélodieux suggère qu'un des paquets contenait du verre.

Lily se lève juste à temps pour être enveloppée par les bras de son cousin. Ses câlins sont fameux. Il est grand, large d'épaules et solide, bien que légèrement moelleux, comme un bonhomme de neige tout frais. Il la soulève pour la serrer un peu plus fort contre lui.

— Tu portes encore des corsets, alors, constate-t-il en la reposant doucement à terre.

— C'est mon nouveau modèle de Noël, répond Lily en passant la main sur sa taille creusée. Il est doté d'un pan supplémentaire et de lacets plus longs pour faire de la place aux ballonnements des repas de fête.

— Quand est-ce que tu m'en fabriques un pour cacher ça ? demande Ronnie en gonflant sa bedaine imaginaire.

— Quand tu veux.

La force de l'amour qu'elle éprouve à l'égard de l'un de ses cousins préférés lui serre le cœur comme les lacets d'un corset. Quand Tom arrivera, son cœur risque d'exploser. Elle n'est pas censée avoir de chouchous, mais c'est inévitable, surtout quand les autres la traitent en pestiférée.

Philippa, la femme de Ronnie, attire ce dernier vers elle.

— Laisse-la respirer, mon cœur.

— Mais non, ça va, assure Lily.

— Quand même, répond Philippa sans rien expliciter.

Ronnie, en revanche, comprend le message et se tourne vers Rachel, sa propre sœur.

— Ça fait un bail, frangine ! s'exclame-t-il en la serrant à son tour dans ses bras. Tu es radieuse, l'amour te va à merveille.

Il tope la main d'Holly dans le dos de Rachel. Puis il regarde Lily et articule en silence :

— On se parle plus tard.

Lily hoche la tête. Elle se demande un instant si elle va lui dire, puis elle se souvient de la mise en garde de Tante Liliana. Ne rien répéter à personne. Mais elle n'a aucune raison de se méfier de Ronnie, n'est-ce pas ? Ils jouaient ensemble dans cette même maison. Le temps passé avec lui, Tom et Isabelle, compose ses souvenirs les plus heureux. Sans eux, Endgame House ne représenterait pour elle que la mort, les regrets et le deuil.

Mrs Castle avance lentement dans le petit salon, apportant un serviteur muet de cinq étages comme s'il s'agissait d'une couronne. Elle le place à la table de Lily et part chercher les deux autres. Lily n'a jamais rien vu de tel, et pourtant elle a déjà pris le thé au Savoy. Une riche cliente avait insisté pour l'y inviter et discuter de la réplique de robe de mariée de la reine Victoria que Lily confectionnait pour elle. Le champagne, les mini-sandwichs raffinés et les mignardises n'ont cessé d'apparaître que lorsque Lily, plus que légèrement pompette, s'est écriée : « C'est trop ! »

Face à elle, l'étage le plus bas du présentoir croule sous les sandwichs miniatures en forme d'étoiles. Saumon fumé, œufs brouillés au poivre, rôti de bœuf, cheddar et tomate, poulet herbes et mayonnaise. À l'étage suivant, des petites quiches rondes qui pourraient tenir dans sa paume. Leur surface marbrée de bleu donne un indice sur la provenance des effluves de Stilton. L'étage suivant est celui des scones, aussi larges que son poing, parsemés de cranberries ; puis viennent les parts de gâteau, allant du *parkin*, le pain d'épices au gingembre traditionnel du Yorkshire, au *Christmas pudding*, en passant par le *carrot cake*. Enfin, l'étage supérieur est consacré aux *mince pies* et aux *pfeffernusse* en forme de flocons. Les odeurs combinées de ces tartelettes aux fruits secs et confits, des biscuits aux épices saupoudrés de sucre glace, de la viande et du poisson donnent à Lily une sensation d'écœurement.

Sara renifle avec dédain, comme si elle pouvait cuisiner mieux. Elle en est probablement persuadée, d'ailleurs, se fondant uniquement sur son expérience de jeune fille au pair pendant des vacances au ski dans les Alpes où elle gérait les repas de gamins pourris gâtés en combinaison thermique.

— Mrs Castle, vous vous êtes surpassée ! s'extasie Ronnie en tendant le bras pour atteindre une mini-quiche.

Philippa lui donne une tape et il se ravise. Calant ses deux mains sous ses jambes, il adresse un sourire malicieux à Lily.

Mrs Castle le gratifie de ce qui s'apparente sans doute le plus à un sourire dans l'échelle de ses expressions, alors qu'elle pose un plateau chargé de flûtes vides, mais dont le verre scintille déjà sous les lustres. Elle apporte ensuite un seau à champagne en argent sur pied, rempli de glaçons et de trois bouteilles d'un très vieux cru de Bollinger. Réunion de famille des plus chic.

— On sabrera le champagne quand Tom sera là, déclare Isabelle depuis le bureau en noyer où elle est installée.

Elle parcourt des documents, lunettes sur le nez. Leur monture encadre joliment son visage en adoucissant ses angles.

— *S'il* arrive, rectifie Sara.

— Bien sûr qu'il va arriver, dit Ronnie. Tom ne manquerait un scandale pour rien au monde. Ni moi, d'ailleurs. C'est la seule raison pour laquelle je suis ici – et pour revoir Lily, évidemment.

Philippa lui balance un coup de coude dans les côtes et il se frotte machinalement, comme s'il avait l'habitude. Peut-être que Lily devrait vraiment lui confectionner un corset, rien que pour supporter les coups de coude de Philippa.

— Tom s'est probablement arrêté en route pour acheter des cadeaux à tout le monde, renchérit Rachel. Il ne va pas tarder, il déteste faire attendre les autres.

— Eh bien, il lui reste quatre minutes, annonce Sara en consultant sa montre. Après ça, il est exclu du jeu. Ce qui nous laissera plus de chances de gagner.

— Trois minutes et vingt secondes, corrige Isabelle en désignant l'horloge au mur. Liliana indique clairement dans son règlement que tous les horaires doivent être calés sur la pendule comtoise du petit salon.

Elle sort son portable de sa poche.

— Il va devoir se presser, il n'est même pas encore entré sur le domaine.

— Comment le sais-tu ? s'enquiert Sara.

Isabelle brandit le téléphone. À l'écran apparaît une image granuleuse de CCTV. Lily parvient à peine à discerner le portail en fer forgé.

— Tu as accès aux caméras de sécurité ? demande Philippa avec une pointe d'inquiétude dans la voix.

Isabelle confirme.

— Je ne suis pas sûre d'être très à l'aise avec cette idée, dit Rachel.

— Moi, au contraire, je suis très certaine de ne pas l'être, rétorque Sara. Ça ne me plaît pas du tout, et je trouve ça complètement déplacé.

— Tout figure au testament de Liliana. Je vous l'expliquerai en détail à la lecture des règles, répond Isabelle.

Quelque chose bouge à l'écran. Les portes s'ouvrent. Une voiture avec un sapin sanglé sur son toit attend de pouvoir passer. Une main fait signe derrière la vitre. Impossible de reconnaître Tom, mais ce geste suffit à remplir Lily de joie.

— Le voilà ! s'exclame Ronnie. Je savais qu'on peut toujours compter sur Tom.

Sara peste dans son coin, mélange de toussotement et de « taratata ». Un *taratatousse*. Rachel ne semble pas ravie non plus, pas plus que Philippa, ni d'ailleurs Isabelle. Ronnie et Lily devront se charger seuls de l'accueil chaleureux.

Le son du gravier écrasé leur parvient depuis l'allée.

— Une minute, indique Isabelle.

L'aiguille caresse l'horloge comme pour y étaler de la crème.

Une portière claque. Ronnie se précipite à la fenêtre et l'ouvre.

— Dépêche-toi, Tom ! crie-t-il.

Pour toute réponse, Tom s'esclaffe.

— Trente secondes, annonce Isabelle.

Les ongles de Lily s'enfoncent dans sa paume.

— Il a franchi le repère du cadran solaire, lance Ronnie à la manière d'un commentateur sportif. Ses cheveux ont tant poussé qu'ils volent au vent, la neige s'y colle tels des confettis. Il est en forme cette année, son entraîneur l'a fait bosser dur, il a suivi un régime sans sucre, il arrive maintenant sur la dernière ligne droite et…

— Dix secondes, décompte Isabelle d'une voix tendue comme les cordes d'un violon.

Lily perçoit le pas rapide de Tom dans la neige poudreuse.

— Neuf, huit…

— Plus que quelques mètres, continue Ronnie.

— Sept, six…

— Au corps à corps avec le chrono, Tom Armitage tend le bras et, dans un ultime plongeon, sa main attrape le heurtoir et…

Toc, toc, toc.

— Auriez-vous l'amabilité d'accueillir notre dernier invité, Mrs Castle, je vous prie ? demande Isabelle.

— Laissez, je m'en charge ! s'époumone Ronnie en sortant à toute vitesse de la pièce.

— Il me plaît bien, celui-là, chuchote Holly.

Rachel sourit.

Lily se rend compte qu'elle a rarement vu Rachel heureuse. Enfant, sa cousine restait à l'écart, aussi silencieuse que Lily, observant tout sans jamais intervenir. Lily a tenté de se lier d'amitié avec elle une fois, lui offrant un parfum qu'elle avait fabriqué en infusant des pétales de rose, de la lavande et du romarin dans de l'eau distillée. Rachel a secoué la tête avant de détourner le regard, et voilà tout. Peut-être qu'aujourd'hui, les choses peuvent changer.

Ronnie revient, un bras autour des épaules de Tom.

— Regardez qui j'ai trouvé sur le pas de la porte, dit-il.

Tom leur fait signe.

— Désolé de vous avoir fait attendre, s'excuse-t-il en brandissant un sac. Je n'ai pas vu le temps passer. Je me suis un peu emballé côté cadeaux.

Lily sourit et Ronnie grogne. Tom est imbattable en jeux de mots.

— Tu as failli être éliminé, fait remarquer Sara.

Elle le toise avec mépris, comme si elle n'arrivait pas à croire qu'on puisse être assez stupide pour prendre le risque de rater une chance de remporter le pactole.

— Mais il est là et il n'y a pas de problème, répond Ronnie en claquant Tom si fort dans le dos que celui-ci vacille en avant.

— Même pas besoin de remettre les pendules à l'heure, ajoute Tom en se rattrapant à l'horloge comtoise.

Le meuble tremble, mais reste debout.

— Puisque nous sommes tous là, déclare Isabelle, profitons-en pour sabrer le champagne. Une fois que je vous aurai lu les règles, le jeu de piste de Noël pourra commencer.

5

Le champagne pétille dans les flûtes. Plantée près de la cheminée, Isabelle prend une profonde inspiration.

— Dans un premier temps, commence-t-elle, je vais vous transmettre le dernier message que Liliana Violet Armitage-Feathers vous adresse à tous. Il était conservé dans son coffre au cabinet Stirling Solicitors et avait vocation à être lu aujourd'hui, par moi, dans l'éventualité de sa mort.

Sa main tremble légèrement et le papier avec, comme s'il frémissait à l'idée de la mise à nu de ses mots.

— *Chère famille Armitage, chers invités. Voilà, il semblerait que je sois morte. C'est bien dommage, car je me faisais une joie de passer un merveilleux Noël auprès de vous, et il me tardait plus encore de vous regarder tenter de résoudre les énigmes qui détermineront l'avenir d'Endgame. Ç'aurait été un délice, surtout en sachant combien certains d'entre vous sont mauvais à ce jeu.*

— Elle n'a pas pu s'en empêcher, persifla Sara. Il fallait qu'elle en rajoute une dernière couche.

— Chuuut, intervient Rachel.

— C'est ma mère, j'ai le droit de parler d'elle comme je veux, affirme Sara d'une voix forte.

— Ma petite Sara, c'est ta mère qu'on aimerait écouter, pas toi, lui rappelle Tom avec son accent du Yorkshire aussi typique que le *parkin* – et tout aussi apprécié.

Sara est sur le point de répliquer quand Gray pose la main sur son bras. Elle se renfonce dans sa chaise, dont le dossier craque comme pour protester à sa place.

— *Enfin*, poursuit Isabelle d'une voix tremblante comme sa feuille, *je suis morte, c'est fini pour moi. J'ai laissé Isabelle en charge des opérations jusqu'à ce qu'une héritière ou un héritier soit proclamé(e) à la fin du jeu. À l'heure qu'il est, vous devriez désormais savoir que le jeu de piste sera légèrement différent cette année. D'habitude, chaque indice mène à un autre, caché dans le manoir ou sur le domaine, pour donner l'emplacement du coffre contenant tous vos cadeaux. Le gagnant ou la gagnante emporte alors un prix supplémentaire. Et ce principe perdure : le cadeau bonus, en l'occurrence, est la maison. Le reste d'entre vous, en revanche, repartira bredouille. Et cette fois, il y a une liste de règles très strictes à suivre pour tout le monde. Je crois que l'expression appropriée serait de dire qu'ici, c'est moi qui décide.*

Tom renâcle. Sara le rabroue sèchement.

— *Oh, et je suis navrée de vous avoir séparés de vos enfants, mais la situation n'est pas sans précédent au sein de cette famille et j'ai songé qu'il valait mieux rester entre adultes. Les plus jeunes sont si doués pour les chasses au trésor et je ne suis pas Willy Wonka : remettre les clés du manoir à un enfant comme on lui confierait une chocolaterie me paraît assez mal avisé.*

Alors, à vous de jouer, mes grands enfants majeurs. Soyez gentils les uns avec les autres, autant que possible. Et ne baissez pas les bras. Creusez. Quoi qu'il advienne, il y a encore de l'espoir, même si ça semble impossible. Ce n'est pas votre accent qui fait de vous de vrais habitants du Yorkshire, mais votre détermination. Rendez-moi fière. Et tâchez de passer un joyeux Noël. Buvez une coupette de Bolly en mon honneur, d'accord ?

Isabelle replie la feuille et la jette dans l'âtre derrière elle.

Gray a un mouvement de sursaut.

— Cette lettre contenait ses derniers mots, souffle-t-il.

Il regarde la flamme dévorer le papier.

— Je suis désolée, Gray, dit Isabelle avec une sincérité manifeste. J'ai reçu des instructions.

Elle adresse un signe de tête à Mrs Castle à l'autre bout de la pièce et celle-ci approche avec une pile de documents jaunis. Elle distribue à chacun une épaisse feuille.

Incapable de se retenir plus longtemps, Lily éternue. Sara fait la grimace et recule ostensiblement. Lily baisse les yeux sur la page, c'est une liste de six règles. Isabelle les lit à voix haute tandis que chacun suit à l'écrit.

Les règles du dernier jeu de piste de Noël
par Liliana Armitage-Feathers

Règle 1 : Le jeu durera aussi longtemps que la chanson. Douze jours de Noël, douze jours de jeu. Les héritiers potentiels – Sara, Gray, Rachel, Ronnie, Tom et Lily – doivent impérativement rester dans le manoir du réveillon de Noël à la nuit des Rois – le dernier des douze jours. Toute sortie du domaine avant 15 heures le 5 janvier entraînera un forfait. Des caméras ont été installées sur le périmètre de la maison et leurs enregistrements seront consultés avec attention par le cabinet d'avocats Stirling Solicitors.

Règle 2 : Vous devez résoudre les énigmes par vous-même. Votre partenaire, si vous en avez, est autorisé à vous aider, mais personne hors du cercle familial n'a la permission de vous assister, sous peine de disqualification. Il en va de même pour Internet. Vos téléphones, tablettes, montres connectées, etc. vous seront confisqués, et le Wi-Fi coupé. Toute consultation clandestine d'un gadget de ce genre entraînera une éviction. En gros, ne faites pas les cons. Il faudra vous en remettre à la bibliothèque, aux documents déjà présents dans la maison, ou à vos propres méninges, les enfants. Je sais que certains d'entre vous en seront contrariés et, pour être honnête, je me délecte de vous savoir à la merci des livres.

Règle 3 : Une énigme vous sera soumise chaque jour. Quiconque cherchera ou trouvera l'indice d'un jour suivant sera disqualifié.

Règle 4 : Chaque énigme mène à une clé, cachée dans la maison ou à l'extérieur, sur le domaine. Les joueurs peuvent choisir de garder ces clés pour eux ou de les mettre en commun. Qu'allez-vous faire ? Aider vos proches par esprit de Noël, ou pas ? Jusqu'où va votre égoïsme ? J'imagine que l'avenir nous l'apprendra.

Règle 5 : Le 5 janvier, douze énigmes auront été énoncées et, si vous avez de la chance, douze clés trouvées. L'une de ces clés ouvre la porte d'une chambre secrète dans la maison. Un indice majeur vous sera transmis durant le jeu concernant la localisation exacte de cette chambre secrète. Alors, examinez avec attention le moindre élément qui vous aura été remis.

Règle 6 : À l'intérieur de la chambre secrète, les joueurs découvriront l'acte de propriété d'Endgame House. Isabelle se manifestera le 5 janvier et, sur le coup de 16 heures, procédera à la signature de la passation d'héritage au vainqueur. Si personne ne trouve les documents, ou si tous les participants sont disqualifiés, la maison et tous mes autres actifs reviendront à Isabelle Stirling, qui aura le loisir d'en faire ce que bon lui semble. Je suggère une dotation à une association caritative pour chats, Isabelle, et de préférence pour chats aveugles, en hommage à mon Winston adoré, que tu as si gentiment accepté d'adopter. Mais c'est toi qui vois. Après tout, je suis morte.

Isabelle repose son exemplaire du règlement. Le silence est suspendu au-dessus de la pièce tel du gui desséché.

— Ma mère, dans toute sa splendeur, commente finalement Sara. Qui proclame officiellement préférer léguer sa fortune à des animaux plutôt qu'à ses descendants légitimes.

— D'un point de vue légal et sans testament, précise Isabelle, ce ne serait pas à vous que reviendrait l'héritage.

— Comment ça ? demande Sara d'une voix glaciale.

— Le manoir devait passer de Violet à Mariana, son aînée. Mariana étant décédée avant que Lily atteigne sa majorité, la maison est allée à Edward, puis à Liliana à la mort de ce dernier. Puisque désormais tous les héritiers de cette génération sont décédés, le manoir aurait dû revenir, jusqu'au changement dans le testament, à Lily, fille unique de l'aînée des Armitage.

Le cœur de Lily bat la chamade. Elle n'en avait aucune idée.

— De plus, si elle-même avait des descendants, continue Isabelle, la maison leur reviendrait de droit.

Lily sent tous les regards se poser sur elle comme des moucherons sur une banane trop mûre. Si elle pouvait disparaître sous la table, elle le ferait, mais ce corset restreint trop ses mouvements pour tenter un limbo sous la nappe.

— Tu étais au courant ? demande Sara à Lily. C'est pour ça que tu reviens alors qu'on ne t'a pas vue depuis des années ? Pour déposer un recours légal ?

— Pas du tout.

— Pour nous autres, il n'y a donc aucun intérêt à nous opposer au testament, constate Tom en regardant froidement Sara.

Ils ne se sont jamais entendus, même enfants. Sara le traitait d'imbécile, ce qu'il ne supportait pas. Une discorde plus grave a dû éclater entre eux depuis pour qu'une telle animosité se forme, mais Tom n'en a jamais parlé à Lily. Elle a loupé beaucoup de choses en se tenant à l'écart d'Endgame.

— À moins de vouloir gaspiller votre temps, votre énergie et votre argent, répond Isabelle.

Elle sort un autre dossier de sa mallette et s'approche de Lily.

— Je crains de devoir vous demander de signer ce document, Miss Armitage, par lequel vous confirmez renoncer à tous droits de propriété antérieurs sur la maison et acceptez que le nouveau testament de Liliana fasse foi.

Lili a tant de questions et la seule personne capable d'y répondre est morte. Les manigances de Liliana vont bien plus loin que de simples énigmes inventées pour Noël.

— Tu veux que j'y jette un coup d'œil, Lily ? propose Ronnie.

Avant de se reconvertir en chef cuisinier, Ronnie a brièvement plaidé au barreau de Londres, ce qu'on n'aurait jamais imaginé de lui, sans sa perruque d'avocat. Lily lui a toujours trouvé des airs de Muppets, dans ce qu'ils ont de plus positif. Ses bras s'agitent comme Kermit la grenouille et, en société, il a parfois le tempérament d'Animal.

— La maison ne m'intéresse pas, déclare Lily. Je signerai ce que tu voudras. C'est pour ça que je suis ici, pas pour hériter de l'endroit où celles que j'aime sont mortes.

— C'est ça…, grogne Sara en levant les yeux au ciel.

— Je vois que tu n'as pas perdu ton goût du *saracasme*, dit Tom.

« Saracasme » était le mot-valise inventé par Liliana pour désigner la tendance de Sara au dédain.

— Tu es en train de me dire que tu la crois ? demande Sara.

— Oui, répond simplement Tom.

Cette preuve de soutien apporte à Lily une vague de soulagement.

— Je n'ai pas de raison de douter d'elle, continue-t-il. Rien ne l'oblige à signer et pourtant elle va le faire. Tu projettes ta propre cupidité, Sara.

— Oh, la ferme avec tes conneries de psy, Tom. Nous ne sommes pas tes « clientes ».

Sara mime des guillemets imaginaires autour du mot, comme si Tom n'était pas réellement psychanalyste, mais gigolo.

— Déjà les insultes ? répond Tom. Pas d'amabilités au préalable, pas de discussions légères, pas de « comment tu vas, Tom, ça fait des années qu'on ne s'est pas vus » ?

Lily sent la tension enfler comme un ballon de baudruche dans la pièce. Elle se lève et tend la main.

— Donne-moi les papiers, Isabelle, s'il te plaît. Je vais signer, comme ça on pourra passer à autre chose.

Isabelle lui remet une liasse de documents et un stylo. Lily les pose sur la nappe au relief dédaléen pour renoncer à ses droits. Elle ne veut pas de cette maison. Liliana le savait. Après tout, c'est pour lui raconter la vérité sur la mort de Mariana qu'elle lui a demandé de venir, pas pour l'héritage.

— Tu es complètement folle, Lily, commente Ronnie. J'ai toujours adoré ça chez toi.

Il récupère un biscuit aux épices sur le présentoir et se rassied.

— On peut manger maintenant ? Je meurs de faim.

6

Quand il ne reste plus que des miettes sur les étages des présentoirs de l'*afternoon tea,* Isabelle se lève.

— Il est temps pour moi de partir, déclare-t-elle. Et pour vous de me remettre vos téléphones, liseuses, tablettes, ordinateurs, montres connectées – tout ce qui a accès à Internet.

— Est-ce vraiment nécessaire ? demande Rachel qui hésite en plaçant son smartphone dans la mallette d'Isabelle.

D'une voix plus basse, elle ajoute :

— Ce n'est pas comme si Tante Liliana était encore là pour nous voir.

— Dans ce cas pourquoi tu chuchotes ? Tu as peur que son fantôme t'entende ? rétorque Sara.

Ses *saracasmes* sont plus acerbes encore que dans le souvenir de Lily.

— Mieux vaut que ce ne soit pas le cas pour toi, dit Tom.

— Qu'est-ce que tu insinues ? réplique Sara.

Tom ricane.

— Tu crois que ta mère serait fière de toi ? Tu ne prends pas la peine d'aller à son enterrement, par contre tu es là pour la course à l'héritage.

— Au moins, je ne suis pas hypocrite comme vous autres.

L'atmosphère se refroidit autant que si la pièce avait été plongée dans le seau à glace.

— Les règles doivent être respectées, déclare Isabelle. Si j'ai toujours été proche de votre famille, j'agis en tant qu'exécutrice testamentaire de Liliana. Ainsi, selon ses vœux, je confie maintenant le déroulement du jeu de piste et le manoir aux soins de Mrs Castle. Je serai de retour le 5 janvier pour couronner le gagnant ou la gagnante.

Lily sent soudain un vent de panique.

— Alors, c'est tout ? demande-t-elle. On ne te revoit plus ?

— Liliana a été très claire sur ma place dans ce jeu, explique Isabelle. Je ne dois pas interférer. J'ai l'intention de suivre ses instructions à la lettre.

— Nous sommes huit. Ça fait beaucoup de travail pour Mrs Castle, dit Tom. Je suppose qu'on peut lui donner un coup de main ?

— Rien dans le règlement ne l'interdit. Puisque Ronnie est chef, il voudra peut-être cuisiner quelques…

— Carrément ! approuve Ronnie.

— Il y a des provisions dans le garde-manger, des plats tout préparés dans le congélateur, du vin à la cave, de la glace au frais ainsi que dans la glacière au fond du jardin, poursuit Isabelle. Avec la tempête annoncée pour la semaine prochaine, les routes risquent d'être bloquées par la neige. Si le pire devait advenir, nous nous sommes assurées qu'il y ait assez de vivres pour tenir au moins un mois, même avec vos appétits impressionnants.

Lily frissonne à l'idée d'être coincée ici avec les remarques glaciales de Sara.

Isabelle a dû percevoir son inquiétude, car c'est elle qu'elle regarde en ajoutant :

— Mais n'ayez crainte, c'est très peu probable. Tout va bien se passer.

Elle se tait, observe la pièce.

— D'autres questions avant mon départ ?

— Je suppose qu'une fois que le gagnant aura hérité de la maison il pourra en faire ce qu'il voudra ? demande Sara.

— Absolument, confirme Isabelle.

Lily remarque pourtant un léger pincement de ses lèvres alors qu'Isabelle baisse la tête pour remballer sa mallette.

— Même vendre ? insiste Gray.

— Je ne vois pas ce qui l'en empêcherait, dit Lily.

— Ça ne m'étonne pas, rétorque Sara, tu ne comprends jamais rien. C'est pour ça que tu as toujours été nulle au jeu de piste.

— C'est faux, intervient Tom. Elle en a gagné plusieurs avant de baisser les bras parce que vous vous moquiez d'elle.

Tom sourit à Lily et elle ressent un élan de gratitude envers son cousin. Lui aussi a vu clair à travers sa timidité. Lily connaissait souvent les réponses aux énigmes du jeu de piste. Probablement parce qu'elle aimait tant apprendre de sa mère, de Grandma Violet et de Liliana. Mais ses exploits faisaient d'elle une cible, alors elle a renoncé, feint l'ignorance. Bouche cousue.

— Tu n'as jamais été objectif en ce qui concerne Lily, lance Sara à Tom. C'est mignon, vraiment.

Mais son ricanement indique qu'elle trouve ça tout sauf mignon.

— Si Lily connaissait les réponses, pourquoi ne les donnait-elle pas ?

Bonne question.

— Il est temps pour moi de vous abandonner à vos chamailleries de famille, déclare Isabelle.

— Tu as le droit de nous parler de cette façon ? interroge Sara.

Isabelle sourit, et l'ombre fugace de la femme qui a ouvert la porte à Lily réapparaît.

— Je représente Liliana et sa mémoire. Je ne suis pas tenue à plus de politesse que nécessaire à votre égard, réplique-t-elle en fermant la sangle de sa mallette.

Lily songe soudain à un bustier façon tailleur, de la forme d'un cartable, qu'elle pourrait confectionner pour Isabelle. Elle écarte cette pensée.

Isabelle se tourne une dernière fois vers le groupe. Lily espère que son regard se posera sur elle comme un doux flocon, mais il balaie les tables sans s'arrêter.

— Joyeux Noël à vous tous. Tâchez de vous amuser.

Et sur ces mots elle disparaît. La porte d'entrée se referme, et ses pas écrasent la neige.

Même en présence de Tom et Ronnie, Lily se sent déjà seule.

— Tu as l'intention de boire ça ? demande Sara en désignant du menton la flûte de champagne intacte de Lily.

Lily secoue la tête.

— Fais-toi plaisir, répond-elle.

Sara s'empare du verre et le sirote, les yeux fermés.

— Une touche d'agrumes, un parfum de fleur de souci, et ce qu'il faut de fermentation.

Étonnant comme Sara parvient même à créer des soucis dans le champagne le plus divin. Cette remarque aurait fait une bonne repartie, pour une femme plus courageuse que Lily.

À cet instant, Mrs Castle entre dans la pièce sans entrain.

— Vos chambres sont prêtes, déjà assignées par Liliana. Vos noms sont sur les portes. Miss Lily, vous êtes dans votre ancienne chambre.

Lily sent l'attention de ses cousins sur elle.

— Vos bagages sont sur vos lits, annonce Mrs Castle en se frottant les avant-bras. Je les ai montés moi-même. C'est une bonne chose qu'il neige, sans quoi tous ces kilos de vêtements n'auraient servi à rien.

Elle regarde fixement Ronnie qui éclate de rire. Mais ses gloussements cessent sous l'œil pénétrant de la gouvernante.

— Je suis certaine que vous êtes assez grands pour déballer seuls vos valises. Les cocktails seront prêts à 19 heures, le dîner à 19 h 30. Merci d'être ponctuels.

***

Lily monte l'escalier en caressant le fleuron familier de la rampe. Le tapis a changé depuis la dernière fois qu'elle est venue – le gris formel de l'époque où Endgame était un centre de séminaires a été remplacé par du rouge façon hôtel de luxe. Les craquements sont toujours là, en revanche, sous la moquette le parquet reste le même. Il lui chuchote que rien ne change jamais, au fond. La cinquième marche *craque*, la septième *soupire*. Elle avait l'habitude de les éviter en jouant à cache-cache, ou de les provoquer à dessein pour envoyer Tom sur une mauvaise piste.

Sur le palier du premier étage, elle jette un coup d'œil dans le couloir qui dévie vers la droite. Certaines portes sont ouvertes, d'autres fermées. Elle se revoit pénétrer dans la chambre de Grandma Violet, tenir sa main douce comme un papillon de nuit. Elle se détourne, cligne des yeux pour éloigner le chagrin.

En chemin vers le deuxième étage, les souvenirs affluent. Le dimanche où sa mère lui a montré comment monter les cordes d'un violon ; la nuit où, ne pouvant fermer l'œil, elle a erré dans la maison silencieuse ; la fois où Isabelle et elle… chaque pas déclenche une image du passé qui dégringole, marche après marche, comme un ressort Ondamania.

Son ancienne chambre est au deuxième étage, dans l'aile est. Lily s'arrête devant la porte. Tout au bout du corridor se trouvent la chambre de Liliana et la vieille nursery. Des visions du passé s'illuminent, de l'époque où elle y jouait avec ses cousins. C'est comme regarder des petits fantômes : à sept ans, quand elle essayait de démontrer à Ronnie la permanence des objets en cachant une balle sous une couverture. Ronnie, désemparé, qui crapahutait vers l'armoire. « Elle est là-dessous, lui expliquait Lily en désignant la couverture. Elle ne disparaît pas, même quand on la cache. »

En face de la nursery, la chambre de sa mère. Lily longe le couloir pour l'atteindre. Elle a du mal à respirer, comme si quelqu'un jouait à l'accordéon avec ses poumons. Le parquet n'est pas le même ici. Brut, non verni, il date des années vingt, la grande époque de l'aristocratie où le second étage était réservé au personnel de maison. Les Armitage ont conservé les lieux tels quels en rachetant le domaine, mais en transformant le manoir en centre de séminaires ; cette fois, c'étaient les propriétaires qui vivaient hors de vue.

Le tapis n'a pas changé. Une longue bande rouge sombre qui dégouline comme du sang sur une colonne vertébrale. Lily se détourne. Elle ne peut pas entrer dans la chambre de sa mère. Pas maintenant.

Au lieu de ça, elle ouvre la porte de son ancienne chambre et pousse un petit cri étranglé. La pièce est exactement comme elle l'a laissée. Un jeu des sept différences avec son propre passé.

Un mur entier est couvert de posters. Les Spice Girls à côté des Eternal et des frères Hanson, comme s'ils avaient fusionné en une entité surpuissante de la pop RnB des années quatre-vingt-dix. Tori Amos sourit, lèvres fermées. Christian Slater hausse un sourcil charmeur. L'encre s'est légèrement décolorée sur les lèvres de Gillian Anderson, là où Lily s'entraînait à rouler des pelles. La Madonna du *Blond Ambition Tour* la regarde de haut, comme pour lui demander ce qu'elle a fait de sa vie. Lily se tourne vers son lit, calé contre le mur. Sur l'oreiller repose Christina, la poupée de chiffon confectionnée par sa mère pour Noël. Elle porte une robe cousue à partir de vêtements de bébé de Lily découpés en bandes et assemblés en patchwork. Sa mère disait toujours que rien ne se perd, car on peut créer un nouveau modèle à partir de n'importe quelle chute.

Lily ne se souvient pas d'avoir laissé Christina sur son lit ; d'ailleurs, elle est certaine qu'après la mort de sa mère elle a rangé la poupée dans l'armoire pour ne pas avoir à la regarder. Les broderies qui masquent les coutures lui faisaient l'effet d'une aiguille passant encore et encore dans son cœur, mais sans fil pour le réparer.

C'est Liliana qui a dû donner pour instruction de placer Christina sur le lit, dans un élan empruntant sa douceur aux dattes dont elle raffolait à Noël. Lily, en revanche, n'oublie jamais qu'au cœur de la chair tendre de ces fruits se cache une amande dure.

C'est à cause de cette même dureté chez sa tante qu'elle est ici. C'est cruel, quand on y pense, d'exiger qu'elle revienne dans cette maison aux secrets inscrits sur les murs. Si Liliana avait voulu révéler la vérité au grand jour, elle avait toute sa vie pour le faire. Alors pourquoi attendre maintenant ? Pourquoi confier cette tâche à Lily ? Elle aurait pu se contenter de lui raconter ce qui était arrivé à sa mère. C'est injuste de lui faire vivre ce calvaire.

La colère enfle en Lily comme le crescendo d'un motet à quarante voix. Rien ne l'oblige à faire tout ça. Les secrets n'ont qu'à rester ensevelis, pour ce que ça change. Elle ne défera pas ses bagages. Autant partir.

Elle a encore le temps de rentrer à Londres dans son minuscule studio pour y être avant minuit. Ou alors elle trouvera bien un hôtel sur la route. Tout sauf rester ici.

À moins qu'elle ne reste bloquée par la neige.

Lily avance vers la fenêtre, évitant soigneusement de regarder le labyrinthe. Le crépuscule a laissé place à la nuit noire de l'hiver. Les lampadaires de style victorien projettent leur halo doré sur les jardins à l'arrière d'Endgame House.

La neige est déjà bien épaisse, elle arrive aux genoux de la statue d'une femme à moitié nue sous sa toge de pierre. Enfant, par pitié pour cette femme qu'elle avait baptisée Mary, Lily a un jour entrepris de rhabiller la sculpture avec une parka et un bonnet. Est-ce plus respectable d'être couverte de neige quand on est dénudée le reste du temps ? se demande Lily, avant d'écarter cette réflexion saugrenue. Pendant qu'elle rêvasse à des bêtises, la neige continue de tomber. Il faut qu'elle parte. Maintenant. Les routes par ici deviennent vite dangereuses. Tante Veronica et Oncle

Edward ont perdu la vie dans un accident par une nuit comme celle-ci.

Lily fait volte-face, puis s'immobilise. Quelque chose la retient, en son for intérieur, et la force à regarder de nouveau par la fenêtre. Elle sait qu'elle ne devrait pas, mais elle ne peut s'empêcher de contempler le labyrinthe. Son cœur s'accélère, lui enjoint de fuir, mais elle reste pétrifiée comme Mary la statue. Peut-être s'est-elle fait piéger par le froid et demeurera-t-elle ainsi figée à jamais ?

Le labyrinthe est immense, autrefois le plus grand du Royaume-Uni. Il a été conçu pour correspondre à la superficie exacte de la maison, avant l'ajout des ailes est et ouest. Ses allées tortueuses et ses impasses apparaissent sous la neige. Les haies sont nappées de blanc, tandis que les chemins se dessinent dans l'ombre. Mais le parcours n'est plus aussi net qu'avant ; les arbustes ne sont plus aussi bien taillés.

Les yeux aiguisés de Lily parviennent tout de même à suivre le fil qui l'a menée à la cachette où elle a retrouvé sa mère. Alors, elle la voit, comme dans tous les cauchemars qui la font se réveiller au milieu de draps entortillés : sa mère, affaissée contre la haie, la nuque brisée. Ses yeux qui fixent un point droit devant elle, sans ciller.

Lily attrape le lourd rideau et le rabat sur la fenêtre. Pourtant, elle sent toujours la présence du labyrinthe derrière le velours. Sa respiration s'accélère, difficile à maîtriser. La crise d'angoisse la prend à la gorge.

Elle tente de se concentrer sur les sensations qui l'ancrent dans son corps – c'est ce que sa psy lui a conseillé. Elle ferme les yeux, pense au tapis usé sous ses pieds, au contact de la vieille table contre ses jambes.

Quand sa respiration se calme enfin, elle ouvre les yeux. Le bureau est également dans l'état où elle l'a laissé. Ses stylos à plume et à bille sont soigneusement alignés, prêts à être utilisés. La paire de ciseaux est posée à côté de l'équerre. Le bois reste taché d'empreintes à l'encre bleue. Deux aiguilles à tricoter pour enfant portent les premiers rangs d'une écharpe. Un bouquet de crayons de couleur se déploie dans un mug à l'effigie des Simpson. Elle se souvient encore de la dernière fois où elle s'est assise à ce bureau. Elle y rédigeait une lettre d'adieu dans la couleur préférée d'Isabelle, le rouge. Il avait fallu tailler le crayon et les épluchures bordées de vermeil jonchent encore le bureau. Elle prend le crayon rouge dans le mug. Depuis tout ce temps, il l'attend, délaissé.

— J'ai gardé le mot, tu sais, dit Isabelle sur le pas de la porte.

Lily fait volte-face, le cœur battant. Le crayon tombe sur le parquet et roule jusqu'à la plinthe.

— On dirait que tu arrives encore à me prendre par surprise, fait-elle remarquer.

— Tu as toujours été dans ta bulle.

Isabelle entre, mallette en main, et ferme la porte après avoir vérifié que le couloir était désert.

Pendant un instant, Lily a de nouveau dix ans, sa mère chantonne au loin, et Isabelle a les bras chargés d'un livre et d'un filet de pommes à emporter au grenier, car elles jouent toutes les deux à faire semblant d'être Jo des *Quatre Filles du docteur March*. Après ça, elles résolvent ensemble des mots mêlés et des mots croisés, inventent leur propre langue, composent des chansons drôles.

Tout à coup, Lily ressent l'envie de récupérer les coussins et les couvertures du lit pour grimper au grenier avec Isabelle et construire un fort comme elles le faisaient à l'aide des cartons, de la vieille ottomane et du buste de couturière. À l'abri sous la courtepointe crochetée de Grandma Violet, elles déblaieraient la poussière des années jusqu'à faire à nouveau briller leur amitié.

Puis elle se souvient. Elle a prévu de s'en aller.

Isabelle se dirige vers la fenêtre et soulève le rideau pour jeter un coup d'œil aux jardins étouffés par la neige.

— Il va falloir te dépêcher si tu comptes partir. D'ici une heure, la route sera impraticable.

Lily recule d'un pas.

— Comment tu… ?

— Tu n'es pas exactement en train de t'installer, répond Isabelle en désignant du menton sa valise encore bouclée. Je comprends, trop de souvenirs partout. J'imagine que tu es entrée ici, tu t'es retrouvée nez à nez avec le passé et tu as décidé que c'était plus facile de partir.

Pour la deuxième fois de la journée, Isabelle a vu juste.

Une raison de plus, s'il en fallait, de décamper.

Lily va pour saisir sa valise, mais Isabelle l'arrête d'une main sur l'épaule. Elle se sent aussitôt réchauffée sous sa paume.

— Dans sa lettre, Liliana dit que, si tu venais, elle t'en dévoilerait davantage sur les circonstances de la mort de ta mère.

— Je suis restée dans l'ignorance jusque-là et je m'en porte très bien.

— Vraiment ? Tu es sûre que tu ne vis pas de la même manière que tu jouais à la chasse au trésor – en rasant les murs et en priant pour que personne ne te voie donner les bonnes réponses ? Est-ce que tu vis pleinement, Lily, comme ta mère l'aurait voulu ?

Lily dégage la main d'Isabelle de son épaule.

— Je ne te permets pas, Izzy.

Elle la dépasse et saisit sa valise.

Alors qu'elle ouvre la porte, Isabelle lance :

— Il n'y a pas que ta mère à avoir été assassinée.

Lily se fige. Son ventre se serre et elle se rattrape au mur.

— Qui d'autre ? Liliana ? Tu crois qu'elles ont toutes les deux été tuées ?

— Je ne crois pas, je le sais. Je ne peux simplement pas le prouver. J'ai essayé de faire ouvrir une enquête, mais il n'y avait aucune preuve. Pour la police, la réponse est simple. Liliana est décédée des suites d'une crise d'asthme.

— Dans ce cas, pourquoi crois-tu que quelqu'un l'a tuée ?

— Elle était convaincue qu'on allait l'assassiner avant le début du jeu, c'est pour cette raison qu'elle m'a fait inscrire le règlement et toutes ses instructions au testament. Liliana avait beau être péniblement mystérieuse, elle n'était pas folle. Le *timing* est beaucoup trop louche.

— Et elle n'a jamais cru aux coïncidences.

— « Cherche la répétition », c'était ce qu'elle disait toujours.

Et c'était vrai. Liliana croyait que les répétitions, qu'elles soient dans un livre, un poème, ou le monologue ivre d'un invité après dîner, révèlent tous les secrets si l'on s'y intéresse d'assez près. Elle aurait fait une grande détective, digne du *Noël d'Hercule Poirot*.

— Alors, qui est le coupable ? demande Lily au bout d'un moment.

Isabelle ferme les yeux.

— Si seulement je le savais…

Elle semble plus âgée, comme si les années accumulées la rattrapaient soudain.

— Je l'aurais déjà tué de mes propres mains.

Lily la croit. Et si Isabelle est capable d'aller si loin pour Tante Liliana, le moins qu'elle puisse faire est de l'aider.

— Je vais rester. Encore un jour ou deux. Si les indices ne mènent nulle part, je partirai dès que la neige aura fondu.

Le sourire d'Isabelle est radieux.

— Parfait. Dans ce cas je ne te reverrai pas à mon retour le 5 ?

— Non, je ne serai plus là depuis longtemps. D'ailleurs, pourquoi es-tu revenue ? Tu disais devoir partir.

— Il fallait d'abord que je te parle, pour terminer ce que je m'apprêtais à te dire avant qu'on soit interrompues. Et je ne voulais pas que les autres soient au courant de ma présence. Je me passe volontiers des jérémiades de Sara.

— Je croyais que tu étais du genre à respecter les règles ?

— Cela figure justement dans les règles, celles qui m'ont été fixées à moi seule.

Isabelle sort un dossier de sa mallette.

— Liliana voulait que je te remette ceci. En guise de cadeau de Noël. Et avant que tu poses la question : non, ce n'est pas de la triche.

Lily parcourt le règlement mentalement.

— Les documents présents dans la maison ! C'est prévu dans les règles.

Elle ouvre le dossier pour y jeter un coup d'œil. Il contient les plans de la maison datant d'avant la construction des ailes est et ouest.

— Ça me donne un avantage sur les autres, je présume ? demande Lily.

Les yeux d'Isabelle pétillent.

— Tordre les règles pour élargir la marge de manœuvre sans les enfreindre, c'est tout l'intérêt. Tâche de t'en souvenir au cours du jeu. Tes cousins n'y manqueront pas.

Soudain, son visage se fait grave quand elle reprend :

— Une dernière chose. Je suis certaine que celui qui a tué ta tante est prêt à tout pour récupérer la maison, alors fais bien attention.

— C'est noté. Et quitte à être corsetée dans les règles, j'en assouplirai les baleines sans les rompre.

Elles échangent un sourire et Lily sent leur complicité d'antan revenir.

Puis elle éprouve un pincement, le tiraillement du fil qu'on détricote, quand Isabelle s'éloigne vers la porte.

— Alors, c'est tout ? Je reste toute seule ici avec un meurtrier potentiel dont je dois découvrir l'identité ?

— Tu as Ronnie et Tom.

Isabelle désigne le lit.

— Ainsi que Christina pour te tenir compagnie. Je me disais qu'elle te rappellerait qu'un jour tu t'es sentie chez toi ici. Bonne chance.

Elle s'éloigne lentement, comme pour faire durer leur lien le plus longtemps possible. Puis elle s'arrête dans le couloir et pose la tête contre la porte.

— J'étais sincère, tu sais. Ta lettre d'adieu. Je l'ai encore.

— J'aurais dû venir te voir avant de partir. Te dire au revoir en personne…

Lily ravale la suite de sa phrase : *peut-être qu'alors tu m'aurais répondu.*

— En grandissant, j'ai compris que tu avais besoin de partir d'ici et de ne jamais revenir, dit Isabelle.

— Mais pas à l'époque.

Isabelle baisse les yeux au sol mais, même de l'autre côté de la pièce, Lily voit la douleur qui plisse son front.

— Nous n'étions que des enfants, dit-elle, comme si cette excuse pouvait effacer les années de la même façon que la neige masque un sentier.

Lily sait pourtant que les blessures que l'on tait sont aussi permanentes que les objets. Ce n'est pas parce qu'on ne les voit plus qu'elles disparaissent. Les non-dits ont enflé en elle depuis la mort de sa mère, et plus encore ces dernières heures. Elle voudrait tant être honnête avec Isabelle, tout lui confier.

— Tu te souviens de ce que tu as dit sur mes descendants potentiels ? demande Lily.

Isabelle hoche la tête.

— Que si j'en ai un, à l'avenir, il ne pourra pas hériter, c'est ça ? À cause du document que j'ai signé ?

— Techniquement, d'après le testament de Liliana, ton descendant peut prétendre à l'héritage. Mais, pour cela, il aurait fallu que tu l'aies conçu avant de signer les papiers. Si tu as déjà un enfant, ou si tu es enceinte, dans ce cas, c'est l'ancien testament de ta tante qui prévaut.

Isabelle s'esclaffe :

— Elle a toujours adoré les clauses avec des failles.

Lily rit aussi et secoue la tête comme si une grossesse était la chose la plus improbable au monde. Sa main, en revanche, flotte machinalement sur son ventre corseté. Elle tente de retenir son geste, mais Isabelle ne l'a pas loupé et cesse aussitôt de sourire.

— Dis-moi que tu n'es pas enceinte. Parce que ça pourrait rendre la situation très compliquée. Dangereuse, même.

Sans l'éclat de malice de ses yeux, ses paroles sonnent presque comme une menace.

— Je ne suis pas enceinte, affirme Lily.

Isabelle hoche la tête, comme rassurée. Mais elle continue de regarder fixement le ventre de Lily.

— Tu peux me faire confiance, tu sais.

Lily aimerait par-dessus tout lui faire confiance. Elle imagine ce que ça ferait, de s'ouvrir à Isabelle. À quelqu'un. De se sentir vulnérable, tendre. Une datte sans son noyau.

— Tu imagines la catastrophe ? dit Lily d'une voix légère. Moi qui ne sais rien de la maternité, je ferais un très mauvais parent. Je n'ai aucune idée de comment être mère.

Isabelle lâche un rire sans joie. La complicité qui les liait gît, effilochée, entre elles.

— Fais bien attention à toi quand même, prévient-elle. Si quiconque dans la maison venait à croire que tu représentes une menace…

Elle laisse la phrase en suspens, puis disparaît dans le couloir sans un regard en arrière.

Lily attend de l'entendre descendre l'escalier avant de fermer la porte, de retirer sa robe et de décrocher les agrafes à l'avant de son corset. Une fois la dernière agrafe défaite et le lacet détendu, elle respire enfin. Elle se dirige vers le lit et s'allonge à côté de Christina. Sa main retrouve le chemin de son ventre arrondi et du fœtus qui frétille à l'intérieur.

7

Il y avance vers le cœur du labyrinthe d'Endgame. Les parois sont faites de blocs de sang congelé. Au-dessus de sa tête, le ciel n'est qu'une tache d'encre bleue sur laquelle sont peints des nuages en forme de moutons aux traits infantiles. Alors qu'elle parcourt les couloirs froids, les pieds nus brûlés par la neige, elle entend une mélodie. La voix tremble sous le vibrato. Une mélancolie est tissée dans ses notes. C'est la voix de sa mère dont la mort donne le *la*.

Au cœur du morne hiver
Sous les cris du vent
Le gel muait en pierre
Terres et étangs.
La neige tombait blanc sur blanc.
Blanc sur blanc, sur blanc.
Au cœur du morne hiver,
Il y a bien longtemps.

Suivant le chant tel un écheveau de soie, Lily court à travers le labyrinthe jusqu'à atteindre son centre. Sa mère est encastrée dans un mur de la partie cachée. Prisonnière de la glace, les paumes sanguinolentes plaquées contre la surface, comme si elle se trouvait de l'autre côté d'un miroir. Son chant se transforme en hurlement.

Lily tape de toutes ses forces contre le mur, les doigts pressés contre ceux de sa mère. Mariana ouvre la bouche, la referme, le regard désespéré. Elle essaie de dire quelque chose, mais ses mots forment une buée et ne traversent pas la glace. Lily tente d'en érafler la surface du bout des ongles sans parvenir à la creuser. Elle s'agrippe si fort que ses ongles se fendent, révélant une peau tendre. Pendant un instant, sa mère sourit, puis se fige. Elle s'effondre au sol, comme une marionnette dont on aurait soudain coupé les ficelles. Sa tête forme un angle étrange avec son corps. Ses yeux sont ouverts, mais elle ne voit plus Lily. Elle ne voit plus rien.

***

Lily se réveille en sursaut, les mains agrippées à la couette. Son cœur bat toujours au rythme de sa course dans le labyrinthe, priant pour une issue meilleure. Elle regarde ses ongles. Ils sont intacts.

Le gong annonçant le dîner retentit. Lily frissonne et tente de s'extraire de son cauchemar. Il perdure, la retient. Elle sent encore la glace contre sa peau, l'odeur du sang, elle entend les cris de sa mère. Les rêves, depuis qu'elle est enceinte, sont des carcans dont il est aussi difficile de s'extirper que d'un corset.

Lily s'assied sur le lit, puis se lève. La chambre tourne. Sa vision se brouille, la bile afflue dans sa gorge. Elle n'aurait pas dû manger avant de s'allonger. Cela doit bien faire deux heures qu'elle dort.

Le gong retentit encore une fois.

Des portes s'ouvrent à l'étage du dessous. Des voix s'élèvent. Des pas piétinent l'escalier tandis que

Mrs Castle s'époumone. Jamais le mot « cocktails » n'a semblé si menaçant.

Lily ouvre sa valise et en vide le contenu jusqu'à trouver sa robe bleu nuit. Elle accroche les agrafes de son corset, tire d'un coup sec sur les lacets et enfile difficilement la robe par-dessus sa tête. Ça suffira pour ce soir.

Quelques minutes plus tard, elle rejoint le reste des invités en bas des marches dans le grand hall. Des enceintes fixées haut sur les murs diffusent des chants de Noël.

— On dirait que quelqu'un sort du lit, fait remarquer Sara en désignant le visage de Lily.

Un sourire moqueur s'étire sur ses lèvres.

— Juste une petite sieste, répond Lily. La route a été longue.

Gray avance doucement vers elle et lui glisse discrètement un miroir rond dans la main. Puis il effleure sa propre joue sans croiser son regard. Lily le remercie et se détourne. Elle jette un coup d'œil au poudrier. Son maquillage a migré de sa paupière à ses cernes déjà prononcés. Il y a une marque rouge sur sa joue, là où la dentelle de la taie d'oreiller s'est imprimée. Elle n'y avait pas prêté attention jusque-là, supposant qu'il s'agissait du motif floral de son enfance. Mais c'est encore le labyrinthe, présent jusque sur le linge de lit. Son dessin est partout – peut-être était-il devenu le logo de l'hôtel ? Quoi qu'il en soit, le labyrinthe gravé dans sa psyché l'est maintenant aussi sur sa peau.

— Tiens, dit Rachel en lui tendant une lingette pour bébé. J'en ai toujours avec moi, maintenant.

Lily la remercie et passe le tissu humide sur son visage. La sensation est agréable, même s'il emporte le reste de son maquillage et laisse sa peau nue, vulnérable.

— Comment va Beatrice ? demande-t-elle.

— Il était temps que quelqu'un nous pose la question, dit Rachel.

Holly les rejoint, un verre à la main.

— Elle va très bien. C'est la première fois que nous la laissons pour plus d'une après-midi. Ma mère s'occupe d'elle. Je n'arrive pas à croire qu'on ne va pas la voir pendant presque deux semaines. C'est une éternité à l'échelle d'un bébé. J'ai l'impression d'avoir laissé une partie de mon cœur chez nous.

— Rien ne t'empêche d'y retourner si elle te manque tant, rétorque Sara. Je suis sûre qu'elle compte plus à tes yeux qu'une maison.

Rachel fait volte-face pour toiser Sara.

— C'est pour elle que nous sommes ici.

La voix d'Holly est calme quand elle explique :

— J'ai grandi dans un HLM minuscule, alors j'aimerais que Beatrice ait la chance de jouer dans un jardin.

— Et Samuel ? intervient Philippa. Et les enfants à venir ? Ne méritent-ils pas eux aussi de grandir ici ?

— Ne commençons pas à nous disputer si tôt dans la soirée, d'accord tout le monde ? lance Ronnie depuis la table où il plonge une louche dans un saladier de punch pour servir les verres restants. J'ai horreur des chamailleries avant 21 heures, ça me donne l'impression d'avoir laissé la télé allumée sur un mauvais feuilleton.

Mrs Castle apparaît avec un plateau.

— Une Dame blanche, Miss Lily ? propose-t-elle en lui tendant une boisson mousseuse.

— Ça manque un peu de tact, Mrs Castle, vous ne trouvez pas ? dit Tom en descendant l'escalier, l'œil pétillant. Nommer un cocktail d'après le fantôme d'Endgame.

— Quel fantôme ? demande Holly en regardant par-dessus son épaule comme si elle craignait de voir un spectre.

— Les fantômes n'existent pas, rappelle Ronnie. Et même si c'était le cas, ils ne vivraient pas ici.

Lily est bien d'accord. Elle le saurait, s'ils existaient. Sa mère serait venue lui parler.

— Peut-être que tu n'en as jamais vu, mais moi oui, rétorque Philippa. Justement sous ce toit quand on est venus inspecter la maison le mois dernier. Il a traversé le mur comme si c'était une porte ouverte.

Elle frissonne.

— C'est ça, dit Sara. On te croit.

— Tu n'as aucune raison de douter de sa parole, Sara, fait remarquer Tom.

— Je suis bien placée pour savoir qu'il n'y a pas de fantômes à Endgame. Maman m'a forcée à remplacer une serveuse malade lors d'une chasse aux fantômes à l'hôtel il y a quelques années, avec des timbrés qui cherchaient des points froids, des champs magnétiques, ou je ne sais quelle bêtise. Ils n'ont rien trouvé de plus effrayant qu'une cliente de l'hôtel somnambule en chemise de nuit.

— C'est donc elle, la fameuse Dame blanche ! s'exclame Ronnie. Content qu'on ait éclairci ce point. Maintenant, est-ce que quelqu'un serait tenté par une petite décoction de mon cru ?

Il désigne fièrement un saladier en cristal contenant un liquide rouge sombre dans lequel flottent des zestes d'orange, des bâtons de cannelle et de l'anis étoilé.

— Qu'est-ce qu'il y a dedans ? demande Lily.

— La seule chose qu'il n'y ait pas, c'est de l'alcool, annonce Ronnie. J'ai arrêté.

— Combien de fois a-t-on déjà entendu ça ? réplique Philippa, les bras croisés.

— Au moins vingt, répond Ronnie avec le sourire. Mais cette fois je suis sérieux. Finis, les réveils sur la pelouse du jardin à faire coucou à Mrs Roger qui s'en va travailler.

— Samuel s'est levé au beau milieu de la nuit, la semaine dernière, quand Ronnie est rentré du Noël des employés. Il a vu son père sortir ivre mort du Uber en beuglant la comptine des « Douze jours de Noël », explique Philippa.

— Je te chantais une sérénade, se défend Ronnie toujours avec un sourire – plus mince.

Sans lui accorder un regard, sa femme se tourne vers Lily.

— Ensuite il est tombé tête la première et s'est évanoui. Il y avait du sang partout. Samuel s'est mis à hurler : « Papa est mort ! »

La douleur tord les traits du visage de Ronnie. Il ferme les yeux et conclut :

— Alors, oui. Comme je le disais, cette fois, je suis sérieux.

Lily pose une main sur son bras.

— Dans ce cas, je te suis, dit-elle en saisissant un verre de la boisson chaude.

Elle teste le breuvage avec l'intention de feindre le délice même s'il lui retourne l'estomac. Le parfum des épices frappe d'abord ses narines, puis elle goûte la saveur des prunes au miel.

— C'est très bon, déclare-t-elle en toute honnêteté. Santé !

Elle lève son verre et tout le monde fait de même, certains à contrecœur, certains volontiers, d'autres avec un enthousiasme motivé par la promesse d'une nouvelle gorgée d'alcool.

Chaque membre de la famille boit. Et c'est là qu'elle mesure pleinement que c'est ce qu'ils sont : à l'exception des petits-cousins laissés à leurs grands-parents, sa famille au grand complet se trouve dans cette pièce. Ils sont tout ce qui lui reste. Liliana a fait office de figure maternelle à la mort de sa mère, et maintenant, elle est partie elle aussi. Lily sent une nouvelle vague de chagrin. La vie n'est qu'une longue partie de *Qui est-ce ?* où chaque photo des membres de la famille se réduit jusqu'à ce qu'il n'en reste plus qu'un.

***

Lily n'a déjà plus faim au moment de passer dans la salle à manger. L'*afternoon tea* copieux de l'après-midi lui reste sur l'estomac. Encore cinq plats à endurer.

Elle regarde autour d'elle. Pas grand-chose n'a changé ici. Les vieilles tentures ont été remplacées par des rideaux en velours vert, mais à part ça, tout est resté à l'identique. Au mur, les appliques en miroir reflètent leur bougie en un écho infini. Le parquet est légèrement concave au milieu de la pièce étranglée par des boiseries sombres sculptées de lierre.

Peut-être est-ce ce qui retient les langues des invités, tandis que Mrs Castle sert à la louche un potage à la tomate et à l'estragon. Pas une goutte ni un mot ne lui échappent alors qu'elle fait le tour de la table. Des nuages de vapeur s'évaporent des petits pains quand on les rompt, mais c'est bien la seule chose qui remplisse le silence. Peut-être que les invités, marqués par le commentaire de Ronnie sur les chamailleries de mauvais feuilleton, attendent la deuxième partie de soirée pour s'autoriser les vrais drames dignes du cinéma. Mais Lily n'a pas l'intention de s'éterniser pour être témoin de ces histoires. L'amertume fermente déjà dans la pièce, et le ressentiment pimente l'atmosphère comme du poison dans un saladier de punch.

Quand Mrs Castle a fini de servir tout le monde, elle se plante sur le seuil de la salle.

— Bon appétit. Vous avez quinze minutes avant le plat de résistance.

Les cuillères tintent contre la porcelaine. Le sel est saupoudré, le poivre moulu.

En secouant sa serviette de table, Lily est saisie du réflexe enfantin de la coincer dans son col. C'est étrange, de revenir ici. Elle a toujours évité cette pièce, car elle servait de salle de réunion aux séminaires d'entreprise. Elle avait pour consigne de se rendre aussi invisible qu'une étoile noire. Parfois, il lui arrivait quand même d'écouter les rires, les jurons et les vidéos pédagogiques ennuyeuses qui s'échappaient du passe-plat dans la cuisine voisine tandis que sa mère et elle préparaient le déjeuner des participants.

Lily en garde un souvenir si clair qu'elle a presque l'impression d'être assise dans le passé, à tartiner de margarine les tranches de pain de mie, jusqu'à la croûte, pour les empiler ensuite comme une tour de Jenga. Sa mère prenait alors une tranche, y déposait le cheddar, le jambon, ou une généreuse cuillerée d'un mélange d'œufs mayonnaise, avant de plaquer une nouvelle tranche sur le tout. Un matin, la pile de pain de mie avait culminé trop haut et atterri par terre. Sa mère avait réagi vite, mais TC, le chat d'Isabelle, avait été plus rapide. Piétinant d'abord les tranches telle une chaussée des géants beurrée, il en avait ensuite choisi une comme coussin pour s'y lécher les pattes. Liliana était entrée à cet instant et avait ri aux larmes.

Tom lui tapote gentiment l'épaule.

— Ohé, tu restes avec nous ?

Elle s'ébroue pour se débarrasser physiquement du passé comme un chien émergeant de la mer. Les bons souvenirs sont une vague qui aide à passer le cap, mais ils peuvent aussi vous entraîner dans les profondeurs.

— J'étais perdue dans mes souvenirs.

Elle prend une cuillerée du potage aux saveurs complexes avec une touche acide. À l'image de Tante Liliana.

Tom hoche la tête.

— Pareil pour moi. J'ai beau mettre en application tous les conseils que je prodigue à mes clients – la pleine conscience et tout le tralala –, il me suffit d'entrer dans une pièce et je ne vois plus que Maman et Papa. Ça doit être très difficile pour toi, qui as vécu ici beaucoup plus longtemps. Comme rouvrir une capsule spatio-temporelle.

Lily confirme. Incapable de répondre sans pleurer, elle se tait.

Tom l'observe un moment, puis place ses mains sur la table.

— Changeons de sujet. Mais, avant ça, je tiens à te dire que tu peux venir me voir quand tu veux si tu as envie d'en parler. Nous sommes coincés ici pour un moment, alors autant en profiter.

— Tu es censé être en vacances, fait remarquer Lily. Tu ne vas pas en plus travailler sur ma thérapie.

— Ça m'aide, de discuter. Et c'est bizarre pour moi aussi. À l'exception de Sara et Gray, nous sommes les seuls célibataires, alors il faut bien trouver quelque chose pour s'occuper. Et ce n'est pas comme si Sara allait lâcher Gray.

Tom regarde Sara qui déplie une serviette sur les genoux de son frère. Ce dernier s'aperçoit que Lily le fixe et ses joues virent à l'écarlate. Le pauvre.

— On n'a qu'à former une équipe. C'est d'accord ? propose Tom en tendant la main.

Lily la lui serre et hoche la tête.

— Ça marche. Maintenant, changeons de sujet. Qu'est-ce que tu as fait du sapin que tu as apporté ?

Tom s'esclaffe.

— Quand j'ai vu que le rez-de-chaussée avait été transformé en rayon de Noël de chez Marks & Spencer, je l'ai monté dans ma chambre. Maintenant il est casé dans un coin, bancal et pathétique. On dirait moi adolescent, en boîte. Je vais lui ajouter quelques loupiotes, pour lui donner plus confiance en lui.

— Même les sapins ont droit à la méthode Tom pour la reconstruction de l'estime de soi, commente Lily.

— Que veux-tu que je te dise ? lâche Tom d'un air faussement penaud. Ça ne mange pas de sa… pin.

— Mais non…, fait Lily, dépitée par le piètre jeu de mots.

— Certaines choses ne changent pas.

Son sourire s'efface et il détourne le regard. Lily s'apprête à lui demander ce qu'il entend par là quand Ronnie fait tinter sa cuillère contre son verre d'eau.

— Je propose un toast, annonce celui-ci en se levant. Nous avons beaucoup de raisons d'être reconnaissants. Une maison chaleureuse, à boire et à manger en abondance, et une famille. Et nous devons tout ça à Tante Liliana, alors levons nos verres à sa mémoire.

Les coupes en cristal s'élèvent, réverbérant la constellation de flammes. Celui de Sara reste posé sur la table.

— À Liliana ! lance Ronnie.

Lily et la plupart des autres convives lui font écho, certains avec plus d'entrain et d'émotion que d'autres. Gray murmure un « Maman » et ferme les yeux.

— Tu ne te joins pas au toast porté à ta mère, Sara ? demande Tom.

— Ignore-la, lui chuchote Lily. Mieux vaut ne pas la provoquer.

— Pourquoi devrais-je boire en l'honneur de celle qui n'a même pas daigné m'informer que la maison comportait une chambre secrète ? rétorque Sara.

— J'imagine qu'elle ne l'a pas dit à Gray non plus, fait remarquer Tom. Et ça ne semble pas lui poser un si gros problème.

Gray hausse très discrètement les épaules. Il a de la soupe à la tomate autour des lèvres.

— Quelqu'un savait, ici ? interroge alors Sara en les scrutant un à un.

Elle s'arrête sur Lily et pointe l'index dans sa direction.

— Toi, tu as habité ici. Tu sais forcément où elle est.

Lily secoue la tête.

— Seulement jusqu'à mes douze ans, d'ailleurs j'aurais adoré découvrir une pièce secrète. Malheureusement, je ne suis jamais tombée dessus.

— C'est ça, dit Sara d'une voix au *saracasme* sirupeux. Et je suppose que tu ne sais rien non plus de tous ces mystères absurdes que Maman raconte dans ses règles et dans sa lettre.

— Je veux percer les secrets de cette maison autant que toi.

— Moi, ce que je veux savoir, intervient Philippa, c'est comment Isabelle saura qu'on cherche bien les indices ? Est-ce qu'il y a des caméras de surveillance dans la maison aussi, en plus du parc ? Dans nos chambres, même ? Parce que ça relèverait de l'atteinte à la vie privée.

Holly jette un coup d'œil au plafond.

— Je n'ai vu aucune caméra, dit-elle.

— Pourtant, c'est toi l'experte sur le sujet, raille Philippa.

Rachel se tourne aussitôt vers elle.

— Qu'est-ce que c'est censé vouloir dire ?

— On sait tous que ta femme a l'habitude d'être dans le viseur des caméras.

Philippa esquisse un sourire en coin en raclant les dernières gouttes de son potage.

— Nul besoin de mettre ce sujet sur le tapis, intervient Tom.

— C'est pas grave, proteste doucement Holly.

— Si, c'est grave, chérie, s'insurge Rachel.

Elle se lève et entraîne Holly avec elle.

— Elle n'a aucun droit d'être condescendante, ajoute-t-elle en pointant son couteau à beurre en direction de Philippa. Ma femme n'a pas de raison d'avoir honte de quoi que ce soit. Tu es simplement jalouse de ne pas avoir son physique à l'écran.

Philippa bondit à son tour. Ronnie lui tire doucement le bras, mais elle se dégage. Leur dispute s'enflamme et les cris s'élèvent jusqu'aux corniches de la pièce.

— Arrêtez ! crie Gray en claquant ses mains sur la table.

Tout le monde se tourne vers lui, bouche bée. Personne ne l'a jamais entendu crier auparavant. Sara est la plus choquée de tous.

Gray désigne Mrs Castle qui attend sur le pas de la porte avec un plateau de viande.

— C'est l'heure de passer au plat suivant.

***

— Je pensais avoir trop mangé pour un karaoké, mais la perspective d'écouter les autres s'égosiller est irrésistible, dit Tom en feuilletant la liste des chansons.

Ils ont gagné la salle de jeux, nichée sous l'escalier. Des lumières disco pulsent au rythme de « I Wish It Could Be Christmas Everyday ». Ronnie tente de convaincre Philippa de chanter avec lui, mais au lieu de ça elle s'éloigne pour aller s'installer dans un fauteuil à la table d'échecs. Ronnie renonce et se met à chanter plus fort. Il ferme les yeux, et un sourire éclaire son visage au moment de croasser le refrain.

Lily adorait chanter. Peut-être que ce serait toujours le cas, si elle s'y autorisait. Elle écarte cette pensée et réprime en même temps un éternuement qui monte. L'intérieur de ses oreilles la démange comme si elle était allergique aux fausses notes.

— Viens faire un duo avec moi. Je suis sûr que tu en meurs d'envie.

— Impossible, répond Lily.

— Allez… je sais que tu aimes chanter. Peut-être que tu as juste besoin d'un verre pour te détendre, insiste Tom.

— Pas ce soir.

En entendant son rire sceptique, elle se promet de ne plus jamais insister pour faire boire quelqu'un.

— Si tu restes sobre par solidarité avec Ronnie, il ne va rien remarquer. Le karaoké le met en transe.

Lily reporte son attention sur Ronnie et son sourire béat. Elle sent une pointe de tristesse en songeant à ce qu'elle rate. Il semble si comblé.

— Je t'assure que ça te fera du bien.

Tom lui fait les yeux doux.

— On peut prendre « Fairytale of New York ». Ça va être drôle.

Lily croise les bras.

— Même si je voulais chanter, jamais je ne choisirais cette chanson. Et ne t'avise pas de la lancer non plus.

Tom fronce les sourcils. Puis se remémore les paroles déprimantes de la chanson des Pogues.

— Oh, dit-il. Pardon, je n'ai pas réfléchi.

Il rougit, à moins que ce ne soit la faute aux spots colorés.

— Et si on faisait plutôt « Baby, It's Cold Outside » ?

Elle s'apprête à lui expliquer en quoi ce n'est pas une idée brillante non plus quand un haut-le-cœur lui vient. La température monte subitement dans la salle et l'étouffe. Il n'y a pas de fenêtres pour faire entrer l'air frais du dehors. Le bruit aggrave le tout – le karaoké, les flippers, les boules du billard, les fléchettes qui se plantent dans leur cible avec un bruit sourd. Lily se lève, cherche son équilibre. Les lèvres de Tom bougent, mais elle ne parvient pas à discerner les mots. Il faut qu'elle sorte. Elle va vomir.

Alors qu'elle se dirige vers la porte, la pièce se met à tourner au rythme des petits points lumineux rouges qui parsèment le sol. Lily atteint tout juste la bibliothèque quand elle vacille. Elle tend le bras, mais ne trouve aucun meuble auquel se raccrocher. Sa main se porte à son ventre alors que le sol se rapproche à toute allure pour la frapper de plein fouet.

Puis tout devient noir.

8

— J'ai vu ses paupières bouger, annonce la voix de Tom près de l'oreille de Lily. Je crois qu'elle revient à elle.

— Quel soulagement ! souffle Philippa.

Sa voix vibre d'une émotion sincère.

Un martèlement douloureux a envahi la tête de Lily. Elle porte la main à son front. Celui-ci aussi lui fait mal, probablement heurté dans sa chute. Elle regarde autour d'elle. On a dû la porter dans la bibliothèque pour l'allonger sur la méridienne. La voûte du plafond s'éloigne au-dessus d'elle, les livres tanguent sur les étagères. Elle tente de s'asseoir.

— Ne bouge pas, dit Tom. Tu pourrais te faire mal.

Soudain, Lily a l'impression de recevoir un seau glacé sur la tête. Le bébé. Et si elle l'avait blessé en tombant ? Une douleur lancinante lui traverse le cœur, aussi puissante que celle qui lui transperce le crâne. C'est la première fois qu'elle utilise le mot « bébé ». Jusqu'à cet instant, elle s'en était tenue aux termes médicaux – implantation, zygote, fœtus – et d'autres moins scientifiques, comme « chose », pour ne surtout pas trop s'y attacher. Au cas où lui ne s'attacherait pas.

Et s'il disparaissait ? Et s'il était en train de la quitter, maintenant ?

— Tu crois qu'il faut appeler une ambulance ? s'inquiète Philippa.

Tom plonge la main dans une de ses poches – vide – puis tâte les autres.

— Merde, j'avais oublié qu'elle a pris nos téléphones.

— Qu'est-ce qu'on est censés faire en cas d'urgence ?

Une urgence. Lily sent monter une vague de panique à l'idée d'être emmenée à l'hôpital.

— Il faut que j'aille aux toilettes.

— Doucement, prévient Tom en lui prenant la main.

Lily s'appuie sur lui, mais elle a encore la tête qui tourne. Avec une profonde inspiration, elle se lève.

— Je t'accompagne, propose Philippa en lui tendant le bras.

Lily accepte et, ensemble, elles quittent la bibliothèque.

Lily ne prie pas, elle ne saurait pas à qui s'adresser. Mais elle parle au bébé dans sa tête, et elle n'arrive pas à en croire ses mots quand elle supplie : *Reste avec moi, mon bébé*. Quel autre nom pourrait-elle lui donner ? Lily pense à sa première échographie, à douze semaines. Au son rapide et étrange du cœur qui battait. Elle se souvient d'avoir vu pour la première fois le petit habitant de son utérus, à peine plus grand qu'une fève, un haricot blanc, comme ceux des *baked beans*. Voilà, pour l'instant, ce sera Bean.

Elles passent la porte coupe-feu qui débouche sur l'aile ouest et tournent à gauche dans les toilettes des femmes. Philippa la conduit jusqu'à une cabine, puis s'éloigne.

La porte verrouillée, Lily se tient au mur. Le carrelage est froid sous sa paume. Elle soulève la jupe de sa robe bleu nuit et s'assied sur le siège. Elle sait qu'elle aurait l'air ridicule si on la voyait. Comme un porte-rouleau gothique.

Mais elle s'en fiche. Froissant sa jupe, elle baisse sa culotte. C'est un geste que les femmes enceintes connaissent bien. Traquer la moindre goutte de sang, le moindre caillot. Avec espoir ou crainte. Dans un cas comme dans l'autre, le sang exerce son pouvoir sur toutes les personnes dotées d'un utérus.

Mais, pour l'instant, il n'y a aucune trace de sang. Pas de crampes.

Lily respire enfin. C'est alors qu'elle remarque que sa respiration est plus ample que d'habitude. Regardant derrière son épaule, elle voit le cordon de son corset pendre à côté du siège comme une couleuvre noire. Quelqu'un a dû le desserrer quand elle était inconsciente.

— Comment tu te sens, Lily ? demande Philippa derrière la porte. Tu as besoin d'aide ?

— Ça va. Je sors dans une minute. Tu peux m'attendre dehors si tu veux.

Elle attend que Philippa sorte pour tirer la chasse de la cuvette vide et ouvrir la porte. En faisant couler l'eau, elle se regarde dans le miroir du lavabo. Une bosse pousse juste au-dessus de son sourcil gauche. Plus bas, son ventre rond est légèrement visible sous le corset desserré. Pourvu que ni Tom ni Philippa n'aient rien remarqué.

Philippa insiste pour la conduire à la cuisine et lui préparer un bon *Yorkshire tea* pour la remettre de ses émotions.

Elle s'affaire, pose la bouilloire sur la plaque, cherche des biscuits. Assise à la table, Mrs Castle l'observe avec de petits yeux suspicieux.

— Surtout ne faites pas attention à moi, dit Mrs Castle – incarnation parfaite de la femme outrée. Je prenais juste une pause avant de devoir vous nourrir de nouveau. Je parie qu'on va me réclamer un en-cas à minuit.

Elle regarde Lily et, pendant un instant, cette dernière semble lire l'inquiétude dans ses yeux. Mais cet instant passe, et Mrs Castle fusille maintenant du regard la croûte d'un Stilton.

— Avant de vous laisser, j'ai une question, dit Philippa. En cas d'urgence, avez-vous accès à un téléphone pour que nous puissions appeler une ambulance ?

— Quelle urgence ?

Sa paume claque sur la table avec une fermeté rassurante, comme si elle était prête à prendre les choses en main.

— C'est seulement hypothétique, intervient Lily.

— Lily a fait une mauvaise chute, rapporte Philippa.

Mrs Castle se lève à moitié.

— Vous êtes blessée ?

— Je me suis juste évanouie. Je vais bien.

— Liliana m'a prévenue que vous preniez trop sur vous, signale Mrs Castle avec méfiance. Si vous êtes blessée, dites-le-moi.

— Vraiment, je vais bien. Ne vous inquiétez pas pour moi.

Mrs Castle se renfrogne.

— Mais, en cas d'urgence, insiste Philippa, que faudrait-il faire ?

— Il y a une ligne fixe dans ma chambre, explique Mrs Castle. Toutes les autres ont été enlevées des vieilles chambres de l'hôtel pour vous empêcher de tricher.

— Vous n'avez pas de portable non plus ? s'enquiert Lily.

— Isabelle me l'a pris aussi. Au cas où un petit malin voudrait me le chaparder pour s'en servir.

— Quand les récupérera-t-on ? s'inquiète Philippa.

Ses pouces pianotent sur un téléphone invisible comme s'ils ne savaient plus quoi faire sans l'objet.

Lily s'étonne de ne pas regretter le sien, ni l'iPad qu'elle emporte partout d'habitude. Une chose est sûre, l'application où elle est censée saisir le moindre mouvement de Bean ne lui manque pas. Comment rester aussi calme que possible, vivre sa vie normalement, si l'on ne cesse de compter les mouvements et, plus tard, les coups de pied ? À partir de quel nombre est-ce trop, ou trop peu ? Comme si Lily n'avait pas déjà assez de soucis.

Mrs Castle croise les bras.

— Le testament stipule qu'ils doivent être conservés dans un coffre au cabinet d'avocats Stirling Solicitors, et ce jusqu'à la fin du jeu. Maintenant, si vous voulez bien m'excuser, soupire Mrs Castle en fermant les yeux. J'avais l'intention de faire une petite sieste. Vous devriez aller vous coucher, Miss Lily.

Ravie de cette porte de sortie, Lily hoche la tête et se lève. Philippa la suit, et elles gravissent lentement l'escalier. Le bras de la femme de son cousin la soutient. Une fois devant sa chambre, Lily étreint Philippa, très brièvement.

— Merci.

Philippa semble vouloir ajouter quelque chose, mais Lily a déjà refermé sa porte.

Aller au lit le soir du réveillon de Noël avait quelque chose de magique, autrefois. Lily avait Endgame House pour elle seule. Après dîner, elle buvait un chocolat chaud parsemé de mini-marshmallows tout en rédigeant une lettre de remerciements destinée au Père Noël. Puis elle suspendait sa chaussette à la cheminée du séjour et déposait l'enveloppe sur les dalles noires de l'âtre. Elle préparait à côté une carotte pour le renne Rudolph, et une *mince pie* pour le Père Noël – tartelette préparée avec soin plus tôt dans la journée en écoutant des chants de Noël. Sa mère servait aussi une chope de Baileys, dont elle jurait qu'il était l'alcool préféré du Père Noël, n'en déplaise aux rumeurs contradictoires.

Dans sa chambre, Lily trouvait un pyjama tout neuf et un livre sur son oreiller. Bordée par sa mère, qui lui chantait toujours la même mélodie, Lily s'endormait en guettant les clochettes du traîneau. Même après avoir cessé de croire au Père Noël, elle tenait à accrocher sa chaussette à la cheminée et à faire perdurer la magie.

Jusqu'à son dernier Noël ici. C'est le risque, quand on découvre le cadavre de sa propre mère un 26 décembre. Cette année-là, au réveillon du Nouvel An, elle avait jeté au feu son nouveau pyjama et juré qu'elle ne lirait jamais *La Tour des anges*, roman qu'elle avait été ravie de recevoir sept jours plus tôt. À ce jour, elle a tenu parole. Le livre gît encore dans un coin de sa bibliothèque, à côté de *Trois filles et neuf bonnes résolutions* de Jacqueline Wilson.

En ce réveillon de Noël, elle occupe la même chambre. Sauf qu'au lieu de guetter les clochettes elle écoute le vent qui rugit dehors et, deux étages plus bas, une voix qui déraille sur « Last Christmas ». George Michael conseille dans sa chanson de protéger son cœur à Noël. Et Lily écoute religieusement George Michael, qui a lui aussi perdu sa mère. Elle aurait voulu pouvoir exprimer son deuil de manière aussi éloquente que lui. Peut-être qu'il y a une différence entre perdre une personne chère à cause du cancer, ou parce qu'elle s'est ôté la vie. Peut-être. Lily a toujours eu honte de n'avoir pas été pour sa mère une raison suffisante de rester.

Mais à présent apparaît l'hypothèse que quelqu'un d'autre l'ait tuée et la lui ait arrachée.

Lily dégrafe l'avant de son corset et laisse sa carapace tomber au sol avant de se diriger vers la bibliothèque. Des stickers de magazines des années 2000 sont encore collés sur les étagères. Elle s'empare de *La Tour des anges* et l'apporte sur le lit. Christina sur ses genoux, elle se recroqueville contre les oreillers et ouvre le livre. À l'intérieur de la couverture, elle lit le message de sa mère, écrit à l'encre verte, sa favorite.

À ma fille chérie,

Puissions-nous toujours rester ensemble. Et si deux mondes nous séparent un jour, nous abattrons les murs jusqu'à nous retrouver. Je t'aime.

Maman

xxxxx

La lecture de ce mot le soir où elle a reçu le livre lui avait fait l'effet d'un chocolat chaud. Quand elle l'a relu quelques jours plus tard, elle a balancé l'ouvrage à travers la chambre, heurtée par tant d'hypocrisie. À présent, elle redécouvre les mots d'une femme dont elle se rapproche en âge, et qui fait le serment d'être toujours présente pour son enfant.

Lily se recroqueville sur son lit. Quand les sanglots s'arrêtent, elle prend une profonde inspiration. Elle est plus âgée à présent, elle peut agir. Il est temps de découvrir qui a arraché sa mère à ce monde.

Elle se tourne pour tenter de trouver une position confortable, calant un coussin sous son petit ventre rond et un autre dans son dos pour se maintenir sur le flanc gauche. Sur un forum de parentalité, elle a lu que dormir du côté droit pouvait induire un manque d'oxygène pour le fœtus, et malheur à celles qui voudraient dormir sur le ventre – la position habituelle de Lily. Comme sa mère. La plupart de ces règles n'existaient pas quand Mariana était enceinte. Elle avait le droit de boire un peu d'alcool, de fumer raisonnablement, de manger tous les fromages – à cette idée, Lily sent monter un haut-le-cœur. Au moins, les nausées du matin, de l'après-midi, de toute la journée et de toute la nuit semblent s'atténuer un peu, même si elles pourraient très bien revenir, comme le monstre à la fin d'un film d'horreur.

Il y a tant de sources d'angoisse quand on est enceinte. Tant de choses à intégrer, tant de choses à exclure. Et si elle n'arrive pas à se souvenir de toutes ? Et si son corps prend le dessus et la fait se retourner sur son ventre dans son sommeil, par habitude ? Et si elle se réveille un matin en découvrant qu'elle a perdu Bean ?

Soudain, quelque chose tape à la fenêtre. Sûrement l'arbre, dont le vent agite les branches contre la vitre. Sa mère lui racontait que c'était la manière qu'avait trouvée le pin de lui signifier qu'il était l'heure de dormir. Ce serait rassurant de voir cette branche qui la relie à son passé. Elle tend le bras pour ouvrir le rideau. Mais lorsque la fenêtre est dévoilée, nulle branchette à épine n'apparaît. Alors, Lily se souvient que cet arbre a été abattu juste après la mort de sa mère.

Le tapotement recommence. Il vient de la chambre, de l'intérieur des murs, comme si quelqu'un grattait pour en sortir. Et maintenant, des chuchotements sifflent tel le vent dans les roseaux. Le tic-tac de l'horloge marque le temps dans le silence.

Lily se demande si elle somnolait et si, dans un état de semi-conscience, elle a tout imaginé.

Puis elle entend son nom.

— Lily.

La voix est trop faible pour qu'elle la reconnaisse, mais elle lui est familière. Elle lui donne envie d'être serrée dans des bras rassurants.

— Lily, je suis là pour toi.

Elle doute qu'il s'agisse de la voix de sa mère. D'ailleurs, c'est impossible. Car Lily ne croit pas aux fantômes.

— Lily, répète la voix.

Les fantômes n'existent pas. La preuve en est : Lily n'a jamais ressenti la présence de sa mère, pas plus qu'elle ne l'a entendue parler. Pas même aujourd'hui. Impossible.

Et pourtant.

— Lily.

Sa certitude menace de fondre.

Elle tente de répondre, mais les mots restent bloqués dans sa gorge. Pendant un instant, elle songe qu'elle ne peut pas bouger non plus – c'est peut-être ça, la paralysie du sommeil. Mais sa main, elle, n'a pas de problème pour remuer.

Elle repousse les couvertures, sort du lit et sent la fraîcheur de l'hiver mordre sa peau en se dirigeant vers le mur qui la sépare de la chambre de sa mère. Lily espère que le froid la réveillera, permettra à sa gorge d'émettre des paroles, mais sa bouche reste pâteuse et sèche comme un cake aux fruits rassis.

Elle pose les mains sur les murs, effleure les bords du papier peint, attend que la voix s'élève encore.

— Lily, ne leur fais pas confiance.

Le son vient de l'intérieur du mur, un chatouillis qui lui rappelle les caresses de sa mère pour l'aider à s'endormir.

Lily déglutit, cherche sa propre voix.

— Maman ? parvient-elle à articuler enfin.

L'horloge marque les secondes, mais la voix ne répond pas. Les grattements dans le mur cessent, ne laissant que le silence de la nuit.

25 DÉCEMBRE – NOËL

Premier jour des Douze

9

— Joyeux Noël ! s'écrie Tom alors que Lily descend l'escalier.

Il porte un kilt, dans un tartan rouge et gris en l'honneur du clan de sa mère. Ses jambes sont étonnamment bronzées pour quelqu'un qui passe la journée dans un bureau à hocher la tête pendant que ses clients lui racontent leurs misères.

— Comment tu te sens ? demande-t-il en désignant la bosse sur son front.

Elle y porte aussitôt la main.

— Ça reste sensible, mais ça va.

— Super. Et si je puis me permettre, c'est encore une robe magnifique.

Lily baisse les yeux sur la robe qu'elle a confectionnée pour ce jour. Le velours, d'un rouge profond, a demandé de nombreuses heures de travail pour broder à la main des truffes au cacao sur toute la jupe qui lui tombe aux genoux. Une robe façon boîte de chocolats de haute couture.

— Tu as mauvaise mine, constate Gray.

Il est adossé contre le mur près de la porte de la salle à manger.

— Tu n'as pas bien dormi ? s'enquiert-il.

— Pourquoi, tu as entendu quelque chose ? répond Lily, inquiète à l'idée qu'il l'ait entendue appeler sa mère au beau milieu de la nuit.

Elle s'est réveillée en sursaut plusieurs fois, et les murs d'Endgame sont fins.

— On aurait dû ? interroge Sara qui émerge du séjour.

Elle porte une autre tenue de créateur. Comment peut-elle s'offrir des vêtements si chers ? C'est une mystérieuse affaire de styles. Lily récupère parfois des prototypes *via* ses amis, qu'elle élargit à sa taille. Mais les robes de Sara sont faites sur mesure – et d'ordinaire hors budget pour une enseignante.

— Je n'arrivais pas à dormir, précise Lily. Je suis sortie faire un tour. Mais je n'avais pas l'intention de déranger qui que ce soit.

Elle sourit, espérant qu'on la croira. Sara ne semble pas convaincue.

La porte de la salle à manger, dissimulée dans les boiseries des murs, s'ouvre en grand.

— Vous avez l'intention d'entrer un jour ? demande Mrs Castle en apparaissant dans l'embrasure.

Même le brin de houx coincé dans ses cheveux ne parvient pas à lui donner un air joyeux. Difficile de trouver hôtesse plus renfrognée.

Lily entre, ravie de la distraction qui l'éloigne de Sara. Sa nuit agitée l'a laissée frissonnante.

De jour, la salle à manger prend une autre allure. Les lourds rideaux sombres, ouverts et attachés, laissent voir le jardin potager. Le soleil matinal se réverbère sur la neige avec une luminosité aveuglante. La table est différente, elle aussi. De petites chaussettes de Noël rouges sont disposées à chaque place, avec des prénoms brodés sur le rebord en velours blanc. Des corbeilles de croissants, de pains au chocolat et d'autres viennoiseries sont posées sur le chemin de table. Le ventre de Lily gargouille. Depuis qu'elle est enceinte, elle a toujours la nausée et toujours faim.

— Quand aurons-nous le premier indice, Mrs Castle ? demande Philippa, une fois tout le monde assis.

— Je ne donne pas d'indices au sujet des indices, rétorque Mrs Castle. C'est la règle.

— Vous pouvez bien nous aider un peu ? tente Philippa en minaudant façon Lady Di sous sa lourde frange.

Mais son regard censé être attendrissant a plutôt des airs de strabisme.

Mrs Castle le soutient avec une certaine animosité. Sans rompre le contact, elle incline la théière pour remplir la tasse de Philippa à ras bord, rendant impossible toute tentative de boire sans renverser l'eau chaude. Jamais un simple thé n'a été servi avec autant de mesquinerie.

— Chaque chose en son temps, mon amour, tempère Ronnie.

Philippa émet un son entre le reniflement et le gémissement.

— C'est ce que tu m'as dit quand tu as lancé le restaurant.

— Certaines choses ou personnes ne trouvent jamais leur heure, répond doucement Ronnie.

Lily aurait voulu être assise à côté de lui plutôt qu'en face pour poser une main compatissante sur son bras ou appuyer sa tête sur son épaule. Elle devrait intervenir, elle le sait. Mais elle se contente d'un sourire qui, elle l'espère, lui dit : « Je suis de ton côté. »

Puis elle désigne les chaussettes de Noël et lance :

— La tradition veut qu'on les ouvre avant le petit déjeuner, non ?

Elle est prête à saisir n'importe quelle distraction pour éviter une nouvelle dispute. Et, même avec ses piètres capacités de déduction, elle se doute de ce qu'ils vont y trouver.

— Je ne t'ai jamais prise pour une fille traditionnelle, dit Sara d'un air moqueur. Plutôt l'opposé, d'ailleurs.

— Qu'est-ce que ça signifie ? demande Holly vivement.

— Oh, juste que le style de vie de Lily ne peut pas vraiment être décrit comme conventionnel.

— Ça suffit, Sara, intervient Tom.

Sa voix a le cassant de la nougatine. Il ne manque jamais de prendre sa défense, mais Lily regrette qu'il ait à le faire.

— Lily a raison, dit Rachel. Il est temps d'ouvrir les chaussettes et de commencer à jouer, pas vrai ?

Personne ne pipe mot quand chacun sort un morceau de charbon de sa chaussette.

— On dirait qu'on a tous été vilains, commente Gray doucement.

Sara, en revanche, fouille encore. Un regard triomphant vient illuminer son air narquois.

— Ah ! s'exclame-t-elle en extirpant un bout de papier.

Les doigts noirs de charbon, elle déplie le mot. Elle fronce les sourcils et articule en silence sa lecture.

Lily récupère le sien et le lit. Elle voit les autres faire de même avec une certaine solennité, comme si tout le monde mesurait le poids des mots de Liliana.

— Vous permettez que je le lise à voix haute ? demande Gray.

Il tient l'indice avec déférence, comme une hostie à la messe.

Tout le monde se tourne vers lui, bouche bée. Le fait que Gray prenne la parole est une aussi grande surprise qu'un pétard de serpentins qui éclaterait à un enterrement.

— Je pense que c'est ce que ta mère aurait voulu, l'encourage gentiment Tom.

Gray prend une inspiration. Sa main tremble, mais sa voix est claire lorsqu'il lit, lentement, comme s'il buvait chaque mot.

Est-il vrai que la mémoire appartient aux éléphants ?
La mienne, à leur instar, admirable chamane,
Convoque les souvenirs de chaque aria chantée,
Des couchers de soleil, et des blessures passées.

Ce Noël et au cours des douze jours,
Les secrets les plus mornes seront déterrés,
Le chant mortel d'une gorge qu'on étrangle
Pour quelques malheureux billets.

Assez parlé de choses funestes, place au premier indice.
La clé repose en paix sur son lit de sapin
Enfoui au cœur de la forêt cantatrice.

Les preuves du mensonge de la lavande ont le parfum.
Bravez les ours, remuez les morts,
Ouvrez avec moi la boîte de Pandore.

Silence pendant un instant. Lily peine à se retenir de sangloter.

— C'est ça, l'indice ? demande Holly.

Les yeux écarquillés, elle cherche le soutien de Rachel. Mais sa femme a déjà sorti un stylo de son sac et entoure des mots sur son papier.

— Qu'est-ce qu'on est censés faire de ça ? demande Philippa à Ronnie.

Ronnie sourit.

— C'est un grand classique de Tante Lily, explique-t-il. Elle aimait bien écrire ses énigmes sous forme de poèmes. Tante Mariana, la maman de Lily, était la reine des indices musicaux, et Grandma Violet pouvait coder n'importe quoi.

— Elle décryptait les messages secrets pour le contre-espionnage à Bletchley Park, pendant la Seconde Guerre mondiale, précise Gray. C'était un génie, et ses deux filles aussi.

Ronnie s'esclaffe.

— Est-ce que tu es en train de dire que mon père était le seul enfant de Violet à ne pas être surdoué ? Tu as probablement raison.

Holly désigne une ligne du poème.

— *Enfoui au cœur de la forêt cantatrice…*

Rachel pose un doigt sur la bouche d'Holly pour l'empêcher de prononcer les mots suivants.

— On ne va pas la résoudre tous ensemble ? demande Holly.

Rachel la regarde avec une telle tendresse que Lily a un pincement au cœur.

— Je doute que ce soit le souhait de chacun.

Sara ne répond pas. Elle se contente de racler le sol de sa chaise en se levant et de quitter la pièce. Lily l'entend enfiler son manteau et ses bottes en caoutchouc. La porte d'entrée s'ouvre, puis claque.

Ronnie sourit.

— On dirait que Sara a déjà résolu le mystère. Peut-être que c'est elle qui a hérité du gène des surdouées.

Rachel tapote Holly sur l'épaule.

— Moi aussi, j'ai compris, chuchote-t-elle.

Rachel souffle quelque chose à l'oreille d'Holly alors qu'elles se précipitent vers la porte.

— Vraiment ? demande Holly en frissonnant. Beurk.

Rachel la fait taire et elles partent ensemble.

Philippa se lève, l'air inquiet.

— On ne devrait pas y aller, nous aussi ?

— Tu as déjà résolu l'énigme ? s'étonne Ronnie.

— Pas la peine, si elles ont compris. Il suffit de les suivre.

— Est-ce que ce n'est pas de la triche ?

— Je ne me souviens pas d'avoir lu quoi que ce soit dans les règles qui stipule qu'on ne peut pas copier les autres, rétorque Philippa. Et Sara a un avantage : c'est sa mère qui a fait les énigmes. Ce ne serait que justice qu'elle nous aide.

Elle se presse vers la porte d'entrée et lance :

— Alors, tu viens ?

Ronnie hausse les épaules, puis suit Philippa hors de la pièce.

— Tu ne vas pas avec eux, Gray ? s'enquiert Tom d'une voix douce.

Gray secoue la tête. Il caresse le papier sur lequel l'énigme a été imprimée.

Lily regarde aussi les mots, les relit, lentement. L'impatience et l'excitation la rendent fébrile. Elle avait oublié combien elle aime résoudre des énigmes. Seulement, cette fois, elle sait qu'il y a un deuxième code caché dans le premier. Elle articule les mots, sent la poésie sur ses lèvres. Les rimes ont un goût doux-amer, une dureté aussi, comme des raisins secs dans un cake brûlé.

Liliana n'est pas subtile dans ce premier indice. Le sonnet a pour thème la mort et le souvenir. Il proclame clairement que *les secrets les plus mornes seront déterrés* à Noël. C'est curieux que personne n'ait relevé ce passage.

Soit les autres sont trop occupés à essayer de trouver la clé, soit ils ne veulent pas prêter attention aux accusations qui planent en sous-texte. Lily porte la main à sa gorge. Est-ce que le *chant mortel d'une gorge qu'on étrangle* fait référence à sa mère ? Est-ce ainsi qu'elle a vraiment péri ? Peut-être que *les preuves* reposent au même endroit que la clé.

Lily parcourt le poème une dernière fois et une image lui vient soudain.

— Lily ! appelle Tom en tapant dans ses mains devant son visage.

Lily reporte son attention sur lui.

— Tu étais encore sur une autre planète, dit Tom avec inquiétude.

— Désolée, je réfléchissais au poème.

— Je te demandais s'il fallait les suivre aussi ? J'ai un FOMO[1] de dingue. Imagine, s'ils trouvent la clé sans nous ?

— Ne t'inquiète pas, dit Lily. Tu ne loupes rien. Je sais où ils vont, et ils se trompent.

---

1. Syndrome FOMO, ou anxiété de ratage. Anxiété sociale caractérisée par la peur constante de manquer une nouvelle ou un événement quelconque. (*N.d.É.*)

10

— Tu les vois ? lance Lily à Tom depuis l'escalier.

Tom est déjà arrivé au palier suivant, d'où il scrute les bois et l'allée.

— Pas encore.

Elle le rejoint, légèrement haletante, mais heureuse d'avoir mis ses baskets rouges, aussi étranges qu'elles puissent paraître avec sa robe. Ses pieds la font déjà assez souffrir sans qu'en plus elle aille se balader dans la maison en talons.

— Tu es certaine qu'ils se trompent ? L'énigme dit que la clé se trouve dans la forêt.

— Et c'est précisément pour cette raison qu'elle n'y est pas, répond Lily en reprenant son souffle. Liliana ne serait jamais aussi transparente.

Elle étouffe un rot. La bile remonte son œsophage plus vite qu'elle n'a gravi l'escalier. Elle aurait dû piquer un croissant pour avoir quelque chose dans le ventre.

— Là ! Je viens d'apercevoir le manteau rouge de Sara ! s'écrie Tom alors qu'elle arrive devant la fenêtre. Là, encore ! Elle ne bougeait pas si vite quand on jouait au cricket. Tiens, la voilà, dans la clairière.

Il se tait, scrutant les bois en quête des autres.

— Et voici Ronnie !

— Tu te souviens de ce qu'il y a dans la clairière ? demande Lily, une fois son souffle retrouvé.

Incroyable qu'en plus de cent ans personne n'ait pensé à installer un ascenseur au manoir. Elle s'assied sur le banc devant la fenêtre, le pouls battant dans ses chevilles enflées. La grossesse qui rend radieuse… à d'autres !

Tom se tourne vers elle, pensif. Tout d'un coup, son visage s'éclaire. Il regarde le poème dans sa main.

— Oui, bien sûr ! *Repose en paix sur son lit de sapin*, et ensuite *bravez les ours, remuez les morts*. C'est le cimetière des animaux. Même si *les preuves du mensonge* ? Je ne vois pas le rapport. Est-ce qu'il y a un éléphant enterré là-bas ? Ou bien quelqu'un qu'on ne devrait pas oublier ?

Son sourire s'efface.

— La tombe d'Hamish.

Lily se souvient de la lettre qu'elle a reçue de Tom, après la mort de ses parents dans un accident de voiture à quelques kilomètres d'Endgame House. Son chien Hamish se trouvait dans le véhicule. Il avait miraculeusement survécu et avait boité jusqu'à la maison. C'était Hamish qui avait conduit la gouvernante jusqu'à la voiture broyée. L'adorable labrador baveux était mort quelques années plus tard. Tom racontait dans ses lettres qu'il n'avait plus jamais été le même chien après l'accident.

— On devrait aller au cimetière, plus tard, propose Lily. Pour dire bonjour à Hamish.

Et aux autres animaux de compagnie, dont TC, le chat d'Isabelle – qui avait fait rire Lily autant qu'il l'avait fait éternuer.

— Dis-moi qu'ils n'ont pas l'intention de creuser les tombes, murmure Tom.

Il a de nouveau l'air d'un petit garçon inquiet pour son chien.

Sara et Philippa seraient absolument capables d'exhumer des restes d'animaux. Dire que c'est avec ce genre de personnes qu'elle passe Noël.

Tom la voit hésiter.

— Merde. Évidemment qu'ils en sont capables. Que valent quelques ossements quand il y a une maison en jeu ?

Il s'éloigne.

— Il faut que j'aille les en empêcher. Leur expliquer qu'ils cherchent au mauvais endroit.

— Je m'en charge, propose une voix derrière eux.

À mi-hauteur de l'escalier, Gray les regarde à travers les fleurons. Son visage a la pâleur d'un spectre.

— Sara n'écoutera personne d'autre. Elle ne m'écoutera peut-être même pas.

Gray fait volte-face et redescend les marches en silence.

— Comment fait-il pour se déplacer si discrètement ? s'étonne Lily.

— Tu es pareille.

— Qu'est-ce que tu racontes ?

Lily s'est toujours vue empotée, et plus encore maintenant.

— Tu gagnais toujours à Un, deux, trois, soleil ! quand on était petits. Et tu savais quelle marche éviter en jouant à cache-cache.

— Certes.

Tant de choses à revoir sous un prisme nouveau.

— Alors, où crois-tu qu'est cachée la clé ? demande Tom.

— Liliana adore les anagrammes, les bizarreries. Il faut commencer par repérer les anomalies, les choses qui se démarquent. Un mot qui n'est pas tout à fait le bon, ou une phrase qui sonne faux.

Elle désigne *La mienne, à leur inst.ar, admirable chamane*. Sortant un crayon de couleur de sa poche, elle souligne le « . ».

— Ça, c'est bizarre, par exemple.

— Ce pourrait être une faute de frappe, objecte Tom.

— Liliana ne fait pas d'erreurs.

— Pourtant je dirais que toute cette histoire en est une gigantesque. (Il semble si triste.) Elle n'avait qu'à léguer la maison aux chats aveugles, si c'était vraiment ce qu'elle voulait.

— Si ce jeu est une erreur, pourquoi es-tu venu ? interroge Lily.

— Honnêtement ? J'aimais bien l'idée de rester coincé un moment avec vous. Je me disais que ça pouvait se révéler cathartique et nous permettre d'avancer.

Il soupire.

— Mais à en juger par le dîner et le petit déjeuner, j'ai été extrêmement naïf. Ce ne serait pas la première fois, tu me diras.

Lily prend sa main et la presse doucement.

— Tu es parfait comme tu es. Et j'aime bien cette idée de catharsis, pour nous deux, affirme-t-elle.

Tom sourit.

— Moi aussi, alors on y arrivera probablement. C'est comme ça que ça marche.

— Comme les petits rituels de Gray.

— Exactement. Plus on s'investit, plus ça a de chances de se réaliser.

— Liliana disait toujours que tout fait sens.

Elle regarde de nouveau l'énigme.

— *lit*… ça pourrait désigner une des chambres.

— Mais il y a des dizaines de chambres, c'est un hôtel ! Par où on commence ?

— Ça ne peut pas être une chambre au hasard. Et si j'ai raison, elle nous indique précisément laquelle.

La mention du chant, de la cantatrice, pointe vers une seule personne. Mais elle veut s'en assurer.

À l'arrière de l'énigme, elle réécrit le vers en séparant bien les lettres.

L A M I E N N E A L E U R I N S T.
A R A D M I R A B L E C H A M A N E

Soudain, elle le voit. En supprimant les lettres avant le point qui n'a rien à faire là, elle sait exactement où chercher.

A R A D M I R A B L E C H A M A N E

— Ça va ? demande Tom.

Il la regarde d'un air inquiet.

— Qu'est-ce qu'il y a ?

Lily ne répond pas. Elle se contente de réarranger l'anagramme, en inscrivant en rouge :

L A C H A M B R E D E M A R I A N A

11

— J'avais oublié combien Tante Mariana aimait l'opéra, dit Tom lorsqu'ils arrivent devant la chambre de la mère de Lily. Tu te souviens de ce qu'elle chantait aux spectacles qu'organisait Papa ?

Lily ferme les yeux. Elle entend encore la voix cristalline de sa mère s'élever depuis la terrasse et résonner dans le parc baigné de la lumière de l'été.

— Une aria de Mozart, je crois. Je ne connais pas le titre en allemand. Quelque chose comme « Dors, mon doux amour ». C'était sa préférée.

Quand elle rouvre les yeux, Tom la regarde avec tant de compassion qu'elle se sent gênée.

— C'est toi qui devrais garder la clé, dit-il. C'était ta mère, et c'est toi qui as résolu l'intrigue.

— On ne sait pas encore si j'ai raison.

— Évidemment que si. J'avais presque oublié le papier peint forêt dans sa chambre. Je t'en prie. De nous tous, c'est toi qui la mérites.

Lily secoue la tête. L'idée la rend malade.

— Non, je ne peux pas. Je ne suis pas prête. Je préfère que ce soit toi qui entres.

Tom a l'air immensément triste.

Lily brandit ses mains tremblantes pour appuyer son propos.

— Regarde-moi, je ne te serai d'aucune utilité à l'intérieur. Et puis imagine la tête de Sara si tu récupères la première clé.

— Excellente technique de manipulation, Lily, plaisante Tom. Tu ferais une bonne psychanalyste. OK. J'entre.

Il retrousse ses manches comme pour des fouilles archéologiques. Ce qui n'est pas tout à fait hors de propos, puisqu'il s'apprête à creuser dans le passé pour construire un avenir.

— Commence par l'armoire, suggère Lily. Je crois que c'est ce que dit l'énigme, *en paix sur son lit de sapin* et *de la lavande ont le parfum*. L'armoire de Maman est en pin. Elle imbibait des cotons d'huile essentielle de lavandin pour éloigner les mites. Et…

Lily s'interrompt pour ravaler sa bile.

— Il y a un coffre de photos à l'intérieur, se souvient-elle.

— *La mémoire*, bien sûr !

Tom s'assure une dernière fois qu'elle ne veut pas entrer, puis ouvre la porte et s'engouffre en réveillant un tourbillon de poussière. Lily se détourne, le cœur battant. Elle finira par entrer, mais pas aujourd'hui.

Elle parvient à peine à respirer en entendant la porte de l'armoire s'ouvrir, puis le coffre qu'on déverrouille. Le couvercle se soulève dans un grincement.

— Il n'y a pas de photos dans le coffre, lance Tom. Mais il y a autre chose. Attends.

Un froissement de tissu. Un fracas métallique sur le plancher.

— Je l'ai !

Tom accourt avec une clé en laiton qu'il offre à Lily.

— Prends-la, s'il te plaît. C'est toi qui as résolu l'énigme.

Lily recule, paumes en l'air.

— Je te l'ai dit, je ne suis pas ici pour la maison.

Tom baisse les yeux sur la clé, puis la glisse dans la poche de son jean.

— Merci. Sans toi, je serais au cimetière en train d'empêcher mes cousines d'exhumer des animaux morts.

Il porte la main à son front.

— Pourvu que Gray soit arrivé à temps.

Soudain épuisée, Lily ressent le besoin urgent de s'enfermer dans sa chambre. Mais elle ne peut pas se permettre de se reposer. Elle doit décrypter les autres indices cachés dans l'énigme et comprendre leur lien avec sa mère.

— Va retrouver les autres, lui dit-elle. Annonce-leur qu'ils peuvent arrêter de chercher.

— D'accord. Même si je suis bien tenté de les laisser s'arracher les cheveux jusqu'à l'heure du déjeuner, répond Tom avec un regard pétillant. Attends une minute.

Tom fonce de nouveau dans la chambre de Mariana et en revient avec un nounours élimé.

— J'ai pensé que tu le voudrais.

— C'est Ada, souffle-t-elle en désignant l'étiquette sur le côté. Le doudou de ma mère.

Tom réfléchit un instant, puis comprend.

— *Bravez les ours !* Et il était sur son lit !

Lily hoche la tête, essayant de refermer l'album photo qui s'est ouvert dans sa tête. Les dînettes avec sa mère, Christina et Ada. Le sauvetage du nounours dans la forêt du papier peint. La fenêtre, depuis laquelle elle a regardé l'ambulance emporter le corps.

Puis elle se souvient du premier indice. Quel rapport avec ce qui est arrivé à sa mère ? Elle se tourne vers Tom.

— Est-ce qu'il y avait autre chose dans le coffre ? J'ai eu l'impression d'entendre du tissu.

Tom retourne dans la chambre et en revient avec une longue étoffe verte qui traîne par terre.

— La clé était cachée dessous.

Il plie l'étoffe et la remet à Lily.

Alors qu'elle en examine les boutons, son cœur se serre. D'autres images affluent.

— C'est un manteau.

Sa voix est fluette, si basse que Tom doit se pencher pour attraper ses mots avant qu'ils se glissent entre les lattes du parquet.

— Le manteau de Maman.

— Merde. Tu veux que je le repose ?

Lily porte le vêtement à son visage. Elle respire ses fibres, mais même son odorat surdéveloppé de femme enceinte ne parvient pas à déceler le parfum de sa mère. Un sanglot tente de s'échapper, qu'elle parvient finalement à emprisonner dans sa gorge.

Dans sa vision périphérique, Tom pianote sur ses flancs.

— Je sais que c'est censé être mon métier, d'avoir des mots apaisants, de savoir quoi dire, mais te voir comme ça… vraiment, tout ce qui me vient, c'est à quel point tu es courageuse.

Mais Lily ne l'écoute pas vraiment. Elle examine les manches du manteau. Les deux sont maculées de taches sombres, comme si les poignets avaient rouillé. Des taches de sang séché. Et c'est ainsi qu'elle est renvoyée dans le labyrinthe avec l'image de sa mère gisant sur le sol. Vêtue de ce même manteau.

Tout à coup, elle ne se sent plus du tout courageuse.

12

Elle titube jusqu'à sa chambre, les doigts serrés autour du manteau et d'Ada.

— Je vais me reposer un peu, indique-t-elle à Tom.

Son cousin la suit, la main sur le front.

— Je ne suis pas sûr que ce soit bien sage de te laisser seule.

— Ne t'en fais pas, j'ai l'habitude.

C'est vrai. La solitude est son armure de glace, celle qu'elle porte en permanence pour garder les autres à distance.

— Ce n'est pas une raison, réplique Tom. Descends avec moi un petit moment. Rien que pour voir la tête de Sara quand je lui annoncerai que tu as résolu l'énigme.

— Tu veux bien lui dire que c'est toi qui l'as résolue ?

— Pourquoi ?

Parce qu'elle ne veut pas se faire remarquer. Parce qu'elle ne veut pas qu'on la regarde. Parce qu'elle ne veut pas parler. Au lieu d'expliquer tout ça, Lily se contente de secouer la tête.

— Si tu insistes… Mais, tu sais, ça te ferait du bien de t'affirmer. De briller.

Devant cette platitude, la grimace de Lily est immédiate. Tom éclate de rire.

— Oui, bon, OK. C'est niais. Mais je suis sérieux. Tu ne peux pas te taire éternellement.

On parie ? La mère de Lily a bien réussi, elle.

Lily serre Tom dans ses bras, ne serait-ce que pour mettre fin à ses pseudo-analyses.

— Va briller à ma place, dit-elle. Je redescends bientôt.

Quand les pas de Tom disparaissent dans l'escalier, Lily se glisse dans sa chambre, le manteau plié dans ses bras. En évitant soigneusement de toucher les taches, elle l'étend sur son lit.

Sur la couette, le manteau dessine la silhouette de sa mère. Et porte son sang.

Lily a l'impression de se flageller le cœur avec du houx.

Pourquoi Tante Liliana a-t-elle gardé le manteau ? Et pourquoi faire en sorte qu'elle le trouve ? La cruauté infusait les veines de Liliana comme le sucre des raisins secs dans un cake imbibé de thé, mais ça n'est pas une raison suffisante. Liliana n'aurait tout de même pas fait ça pour punir Lily de n'avoir pas voulu venir à Noël, n'est-ce pas ?

Lily repense au jour où Tante Liliana l'a arrachée à Endgame House. Lily était assise à l'arrière de la voiture, entre Sara et Gray. Les bras croisés, Sara plantait son coude dans les côtes de Lily, mais celle-ci le sentait à peine. Elle ne sentait quasiment plus rien. C'était comme si son enveloppe charnelle était restée à Endgame. À l'inverse d'un fantôme, Lily était encore en vie, mais avait quitté son corps. Il était anesthésié, comme placé dans la glacière au fond du jardin, depuis qu'elle avait trouvé le cadavre de sa mère.

Tante Liliana n'a rien dit sur les premiers kilomètres. Elle s'est contentée de conduire, le dos raide, sans regarder une seule fois dans le rétroviseur.

Lily serrait dans son poing la clé d'Endgame House. Elle l'avait pressée contre sa peau pour mieux en sentir les dents froides, pour sentir quelque chose. Tout le monde, dans la famille, avait sa propre clé. La tradition voulait qu'on la remette à chaque enfant le jour de ses cinq ans, lors d'une cérémonie sur la terrasse. On passait alors une ficelle dans la clé pour la lui nouer autour du cou. C'était le symbole de son appartenance à Endgame. Les enfants y étaient chez eux, et la maison était la leur.

C'était Grandma Violet qui avait remis la sienne à Lily. Elle lui avait ensuite tenu la main tandis qu'elles se promenaient dans le champ de fleurs sauvages.

« Les clés t'apportent la liberté, Lily, lui avait expliqué Grandma Violet. Mais elles te protègent aussi. Elles t'offrent la sécurité. »

La clé avait failli à son rôle. Celle de sa mère aussi. La ficelle ne faisait que les attacher – or les haricots d'Espagne qu'on attache à leur tuteur ne voient jamais que l'Angleterre, et les tournesols menottés à leur bambou ne peuvent plus pivoter vers le soleil.

Les dents de la clé enfoncées plus profondément dans sa peau raclaient sa clavicule. Dans la voiture, Lily se sciait la peau dans l'espoir de sentir quelque chose, appuyant toujours plus profond, plus fort, jusqu'à ce qu'un liquide lui mouille les doigts. Elle a porté la main à sa peau. Le sang sur ses doigts était la preuve que, malgré son anesthésie, elle était encore en vie.

« Qu'est-ce que tu fais ? a demandé Sara en se penchant par-dessus Lily. Maman, Lily saigne ! »

Tante Liliana a alors regardé dans le rétroviseur. Elle y a croisé le regard de Lily. Ses yeux étaient aussi froids que le givre qui encerclait les vitres de la voiture.

« Elle se coupe avec sa clé », a rapporté Sara.

Lily a ressenti une haine pour Sara, une haine réconfortante. Elle s'y est accrochée. Si elle ne sentait plus rien dans son corps, au moins elle sentait encore quelque chose à l'intérieur.

« Enlève-la, Lily, a ordonné Tante Liliana.

— Mais elle est à moi. »

Lily avait déjà tant laissé derrière elle, la clé était son dernier lien avec sa mère.

« Tu n'en as plus besoin. Tu ne remettras plus les pieds à Endgame House.

— Plus jamais ? »

Un poids s'est abattu sur elle – le chagrin ou le soulagement, peut-être les deux facettes d'une même émotion.

Grandma Violet lui avait un jour expliqué que « la peur et l'excitation sont jumelles, elles vivent de chaque côté d'une même porte. C'est à toi de choisir quelle chambre tu occupes ».

« Donne ta clé à Gray », l'a sommée Tante Liliana.

Lily a senti Sara se raidir à côté d'elle.

Gray a jeté un coup d'œil à Sara avant de demander à sa mère :

« Pourquoi moi ? Je ne veux pas de sa clé. J'en ai déjà une.

— Moi, je la veux, a réclamé Sara. En plus, Gray risque de la perdre.

— C'est justement parce que tu la demandes que c'est à Gray de la garder, a expliqué Tante Liliana. Tu dois apprendre qu'on n'a pas toujours ce que l'on veut. La vie ne sera pas tendre avec toi, Sara. Tu n'es ni intelligente, ni belle, ni charmante. Tu vas devoir trouver autre chose pour t'en sortir.

— C'est méchant », a protesté Lily.

Elle s'est tournée vers Sara avec un regard consolateur. Les mots blessants de Tante Liliana devaient l'avoir transpercée comme une lame sous la peau d'un poisson.

Sara l'a fusillée du regard en retour. Peut-être savait-elle déjà qu'il y a du bon à être haïe.

« Tu es la mieux placée pour savoir que la vie est injuste, Lily. La justice, c'est pour les autres. Dans notre famille, on fait ce qu'on peut pour rendre la nôtre. »

Tante Liliana s'est alors concentrée sur la route en se mordant la lèvre. Le front plissé, elle semblait perdue dans ses pensées. Lily aurait voulu être perdue, elle aussi. Comme un flocon dans les congères qui bordaient la route. Se fondre dans la masse, devenir invisible au milieu de la tempête de neige de sa vie. Car, dans le froid perpétuel, on ne remarque plus l'absence du soleil.

Lily a ôté la clé de son cou et l'a tendue à Gray. Ses yeux couleur argent ont sondé les siens un moment. Ils étaient doux, comme la fourrure d'un chat sur son visage – leur gentillesse provoquant la même réaction allergique chez Lily. Elle s'est détournée et a senti qu'il était blessé. Tant pis. Elle a érigé des murs pour ça, aussi : s'enfermer dans son propre labyrinthe, en construire les parois une à une et s'y perdre. Ainsi personne ne pourra y entrer, et elle ne pourra jamais en sortir.

Gray a glissé la clé dans sa poche. Lily a senti un sanglot monter, aussitôt ravalé. Hors de question que

Sara soit témoin de ses tourments. Au moins, sans la clé d'Endgame, plus rien ne la reliait au lieu qui avait tué sa mère. Car c'est la seule explication possible pour elle : quelque chose dans la maison a enlisé sa mère jusqu'à ce qu'elle se perde et ne voie plus Lily. Car si elle aimait sa fille, elle ne se serait pas tuée, pas vrai ?

Lily ignorait ce qui avait rendu sa mère si triste. Elle semblait aller bien la veille, en apportant le *Christmas pudding*. Elle riait sous les applaudissements en faisant flamber le gâteau. Elle avait adoré le cadeau de Lily – une boule à neige faite maison. Lily avait collé un ours polaire en plastique à l'intérieur d'un couvercle de pot de confiture, puis avait rempli le pot de paillettes et de vinaigre. Sa mère avait semblé enchantée en voyant tomber la neige argentée. Mais peut-être jouait-elle seulement un rôle, comme au spectacle de pantomime qu'elles avaient vu à York la veille de Noël. Sur scène, le personnage de Buttons était plein de tendresse en aidant Cendrillon ; mais, à la sortie du théâtre, quand Lily était allée lui demander son autographe, son sourire n'atteignait pas ses yeux et il empestait la cigarette et le whisky.

Si sa mère avait fait semblant, Lily aurait dû le déceler. Il y avait bien eu un moment le soir de Noël ou elle lui avait dit qu'il fallait qu'elle lui parle de quelque chose. Son regard était grave et Lily avait attendu avec excitation, mais Tante Liliana et Oncle Edward étaient entrés dans la pièce, et sa mère s'était figée. Lily avait alors passé la porte, côté peur, sans véritablement savoir pourquoi.

Des branches fouettaient les vitres de la voiture, comme des paparazzi en folie, lui demandant pourquoi elle n'avait pas sauvé sa mère. Elle aussi aurait bien voulu le savoir.

« Tante Liliana. »

Sa voix lui a paru étrange dans la voiture, comme étranglée par des plantes grimpantes.

« Qu'est-ce qu'il y a, Lily ? »

Une fois encore, elle a croisé son regard dans le rétroviseur. Ses yeux étaient pleins de colère, aussi durs que la terre qui ensevelissait sa mère.

Lily savait ce qu'elle voulait lui demander, même si tout en elle lui enjoignait de garder cette question prisonnière. Pourtant il fallait qu'elle sache.

« Pourquoi Maman a fait ça ? »

Liliana a semblé mâcher ses mots comme des caramels Quality Street – les dorés dont personne ne veut et qui restent dans la boîte avec les bonbons à la crème confiseur parfum fraise.

« Je crois que tu ne veux pas vraiment poser cette question, Lily.

— Si, a répondu Lily en ramassant son courage en une boule pour alimenter son brasier intérieur.

— Ta mère nous a quittés parce que personne n'était là pour empêcher ce qui lui est arrivé. Personne ne l'a écoutée.

— J'ai essayé, a dit Lily en se souvenant du réveillon de Noël, quand sa mère était entrée dans sa chambre pour la border et qu'elle avait insisté pour qu'elle lui lise une histoire de Noël au lieu de parler de choses sérieuses.

— Tu ne l'as pas écoutée assez attentivement », a affirmé Liliana.

Ses yeux brillants faisaient penser à la terre givrée sous le soleil. Mais ses larmes n'ont pas roulé. Elles sont restées figées sur ses cils, gelées.

« Personne ne l'a assez écoutée. Ça n'a pas de sens et j'ignore si nous comprendrons un jour. Mais nous devons tous réfléchir à ce que nous aurions pu faire, et à comment obtenir son pardon. »

Le silence a envahi l'habitacle. La route s'est élargie, les arbres se sont éloignés, craignant l'ire de Liliana. Quand elle a repris la parole, ses mains s'agrippaient au volant comme s'il était la seule chose réelle en ce monde.

« Il n'y a qu'une seule question qui devrait compter pour toi, Lily, et je vais me poser la même : qu'aurais-je pu faire, et que vais-je faire maintenant ? »

Cette question est là depuis vingt ans, elle pend autour de son cou à la place de la clé qu'on lui a retirée.

Lily frissonne. Parfois, quand les vieux souvenirs refont surface, elle a l'impression de regarder le passé défiler derrière une fenêtre. Mais par moments, elle se sent projetée à travers la vitre, de retour dans son corps d'enfant. En cet instant précis, la même anesthésie que lors de ce long voyage vers Grantchester l'envahit. Comme si elle n'était pas vraiment là. Il ne reste d'elle que l'empreinte d'un ange de neige, noyé dans une congère.

Aujourd'hui, malgré tout, la cruauté de Liliana lui apparaît sous un nouveau jour. Celui de son propre sentiment de culpabilité, et non pas de l'accusation visant Lily. Peut-être que toutes ces énigmes qu'elle a rédigées, et qui lui ont sans doute coûté la vie, sont sa tentative d'obtenir le pardon de sa sœur.

Il y a forcément une raison pour laquelle Liliana a spécifié que la clé devait être emballée dans le manteau. Toutes les réponses seront dans les indices. Liliana communiquait toujours de manière codée.

Sortant le poème de sa poche, Lily le parcourt à nouveau. *Les preuves du mensonge.* Le manteau était dans le coffre. De quel mensonge est-il la preuve ? Elle se penche sur le vêtement étalé sur le lit et ausculte ses poches comme un détective inspecterait un cadavre.

Rien, que des peluches.

Alors, qu'essayait de lui montrer Liliana ?

Il devait y avoir un rapport avec sa mère, avec une occasion où elle avait porté ce manteau. Mais cela implique de faire remonter à la surface les images du dernier jour de sa mère, au lieu de les noyer. Liliana a prévenu dans sa lettre qu'il faudrait qu'elle se remémore tout.

Le cœur battant, Lily ferme les yeux et tente d'accueillir le passé.

Les souvenirs affluent pour l'attirer dans leurs profondeurs. Elles jouaient dans le jardin, sa mère et elle. Elle se souvient d'une course à travers l'herbe givrée, de rires. Trébucher sur la racine d'un arbre et atterrir sur un tas de neige. Sa mère qui la relève et la prend dans ses bras. Lily sent presque encore les boutons du manteau contre sa joue, le givre sur ses cils. La douleur du souvenir est telle qu'elle se met à pleurer.

Ouvrant les yeux, elle avance jusqu'à la fenêtre et regarde dehors pour se recentrer sur le présent. Mais rien n'a changé depuis vingt et un ans. La neige recouvre les branches des arbres et tapisse le parc. Les souvenirs refusent de rester condamnés. Elle se revoit lancer des boules de neige sur sa mère. Elle sent la brûlure vive du froid et des sourires sur ses joues. Elle n'a jamais été si heureuse depuis.

D'autres éléments de cette journée flottent autour d'elle. Les biscuits aux épices qu'Oncle Edward a préparés pour le thé. Tante Veronica qui coupe du bois avec Tom. L'odeur et la chaleur du feu de camp de ce soir de Noël – tout le monde installé en cercle, le paillis qui crépite, les marshmallows caramélisés, les journaux qui s'embrasent et soufflent une fumée couleur d'encre.

Quelque chose dans la conversation la pousse à se rapprocher. Un détail dont elle doit impérativement se souvenir. Sa mère, en manteau vert, lui parle. Elle est penchée sur Lily pour lui chuchoter quelque chose à l'oreille, mais son regard ne quitte pas l'oncle Edward. Mais que dit-elle ? Tout ce que Lily sait, c'est que ça a un rapport avec les coquilles d'œufs.

Lily secoue la tête. Assez pensé au passé.

Les autres sont de retour, elle les entend dans le grand hall où ils ôtent leurs manteaux et appellent Mrs Castle pour lui réclamer du thé. Sara est la plus bruyante. Lily se demande comment elle va réagir quand on lui apprendra que Tom a résolu l'énigme et trouvé la clé. Une vision de son air renfrogné lui vient, et Lily sourit intérieurement.

Mais elle ne veut pas qu'ils la voient et l'interrogent sur les prouesses de Tom. Elle n'est pas douée pour le mensonge. Et elle ne veut pas les voir se comporter comme si tout cela n'était qu'un jeu.

Son bonnet et son manteau sont en bas, pile là où ses cousins sont rassemblés. Elle contemple celui de sa mère sur le lit. Le cœur battant, elle le saisit et l'enfile comme une deuxième peau, passe un bras, puis l'autre. Un frisson la parcourt. Dans le couloir, une porte claque.

Il n'y a pourtant personne à l'étage. Elle aurait entendu des pas. Mais le vent se lève, et des courants d'air glaciaux s'infiltrent souvent dans la maison. Le manteau lui va à la perfection. Comme une étreinte maternelle.

Lily se glisse dans le couloir, dépasse la chambre de Liliana et entre dans la vieille nursery. Elle traverse les souvenirs comme des toiles d'araignées et se dirige tout droit vers le second escalier, qui conduit dans un sens au grenier, et dans l'autre au garde-manger. Elle est sur le point de descendre quand elle entend un bruit. Le plancher craque au-dessus de sa tête. Il y a quelqu'un dans le grenier.

Lily monte l'escalier en pierre. Les fantômes de sa jeunesse la dépassent à toute allure, sautant une marche sur deux.

Arrivée en haut, elle a l'étrange sensation de ne pas avoir le bon gabarit. La dernière fois qu'elle est montée ici, elle n'avait pas encore eu sa poussée de croissance phénoménale qui l'a fait passer d'un mètre trente à un mètre soixante-dix en un été. À présent, elle a l'impression d'entrer dans la version miniature du grenier de ses souvenirs.

Dos courbé, tête baissée, elle jette un coup d'œil autour d'elle, mais ne voit personne. Elle inhale l'odeur de la poussière, du linge humide et du bois sur le point de pourrir. Même si rien n'a bougé, quelqu'un est passé par là. Il y a l'empreinte d'une main sur le couvercle poussiéreux du piano droit de sa mère. Elle pose sa main par-dessus. La trace est plus grande, avec des doigts plus fins. Peut-être celle d'Isabelle, ou de Mrs Castle, qui aurait dissimulé une clé ici.

Est-ce que ça compte comme chercher une clé ? Pas vraiment. Et puis, ce n'est pas comme si elle avait envie de gagner. Que ferait-elle d'un manoir aussi gigantesque, rempli de souvenirs, de drôles de bruits et de mites ?

Lily fait demi-tour pour redescendre. Ici, il n'y a pas de tapis moelleux pour amortir l'écho de ses pas sur les marches en pierre. Mais personne ne l'entendra pour autant. Tout l'intérêt de l'escalier de service, c'est que les habitants de la maison n'aient pas conscience du travail de ceux qui l'empruntent pour porter leurs boissons, leurs plats, et leur linge sale. Comme des globules rouges dans un corps insouciant.

L'escalier débouche dans le garde-manger, ce qui permet à Lily de se glisser dans le potager. À la grande époque du manoir, c'était dans cette cour qu'on faisait la lessive. Il reste encore un vieux fil à linge, tiré d'un mur en brique à l'autre, et une planche à laver rouillée que les invités des séminaires trouvaient charmante, avant de vomir dessus les soirs d'ivresse. La mère de Lily lui a montré comment s'en servir, saisissant Christina pour frotter sa robe contre les lamelles. Lily a crié d'effroi, craignant de voir sa poupée râpée comme une carotte de chiffon.

Lily regarde les manches du manteau. Le sang marron détonne, dans ce lieu. On penserait pourtant que sang et nature feraient bon ménage. À la lumière, néanmoins, il prend une autre couleur. Elle tend la manche au soleil. Lily a déjà nettoyé de nombreuses taches sur les costumes qu'elle confectionne. Les vêtements ont toujours besoin d'être reprisés – les gens aussi. On lui renvoie souvent les robes après un soir au bal rouge, un mariage à thème, ou une soirée déguisée, leurs jupons déchirés ou les attaches de corset détendues d'avoir été dégrafées trop vite – par ardeur ou envie de libérer des chairs écrasées. Peut-être faudrait-il qu'elle lave le manteau. Le rapporte ici plus tard, frotte les manches sur la planche et lui rende sa fraîcheur.

Elle s'engage sur le sentier couvert de neige qui passe devant le romarin et les pieds de lavande qui parfument l'été. Sa mère venait souvent ici chercher de la menthe, de la ciboulette et des feuilles de capucine pour les repas des hôtes. En récupérant les assiettes après le déjeuner et le dîner, Lily constatait que la viande et les pommes de terre disparaissaient plus vite que les herbes qui leur donnaient leur saveur. Mais toujours beaucoup moins vite que le vin.

La porte qui permet de sortir de la cour était bleue, autrefois. À présent, le vieux bois apparaît. Des écailles de peinture subsistent encore – c'est à la fois une preuve admirable de résistance et une forme sévère d'abandon. La pourriture finira par grignoter toute la porte si rien n'est fait. Dans la nature, tout est voué à se décomposer.

Lily tire à deux reprises sur la porte gondolée, s'opposant à la résistance de la neige entassée et raclant les dalles.

— Je peux vous demander ce que vous faites, Miss Lily ?

Lily sursaute. Mrs Castle est plantée sur le seuil du garde-manger, les bras croisés, une écharpe rouge enroulée autour du cou.

— J'avais envie de prendre l'air.

— En général, les invités s'estiment trop bien pour passer par la porte de service. D'ailleurs, ils n'en connaissent pas l'existence à moins qu'on la leur montre.

— Ils sont peu nombreux à avoir grandi ici, répond Lily.

Le regard critique de Mrs Castle est aussi glacial que le vent qui gerce ses lèvres et lui irrite les joues.

— J'imagine.

Lily se demande s'il faut la laisser quand Mrs Castle déclare :

— Je vous ai entendue fureter dans le grenier.

— J'ai entendu du bruit, je suis montée voir.

Mrs Castle fronce les sourcils.

— Tous les autres prennent le thé dans le petit salon.

— Au bout du compte, je n'ai vu personne. Liliana disait de ce genre de bruit que c'était la maison qui bougeait autour de nous.

— Liliana savait trouver les mots pour rassurer.

Rarement, voudrait lui rétorquer Lily.

— Vous devriez faire attention, là-haut, l'avertit Mrs Castle. Et dans le parc.

— Pourquoi ?

— Cet endroit fait faire de drôles de choses aux gens.

— C'est-à-dire ?

— Vous le découvrirez bien assez vite. Je dirai juste qu'à titre personnel je ne comprends pas qu'on puisse convoiter ce manoir, dit-elle avec un frisson. Les grandes maisons ont le passé dans la peau. Et celle-ci a plusieurs couches d'épidermes calleuses.

— Une raison parmi tant d'autres pour lesquelles je ne veux pas gagner.

— C'est ce que vous dites.

Un sourire tente d'infiltrer ses lèvres, mais Mrs Castle les pince pour le retenir.

— Je veux simplement résoudre les énigmes.

Mrs Castle hoche la tête, lentement.

— Tom a fait ce que vous lui avez demandé. Il est descendu et a prétendu avoir trouvé la clé. Mais ce n'est pas vrai, n'est-ce pas ?

— Qu'est-ce qui vous fait croire ça ?

Mrs Castle ne peut plus réprimer son sourire à présent. Elle pose un doigt sur ses lèvres.

Lily hausse les épaules.

— Je ne vois pas ce que ça change, qui revendique la résolution de l'énigme.

Pourtant son cœur bat à se rompre. Elle va devoir prendre garde aux oreilles indiscrètes.

— Alors vous n'avez pas de problème avec le mensonge, Miss Lily ?

— Ce n'est pas ce que j'ai dit, je…

— Nul besoin de vous justifier, Miss Lily. Je comprends. Tout le monde ne peut pas être une sainte comme votre mère.

— Vous étiez proches ? demande Lily en avançant, comme si entrer dans l'orbite de Mrs Castle pouvait lui ramener sa mère.

Mrs Castle hoche la tête.

— Petite, je jouais avec elle et Liliana. J'étais plus âgée qu'elles, mais mes parents vivaient au village. Je venais ici avec ma mère quand elle donnait un coup de main les jours de lessive.

— Alors, vous faites véritablement partie du passé d'Endgame.

— J'ai son empreinte sur ma peau, oui. Sinon pourquoi aurais-je accepté d'être là ?

Une expression inquiète voile son visage puis disparaît, comme si elle n'avait jamais existé.

— Mariana était une femme adorable. Ce qui lui est arrivé est une terrible tragédie. Vous portez son manteau, il me semble.

Lily croise les bras, gênée.

— Il vous va bien.

Avant de partir, elle déroule l'écharpe à son cou et la lance à Lily.

— Faites attention, dehors. Les fantômes sont partout et mieux vaut ne pas rester seule avec eux.

Lily récupère l'écharpe et l'enroule, bien serrée, autour de son cou, comme si elle pouvait empêcher la mise en garde glaciale de Mrs Castle de pénétrer son cœur. La dernière chose à laquelle elle veut penser, c'est bien aux fantômes.

Hors des murs protecteurs de l'arrière-cour, le vent fait entendre sa présence. Il tente de se faufiler sous ses manches, alors Lily serre les poings comme quand elle était petite, pour que seules ses phalanges dépassent du manteau.

Ses baskets ne sont pas adaptées à la neige. Elle atteint à peine l'aile ouest que l'eau glacée imbibe le tissu et se propage à travers ses collants jusqu'à ses orteils. Elle sait qu'elle ne les sentira bientôt plus et cette pensée la soulage. L'anesthésie est confortable, c'est ce que l'on ressent qui pose problème.

Au loin vers la droite, elle entend les hennissements de chevaux qui se chamaillent dans la vieille écurie. C'est pourtant impossible. Il n'y a plus de chevaux sur le domaine depuis de très nombreuses années. S'il y avait des fermes environnantes, elle aurait accusé le vent de charrier leurs bruits. Mais Endgame n'a pas de voisins.

Lily tente de ne pas y penser. Elle se concentre plutôt sur la fontaine devant elle. En été, les panaches d'eau jaillissent de son large bassin en pierre blanche pour former une fleur de lys. Mais en hiver le mécanisme est coupé et l'eau reste gelée au fond. Que ressent une fontaine privée de ses jets ? De l'autre côté du parc, la cloche lugubre de la chapelle appelle les rares croyants.

Alors qu'elle approche du labyrinthe, elle sent ses entrailles se tordre. C'est là qu'elle pourra trouver des réponses. Il renferme de nombreux souvenirs. Dont celui de ce que sa mère lui a chuchoté avant sa mort.

Lily reste plantée à l'entrée. De part et d'autre, les haies culminent. Devant elle, la neige forme un sentier blanc qui serpente entre recoins et ombres. Sa mère disait souvent : « Tu trouveras toujours des réponses dans un labyrinthe. Nul besoin de connaître la question, la quête te guidera. » Et elle avait raison, en quelque sorte. S'y promener aidait Lily à réfléchir. Se concentrer sur l'objectif d'atteindre le centre permettait à son esprit de prendre d'autres directions. Peut-être était-ce parce qu'il n'était pas linéaire que les pensées lui revenaient sous un nouveau jour.

Aujourd'hui, elle ne peut pas entrer.

Ses pieds sont collés au sol par le gel. La peur s'est emparée d'elle et refuse de la laisser franchir la porte pour retrouver son émotion jumelle, l'excitation.

Elle tend le bras et touche la paroi du labyrinthe, les douces épines de pin piquées de houx. Le lierre y circule aussi, comme une rumeur.

Des fragments de souvenirs flottent autour d'elle ; la fois où l'on a taillé le labyrinthe et qu'elle a regardé avec Isabelle les épines tomber en confettis. Ou cette journée portes ouvertes au centre de congrès où elle a vu deux femmes s'embrasser au cœur du labyrinthe, et a songé pour la première fois – consciemment en tout cas – qu'elle aimait les filles autant que les garçons. Ou quand elle est tombée sur sa mère en pleine dispute avec Tante Veronica au sujet de… impossible de s'en souvenir. Les mots sont restés coincés dans le labyrinthe et elle ne peut pas y entrer.

Quelque chose l'attend à l'intérieur, mais ce n'est pas aujourd'hui qu'elle va découvrir quoi.

Les portes vitrées de la terrasse s'ouvrent. Le rire de Philippa se déverse sur la neige avec les effluves du repas de Noël en préparation. Incapable de supporter le regard de ses cousins, Lily s'éloigne de la maison.

Derrière le saule qui a pleuré sur elle et sa mère se trouve la glacière, vieille construction basse en pierre, témoin d'une époque sans congélateur. Un frisson la saisit à sa vue. Petite, elle n'avait jamais le droit d'y entrer – on craignait qu'elle y reste coincée. C'était le seul endroit du parc qui lui était interdit. Ainsi, évidemment, elle y allait fréquemment. Isabelle et Lily avaient pour habitude de se chronométrer pour voir laquelle des deux était capable de rester le plus longtemps assise sur la glace. Lily appelait les blocs des « bottes de glace », puisque ces sièges étaient l'équivalent hivernal des bottes de foin chauffées par le soleil à la saison des récoltes.

La porte de la glacière est scellée par le gel. Malgré ses doigts engourdis, elle tente de forcer le loquet. Elle souffle dessus pour réchauffer le métal rouillé et le fait osciller jusqu'à ce qu'il cède enfin et que la lourde porte s'ouvre dans un grincement menaçant.

Lily tend le bras vers l'interrupteur, l'enclenche, mais rien ne vient. Dehors, elle se met à chercher des vestiges du jardin de rocaille et finit par dénicher un gros caillou pour faire office de cale pour la porte. Même grande ouverte, la glacière est plongée dans l'obscurité. Et si froide.

Dehors, des pas écrasent la neige. Ils ralentissent pour s'arrêter à quelques mètres. On a dû repérer ses empreintes. Elle prie pour qu'on la laisse tranquille, pour ne pas avoir à faire la conversation à ses cousins les moins amicaux, le tout au milieu de glaçons. Ce serait un peu trop ironique. Sans compter qu'il n'y a aucun moyen de briser cette glace-ci, dans l'endroit où on la conserve depuis des siècles.

Le caillou roule. La porte claque. Le loquet se rabat. L'obscurité est totale.

Le cœur battant la chamade, elle s'écrie :

— Il y a quelqu'un ?

Aucune réponse. Peut-être qu'on ne l'a pas entendue. Il est possible que, la porte fermée, le bruit reste piégé à l'intérieur, comme le froid. Les pas s'éloignent lentement. Si elle entend la neige craquer, on l'entend forcément crier.

Lily tambourine sur la porte en métal. Puis elle fait une pause, mais n'entend pas davantage de réponse, rien que son propre cœur qui lui ordonne de fuir. Mais il n'y a nulle part où aller. La panique la saisit, la pétrifie sur place comme à l'entrée du labyrinthe.

Elle tend la main devant elle, sans la voir. C'est le genre d'obscurité qui vous embrasse, qui vous absorbe. Elle ne l'étouffe pas, ne la dévore pas. Dans le noir, Lily a simplement disparu. Cette invisibilité a quelque chose de rassurant. La tentation fugace de la non-existence. Elle écarte cette pensée.

Réfléchis, s'intime-t-elle. *Garde tes jambes et ton esprit actifs. Trouve un moyen de sortir*.

En avançant, Lily se cogne contre un objet tranchant. Elle se penche pour palper la glace et en caresse la surface lisse. Petite, elle trouvait bizarre cette sensation sur sa peau. Elle a demandé tout haut, lors d'un grand dîner à Endgame House : « Puisqu'il y a des flammes bleues et que la glace brûle, est-ce que le feu peut aussi donner des engelures ? » Oncle Edward a pouffé et décrété qu'elle était trop maligne pour son bien et lui a suggéré de mettre sa main au feu pour voir si c'était froid.

Lily n'a pas pensé à ce moment depuis des années. Elle effleure la « botte » de glace à nouveau et compte les démarcations. Les blocs sont nombreux, tous stockés d'un seul côté de l'abri. Sentant la brûlure du froid, elle fourre sa main dans la poche de son manteau pour y serrer et desserrer le poing. L'espace d'un instant, elle espère trouver dans la poche un message de sa mère, une sorte de coup de pouce magique surgi du passé pour la secourir. Mais il n'y a rien d'autre que la doublure.

Elle tend son autre bras par-dessus le plateau de glace pour atteindre le mur. Elle ne se souvient pas de l'existence d'une autre porte, mais sait-on jamais, la mémoire est si mystérieuse. Pourquoi Liliana lui a-t-elle donné pour tâche de tout se remémorer ? La mémoire n'est pas plus fiable qu'un miroir de fête foraine.

— Aïe !

Elle s'est piqué le doigt sur quelque chose. Lily ramasse le coupable – un pic à glace. Voilà qui aurait été utile si elle avait voulu des glaçons. Mais ce dont elle a besoin pour le moment, c'est de son téléphone. Si elle n'était pas revenue à Endgame, elle ne serait pas coincée dans cette glacière. Elle serait tranquillement à Londres devant Netflix. Comment espère-t-elle s'occuper d'un bébé ? Elle n'est même pas capable de sortir d'une glacière.

Elle retourne à la porte et cogne le pic à glace contre le panneau.

Paf. Paf. Paf.

Lily trouve son rythme, frappe la porte et laisse le métal résonner dans le parc comme le gong qui annonce le dîner. Le silence qui suit est de glace.

Après avoir tapé pendant des lustres – ou au moins une minute –, elle abandonne, éreintée. La pierre est froide sous sa main quand elle la frôle pour trouver le sol. S'asseoir par terre avec un corset n'a rien de confortable. En s'accroupissant, elle entend le manteau craquer dans son dos. Voilà. Elle n'est même pas fichue de conserver le manteau de sa mère pendant une matinée sans l'abîmer. Des larmes s'agglutinent au ras de ses cils. C'est dans cet état qu'on la retrouvera, si quelqu'un décide un jour d'aller chercher de la glace : un esquimau qui fut autrefois Lily, le visage bleui par les larmes congelées de son chagrin.

L'épuisement la drape comme un second manteau, plus chaud que l'éveil. Elle sent la tentation, cette corde qui l'attire vers un sommeil dont elle ne se réveillera peut-être pas.

13

Lily se réveille au son du loquet que l'on tire. La porte s'ouvre en raclant le sol.

— Te voilà enfin ! s'écrie Tom.

Les joues rouges, ses longues mèches décoiffées, il transpire comme s'il avait couru.

— Je t'ai cherchée partout.

Lily sort des entrailles tombales de la glacière. Dehors, l'air a la chaleur du soleil, malgré la neige. L'odeur du feu de bois qui flotte depuis la maison la rendrait presque accueillante. Presque.

— Tu trembles, constate Tom en ôtant son manteau pour le placer sur ses épaules.

Sa sollicitude la réchauffe de l'intérieur, comme un porridge crémeux et bien chaud. Elle se demande si Bean la perçoit aussi.

— Comment tu m'as retrouvée ? demande Lily en avançant péniblement dans la neige.

— Ton petit numéro de timbalière sur la porte était un bon indice, s'esclaffe Tom. Je suis monté dans ta chambre, mais tu n'y étais plus. J'ai fait le tour de la maison avec la frousse que Mrs Castle me surprenne et me croie en train de chercher la clé de demain.

— Quelqu'un m'a enfermée.

— Je m'en doute, le loquet était tiré. Mais c'est accidentel, pas vrai ?

Ses yeux sont aussi vastes et bleus que le ciel derrière lui. Incroyable que quelque chose de si limpide puisse produire autant de neige.

— J'ai appelé. Je ne vois pas comment on aurait pu ne pas m'entendre.

— C'est pas faux. Je t'ai entendue dès que j'ai mis un pied hors de la maison.

Tom reste silencieux un moment.

— Tu comptes demander aux autres qui a fait ça ?

Lily frissonne. Elle ne veut certainement pas en parler à ses cousins.

Tom la scrute avec une compassion qui lui donne envie de se détourner et de pleurer – et pas dans cet ordre.

— Je devrais, je sais.

— Tu sais quoi ? On va dire que c'est moi qui me suis retrouvé enfermé.

— Tu ne peux pas toujours me sauver la mise. Je ne suis pas une damoiselle en détresse.

— J'ai bien failli y croire, mon chou, plaisante Tom avec sa meilleure – et par là, elle entend sa pire – imitation du sourire en coin d'Humphrey Bogart.

Il a plus des airs de Columbo. Mais, après tout, c'est bien d'un détective dont on a besoin en temps de crise. Elle devrait s'inspirer plus de Columbo. Ou de Bowie. Chaque fois que Tante Liliana lui donnait des conseils, elle en revenait toujours à « QFB, ma chérie. Que Ferait Bowie ? ». Mais David Bowie, aussi lumineux soit-il, n'était pas réputé pour ses talents de détective. Ou peut-être que si. Peut-être qu'il était l'infiltré le plus discret de tous. Peut-être que son rôle dans *Twin Peaks* n'était que la réalité projetée dans le septième art.

— Allô, ici la Terre, lance Tom en agitant une main sous son nez.

— Qu'est-ce qu'il y a ?

— Je parle dans le vide depuis dix minutes. Ce que je racontais était vraiment fascinant, je t'assure. Et toi, tu es complètement dans la lune, et tu souris en plus !

— Désolée, j'étais ailleurs pendant une seconde.

— Tu pourrais arrêter de faire ça ? demande Tom. J'ai suffisamment de quoi m'inquiéter ici sans qu'en plus tu partes faire un tour dans ta tête.

Il frotte son front plissé, y laissant des marques rouges.

— Ce n'est pas la peine de t'inquiéter pour moi, dit-elle. Je peux me débrouiller toute seule.

C'est faux, mais il n'a pas besoin de le savoir.

Tom opine.

— Je sais. C'est ma faute. Je m'investis trop. Ça a toujours été mon problème. J'arrive à garder la bonne distance avec mes clients, mais avec la famille je recommence systématiquement.

— Qu'est-ce qui t'inquiète à Endgame ? demande Lily.

Son instinct lui souffle qu'il y a quelque chose qu'elle devrait savoir, un lien qui lui échappe.

— Rien de particulier.

Tu parles d'un instinct de détective. Columbo ne se serait jamais planté comme ça.

— Sara est insupportable, continue Tom. Gray a besoin d'aide, mais je ne suis pas assez objectif pour la lui apporter. Il faudrait que Ronnie apprenne à s'affirmer. Je n'ai jamais vu Rachel si heureuse et je ne veux pas que ça change. Quant à…

— Quant à moi ? Tu t'inquiètes pour moi ?

Lily ignore si elle veut qu'il lui réponde oui ou non.

— Oh, juste H24, répond Tom avec le sourire.

— Tu comptes m'expliquer pourquoi ?

— Parce que tu gardes tout enfermé dans ta propre glacière. Et si je ne te connaissais pas aussi bien, je pourrais croire que tu t'y es enfermée toute seule pour ne pas avoir à nous adresser la parole. Mais tu ne ferais jamais ça, pas vrai ?

— Je ne crois même pas en être capable.

— Tu as raison. Je suis un peu perturbé. C'est d'être ici, entouré par des fantômes et des personnes qui ont désespérément besoin d'aide mais qui refusent d'accepter la mienne. Ce n'est rien, et c'est un peu tout à la fois. Je suis anxieux. Alors je ne vais te le demander qu'une seule fois : est-ce qu'il y a quelque chose que tu aimerais me confier ?

— Comme quoi ? demande Lily en espérant qu'il ne puisse pas lire sur son visage.

Sait-il quelque chose, et quoi ?

— Ça va légèrement à l'encontre de ma question, si c'est à moi de le dire.

Le rire de Tom a des inflexions tristes.

— J'aimerais juste que tu t'ouvres un peu à moi.

— Je le ferai, affirme-t-elle. À mon rythme.

Ils marchent en silence jusqu'à arriver en bas de la terrasse. Des feuilles sont tombées sur la neige. Elles se sont accrochées aux branches autant que possible, mais l'hiver n'épargne personne.

Quand ils montent les marches, le salon et la bibliothèque leur apparaissent. Plusieurs silhouettes se détachent à la fenêtre du séjour, tasse à la main. Les bouches ouvertes, têtes rejetées en arrière, indiquent des rires aux éclats. Mais dehors, le silence est macabre.

— Des fantômes, souffle Lily. Tu disais que nous étions entourés de fantômes.

Elle songe à la voix qu'elle a entendue dans le mur, la veille.

— N'est-ce pas toujours le cas ? dit Tom, le front plissé. C'est simplement que je les entends mieux ici.

— Tes parents ?

— Oui. Je suis allé dans leur chambre. Celle qu'ils ont occupée après ton départ. Tout a changé. Elle a été transformée en une suite d'hôtel un peu chic. Je ne savais pas. Je n'avais jamais pensé à y retourner avant.

— Au moins, toi, tu as réussi à passer la porte, marmonne-t-elle.

— Attends, je ne t'ai pas encore tout dit, continue Tom. Je suis sûr d'avoir entendu la voix de Papa.

Des images d'Oncle Edward viennent à Lily. Elle le revoit distribuer les sourires et les clins d'œil en même temps que les cadeaux. Courir pour ramasser les œufs en chocolat dans le jardin, les ficelles de son chapeau de Pâques volant derrière lui. Elle l'adorait. Il est mort peu de temps après Mariana. N'étant proche ni de Sara, ni de Gray, ni de Rachel, il ne restait plus à Lily que Liliana, Ronnie, et Tom.

— Et ensuite j'ai entendu Maman, ajouta Tom d'une voix brisée. Je me suis mis à pleurer et j'ai pris mes jambes à mon cou.

Lily hoche doucement la tête. Elle n'a jamais beaucoup aimé Tante Veronica, une femme froide qui souriait rarement. Le dernier souvenir qu'elle garde d'elle date de l'enterrement de sa mère. Veronica a tripoté ses boucles d'oreilles en lui disant : « Toutes mes condoléances, Lily. » Des mots que n'importe qui aurait pu prononcer, et qui manquaient cruellement de sincérité.

— Je suis désolée.

Elle le pense vraiment, elle. Car elle est bien placée pour savoir ce que ça fait de perdre un parent. Alors qu'elle n'a jamais connu son propre père, ni même son identité. Sa main trouve le chemin de son ventre. Elle se demande si Bean éprouvera un jour cette douleur.

Ils entrent ensemble dans la maison et une exclamation joyeuse les accueille depuis l'autre bout du séjour.

— Vous étiez où ? demande Ronnie.

Il quitte son poste près de la cheminée pour les rejoindre et pose une main sur leurs épaules. Le soulagement sur son visage réchauffe le cœur de Lily.

— J'ai trouvé Lily dans la glacière, explique Tom. Et ensuite quelqu'un nous a enfermés.

Lily tourne vivement la tête vers lui. Il était censé dire que c'était lui qui avait été enfermé. Il n'était pas question de parler d'elle. Non que ça ait une quelconque importance.

— Qu'est-ce que tu faisais là-dedans ? demande Sara à Lily.

Ses yeux sont plissés aussi étroitement qu'un canal, et tout aussi boueux. Lily n'en voit pas le fond. Il n'y gît probablement que de la vase et de l'amertume charriées par les égouts.

— Tom ne t'a pas demandé de résoudre les autres énigmes pour lui, pas vrai ? Parce que ce serait de la triche.

— Et on sait tous combien tu aimes le respect des règles et l'honnêteté, renchérit Rachel.

— Je crois que la vraie question, c'est qui nous a enfermés ? dit Tom pour détourner l'attention portée à Lily.

— J'espère que tu n'insinues pas que c'est moi, dit Sara en bombant le torse d'indignation.

Tom montre ses paumes, un geste d'apaisement que Lily reconnaît pour l'avoir déjà vu chez sa propre psy.

— Je n'en ai aucune idée, c'est pour ça que je pose la question.

— Je n'ai pas bougé d'ici avec Rachel, Holly et Ronnie, déclare Philippa.

Tous se tournent vers Sara.

— C'était moi, avoue tranquillement Gray depuis son fauteuil près de l'âtre.

Il se lève, brandit une paire d'écouteurs dont le fil pendouille et s'avance vers Lily.

— Je suis sorti me promener et j'écoutais de la musique. J'ai vu la porte ouverte et je l'ai fermée. J'aurais dû vérifier à l'intérieur, je suis vraiment désolé.

Il la regarde en face. Ses yeux brillent comme les piécettes de dix pence que Grandma Violet distribuait à ses petits-enfants en guise d'argent de poche. Elle les faisait tremper dans le vinaigre – les pièces, pas les enfants, même si sa langue pouvait être abrasive parfois – et les polissait jusqu'à ce que la reine qui les ornait ait l'air d'avoir rajeuni de cinq ans.

— Y a pas de mal, dit Tom. Et maintenant on sait que la glacière fonctionne toujours. Lily était frigorifiée en sortant.

— Mais pas toi ? interroge Sara. Alors que tu lui as donné ton manteau ?

Elle n'a pas les yeux aussi brillants que son frère. Les siens ont terni avec le temps et la mesquinerie. Lily prend note qu'il faudra remonter avant le repas de Noël pour se changer. Elle ne sait pas comment leur expliquer le manteau taché du sang de sa mère.

— Tu me connais, reprend Tom avec un grand sourire. Torride peu importe la météo.

Il agite ses sourcils comme un clown aguicheur.

Sara se renfrogne et se tourne vers son frère.

— J'espère pour toi que tu écoutais ta musique sur ton vieil iPod et pas sur un appareil que tu aurais dû rendre à Isabelle.

Gray brandit un des tout premiers modèles de l'iPod shuffle. Lily avait le même. Liliana en avait offert un à chacun de ses enfants – et comptait Lily comme telle, ce que Sara n'a jamais accepté.

— Tant mieux. Parce que tu ne me seras d'aucune utilité si tu es disqualifié.

Gray baisse la tête. Lily s'approche de lui et pose une main sur son dos. Il se fond dans ce contact comme un lévrier de chenil en manque d'affection.

— Je suis désolé, chuchote-t-il.

— Tu n'as pas fait exprès, répond doucement Lily.

— Non, pas pour la glacière, dit Gray d'une voix si basse qu'elle s'évapore presque.

— Pour quoi, alors ?

Sara approche et Gray reste bouchée bée comme un poisson hameçonné.

— Comment vous êtes sortis, alors ? demande-t-elle. Si Gray vous a enfermés tous les deux ?

Lily sent Tom se figer à côté d'elle, comme s'il avait passé la nuit dans la glacière.

— J'ai réussi à forcer la porte, finit-il par déclarer.

— Tu es un si mauvais menteur, Tom, dit Sara.

À cet instant, Mrs Castle entre avec un plateau de hors-d'œuvre.

— Le repas de Noël sera servi dans une heure.

Elle pose le plateau sur la table.

— J'ai fait cuire des vols-au-vent. Vous pouvez vous servir à boire tout seuls.

Elle les toise comme si elle espérait les voir aspirés dans la cheminée pour toujours, puis repart rapidement. Ses bottines claquent sur les dalles.

Le silence s'étire un moment, puis Tom déclare :

— Ben ça, pour un Noël mémorable, c'en est un !

14

— Où sont les crackers ? demande Ronnie en s'asseyant à table. Il n'y a pas de repas de Noël sans crackers. Sans eux, on part. Pire, *sir !* Dire que je ne suis là que pour ça. Et pourquoi pas sans dinde, ou sans engueulades familiales, tant qu'on y est ? Où vais-je trouver un chapeau en papier digne de ce nom si ce n'est dans un cracker ? Il m'en faut un absolument. J'ai une tête à chapeau.

Il en fait la démonstration en pivotant la tête d'un côté puis de l'autre.

— J'imagine que tu es fier de toi, Tom, pour avoir trouvé la première clé, lance Sara. J'espère que tu l'as mise en sécurité.

Tom sourit et tapote la poche de sa veste.

— Juste ici, contre mon cœur.

— À ta place, j'aurais peur qu'on me la prenne, l'avertit Philippa.

— Pourquoi quelqu'un voudrait-il me voler ma clé ?

Gray s'esclaffe. Tout le monde se tourne vers lui. Il plaque aussitôt une main sur sa bouche comme s'il avait honte d'avoir fait du bruit.

— Tout le monde veut les clés, répond Philippa. Sans quoi nous ne serions pas là. Je ne vois pas d'intérêt à l'improbité.

— C'est un grand mot pour un repas de Noël, dit Sara.

— Pardon, je n'avais pas l'intention de te perdre, Sara. L'improbité, ça vient du latin *improbitas*, et c'est un synonyme de malhonnêteté, indélicatesse, tromperie…

— Je sais ce que ça veut dire.

— Cette conversation prend un tour beaucoup trop sérieux, intervient Tom. Je vous rappelle que c'est Noël. Est-ce qu'on ne pourrait pas en profiter – avec ou sans crackers, et avec ou sans clé ?

— Facile à dire pour toi, réplique Philippa. Tu as la première clé. Et tu as bien plus de chances de gagner que nous autres.

— Tiens, prends-la si tu veux, propose Tom en tirant la clé de sa poche et en la tendant par-dessus la table.

Philippa fait un geste vers lui.

— Tu ne peux pas juste la lui donner, Tom, proteste Sara.

— Et pourquoi pas ? répond-il en la plaçant dans la paume de Philippa. Je suis là pour m'amuser, pas pour gagner.

Philippa sourit fièrement à la clé, comme si elle l'avait trouvée elle-même. Puis elle se penche sous la table pour la cacher dans son sac à main.

La porte s'ouvre et Mrs Castle apporte un filet entier de saumon fumé. Lily se détourne aussitôt, comme si, en arrêtant de le regarder, son odeur allait disparaître.

— Mrs Castle me racontait tout à l'heure que le saumon est fumé sur le domaine, explique Philippa.

Dans le vieux fumoir, en suivant une tradition centenaire. Des copeaux de bois tombés des arbres du parc que l'on embrase et qu'on laisse se consumer pendant des jours. La fumée imprègne lentement la chair du poisson.

— Un peu comme toi, qui t'incrustes pour mettre la main sur notre fortune familiale, commente Sara.

— Ma petite Sara, la reprend doucement Tom. Tu sais bien que ce n'est ni notre argent ni le tien.

— Il n'y a pas de « petite Sara » qui vaille, Tom.

Ils échangent un regard venimeux. Le silence est si total qu'on pourrait entendre une guirlande tomber.

— Est-ce que je peux poser ce satané plat, maintenant ? ronchonne Mrs Castle.

Le silence est à présent rempli par l'écho de ses bottines, tout le monde se rassied au fond de sa chaise. Quand le plat passe devant Lily, elle récupère un quartier de citron et le serre dans son poing. Puis elle le porte à son nez et inspire profondément. Les notes d'agrumes chassent l'odeur du saumon fumé. Elle n'imagine même pas remanger un jour du poisson. Rien qu'à voir… cette chair dépecée sur les assiettes… elle lui fait beaucoup trop penser à un cadavre.

— Maintenant, je suggère d'attaquer et de savourer, dit Tom en se frottant les mains pendant que Mrs Castle s'éloigne en claquant la porte derrière elle.

***

Une fois la dinde découpée avec insistance et triomphe par Philippa, et dévorée avec son accompagnement de légumes – dont une part mise de côté à la demande de Gray pour le *bubble and squeak* traditionnel du 26, une sorte de tortilla de restes dont il n'imagine pas se passer –, tout le monde quitte d'un seul mouvement la salle à manger. Lily espère ne pas revoir un chou de Bruxelles avant longtemps. Non qu'elle ait trop mangé. Juste assez pour garder la nausée sous contrôle.

— Le *Christmas pudding* sera servi dans quatre-vingt-dix minutes, annonce Mrs Castle.

— Non merci, geint Ronnie en se tenant le ventre.

— Pour une fois, je suis d'accord avec lui, renchérit Sara.

Lily n'est pas mécontente de constater que le visage de Sara a pris la teinte grisâtre qui a inspiré le prénom de son frère.

— Je crois que je parle pour nous tous en vous demandant de le réserver pour demain, Mrs Castle, dit Rachel.

Sara la toise, outrée qu'elle veuille parler en son nom, mais elle a tant mangé que protester est au-dessus de ses forces. Pour une fois.

***

Lily passe le reste de l'après-midi à tenter d'échapper à sa famille. Ce n'est facile pour personne. Dans tout le pays, des millions de personnes sont forcées de jouer aux mêmes jeux de mimes, Pictionary, Monopoly, et autres tortures de société.

En dépit des protestations de fin de repas, deux douzaines de *mince pies* sont englouties avec leur accompagnement de crème au brandy, de beurre au brandy et de verres de brandy. Ronnie monte sa propre crème fouettée au sirop d'érable, ce qui permet à Lily de le suivre – prétextant la solidarité – plutôt que de trahir sa sobriété. Elle trouve incroyable que personne n'ait remarqué qu'elle n'a rien bu depuis son arrivée à Endgame House. Ça ne va probablement pas durer.

Au moment de la projection sur un mur de la salle de jeux du *Noël chez les Muppets*, Lily parvient à s'échapper dans le jardin d'hiver. Là, elle s'installe dans un fauteuil en osier tout au bout de la véranda, cale ses pieds sur un tabouret et contemple le parc. D'ici, elle peut ajuster son orientation pour ne pas voir le labyrinthe et regarder au loin, derrière le parc, les étendues sauvages. Le clocher de la chapelle s'élève vers le ciel alourdi de nuages. Philippa entre et place une tasse de thé avec bien trop de lait sur la petite table basse. Elle tire son châle sur ses épaules tout en vérifiant qu'il n'y a personne dans les parages.

— On peut discuter ? chuchote-t-elle.

Lily hoche la tête. Que faire d'autre dans cette situation ?

Philippa approche un autre fauteuil et s'assied un tout petit peu trop près de Lily.

— Je voulais juste te dire que je sais pourquoi tu es ici. Et je peux t'aider.

Le cœur de Lily se met à battre aussi vite que celui de Bean.

— Comment ça ?

Comment sait-elle que Lily enquête sur la mort de sa mère ? Et comment pourrait-elle l'aider ? Détient-elle des informations sur ce qui s'est passé ?

— Ce que je ne comprends pas, c'est pourquoi tu prends la peine de participer aux énigmes, continue Philippa. Tu aurais pu dire tout de suite à Isabelle Sterling que tu étais enceinte, et la maison te reviendrait automatiquement.

La compréhension et la déception s'abattent en même temps sur Lily.

— Tu l'as vu quand je suis tombée, constate-t-elle en portant sa main à son ventre.

— Quand j'ai desserré ton corset, précise Philippa.

— J'espérais que Tom et toi n'aviez rien remarqué, mais c'était un peu naïf de ma part.

— Je ne crois pas qu'il ait vu. Il regardait ailleurs.

— Toujours si respectueux.

— Tu ne devrais vraiment pas porter ce corset pendant ta grossesse, tu sais. Ce n'est pas bon pour le bébé.

Encore une raison de garder cette grossesse secrète : s'épargner les conseils non sollicités et la sagesse douteuse que les autres ne peuvent s'empêcher de transmettre.

— Autrefois, les femmes utilisaient les corsets pour soutenir leur ventre.

C'est la stratégie de réponse de Lily dans ce genre de situation. S'en tenir aux faits.

— Ils étaient réputés donner naissance à des bébés « en meilleure santé », car ils permettaient de soutenir les muscles du ventre et du dos. L'idée était de réduire le haut taux de mortalité des nourrissons, pas de l'augmenter. J'ai conçu celui-ci spécialement pour mon ventre. Quand je l'enlève la nuit, j'ai mal.

— Tu dois être à quoi ? Dix-huit ou dix-neuf semaines, maximum ? Attends d'arriver à trente. C'est là que ça devient *vraiment* désagréable.

Philippa porte sa main à son coccyx et ajoute :

— Et tu peux dire adieu à ton corps d'avant.

— Ah. Merci. Je garderai ça en tête. Je suis à vingt et une semaines. J'ai passé ma dernière échographie lundi.

Lily repense au petit être en train de jouer avec le cordon ombilical qui les relie. L'émerveillement qu'elle a ressenti. La terreur, aussi.

— Moi aussi, j'avais peur, confie Philippa. Avec Samuel. Jusqu'à ce qu'il commence à sortir. Après, j'étais trop occupée à traiter Ronnie de tous les noms pour m'avoir fait un bébé avec une si grosse tête.

— Il faut dire qu'il a une tête à chapeau, plaisante Lily.

Puis elle se souvient de ce que Philippa a dit au début de leur conversation.

— Qu'est-ce que tu entendais par « m'aider » ?

— Je me disais que, si tu gardes l'hôtel, Ronnie et moi pourrions le gérer. Enfin, moi, je le gérerais, Ronnie aurait carte blanche en cuisine. Sauf pour le budget, il vaut mieux que je garde un œil là-dessus. Ça nous évitera la banqueroute. Pas comme la première fois.

— C'est une très jolie idée, mais…

— C'est une idée de génie, corrige Philippa.

Ses yeux brillent, enflammés par la perspective d'un avenir si reluisant.

— Réfléchis-y. Ton bébé pourrait jouer avec Samuel et tu pourrais enfin quitter ton appartement-placard – ne fais pas la grimace, Ronnie l'a vu et m'a tout raconté. Ici, tu auras toute la place pour ton atelier. Tu pourras lancer ta boîte et créer ta propre marque de vêtements.

Elle désigne la robe de Lily.

— Tu devrais montrer tes fringues à plus de monde. Tu caches ton talent aussi bien que ton bébé.

— On croirait entendre Liliana.

Lily s'imagine vivre ici, Ronnie aux fourneaux, et elle préparant son entrée dans le monde de la mode.

Auprès d'Isabelle, aussi. Mais dans un coin de son esprit, le labyrinthe gronde. Elle ne sera jamais libérée de ses cauchemars si elle s'installe ici.

— Je suis désolée, mais c'est impossible. Dans ma tête, ça reviendrait à rester prisonnière de la maison.

— Dans ce cas, qu'est-ce que tu fais ici ? Tu ne vas pas me faire croire que tu es là uniquement parce qu'une vieille femme te l'a demandé.

— Eh bien, si. Principalement.

Philippa croise les bras d'un air sceptique.

— Tu as la même tête que Ronnie quand il mijote quelque chose.

Lily se détourne sans rien dire. Un mensonge tissé de bonnes intentions ne suffira pas à camoufler les sombres secrets qu'elle détricote.

— Réfléchis-y, reprend Philippa. Tu n'auras même pas besoin de t'en occuper. Je suis douée pour ces choses-là, et ça rendrait Ronnie tellement heureux. S'il te plaît ?

Après un temps d'hésitation, Lily acquiesce.

— Je vais y penser.

C'est faux, mais au moins Philippa la laissera tranquille.

Un fracas de verre brisé leur parvient depuis la porte ouverte sur le séjour.

— Tu crois que quelqu'un nous a entendues ? demande Philippa.

— J'espère que non.

***

Il est tôt dans la soirée quand une opportunité de s'exfiltrer se présente, cette fois sous la forme d'un nouveau plat débordant – une sélection de fromages du Yorkshire. Lily se lève.

— C'est trop pour moi. Je vais me coucher, annonce-t-elle. Le voyage et la mauvaise nuit de sommeil commencent à me rattraper.

Tom frappe du poing contre son cœur et Ronnie s'approche pour l'étreindre. Holly lui fait un signe de la main, les joues rendues écarlates par un vin d'une très vieille cuvée. Les autres ne lui prêtent même pas attention.

Quand Lily monte l'escalier, encore une fois, les souvenirs affluent. Un, en particulier, ne la quitte pas. Celui du moment où elle est allée se coucher le soir de Noël juste avant la mort de sa mère.

Elle voulait rester debout. Qui ne voudrait pas veiller tard, à onze ans ? Elle est redescendue pour se percher sur la marche qui ne craque pas. Sa chemise de nuit tirée sur ses genoux repliés pour rester bien au chaud, elle a écouté les conversations animées par l'alcool, les claquements et les rires des adultes qui jouaient aux Hippos Gloutons de Ronnie. Son cousin n'avait même pas encore eu le temps de tester le jeu lui-même.

Elle ruminait cette injustice quand elle a entendu la canne de Grandma Violet claquer sur le sol du grand hall. Lily était sur le point de l'appeler, car sa grand-mère ne l'aurait pas disputée d'être cachée là, au contraire, elle l'aurait probablement félicitée pour sa discrétion. Mais Tante Liliana est apparue. Au rythme de ses souliers sur les dalles, Lily a perçu sa colère.

Lily s'est faite aussi petite que possible, tâchant de rester parfaitement immobile.

« Tu as entendu ce que cette langue de vipère m'a dit ? » a demandé Liliana.

À travers le balustre, Lily observait le visage de sa tante. Elle ne l'avait jamais vue si énervée.

« Je l'ai vue ricaner près de Mariana. Ça m'a suffi », a répondu Grandma Violet.

Lily n'a pu s'empêcher de se pencher en avant pour écouter la phrase suivante. Ses pieds ont fait craquer la marche du dessous, révélant sa présence.

Liliana a levé les yeux. Lily est sûre d'avoir vu la peur traverser le visage de sa tante.

Grandma Violet, en revanche, n'a pas cillé. Elle s'est contentée de déclarer :

« Lily a de bonnes oreilles. Ce serait une erreur de la sous-estimer.

— Je ne la sous-estime pas, a répondu Liliana.

— C'est ce que tout le monde a fait avec moi toute ma vie. »

Alors, seulement, elle a croisé le regard de Lily pour dire :

« J'ai toujours trouvé cela très utile.

— Ça ne t'a pas freinée », a commenté Liliana avec ce qui ressemblait à une pointe de jalousie.

Mais peut-être était-ce de la fierté, aussi.

« On en paie le prix par moments, mais cela permet de se faufiler facilement entre les mailles. Comme le vent entre les murs ou les fantômes d'une maison. Tout entendre, c'est pouvoir choisir de ne révéler les secrets qu'au moment où ils effraieront le plus. »

Lily est descendue doucement. Grandma Violet lui a tendu les bras, et Lily s'est blottie contre elle sans plus se soucier du bruit. Grandma était petite, mais tendre et tiède comme une peluche capable de lui rendre son étreinte avec une force incroyable. Même le cancer qui la rongeait ne parvenait pas à l'émietter.

Mariana est arrivée dans le couloir, et Grandma a relâché Lily.

« Cette petite devrait retourner au lit. »

Mariana a acquiescé. Elle semblait fatiguée. Les yeux cernés. Elle a raccompagné Lily en bas de l'escalier.

« Allez, monte, Lily, lui a-t-elle dit en déposant un baiser sur le sommet de sa tête. Je reviens te dire bonne nuit très vite. »

Alors Lily a gravi ces mêmes marches, lentement, l'une après l'autre, jusqu'à atteindre sa chambre. Elle s'est glissée dans son lit, a remonté la couette jusqu'au menton, et a attendu. Longtemps. Mais sa mère n'est jamais montée.

Et Lily ne l'a plus jamais revue en vie.

***

La Lily de trente-trois ans est elle aussi au lit. Sous cette même couette, elle serre contre elle le manteau de sa mère. Les bras de laine enlacent Lily dans une étreinte fantôme. Elle en a un peu honte, et espère que personne ne la surprendra ainsi. Mais elle sait aussi que quelque chose lui manque depuis cette nuit-là. Elle attend toujours que sa mère vienne lui souhaiter bonne nuit.

Sans les taches de sang, elle se serait déjà endormie. Mais elle n'arrête pas d'y penser. Elles recouvrent les manches et maculent le bas du manteau, là où le sang a dû goutter. Pourquoi personne ne l'a-t-il nettoyé ? Lily se rassied et rallume la lampe de chevet. Elle inspecte les taches, comme si la proximité avec le sang de sa mère pouvait l'aider à la sentir dans ses veines.

Sans réfléchir, elle lèche le tissu. Il ne sent rien, évidemment.

Dégoûtée d'elle-même, elle sort du lit. Peut-être trouvera-t-elle une forme de catharsis à nettoyer ce qui est matériel souillé.

Lily se dirige vers sa petite salle de bains et remplit la baignoire. Il lui faut du sel. Elle enfile son peignoir et descend sur la pointe des pieds dans le garde-manger. Des murmures lui parviennent depuis le séjour, mais, à part ça, la maison dort. Sur le chemin du retour, le sel en poche, elle entend des pas au premier étage. Elle se dépêche de monter au deuxième avant d'être repérée.

Quinze minutes plus tard, le manteau vert de sa mère trempe dans la baignoire. On dirait qu'il lui fait signe, ondulant dans l'eau. Le salin devrait entamer les taches – comme on arrache une croûte sur une plaie – puis elle pourra essayer la lessive et le bicarbonate. La Javel est son dernier recours, car alors il lui faudra reteindre le manteau en vert, et elle ne parviendra jamais à retrouver sa couleur d'origine. Les taches de sang ne partent jamais vraiment.

26 DÉCEMBRE – BOXING DAY

Deuxième jour des Douze

15

Lily est réveillée par des pleurs. Au début, elle pense qu'il s'agit des siens, qui accompagnent les hurlements de ses cauchemars. Cette fois, c'était elle qui était emprisonnée dans le labyrinthe de glace, et sa mère qui tentait de l'en libérer.

Puis elle les entend de nouveau. Un gémissement puissant et déchirant lui parvient de l'étage du dessous.

Il fait toujours nuit. Peut-être rêve-t-elle encore. Un de ces cauchemars où elle croit se réveiller, encore et encore.

— Noooon, par pitié, non.

Pressantes et fortes, les plaintes larmoyantes résonnent à présent dans toute la maison.

Ce n'est pas un rêve.

Lily cherche l'interrupteur à tâtons et se lève, débarrassée de la torpeur du sommeil. Elle prend à peine le temps de lacer son corset avant de courir sur le sol froid. Les pleurs perdurent. Des lumières s'allument d'un coup, et elle cligne des yeux. D'autres portes s'ouvrent et claquent, des pas rejoignent les siens, hâtifs, dans l'escalier.

Elle ralentit en apercevant Tom en bas des marches, la main plaquée sur sa bouche. À côté de lui, Holly est recroquevillée dans les bras de Rachel. Rachel jette un coup d'œil par-dessus la tête de sa femme et croise le regard de Lily. Des larmes roulent sur son visage.

Lily passe devant elles, et c'est là qu'elle le voit.

Ronnie est agenouillé sur une dalle noire.

— Non, par pitié, non, dit-il en se balançant d'avant en arrière, serrant quelque chose contre lui.

Lily ne comprend pas ce qu'elle voit. Les images sont comme des flashs séparés. Les mains de Ronnie couvertes de sang. Des traînées de sang dans le grand hall depuis l'entrée de la bibliothèque. Un bras qui repose sur ses genoux. La tête de Philippa qui ballotte. Ses yeux ouverts, aveugles.

Un couteau dépasse de son dos perforé.

Sans réfléchir, Lily s'agenouille à côté de Ronnie. Il se détourne légèrement, refusant le réconfort. Serrant plus fort le corps de Philippa, il redouble d'ardeur dans ses oscillations.

— Appelez une ambulance ! crie-t-il aux autres. Pourquoi vous restez tous plantés là ?

— Je crois qu'elle est partie, Ronnie, dit doucement Lily.

Il nie et secoue Philippa. Lily regarde ailleurs pour ne pas voir la tête ballante de Philippa.

— Non. Jamais elle ne m'abandonnerait. Elle sait que je ne suis rien sans elle.

Lily tend doucement le bras pour saisir le poignet de Philippa. Elle pose deux doigts à plat sur la peau fine.

— Elle n'a plus de pouls, Ronnie.

Ronnie se recroqueville sur le corps de sa femme. Ses gémissements reprennent et résonnent dans la tribune des musiciens. Lily se rappelle où elle a déjà entendu ce son. C'est celui qui s'échappait d'elle, quand elle a découvert sa mère. Entendre ces mêmes sanglots chez Ronnie ravive férocement ses vieilles blessures, comme du sel sur une plaie à vif.

— Qu'cst-ce qu'on fait ? demande Sara.

Lily lève la tête. Sara est plantée au-dessus d'eux, les yeux écarquillés, comme pour ne louper aucun détail qui permettrait de comprendre la scène. Enfin une réaction humaine.

À côté d'elle, Tom ne cesse d'ouvrir et fermer la bouche. Il veut parler, mais n'y arrive pas.

— Impossible qu'elle se soit infligé ça seule, lâche Holly.

Le silence est un poids mort. Lily jette un coup d'œil dans le grand hall. Tout le monde est là – Ronnie, Sara, Gray, Rachel, Holly, Tom, Mrs Castle, et Lily elle-même. La personne qui a poignardé Philippa est peut-être dans la maison.

— C'est le couteau à viande, dit Gray à voix basse. Celui que Philippa a utilisé pour la dinde.

Ses yeux sont voilés par le drame. Le gris des nuages.

— Appelez une ambulance ! répète Ronnie.

— Ne t'inquiète pas, je m'en occupe, décide Lily.

Elle a suffisamment exploré le tunnel du deuil pour savoir que Ronnie n'aura de cesse de tourner en rond pour revenir à l'endroit le plus sombre et le plus sûr : le déni.

Ronnie hoche la tête.

— Merci.

Puis il se penche et chuchote à l'oreille de Philippa.

— Debout, mon cœur. C'est l'heure de retourner au lit.

Il se raccroche à l'espoir comme du lierre à une maison hantée. Il doit penser que, d'un instant à l'autre, à présent, Philippa va se ressaisir, se relever et faire quelque chose d'incroyablement agaçant. Ainsi, tout retournera à la normale.

Mais rien ne sera plus jamais normal pour Ronnie.

Lily se lève et fait signe à Tom de prendre sa place.

Tom acquiesce. Puis il endosse son rôle de psy et s'assied à côté de Ronnie.

— Ne t'inquiète pas, lui souffle-t-il. On va prendre soin d'elle.

Ronnie continue de chuchoter à l'oreille de Philippa. L'amour dans sa voix transperce le cœur de Lily.

Lily entre dans la cuisine où Mrs Castle fait chauffer de l'eau d'une main tremblante.

— Il faut appeler la police, dit Lily.

— Vous ne pouvez pas, répond Mrs Castle.

Sa voix grimpe dans les aigus, comme si elle se retenait de pleurer.

— Philippa est morte, assassinée. Il faut appeler à l'aide.

— Par téléphone, c'est impossible. La tempête a coupé les lignes.

— Quelle tempête ?

Lily va voir à la fenêtre. La lumière de la cuisine qui éclaire le jardin lui montre les quantités de neige accumulées durant la nuit. Le niveau a atteint le tiers de la porte moisie, et les flocons tombent encore. La couche superficielle balayée par le vent ondule comme un jupon de gaze blanche.

— J'ai essayé de contacter la police dès que je l'ai vue, la pauvre petite. Elle qui me demandait justement quoi faire en cas d'urgence, hier soir.

— Personne n'a anticipé ce genre de situation ? demande Lily.

— Que quelqu'un se ferait assassiner en guise de cadeau de Noël ? Étonnamment, non, nous n'y avons pas pensé, rétorque Mrs Castle.

Puis elle plaque sa main contre sa bouche, comme pour ravaler ses paroles.

— Nous ? C'est vous qui avez organisé le jeu avec Tante Lil ?

Mrs Castle secoue la tête.

— Liliana a insisté pour rédiger les énigmes et les règles seule. Vous la connaissez. Isabelle et moi, nous sommes seulement impliquées dans la logistique. Il ne devait arriver de mal à personne.

— Eh bien, c'est raté. On va devoir aller chercher la police nous-mêmes.

— Si la situation n'empire pas.

— Comment pourrait-elle s'aggraver ?

— Il ne faut jamais poser cette question, prévient Mrs Castle. Le destin pourrait être tenté d'y répondre.

16

Près de la porte d'entrée, Tom enfile précipitamment son manteau.

— Où est le commissariat le plus proche ?

— À Bedale, peut-être, suggère Rachel. Ou à Ripon ?

— Je vais vérifier, dit Gray en plongeant sa main dans sa poche, sans doute pour y chercher son téléphone.

Il ferme les yeux.

— Pardon, je n'arrête pas d'oublier qu'on nous les a confisqués.

— Quelqu'un peut me rappeler pourquoi on a accepté ça, déjà ? grommelle Tom en enroulant une écharpe autour de son cou.

— À cause des sacro-saintes règles de Maman, répond Sara. Les mêmes règles d'après lesquelles quiconque quitte le domaine déclare forfait.

— Tu ne penses tout de même pas que le jeu va continuer ? s'insurge Lily.

— Pourquoi on arrêterait ? demande Sara, perplexe.

— Philippa est morte, lui rappelle Lily d'une voix aussi basse que possible pour ne pas être entendue de Ronnie.

Elle jette un regard en arrière ; il est toujours assis par terre, la tête de sa femme sur ses cuisses. Elle essaie de faire abstraction du couteau, du sang.

— Et j'en suis navrée. Mais on ne peut plus rien faire pour elle à présent, dit Sara. J'essaie juste d'être pragmatique.

— Cruelle et bornée, tu veux dire, rétorque Tom, la voix vibrante de colère.

— Peut-être, réplique Sara. Mais je reste. Les lignes téléphoniques vont bien finir par être réparées, j'appellerai la police à ce moment-là. Mais allez-y, partez, je ne vous retiens pas. Ce sera moi qui hériterai de la maison.

Rachel ne sait pas où se mettre, coincée entre Tom et Sara. Mrs Castle se tient au mur. Elle contemple un portrait encadré de Liliana. Elle se demande probablement ce qu'elle a fait pour atterrir au beau milieu de cette famille.

— Attendez, dit Sara en levant un doigt. Qu'est devenue la clé que Tom a donnée à Philippa ?

Elle se tourne vers Ronnie, toujours par terre avec le cadavre de Philippa, et lance d'une voix plus forte :

— Ronnie, est-ce que tu sais ce qu'elle a fait de la clé ?

Ronnie ne réagit pas. Il continue de caresser la tête de Philippa, comme pour l'endormir. Lily espère qu'il ne l'a pas entendue.

— Comment oses-tu lui demander ça ? s'insurge Holly.

Rachel l'attire plus près d'elle.

— Quoi ? Ce n'est pas comme si elle allait en avoir besoin, maintenant. Et soyons honnêtes, Ronnie non plus.

— Tu me dégoûtes, Sara, crache Tom.

Sara hausse les épaules. Mais Lily est suffisamment proche pour voir sa respiration s'altérer légèrement. Peut-être que même Sara a une corde sensible.

— Bon, reprend Tom en sortant sa clé de voiture de sa poche. Quelqu'un a des chaînes pour les pneus ?

Personne.

— Sérieusement ? Et vous osez dire que vous venez du Yorkshire ? OK, d'accord. Quelqu'un a un atlas, une carte, une satanée mappemonde ? Rapportez-moi un globe terrestre s'il le faut, n'importe quoi qui me guide vers le commissariat le plus proche !

Sa voix tonne dans le grand hall et Mrs Castle semble se réveiller. Elle se dirige vers le bureau de la réception de l'hôtel et ouvre un tiroir.

Ronnie aussi s'est redressé.

— Chuuut, Tom, siffle-t-il. Philippa dort.

Il caresse encore et encore ses cheveux.

Rachel regarde son frère avec une tendresse meurtrie.

— Tout va bien, mon Ronnie, on va faire moins de bruit.

Mrs Castle fouille dans le tiroir en marmonnant.

— Tu as un GPS ? demande Rachel à Tom.

— J'utilise mon téléphone d'habitude, répond-il en serrant les dents. Sauf que je n'ai pas mon téléphone.

— Je vais chercher mon GPS dans ma voiture, déclare Lily en s'enveloppant dans son écharpe. Il n'est plus tout jeune, par contre. Il n'arrêtait pas de bugger sur la route. Je doute que le réseau soit meilleur dans la tempête.

Tom hoche la tête, comme s'il n'en attendait pas moins d'une nuit pareille.

Lily espère qu'elle pourra tout de même lire les autres indices plus tard. Il n'y a après tout aucune règle qui l'interdise. Mais tout de suite, Philippa a été assassinée et Ronnie a besoin d'aide. C'est bien plus important qu'un mystère vieux de plusieurs décennies.

Tom la serre contre lui, très fort. L'un des deux tremble, elle ne parvient pas à déterminer qui.

— Ah ! s'exclame Mrs Castle en agitant un atlas routier au-dessus de sa tête. Je pars avec vous. Avec une carte, on va partout.

***

Dix minutes plus tard, Lily et Mrs Castle sont installées à bord. Rachel et Gray déblaient la neige dans l'allée pendant que Tom dégivre sa voiture. Les flocons ne cessent de tomber, comme pour se moquer de leurs tentatives.

— Peut-être ai-je parlé un peu trop vite, dit Mrs Castle.

— Je croyais que vous étiez d'avis de ne pas tenter le destin, répond Lily.

— J'espère qu'il va me montrer que j'ai tort.

Mais, dans sa voix, il n'y a guère d'espoir.

Tom s'installe au volant et insère la clé dans le contact.

— Allez, Kristeva. Aide-moi, s'il te plaît.

— Comment avez-vous appelé votre voiture ? relève Mrs Castle.

— Julia Kristeva. C'est une psychanalyste et essayiste.

— Je sais, merci, grogne Mrs Castle en croisant les bras.

Julia Kristeva vrombit et tente de creuser la neige jusqu'au gravier.

— Allez, l'encourage Tom. Tu peux le faire.

Lily se blottit contre la banquette arrière. Les sièges chauffants commencent à se mettre en route. Si seulement elle avait ça dans sa vieille Mini. Il y a même un emplacement pour les gobelets, ici. Elle donnerait n'importe quoi pour du café.

Non, c'est faux.

Le moteur démarre et la voiture avance. Lily croit entendre Gray exulter, mais c'est peut-être seulement le vent dans les arbres. Tom se penche en avant sur son siège pour mieux voir par la vitre. Les essuie-glaces fonctionnent à plein régime, mais la visibilité est nulle.

— Ça m'a l'air un peu dangereux, marmonne Mrs Castle.

— Je ne sais pas quoi faire d'autre, répond Tom.

On entend les larmes monter dans sa voix.

— Ce n'est pas comme si on était plus en sécurité dans la maison, fait remarquer Lily.

— Tante Liliana n'aurait jamais dû nous rassembler.

— Elle ne pouvait pas deviner que quelqu'un perdrait la vie, rétorque Mrs Castle.

Pourtant Liliana savait qu'un premier meurtre avait déjà eu lieu à Endgame. Et si la mort de Philippa avait un lien avec celui-ci ?

Mrs Castle croise le regard de Lily dans le rétroviseur et place un doigt sur ses lèvres.

Alors qu'ils descendent l'allée en pente abrupte, la voiture dérape. Tom la remet sur le droit chemin, mais elle ralentit. La neige est de plus en plus lourde. Les flocons recouvrent les vitres comme une dentelle dense.

De part et d'autre de la route, les bois se resserrent sur eux, tentent d'entrer dans l'habitacle. Peut-être vaut-il mieux s'en aller maintenant, songe Lily. Même Tante Liliana ne pourrait que reconnaître ses efforts pour participer au jeu. Elle n'exigerait pas de Lily qu'elle reste au manoir alors que quelqu'un a perdu la vie. Après tout, Liliana elle-même en est partie à la mort de sa sœur, la prenant avec elle.

Puis une pensée lui vient. Peut-être que sa tante cherchait justement à assurer la sécurité de Lily, à l'éloigner de l'assassin de sa mère. Mais alors pourquoi l'exposer à nouveau au danger ?

La voiture s'est arrêtée. Tom la fait vrombir, mais les pneus se contentent de recracher de la boue, de la neige et du gravier. Ils sont coincés.

Tom tente d'ouvrir sa portière, mais elle est bloquée par une congère. Baissant sa vitre, il sort la tête aussi loin que possible. La tempête s'engouffre dans l'habitacle pour leur souffler de la neige fondue à la figure.

— Je n'arrive pas à voir grand-chose, crie Tom. Mais on dirait qu'un arbre est tombé au milieu de la route. On va devoir le déplacer !

Lily détache sa ceinture et ouvre sa portière de quelques centimètres.

— Il y a plus de place de ce côté ! crie-t-elle à son tour. Mrs Castle, si vous descendez, Tom pourra passer.

Ils hochent la tête, et elle espère qu'ils l'ont entendue. Le vent tente de refermer la voiture pour l'empêcher de sortir.

Avec ses pieds, Lily pousse fort contre la portière. Celle-ci s'ouvre d'un coup, juste assez longtemps pour lui permettre de s'en éjecter, dos en premier pour protéger son ventre. La neige lui lacère le visage. Même avec son manteau et ses couches de vêtements, elle a aussi froid que si elle était en chemise de nuit.

Mrs Castle s'extirpe de la voiture, suivie de Tom. Tête baissée, blottis l'un contre l'autre, Lily, Tom, et Mrs Castle font le tour de la voiture pour voir ce qui les bloque. À chaque bourrasque, l'arbre devient visible pendant quelques secondes. Un des grands chênes, coupé bas, gît en travers de la route. Ses branches se déploient sous les roues de la voiture. Il craque, tressaille et agonise devant eux.

— Il a dû tomber avec le vent, constate Mrs Castle.

Tom ne dit rien. Les bras tendus, les yeux plissés pour se protéger de la pluie de neige fondue, naviguant par-dessus les racines, il se dirige vers la base du tronc. Lily le suit, les branches cinglant ses bras et ses jambes. Tom désigne le tronc, coupé net, dont les anneaux indiquent l'âge final. Lily n'est pas une spécialiste en botanique, mais elle doute qu'une tempête soit capable de trancher un chêne de manière aussi nette.

— On ne va pas pouvoir le déplacer ce soir, crie Tom. C'est trop dangereux.

Lily hoche la tête. Tous les trois font demi-tour, se tenant par le bras comme Lily l'a fait avec Philippa la veille. Elle ignore si c'est la manière la plus maligne de braver une tempête – trois de front au lieu d'une file indienne –, mais c'est la plus réconfortante.

Ensemble, ils remontent péniblement l'allée. Elle ne pensait pas être un jour si soulagée de voir la silhouette imposante d'Endgame House s'élever à travers la neige et la nuit. Puis elle se rappelle ce qui l'attend à l'intérieur : le lieu d'un crime de Noël, et quelqu'un qui les a empêchés d'en sortir.

17

— Tu trembles, constate Holly alors que Lily franchit le seuil de la maison.

Elle entreprend de lui frictionner les bras et la serre contre elle.

Les yeux baissés, Lily trouve une joie étrange dans la contemplation des pantoufles à pompons d'Holly.

— C'est bon, ça suffit, décrète Sara avec un air contrarié. Ce n'est pas Lily qui a le plus besoin de réconfort, ici.

— Elle a les dents qui claquent, Sara. C'est quoi ton problème ?

C'est la première fois qu'Holly perd son sang-froid devant Lily. Sara recule. Elle fronce les sourcils, mais ne semble pas savoir quoi répondre.

C'est alors que Lily entend le bruit de ses propres molaires qui claquent l'une contre l'autre, comme les jouets de dentiers sauteurs que l'on trouve dans les crackers. Ce n'est pourtant pas la première fois qu'elle a froid. Le jour où elle a retrouvé le cadavre de sa mère, elle marchait pieds nus dans la neige. À présent elle ne sent plus du tout ses orteils, et c'est un soulagement. Elle lève la main et ne voit que son ombre tremblante.

— Je ne sais pas ce que j'ai, balbutie Lily.

— C'est le choc, explique Mrs Castle.

— Il faut qu'on la réchauffe, dit Holly.

Elle passe un bras autour d'elle et la guide vers le séjour. En chemin, Lily ne peut s'empêcher de jeter un coup d'œil vers la bibliothèque. Ronnie y est encore assis devant l'entrée. Mais il ne bouge plus, pétrifié comme une statue du jardin.

— Il refuse de se lever, explique Holly de sa voix la plus douce.

— Et il ne veut pas nous laisser emmener Philippa, ajoute Rachel.

— Et il a bien raison, chuchote Mrs Castle. C'est déjà assez grave qu'il l'ait prise dans ses bras. Enfin, on ne peut pas lui en vouloir, le pauvre…

Son expression s'adoucit juste un instant, puis se raidit pour retrouver son allure rêche habituelle.

— Mais elle ne devrait pas être déplacée d'un centimètre avant l'arrivée de la police – non que ce soit pour bientôt.

— Qu'est-ce qui s'est passé ? demande Rachel.

— Un arbre est tombé en travers de l'allée, rapporte Tom. Il n'y a pas moyen de sortir d'ici en voiture, en tout cas pas ce soir.

— Oh non, gémit Holly en installant Lily dans un fauteuil.

Une fois encore, Lily se retrouve emmitouflée dans une couverture. Philippa lui a témoigné la même sollicitude, et à présent elle est morte.

— Pauvre arbre. Il devait être là depuis si longtemps.

— Ben voyons. Parce que c'est notre souci principal, maintenant, râle Sara. Un arbre même pas fichu de résister à la première tempête.

— Il a été délibérément abattu, déclare Mrs Castle d'une voix qui a le tranchant d'une hache.

— Qui ferait une chose pareille ? s'étonne Holly.

Rougis par la fatigue et les larmes, ses yeux ronds font penser à des groseilles.

— Probablement la même personne qui a tué Philippa, répond Gray.

Il est posté à côté de la cheminée, les mains dans le dos comme s'il tentait de s'empêcher de gesticuler.

Personne ne trouve à redire à cela. Le feu remplit le silence avec ses discrets sifflements. Le vent fait trembler la fenêtre à guillotine, la maison grince autour d'eux.

— Est-ce que quelqu'un a l'intention de se bouger pour aller faire du thé ? Ou du café ? Ou de préférence quelque chose d'un peu plus fort ? lance enfin Sara. À moins que Mrs Castle ne soit obligée de s'occuper de ça aussi, dans son état ?

Elle défie Holly du regard.

— Bien sûr, dit Holly avec un air embarrassé. Je m'en charge.

Elle se lève, visiblement déroutée, et sort avec lenteur du séjour.

Sara attend de ne plus entendre ses pas pour déclarer :

— Je ne voulais pas dire ça devant une pièce rapportée, surtout aussi gentille et naïve qu'Holly, d'autant qu'on ne sait pas tout sur l'ex réel de cette fille, mais…

— C'est ma femme et elle fait partie de cette famille, l'interrompt Rachel. Et tu ne la connais pas pour la juger ainsi. Même si je suppose que, comparé à toi, tout le monde doit sembler gentil et naïf.

— Je prends ça pour un compliment, réplique Sara d'un air exaspéré.

Rachel se lève.

— Tu peux le prendre oui, et te le mettre dans le…

— Je ne crois pas que nous ayons besoin d'entrer dans les détails anatomiques, intervient Tom. Et Sara, je t'en prie, dis-nous juste ce que tu as à dire.

Sara cherche le regard de Gray en quête d'un soutien, mais il fixe les flammes comme s'il voulait disparaître avec les étincelles dans la cheminée.

— Très bien. Déjà, il va falloir qu'on se mette d'accord sur ce qu'on va raconter à la police, si elle arrive un jour.

— La seule raison pour laquelle on aurait besoin de se mettre d'accord, ce serait si l'un de nous était coupable, fait remarquer Tom.

— C'est le cas, mon cher cousin. Soit ça, soit quelqu'un s'est introduit dans la maison en pleine tempête, a tué Philippa pendant qu'on dormait, et a ensuite abattu un arbre pour s'assurer qu'on ne puisse pas sortir.

— Ce n'est pas impossible, commente Gray avec un soupçon d'espoir dans la voix.

— Mais franchement improbable, tu ne trouves pas ? relève Sara. Je croyais que tu avais eu des cours de logique en fac de philo.

Gray semble sur le point de rétorquer, mais se tait. Lily comprend exactement ce qu'il ressent. Toutes ces réponses acerbes gardées en lui depuis des années, vieillies en fût, en attente d'être décantées…

Dans le hall, les sanglots de Ronnie recommencent à résonner. Lily se lève aussitôt, mais un vertige la prend, et le noir obscurcit le cadre de son champ de vision comme une vieille photographie.

— Je vais y aller, propose Tom.

Il sort prestement de la pièce en criant :

— J'arrive, mon Ronnie !

Lily inspire profondément. Si la mort de Philippa est liée à celle dc Mariana et Liliana – et elle ne voit pas comment il pourrait en être autrement, à moins que le manoir ne soit maudit –, alors elle doit intervenir. Sans attirer l'attention sur ses intentions. C'est à elle de jouer. Encore faut-il qu'elle en soit capable.

— Si l'on doit « se mettre d'accord » sur ce qu'on va raconter, dit lentement Lily en choisissant chaque mot, alors il faut savoir ce que chacun faisait à l'heure où Philippa est morte.

— Je dormais, répond Sara du tac au tac. Et tout d'un coup j'ai entendu Ronnie.

À la mention de Ronnie, tout le monde se tait pour écouter ses pleurs étouffés et les paroles réconfortantes de Tom dans le hall.

— Moi aussi, renchérit Lily.

Mrs Castle, Rachel et Gray déclarent la même chose. Tous ont été tirés du sommeil par les bruits au rez-de-chaussée.

— Donc, soit l'un de nous ment, résume Lily, soit Tom ou Holly sont coupables, soit c'est une personne venue de l'extérieur.

— Ou Ronnie, ajoute Gray.

— Tu l'entends ? demande Sara. Est-ce qu'il a l'air d'avoir assassiné sa femme ?

Les rugissements d'une douleur que le corps ne peut plus contenir ont remplacé les pleurs.

— Qu'est-ce que j'en sais ? dit Gray en regardant sa sœur dans les yeux. Je ne fais qu'appliquer la logique, comme tu l'as suggéré.

Lily essaie de visualiser l'allée.

— Les caméras CCTV ont peut-être enregistré quelque chose dans le périmètre du portail, signale Lily. Mais il faudrait contacter Isabelle pour y avoir accès.

— Si on pouvait la joindre, on pourrait aussi appeler la police, fait remarquer Rachel.

— Il y a autre chose dont nous devrions discuter, ajoute Sara, c'est ce que nous allons faire du cadavre de Philippa.

— Je vous ai déjà dit qu'il ne faut surtout pas déplacer le corps, intervient Mrs Castle. Et nous ne devrions pas nous approcher de l'entrée de la bibliothèque non plus. Il ne faut pas altérer les preuves avant l'arrivée de la police.

— Vous avez dit vous-même que c'était trop tard, Ronnie l'a déjà déplacée.

En effet, vu la traînée de sang sur le sol, Ronnie a dû s'effondrer en la découvrant sur le seuil de la bibliothèque et l'a tirée pour la prendre dans ses bras.

Le murmure grave de la voix d'Holly leur parvient, suivi du glissement de ses chaussons sur le carrelage. Elle entre avec un plateau dans les mains, le regard fixé sur les tasses emboîtées et l'immense théière. Tom la suit avec un autre plateau – celui-là chargé de café et d'une montagne de biscuits. Le ventre de Lily gargouille. Elle en masque le bruit avec un toussotement. L'appétit, dans un moment pareil, lui semble irrespectueux.

— Je m'inquiète pour Ronnie, déclare Tom en se rapprochant de la porte ouverte afin de garder un œil sur son frère. Il refuse de la laisser partir. Enfin, je veux dire, il essaie encore de la réveiller.

— Il est en état de choc, répète Mrs Castle. Il vient de trouver le corps de sa femme.

Elle secoue la tête et poursuit :

— Quelle autre réaction pourrait-il avoir ? C'est la chose la plus dévastatrice qui puisse arriver.

Holly se rapproche de Rachel.

— Je pense qu'on devrait la déplacer, suggère Tom.

— Pour une fois qu'on est d'accord ! approuve Sara. C'est ce que je n'arrête pas de dire.

— Et voilà, maintenant je regrette d'avoir loupé une occasion de me taire.

— On devrait la laisser où elle est, indique Lily. On risque de nuire à l'enquête en faisant n'importe quoi.

— On ne peut pas la laisser comme ça, par terre, objecte Holly. Le sol est si dur.

— Je ne crois pas que ça ait encore une importance pour elle, commente Sara sans méchanceté. Mais il y a une autre raison pour laquelle il faut la déplacer. Je ne voudrais pas être grossière, mais… elle va bientôt commencer à empester.

— Sara ! s'exclame Tom, choqué. Je pensais que tu ne pouvais plus me surprendre, et tu réussis quand même à faire pire.

— C'est pourtant vrai. On le sait tous, c'est un fait. Explique-leur, Gray.

— Laisse-le tranquille, dit Tom. Qu'est-ce qu'il en sait ?

— Les croque-morts ont tendance à en connaître un rayon en la matière, répond Sara.

Elle sourit devant la stupeur générale, se délectant d'en savoir plus qu'eux.

Gray a le regard fixé sur la moquette.

— Je n'ai commencé la formation qu'en septembre.

Lily éprouve une bouffée de soulagement à l'idée que quelqu'un d'aussi respectueux que Gray puisse s'occuper des morts. Si elle devait mourir bientôt, elle aimerait le savoir présent, avec sa pudeur polie.

Sara plante son doigt dans le bras de son frère, et il recule.

— Vas-y, raconte-leur, Gray. Dis-leur qu'elle va empester la maison si on la laisse là.

Holly plaque une main sur sa bouche et pose sa tête contre l'épaule de Rachel. Lily regrette de n'avoir personne avec qui faire la même chose.

— Dire que vous étiez une petite fille si mignonne, commente Mrs Castle.

— C'est faux, rétorque Sara.

Et elle a raison.

Dans le hall, Ronnie recommence à pleurer. Lily en a mal au cœur. Elle voudrait le prendre dans ses bras. Et c'est seulement une fraction de ce qu'il doit ressentir vis-à-vis de Philippa.

Lily se lève lentement pour éviter les vertiges. En elle, Bean gigote au rythme de la conversation. La sensation est rassurante. Soulagée de quitter le groupe, Lily s'éloigne. À son passage, Tom lui prend la main et la serre entre ses doigts.

Ronnie lève la tête quand Lily place une main sur son épaule.

— Je sais ce que tu vas me dire, murmure-t-il en essuyant la morve et les larmes sur son visage. Je sais qu'elle n'est plus là, mais je n'arrive pas à la laisser partir.

— Je comprends.

Elle s'assied à côté de lui.

— Je ne vais pas te forcer à faire quoi que ce soit.

Ronnie pose sa tête sur elle. Lily sent ses sanglots la secouer. Elle se demande si Bean les perçoit aussi.

— Parle-moi de Philippa. Dis-moi tout ce que tu aimes chez elle.

Lily sait qu'il faut faire attention avec l'emploi du passé dans cette situation. C'est à Ronnie de choisir le moment où il l'utilisera.

— J'aime tout, les grandes et les petites choses. Elle devine tout de suite la fin du film avant même qu'il commence. Elle adore les roses jaunes après la pluie.

Son regard se pose sur Philippa avec tendresse, sa voix s'adoucit.

— Continue, l'encourage Lily en lui caressant la tête.

— Elle aime Samuel avec une telle férocité. Je lui dis toujours que les mères poules n'ont qu'à bien se tenir, car elle a la force de tout un poulailler. Le soir, pour l'endormir, elle lui lit le bulletin météo. Elle aime le chocolat aux fruits secs et aux noisettes, mais elle enlève les noisettes pour me les donner. Elle n'accepte de s'asseoir qu'au premier rang au cinéma, parce qu'elle aime voir les gens en grand, ça la fait se sentir plus mince. Elle suce le caramel de ses pop-corns. Elle peut peler un poisson en moins de trente secondes, et si je lui prépare le même plat encore et encore, elle le mangera en continuant de me dire comment l'améliorer chaque fois, et c'est bien, c'est super, parce que c'est ce que je veux, le rendre aussi bon que possible pour elle.

Ronnie fond en larmes et recommence à osciller d'avant en arrière.

— Je te tiens, continue.

Alors il poursuit. Il parle pendant des heures sur ce carrelage froid et lui raconte toutes ces choses minuscules et immenses qu'il aime chez la femme qui gît, morte, sur ses genoux. Il ne semble même pas remarquer le couteau dans son dos. Lily aimerait ressentir un amour si fort. Mais voilà ce qui arrive quand on le perd.

Ronnie secoue la tête et lisse les cheveux de Philippa pour qu'ils ne lui tombent pas dans les yeux.

— Elle avait tellement envie de venir ici. Elle a fait plein de recherches sur le management hôtelier, elle me posait des tonnes de questions sur la famille… Elle s'est même mise à faire des mots croisés quand je lui ai dit que Tante Liliana avait un faible pour les anagrammes. Je ne l'aurais jamais amenée ici si j'avais su que…

Il est de nouveau secoué de sanglots et Lily ne peut rien faire d'autre que le serrer dans ses bras.

— Elle m'a dit qu'elle revenait dans deux minutes.

Lily doit s'accrocher à ses mots, elle l'entend à peine entre les larmes.

— Je n'arrête pas de penser à ça. Si j'étais descendu avec elle…

Le cœur de Lily s'accélère.

— Pourquoi est-elle descendue ?

Ronnie hausse les épaules.

— Je dormais à moitié. Elle a dit qu'elle voulait vérifier que quelqu'un allait bien.

— Quelqu'un ? Ou quelque chose ?

Ronnie ferme les yeux. Sa concentration se lit sur les rides de son visage. Puis il lâche un soupir de frustration.

— Quelqu'un, je crois. Mais je ne me souviens pas.

Il se tourne vers Lily, les yeux grands ouverts, narines frémissantes.

— Pourquoi je ne m'en souviens pas ? Ce sont ses derniers mots. J'aurais dû l'écouter plus attentivement. J'aurais dû l'embrasser, y aller à sa place.

Impuissante face à sa douleur, Lily le serre dans ses bras jusqu'à ce que ses larmes finissent par sécher. Ronnie se ratatine, menton sur la poitrine. Il semble si fragile. Ses lèvres entrouvertes bougent, mais aucun son n'en sort, comme une prière silencieuse adressée à Philippa.

Au bout d'un long moment, Lily entend des pas discrets non loin. Gray se tient près de l'escalier.

— Il faut qu'il se repose, dit Gray. La journée va être longue pour lui.

Lily hoche la tête.

Les paupières de Ronnie se ferment.

— Tu crois que tu peux venir avec moi pour te reposer un peu ? demande Lily.

Ronnie hésite, puis opine.

— Mais pour…

— On va s'occuper de Philippa pour toi, lui promet Lily.

Gray est maintenant à côté d'elle. Il les regarde avec une empathie et une compassion totales. Comment est-il possible qu'il soit devenu ainsi, alors que Sara ne possède aucune de ces qualités ? Où Liliana a-t-elle si brillamment réussi et échoué ? À moins que le résultat ne soit totalement indépendant des actions d'une mère ?

Lily ne sait pas ce qu'il faut espérer dans la bataille entre l'inné et l'acquis pour Bean. Elle se méfie des deux.

— Je vais prendre soin d'elle, assure Gray à Ronnie. Je vais trouver un coussin à lui mettre sous la tête.

— Un rouge. Elle adorait Noël.

18

Il fait jour quand Lily se réveille de sa sieste. Bean est réveillé aussi, il gigote dans son nid douillet. Lily ne croyait pas possible de se rendormir après cette nuit terrible, mais le chuchotement du vent sur les fenêtres l'a doucement bercée, emportant ses pensées sur la mort.

Pour un temps, seulement. Car, aujourd'hui, c'est *Boxing Day*. Un jour férié en Angleterre, où la tradition voudrait en théorie qu'on fasse preuve de charité en distribuant des cadeaux à ceux qui n'ont pas les moyens de fêter Noël. En pratique, le *Boxing Day* est surtout synonyme de soldes et de ruées dans les magasins. Sauf pour Lily. Le 26 décembre est le jour de la mort de sa mère.

Lily ouvre les rideaux et contemple l'étendue de blanc. Elle ne peut pas y échapper. Le labyrinthe et les événements d'il y a vingt et un ans sont aujourd'hui aussi frais et glaçants que la neige tombée dans la nuit.

Quand Lily entre dans sa salle de bains et allume la lumière, elle sursaute. Une forme humaine flotte dans la baignoire. Puis elle se souvient : le manteau de sa mère, laissé à tremper pendant la nuit. L'eau a pris une teinte rosée, or le manteau est vert.

C'est alors qu'elle remarque les taches sur les manches, ou plutôt leur absence. Les traces de sang ont presque complètement disparu. Ce qui signifie qu'il ne s'agissait pas du tout de sang.

***

Une fois prête dans sa tenue du jour – une robe de deuil noire d'inspiration victorienne – elle passe par la chambre de Ronnie.

Elle ouvre doucement la porte et l'appelle. Dans la pénombre des rideaux tirés, elle le voit recroquevillé sur le lit. Il dort encore, probablement d'un sommeil très lourd. Sa couette et sa couverture sont froissées en boule au bout du lit, comme s'il s'était battu avec elles. Il serre dans ses bras un oreiller, à la place de sa femme.

Lily regarde l'autre côté du lit. Le masque de nuit de Philippa, sa crème pour les mains, et ses livres de poche sont éparpillés, ce que la police désignera plus tard comme ses « effets personnels ». Pas de clé en vue.

Les tiroirs de sa table de chevet sont ouverts. Lily s'en approche sur la pointe des pieds pour voir si la clé s'y trouve, mais elle ne voit rien parmi le méli-mélo de petites culottes, collants, maquillage, bandeaux et crèmes. Quand Ronnie a visité l'appartement de Lily, il lui a confié que Philippa paniquerait devant un tel chaos. Alors, soit Ronnie a fouillé dans les affaires de sa femme dans l'espoir de prolonger sa présence, soit quelqu'un d'autre y a mis le nez.

Ronnie gémit dans son sommeil et Lily remonte doucement la couette sur lui. Il resserre sa prise sur son oreiller. Pourvu qu'il reste endormi et rêve de Philippa.

Arrivée en bas de l'escalier, elle entend la bouilloire siffler dans la cuisine. Étrange comme la vie continue malgré la mort de quelqu'un. Ce n'est qu'à ce moment-là qu'elle remarque que le corps de Philippa a disparu. Le sol a été lavé de son sang.

Tom sort de la salle à manger en se frottant les yeux. Il n'est pas rasé. Les cernes sombres sous ses yeux lui donnent un air plus âgé.

— Qu'est-ce qui s'est passé ? demande Lily. Où est Philippa ?

— Elle avait déjà disparu quand je suis descendu. Je ne suis remonté que pour une courte sieste, mais Sara et Gray ont eu le temps de la transporter dans la glacière.

Lily regarde autour d'elle comme si elle découvrait les lieux pour la première fois. Le hall, où sont suspendues des guirlandes éteintes et des branches de pin desséchées, a pris une allure plus inquiétante encore. Hier, il était un simulacre de festivités qui n'ont pas eu lieu, et aujourd'hui il est le théâtre d'une veillée mortuaire. Elle imagine Philippa gisant dans l'obscurité de la glacière et frissonne en songeant au sol froid contre sa peau.

— Que va dire Ronnie quand il se réveillera et apprendra qu'elle est là-bas ? Il va vouloir la rejoindre. On ne peut pas vraiment le ligoter ici.

Tom secoue la tête.

— On devrait avoir encore quelques heures devant nous. Mais je n'ai aucune idée de ce que je peux faire pour lui, à son réveil. Je suis pourtant formé pour ces situations, mais je ne sais vraiment pas quoi lui dire.

— Peut-être que d'ici là, on aura réussi à sortir. À nous deux, on devrait réussir à déplacer l'arbre.

— Ce qui nous amène à la deuxième mauvaise nouvelle.

— Quoi encore ?

— Mrs Castle l'a entendu à la radio : toute la région est officiellement bloquée par la neige. Il n'y a aucun moyen d'emprunter les routes de campagne. La police ne peut pas venir à nous, et nous ne pouvons pas aller la chercher.

— On est coincés, résume Lily.

Aucun des deux ne le dit, mais elle sait qu'ils pensent la même chose : ils sont prisonniers d'Endgame House avec un meurtrier.

***

Tous – sauf Ronnie – sont installés dans le boudoir, à l'étage. Entre leurs mains, les tasses de café refroidissent. Il n'y a que les manoirs de ce genre pour avoir des pièces dédiées aux différentes heures de la journée que les invités occupent tour à tour comme l'ombre d'un cadran solaire.

Boudoir. Le nom du salon est approprié à l'humeur. Tête baissée, les amaryllis perdent leurs pétales sur la table. Même la lumière qui se déverse dans la pièce ne parvient pas à alléger l'ambiance mortuaire. Lily avait prévu de porter sa robe de deuil en l'honneur de Mariana et de Liliana. Elle était loin d'imaginer un usage plus immédiat. Mais puisqu'elle n'a pas les mots, sa robe au moins peut exprimer toute sa peine à Ronnie.

Tom approche et se perche sur l'accoudoir du fauteuil de Lily.

— Comment tu te sens ? demande-t-il tout doucement.

Il désigne la robe noire qu'elle a cousue à la main pour imiter un millier de plumes de corbeau cascadant autour d'elle.

— Je sais que ça doit être difficile. La mort de Philippa tombe le jour de celle de ta mère.

Lily grimace en entendant énoncer la vérité crue. Les larmes montent et elle fait son maximum pour les retenir. Elle ne pleurera pas. Pas ici. Ça n'arrangerait pas les choses.

— Ça va, répond-elle.

Tom hoche la tête. Il effleure son bras.

— Je suis là, si tu as besoin de parler.

Lily n'ose même pas hocher la tête, de peur de faire déborder ses larmes.

— OK, se contente-t-elle de marmonner. Tu as vu Ronnie ?

Tom acquiesce, le visage grave.

— Je lui ai donné un autre somnifère.

— Je ne peux même pas imaginer ce que ça fait de perdre un conjoint.

— C'est normal, quand on n'a jamais aimé personne.

Devant son regard noir, Tom ajoute :

— Je parle pour moi autant que pour toi. Aucun de nous n'a jamais laissé personne entrer dans sa vie.

Lily détourne les yeux. Que dire quand quelqu'un vise si juste ?

Sara les observe. Lily sent sa froideur depuis l'autre bout de la pièce. Si seulement elle savait pourquoi Sara ne l'aime pas. Elle voudrait pouvoir faire la paix avec sa cousine, surtout en un jour pareil. Lisser leur relation comme une couche épaisse de pâte d'amandes sur un cake brûlé et plein de grumeaux. Ce n'est pas l'aspect de sa personnalité qu'elle préfère, cette aversion au conflit. Parfois ça aide à apaiser les choses, mais il y a toujours un prix.

Tom a remarqué Sara, lui aussi. Elle le sent se raidir à côté d'elle, contracter les muscles de son bras.

— Tu as quelque chose à dire, Sara ?

Lily lui donne un coup de coude, espérant lui faire savoir ainsi qu'elle aimerait qu'il se taise au lieu d'envenimer la situation. Ça marche. Elle l'entend souffler lentement et se détendre. Il refait les exercices de respiration qu'ils ont appris ensemble en classe de méditation de pleine conscience l'an passé. Il est bien meilleur qu'elle dans ce domaine. La seule chose que lui ait apportée la méditation, c'est une prise de conscience de la lenteur du temps pendant ces cours. Elle était censée laisser s'envoler ses pensées comme des ballons de baudruche et les regarder flotter dans le ciel de son esprit sans chercher à les retenir. Mais Lily s'accroche à leurs ficelles. Elle est incapable de lâcher prise.

— Je me faisais juste la réflexion que vous étiez très proches tous les deux, c'est trop mignon, dit Sara.

Lily n'est pas toujours la première à repérer son *saracasme*, mais celui-là atteint sa cible comme le Père Noël dans une cheminée.

Tom se tend à nouveau.

— Et qu'est-ce qu'il y a de mal à ça ?

— Oh rien. Je n'ai aucun problème avec les cousins qui fricotent ensemble. Je me dis simplement qu'il serait temps que Lily choisisse son camp.

Lily se sent dépecée comme le filet de saumon de la veille. Elle ouvre la bouche pour balancer une de ces répliques qui lui viennent tard dans la nuit, mais sa repartie reste coincée dans sa gorge. Elle ne sait jamais quoi dire face aux commentaires ou à la violence dans la rue lorsqu'elle prend la main d'une femme ou qu'elle l'embrasse. Ni lorsqu'elle est avec un homme et qu'on l'assimile d'office à une hétéro, lui accordant le privilège de la sécurité, mais niant une partie d'elle-même. Parler est au-delà de ses forces. Elle déçoit tout le monde, une communauté tout entière, en plus d'elle-même.

Rachel et Tom, en revanche, n'ont pas ce même problème. Ils réagissent au quart de tour.

— Qu'est-ce que tu insinues ? demande Rachel.

— Qu'est-ce qui te prend à faire ta peste ?

À l'autre bout de la pièce, Sara se hérisse.

— Et toi, de quoi tu te mêles ? crache-t-elle comme une amande amère.

— Lily aime qui elle veut, continue Tom. Rien ne l'oblige à choisir un camp ou à te rendre des comptes. Et pour ce qui est de tes petites insinuations, tu es ridicule.

Lily le sent vibrer contre son bras. Il serre le poing, comme pour se retenir de frapper Sara.

Gray pose une main sur le bras de Sara et secoue gentiment la tête. Cette dernière se lève vers la cheminée et attrape une orange décorative pour en arracher les clous de girofle un à un.

— Si on pouvait avoir l'énigme suivante, grommelle-t-elle, on ne serait pas obligés de rester dans la même pièce.

— Rien ne t'empêche de sortir, riposte Rachel. Va donc voir dehors si l'air frais calme ta biphobie.

Aussitôt, Lily éprouve un élan de gratitude envers Rachel. Holly lui sourit.

Gray fait les cent pas en se frottant la tête.

— Quelqu'un est mort, dit-il. On ne devrait pas faire ça.

— Faire quoi ? demande Tom.

Gray jette un coup d'œil à Sara.

— Se disputer. Ce n'est pas respectueux.

Un ricanement déforme les traits de Sara.

— Vous êtes pathétiques tous autant que vous êtes.

C'est le moment que choisit Mrs Castle pour entrer.

— C'est l'heure du déjeuner, annonce-t-elle avec la chaleur d'une grille de foyer qui n'a pas vu de feu dans l'âtre depuis des années.

— Mais on vient à peine de terminer, proteste Holly.

Elle a encore des miettes de croissant dans les cheveux. Lily résiste à l'envie de les lui retirer.

— C'est le principe des vacances de Noël, non ? dit Mrs Castle. Une personne passe son temps en cuisine pour que les autres passent leur temps à table. Et à la fin il ne reste plus qu'à prendre des cachets anti-brûlures d'estomac.

— Alors, le programme reste le même ? demande Lily.

— Je ne fais que mon travail, Miss Lily.

Manifestement, elle préférerait échanger avec n'importe qui d'autre.

— Liliana n'aurait certainement pas exigé que le jeu se poursuive après la mort de quelqu'un, insiste Lily.

— Votre tante ne laissait jamais rien contrarier ses plans. Vous devriez le savoir. Le jeu de piste continue.

Elle soutient son regard si intensément que Lily ne peut s'empêcher de penser que Mrs Castle essaie de lui dire quelque chose.

19

Le repas traditionnel du *Boxing Day* est servi dans la salle à manger – des plats fumants sur lesquels s'entassent de généreux morceaux de dinde, de jambon rôti au Coca, et de *bubble and squeak* – la spécialité de petits pâtés de légumes frits réclamés par Gray. Des bocaux de chutney fait maison à partir de produits récoltés sur les terres d'Endgame sont alignés au centre de la table.

— Des restes pour un jour de deuil, commente Tom. Papa n'aurait pas résisté à cette occasion de citer *Hamlet*. « Économie, économie, Horatio ! Les viandes cuites pour les funérailles ont été servies froides sur les tables du mariage. » Même si bien sûr, ici, c'est l'inverse.

Lily saisit un bocal de chutney. L'odeur des pommes ribston aux épices et des châtaignes rôties lui rappelle de bons souvenirs, pour une fois. Celui des promenades dans le verger d'Endgame pour cueillir les Ribston Pippins et les prunes mûres pour le *Yorkshire drop* de Grandma Violet. Le clafoutis de saison, spécialité régionale, était ensuite dégusté en silence à la table de la cuisine avec de généreuses cuillerées de crème et des sourires satisfaits. Sans le meurtre de Philippa, elle aurait pu être tentée de prolonger son séjour à Endgame pour de tels souvenirs. Mais c'est une nouvelle mort qui s'ajoute aux autres. Les cadavres s'empilent dans cette maison.

Dans la plupart des maisonnées, pour le *Boxing Day*, on débouche le champagne et il ne reste plus une miette de jambon à la fin du repas. Mais, à Endgame aujourd'hui, personne ne touche aux plats.

Lily prend sur elle pour déclarer :

— Il faut qu'on parle d'hier soir.

— Non merci, rétorque Sara.

— Lily a raison. On doit trouver qui a tué Philippa, déclare Holly.

— Et comment comptes-tu t'y prendre ? grince Sara. Tu vas faire le tour de table en réclamant les alibis et les témoignages de chacun ?

— Eh bien, oui, je suppose, répond Holly en consultant Lily du regard.

— Ce serait un bon début, approuve Lily.

— Très bien, dit Sara. Est-ce que quelqu'un a vu ou entendu quelque chose d'inhabituel la nuit dernière, par exemple le meurtre de Philippa Armitage ?

Personne ne répond. Certains font non de la tête.

— Bon, eh bien voilà. Comme si qui que ce soit allait avouer.

— Peut-être que le meurtrier n'est pas de la famille, suggère Gray.

L'espoir illumine ses yeux.

— Tu crois vraiment que c'était Mrs Castle, avec le couteau à viande, dans la bibliothèque ? rétorque Sara avec un *saracasme* si lourd qu'il pourrait couler un cadavre dans un lac.

— Ce ton n'est vraiment pas nécessaire, la recadre Rachel. C'est d'un irrespect phénoménal de parler de Philippa comme ça.

— Je pensais plutôt à quelqu'un de l'extérieur, précise Gray. Un inconnu.

— Comme ce serait pratique, dit Rachel en regardant Sara.

Mrs Castle réapparaît pour éteindre les lumières, puis la porte se referme. Toute la salle baigne dans la faible lueur jaune de l'après-midi d'hiver qui donne à chacun un ton sépia.

La porte s'ouvre de nouveau et, cette fois, Mrs Castle apporte un *Christmas pudding* au halo bleuté. Elle le porte devant elle comme la flamme olympique, et sa silhouette se découpe derrière le gâteau noir flambé.

— Vous le vouliez aujourd'hui, alors le voici, déclare Mrs Castle en le posant brutalement sur la table. Faites attention, il y a à l'intérieur quelque chose qui n'est pas comestible.

— Je vais le couper ! propose aussitôt Sara.

Elle regarde fixement le pudding comme si elle voulait en arracher le cœur.

— Je suis tenue de faire le service. Une autre clause de mon contrat.

Mrs Castle s'empare d'un couteau et l'enfonce dans le *Christmas pudding*.

Les parfums d'épices parviennent jusqu'à Lily au bout de la table. De sa place, elle voit les noix de pécan et les cerises noires confites – pas de ces cerises rouges artificielles et gélatineuses à Endgame, même les fruits confits sont luxueux. Tout le monde, Lily incluse, se penche vers le milieu de la table alors que Mrs Castle dépose des morceaux de pudding dans des bols. Sara lève sa cuillère à dessert et donne un coup de coude à Gray pour l'encourager à faire de même. Il obtempère et la tient devant lui comme un vendeur de sucettes.

Quand tous les bols sont distribués, Lily dépiaute soigneusement sa part de pudding noir comme la mélasse. Ses cousins font de même. Faute d'y trouver le moindre indice, chacun finit par se renfoncer dans son siège.

Holly, en revanche, noie son pudding sous une louche de crème anglaise au brandy et commence à manger.

— Aïe, fait-elle avec une grimace en extirpant de sa bouche un dé à coudre argenté.

— Je vous avais bien dit de faire attention, dit Mrs Castle.

Sara lui prend des mains et le tourne à la lumière, comme pour y chercher un indice. Elle ne trouve rien.

— On dirait que c'est destiné à la petite couturière de service, dit-elle en le lançant à Lily.

Lily attrape le dé sans réfléchir. Il est gravé au motif du labyrinthe d'Endgame, et rayé par les dents d'Holly.

***

Une demi-heure plus tard, Mrs Castle apporte une ribambelle de plats sur un chariot de service.

— Pas encore à manger ! gémit Holly.

Et Lily ne peut pas la blâmer, après son aventure avec le *Christmas pudding*.

— Du fromage et des crackers ! s'exclame Tom.

Mais personne ne réagit à son jeu de mots. Il y a en effet du fromage mais, en guise de crackers, les biscuits salés ont été remplacés par des papillotes pourvues d'un pétard dont on tire les deux bouts.

Mrs Castle en place un devant chaque convive. Les crackers sont dorés, brillants, énormes, ornés du sceau des Armitage, les ailes de la papillote nouées avec des rubans jaunes à pois rouges.

— Étant donné les circonstances, j'ai pensé que Ronnie ne m'en voudrait pas de poursuivre sans lui. Je suis allée lui poser la question, mais il dormait encore.

Tom propose à Lily un côté de son cracker et ils tirent en même temps. À l'intérieur de la papillote, le pétard éclate. Lily chancelle vers l'arrière. Tom, à qui il reste dans la main la plus grande partie du cracker, fait basculer le tube ouvert vers le bas. Un chapeau en crépon, un bout de papier roulé et quelque chose de lourd tombent sur la table.

— Tu gagneras la prochaine fois, dit Tom.

Lily récupère le jeu de cartes qui est tombé du cracker et le tend à Tom.

— Ton butin.

Tom se pare du chapeau rose en crépon et déroule le bout de papier, sourcils froncés.

— Je pense que vous devriez ouvrir les autres crackers.

Tous attrapent un bout de papillote. Ils tirent en comptant jusqu'à trois. Des messages, des chapeaux et de petits gadgets volent dans la pièce au son des pétards. Quand chacun a un message en main, Tom lit le sien.

Dormez-vous comme des bébés sous les couvertures ?
Avec le calme serein d'un os triste en caveau.
Les secrets qui fermentent racontent une histoire plus dure
que celle des guirlandes, du sapin et du chocolat chaud.

Les mensonges vieillissent en fût, embouteillés à jamais
Ou du moins jusqu'à la douce cuvée de l'été.
Malheureusement le temps presse,
je n'attendrai pas des mois
Au cœur de l'Hiver : Mon Secret se révélera.

Les vôtres aussi. Personne n'est à l'abri.
Portez à la lumière
la feuille, voyez sa transparence. Si fine, fragile,
mais son poids, un boulet, vous retient en arrière.

Vos péchés, vos mensonges, tous une reliure habile
qui vous rattache au passé.
Le volume de larmes versées
marque le début et la fin de la lignée.

Holly sort une trousse de son sac et trois crayons – rouge, bleu, noir. Elle apprend vite. Elle tire un peu la langue en commençant à entourer des mots.

Lily se penche sur le poème. Rien ne va. Ronnie est là-haut, dévasté, pendant qu'ils jouent à ce jeu débile. Mais ce poème la rapproche de la vérité. Alors que faire d'autre ?

Elle lit lentement, savourant les mots sur le bout de la langue comme un très bon whisky. Elle goûte l'attaque en bouche aux notes d'agrume lumineuses du sonnet, et poursuit avec le milieu sirupeux. Une anagramme se révèle sur sa langue. Les notes de fond, en revanche, le cœur du poème, et les indices que Lily est censée déduire mettent un certain temps avant de percer. Elle garde les mots en bouche, les réchauffe jusqu'à ce qu'ils lui brûlent les gencives. Il y a tant de saveurs dans ces vers, tant de tourbe. Tant de fumé.

Pourquoi personne d'autre ne remarque la noirceur de son cœur ?

— Visiblement, Tante Liliana essaie de nous faire descendre à la cave, dit Rachel. Toutes ces références au brandy et au vin, aux fûts, aux bouchons. Alors, vu la fausse piste d'hier, je dirais que la clé n'y est pas.

— On avait compris, grommelle Sara.

Elle semble particulièrement agacée que Rachel – comme tout le monde à en juger par les hochements de tête – soit arrivée à la même conclusion.

— Et, à mon avis, la véritable direction est claire, reprend Rachel en fixant Sara.

Le défi est lancé. Les paumes à plat sur la table, elle se lève en repoussant son siège.

Sara bondit de sa chaise et s'élance hors de la salle à manger. Rachel la suit de près, Holly sur les talons, abandonnant crayons, stylos et gommes dans son sillage. Gray esquisse un sourire penaud en direction de Lily et les suit.

— On y va ? demande Tom en désignant la porte. Je ne voudrais pas manquer ça.

Lily se lève. Tom tire sa chaise pour elle et lui propose son bras dans une parodie de galanterie. Ils avancent lentement vers la porte. Le parquet craque comme pour applaudir la procession. C'est ce qui manque à la maison, songe Lily : les grandes occasions, les belles robes, les bals et les banquets.

Tom et Lily débouchent dans le couloir.

— Ça me semble un peu trop gros encore une fois, fait remarquer Lily. La bibliothèque.

— Je vois ce que tu veux dire, répond Tom. Mais *couvertures*, *feuille*, *volume*, *reliure*… qu'est-ce que ça pourrait désigner d'autre ?

En approchant de la bibliothèque, ils entendent le bruit terrible des livres qu'on jette au sol. Lily presse le pas. Sara est en train d'arracher les ouvrages par rangée pour les envoyer valser. L'odeur des pages jaunies flotte dans l'air.

— Vous ne pensez pas qu'on devrait faire plus attention ? signale Lily.

Elle se penche pour ramasser quelques ouvrages, en caresser le dos, et tente de résister à l'envie de les embrasser.

— La ferme, Lily, rétorque Sara en tournant les pages à toute vitesse avant de balancer un livre par-dessus son épaule. On est là pour trouver une clé, pas pour jouer aux bibliothécaires.

— Lily a raison, fait remarquer Gray.

Dans un coin de la pièce, il serre un livre contre son cœur, essayant de ne pas regarder le massacre.

— Il y a des ouvrages précieux ici, poursuit-il avec la lenteur du lecteur qui cherche la bonne page. Inestimables.

En tout cas, il semble avoir trouvé le bon mot, car Sara inspecte maintenant chaque livre comme s'il s'agissait d'un chèque et s'assure qu'ils ne rebondissent pas quand elle les lâche par terre.

La librairie était le sanctuaire des aînées de la famille Armitage. Grandma Violet s'asseyait souvent dans le fauteuil rouge et miteux près de la cheminée, tournée vers les étagères comme s'il s'agissait d'une vue sur l'océan. Tante Liliana s'installait au bureau, au milieu de la pièce, d'où elle suivait du bout du doigt les vers des poèmes. Mariana s'installait en tailleur par terre, Lily sur les genoux, pour lui apprendre à lire. C'est un lieu sacré que Lily refuse de voir profané.

Elle approche pour voir si Gray a trouvé le bon livre. Ce n'est pas celui qu'elle cherche, mais c'en est un qu'elle adore. *Le Guide du voyageur galactique*. Le roman préféré de Gray, qu'il soit en version audio, série télé ou film. Le guide de sa vie. Pcndant deux ans, ado, il s'est baladé en pyjama et peignoir.

Lily tente d'ignorer le carnage, les livres à terre, les mots meurtris, et avance lentement vers le rayon poésie. Elle pense savoir où se trouve la clé, mais elle ne veut pas que Sara l'obtienne. N'importe qui, sauf elle. Sara ne saurait pas prendre soin de cette maison, elle serait capable de la transformer en appartements, ou de la détruire au bulldozer elle-même – coiffée d'un casque de chantier Prada.

Non que Lily en ait quelque chose à faire, de ce qu'il adviendra du manoir. Il peut bien brûler ou être démoli, elle s'en fiche. Il mérite d'être détruit, qu'on en déchire les pages – elles contiennent trop de tristesse pour être laissées en l'état. Elle ne veut simplement pas que Sara profite de sa destruction, ou de la mort de Liliana.

Les ouvrages de poésie sont au fond de la bibliothèque. C'était le coin préféré de Tante Liliana. Ils regroupent des auteurs célèbres, ainsi que ses propres poèmes. Si Lily a raison, c'est à la lettre R qu'il faut chercher. C'est cette histoire bizarre d'*os triste* qui lui a mis la puce à l'oreille. Ça n'a pas de sens.

Et puis elle a vu la référence à « L'hiver : mon secret », un poème que Liliana relisait tous les ans, de sa poétesse préférée, Christina Rossetti. Et Rossetti est l'anagramme d'*os triste*.

Lily pose une main sur les ouvrages de poésie et la fait glisser jusqu'à R, sentant les dos onduler sous ses doigts, comme s'ils s'étiraient sous sa caresse à la manière d'un chat. Lily sent son nez la chatouiller, la seule évocation des félins menace de la faire éternuer. Racine, Rich, Rilke, Rimbaud, Roethke… pas de Rossetti. Pas même le frère de Christina.

Lily a dû se tromper. Voir des indices là où il n'y en avait pas. Et si c'est le cas, elle ne comprendra jamais ce qui est arrivé à sa mère.

Lily rejoint les autres qui parcourent les livres, ne serait-ce que pour limiter leurs dégâts. Gray se croit dans *Indiana Jones* et appuie sur tous les panneaux des murs dans l'espoir de révéler un passage secret. Après tout, d'après les règles du jeu de piste de Noël, il existe effectivement une chambre secrète. Petite, Lily a entendu parler des « trous du prêtre », ces cachettes qui permettaient aux religieux catholiques restés fidèles à l'autorité du pape de se terrer lors d'un contrôle de police à l'époque où l'Angleterre est devenue anglicane. Elle en avait cherché à Endgame House, en vain. La maison ne lui a jamais révélé ne serait-ce qu'un placard caché. Elle sait garder ses secrets.

***

Quand tous les livres de la bibliothèque ont été ouverts – et il doit y en avoir des milliers – Rachel suggère :

— Peut-être que c'était une double fausse piste, et qu'il faut vraiment aller dans la cave à vins.

— Venant de ma mère, ça ne m'étonnerait pas, peste Sara. Pas question de m'avoir, cette fois.

Elles se dirigent toutes les deux dans le couloir. Holly les suit. La porte de la cave à vins se trouve à côté de l'endroit où Ronnie a serré Philippa dans ses bras si longtemps la nuit passée. Lily écoute leurs pas ralentir puis disparaître au sous-sol. La dernière fois qu'elle y est descendue, Gray l'y a enfermée pendant une partie de cache-cache. Elle a compté jusqu'à cent, puis, en comprenant qu'elle était piégée, s'est misc à compter les bouteilles aussi. Les murs perlaient d'humidité.

Quand on l'a enfin libérée, elle a demandé à Gray pourquoi il avait fait ça. Il a haussé les épaules, sa mèche de cheveux est tombée sur ses yeux argent. « Sara ne voulait pas que tu la trouves. » Il semblait penser que c'était une raison valable pour la mettre sous clé. Peut-être est-ce aussi la véritable raison pour laquelle il l'a enfermée dans la glacière. Peut-être qu'encore une fois Sara ne veut pas que Lily gagne.

Tom est assis dans le fauteuil où son père s'endormait souvent le soir. À côté de la cheminée, mais dos aux livres. Il a les yeux rivés sur l'âtre éteint, comme si ses souvenirs s'y consumaient.

Lily approche et pose une main sur son épaule. Il sursaute, puis regarde autour de lui.

— Désolé, j'étais à des années-lumière.

— Si seulement !

— Si tu pouvais être n'importe où, où irais-tu ? demande Tom en joignant ses mains dans une posture de psychanalyste.

— Australie, répond-elle du tac au tac. Imagine, passer de cet hiver à l'été sur une plage à Sydney, avec un bon livre.

— Exactement comme Tante Liliana, dit Tom. Elle avait toujours un livre à portée de main, et s'arrangeait pour que nous aussi.

Lily hoche la tête. Liliana avait même une mini-bibliothèque juste à côté de sa chambre, une sélection d'ouvrages susceptibles de plaire aux enfants (ou du moins qu'elle voulait les inciter à lire). Il s'agissait de ses livres préférés, et ils changeaient toutes les semaines. Et la mini-bibliothèque se trouvant juste en face de la chambre de Lily, elle en choisissait chaque jour parmi la nouvelle récolte, comme les fruits du verger. Parfois acides, parfois trop mûrs. Souvent bruts, toujours nourrissants.

S'il y avait un endroit où Liliana aurait rangé ses précieux poèmes de Christina Rossetti, c'était bien là.

— J'ai une idée de l'endroit où pourrait être la clé.

Tom regarde autour de lui, remarquant le chaos de la bibliothèque pour la première fois.

— Je doute qu'on trouve quoi que ce soit ici.

— Suis-moi.

Dans le couloir, ils entendent le cliquetis des bouteilles que l'on déplace et le bruit des caisses que l'on traîne sur les dalles en pierre. Voilà qui devrait occuper les autres pour un moment.

Quand Lily et Tom arrivent sur le premier palier, Lily entend des pas rapides qui les suivent depuis le grand hall.

— Et maintenant, on court ? demande Tom avec un regard pétillant.

— Je voudrais bien t'y voir, avec un corset et une robe pareille, grogne Lily.

— Vous allez où, tous les deux ? lance Sara en bas de l'escalier.

— On va chercher un truc dans la chambre de Lily, répond Tom. Pas besoin d'y aller à quinze.

Il pose une main dans le dos de Lily pour lui faire signe d'avancer sans lui. Il essaie de lui faire gagner du temps.

Lily gravit rapidement la volée de marches suivante et tourne à droite. Derrière elle, Tom tient la jambe de Sara.

— Dégage, Tom ! crie Sara.

Mue par une bouffée d'adrénaline, Lily se précipite dans le couloir. Dans son ventre, Bean joue la pom-pom girl avec ses saltos.

Alors que Lily atteint la bibliothèque, Sara la rattrape en soufflant. Lily parcourt les titres. Puis elle la voit. Étagère du milieu, une boîte verte, sur l'étiquette de laquelle on peut lire, calligraphié, *Rossetti*.

La boîte est râpeuse sous ses doigts. Elle s'apprête à l'ouvrir quand Sara la lui arrache des mains.

— Prems ! s'écrie Sara.

Elle ouvre la boîte. Une clé se trouve à l'intérieur.

— Oui, et c'est Lily qui l'a découverte, réplique Tom en arrivant derrière elles, à bout de souffle.

— Elle n'avait qu'à la garder, dit Sara en brandissant la clé. Moi, en tout cas, c'est ce que je vais faire.

20

Le crépuscule approche. Les nuages gris s'accumulent, prêts à déverser plus de neige. Le programme traditionnel de *Boxing Day* se poursuit, malgré le deuil, même si le simulacre d'oiseau pour la séance de tir au pigeon se confond avec le ciel, même si la neige est si profonde qu'elle leur monte aux cuisses. Mrs Castle est sortie chaussée de cuissardes en caoutchouc pour préparer l'activité. « C'est dans mes consignes », s'est-elle contentée de déclarer.

— *Pull !* crie Sara.

Tom libère un pigeon d'argile dans le ciel.

Un tir retentit. L'argile se brise en mille morceaux.

Tous les cousins ont été entraînés à l'art d'abattre des oiseaux de terre dès leur plus jeune âge. Grandma Violet s'en est assurée, d'abord en leur enseignant elle-même, puis en confiant la tâche à Oncle Edward quand elle ne parvenait plus à appuyer sur la détente. Elle disait que c'était une tradition nationale de chasser pour *Boxing Day*. Mais elle ne voulait pas tuer d'êtres vivants.

Lily n'a jamais aimé ça. Mais pour ne pas se retrouver seule dans la maison en cet instant, elle s'est installée sur un fauteuil de jardin depuis lequel elle observe.

Sara recharge son fusil.

— *Pull !* crie-t-elle encore.

Tom envoie un nouveau plateau d'argile. Cette fois, Sara le rate. Le disque retombe à terre intact.

— Encore ! crie Sara en soulevant son fusil.

L'agacement est palpable dans sa voix.

— Tu as eu tes trois tirs, ma petite Sara, dit Tom. Laisse un peu jouer les autres.

Sara avance à grands pas vers lui. Dans sa panoplie d'aristo en veste Barbour et bottes Hunter, on pourrait croire qu'elle s'apprête à lui ordonner de déguerpir de ses terres.

— Je te l'ai déjà dit, Tom. Il n'y a pas de « petite Sara » qui vaille. Et tu peux arrêter avec ton accent ridicule aussi. Ça fait des années que tu n'as pas mis les pieds dans le Yorkshire, tu n'es plus des nôtres. Si j'avais mon mot à dire, ça vaudrait pour la maison aussi.

— Tom a autant le droit d'hériter de la maison que n'importe qui ici, intervient Rachel en apparaissant aux côtés de son frère.

— Pas *n'importe qui*, corrige Sara. Les conjointes ne sont là que pour aider.

Holly croise le regard de Lily, puis baisse la tête. Elle donne un coup de pied dans la neige.

— Même s'il n'en reste plus qu'une sur deux, ajoute Sara.

Elle jette un regard à la fenêtre de Ronnie au premier étage. Les rideaux sont tirés. Il n'est toujours pas réapparu.

— Tu es encore plus mauvaise que quand tu étais petite, dit Rachel.

— C'est simplement que tu ne me connaissais pas à l'époque.

— Ah ça, on peut te faire confiance pour plonger toujours plus bas, intervient Tom avec dégoût.

— Tu ne devrais faire confiance à personne, lui rétorque Sara. Pas plus que tu n'aurais dû confier cette clé à Philippa. À ta place, je cacherais bien les suivantes, si tu as suffisamment de veine pour en trouver.

— Je vous fais confiance à tous, ma petite Sara. Sinon c'est la porte ouverte à la paranoïa, raille-t-il avec un accent plus fort encore.

Il sourit, mais Lily n'a jamais vu de lueur si glaciale dans ses yeux.

— Sérieusement, que croyez-vous que Philippa a fait de sa clé ? s'enquiert Sara.

— Je ne sais pas, dit Rachel. Elle est probablement dans leur chambre.

— J'imagine qu'elle revient à Ronnie, maintenant, déclare Sara d'un air songeur. À moins que quelqu'un ne la lui ait prise quand elle s'est fait tuer.

— Tu crois vraiment qu'elle aurait été assassinée pour une clé qui ouvre potentiellement une porte secrète dont on n'a aucune preuve qu'elle existe ? demande Tom.

Son ton est clair sur ce qu'il pense de cette théorie. Sara vise le ciel avec son fusil.

— Il faut bien qu'elle ait été tuée pour une raison. Par quelqu'un. On dit que c'est presque toujours le mari.

— Non, Sara, réagit Lily. Ronnie ne ferait jamais une chose pareille.

— *Pull !* crie Sara avant de tirer dans le ciel vide.

— Je rentre, déclare Lily.

Finalement, mieux vaut être seule.

— Il fait trop froid pour moi, prétexte-t-elle. J'ai l'habitude des hivers plus doux à Londres.

— Mais c'est à mon tour de tirer, proteste Tom. Tu vas rater une occasion de voir à quel point je suis génial.

— Tu es toujours génial. Je regarderai depuis ma fenêtre.

Lily se lève.

— On te suit, décide Rachel en prenant Holly par le bras.

— Fais attention où tu mets les pieds, Lily, lance Sara d'une voix dont le *saracasme* abrase l'air comme le sel la neige. Ce serait bête de faire une nouvelle chute, pas vrai ?

Alors qu'elles remontent les marches de la terrasse, Rachel demande à Lily :

— Au fait, comment as-tu su qu'il fallait chercher dans cette bibliothèque, précisément ?

— Le hasard ?

Rachel hausse un sourcil. Même Holly semble sceptique.

— Je t'ai vue devant les étagères de poésie dans la bibliothèque, dit Holly. Tu savais visiblement ce que tu cherchais.

— C'est à cause de l'anagramme, explique Lily.

— Quelle anagramme ? interroge Rachel.

— L'énigme mentionne « L'hiver : mon secret », qui était l'un des poèmes préférés de Tante Lil, de Christina Rossetti. Et *os triste* se démarquait, alors j'ai pensé qu'il s'agissait peut-être d'une anagramme.

— Rossetti, complète Holly en hochant lentement la tête.

Lily confirme et sent une bouffée de joie l'envahir. Sous le regard des deux femmes, elle a l'impression d'être un sapin de Noël dont on viendrait d'allumer les guirlandes. Et, pour une fois, elle n'a aucune envie de les éteindre.

— Je regrette que nous n'ayons pas été plus proches, petites, dit Rachel.

— Ça aurait rendu les choses plus faciles pour l'une comme pour l'autre, admet Lily.

— Viens nous voir, quand tout ça sera terminé, propose Holly, survoltée. On adorerait que Beatrice fasse la connaissance de son incroyable tante.

— Oui, il faudra réunir la famille, après tout ça, renchérit Rachel. Ronnie aura besoin de notre aide avec Samuel.

— J'espère que la nouvelle génération de cousins sera soudée, conclut Lily.

***

En chemin vers sa chambre, Lily s'arrête au premier étage et prend le couloir de l'aile est jusqu'à la chambre de Ronnie. Elle frappe, mais personne ne répond. Alors elle entrouvre légèrement la porte, jusqu'à apercevoir une forme recroquevillée sur le lit. Ronnie ronfle doucement et murmure dans son sommeil.

— Dors bien, mon Ronnie, chuchote Lily avant de partir discrètement.

27 DÉCEMBRE

Troisième jour des Douze

21

On frappe à la porte.

— Lily, tu es réveillée ? crie Tom.

Lily ouvre les yeux et fait lentement basculer ses jambes par-dessus le lit. Les chuchotements des fantômes qui la poursuivaient dans son sommeil s'éloignent à pas feutrés.

— J'arrive dans deux secondes.

— Les indices sont déjà là. Dans des cadeaux, au petit salon. Sara les a trouvés en premier et elle est partie dans le parc avec Gray.

— OK, donne-moi cinq minutes, dix maximum. Je te retrouve en bas.

— Ça marche, répond Tom d'une voix impatiente.

Lily sourit. En revenant à Endgame, Tom a retrouvé son âme d'enfant.

***

Dans le petit salon, Lily a l'énigme en main. Le ruban jaune à pois rouges qui emballait son cadeau gît par terre comme un serpent recroquevillé qui brille sous pétales d'or. Elle relit le message une nouvelle fois et se laisse embarquer par les vers. Son cœur se serre.

Où mon cœur gouverne ce manoir mon chez-moi,
A vu un soir d'hiver le vin chaud et le froid.
Le soir du réveillon, nous chantions en famille
Doigts frigorifiés, rose aux joues des filles,

Chorale de Noël pour la dernière fois
Avant que ne s'éteigne la plus belle des voix.
Ma sœur nous a quittés, trouvée par le valet
Dans notre labyrinthe, mort immaculée.

Nous fûmes dévastés, certains sincèrement.
Une question demeure : pourquoi peu de sang ?
La douleur reste vive, il faut faire avec.

En quatre-vingt-dix-sept, piégée éternellement,
La souffrance me pèse. Me hante tout le temps,
Gravée dans mon esprit comme un mur élégi.

La honte la submerge. Comment Liliana a-t-elle pu faire ça ? Mettre la mort de sa mère dans un poème. Comme si une telle tragédie était matière à sublimation par la poésie. Comme si des indices pouvaient être intégrés à un suicide manifeste. Mais, après tout, n'est-elle pas ici pour le réfuter ?

— Quelle horreur, je suis désolé, Lily, murmure Tom. Ça ne doit pas être facile de lire ça.

— Et ce n'est même pas vrai. C'est moi qui l'ai trouvée, pas un valet.

Tom lui prend le bras.

— Peut-être que c'est précisément ce qu'il faut regarder. Dans les deux premières énigmes, tu as désigné les endroits où quelque chose clochait.

— Et celui-là en est définitivement un, approuve Lily.

Elle le lit une nouvelle fois, en tâchant de se calmer. Après tout, Liliana lui a dit que des réponses lui seraient données, et la voilà, en train d'affronter le réel. Et qu'est-ce que ça voulait dire, *pourquoi peu de sang* ? Liliana savait forcément que Lily tenterait de nettoyer le manteau et découvrirait que le sang n'en était pas. Était-ce censé la diriger vers une autre cause de la mort de sa mère ? Si elle ne s'était pas ouvert les veines, pourquoi tout le monde semblait-il le penser ? Et alors comment était-elle morte ? Étranglée, comme le suggérait la première énigme ?

— Lily, ça va ? demande Tom en agitant ses mains sous son nez.

— Je réfléchissais, c'est tout.

— Si tu peux, évite de ressasser. Je sais que c'est difficile, et que ce sonnet n'aide pas.

Il s'interrompt, puis incline la tête sur le côté.

— Peut-être qu'on devrait jouer le jeu. Histoire de te distraire de ta mère.

— Et comment lire et relire des lignes sur sa mort va-t-il m'aider à me distraire ?

— Déjà on peut commencer par démêler cette histoire de valet. Et puis imagine la satisfaction de battre de nouveau Sara.

Il n'a pas tort. Se concentrer sur le poème l'aidera à comprendre qui a vraiment tué Mariana, et comment. C'est ce qui lui permettra d'avancer.

Lily contemple les deux cadeaux restants près de la cheminée. Les étiquettes, rédigées de la main de Liliana, les adressent à Philippa et Ronnie. Des lettres tracées par une morte, pour une morte. Les cadeaux sont emballés dans un papier bordeaux gaufré du motif labyrinthe, orné de nœuds jaunes à pois rouges. Il y a quelque chose de particulièrement triste dans l'idée d'un cadeau qui ne sera jamais ouvert, de rubans jamais dénoués. Comme un air de Noël tragique à Lexham Manor.

Lily relit le poème.

— Je crois qu'il y a autre chose qui ne colle pas.

— Qu'est-ce que c'est ?

Tom sautille sur place, puis s'arrête et aussitôt s'excuse.

— Pardon. Ce n'est pas le moment.

Lily sourit.

— Mais ça m'aide à me distraire.

— Alors. Commençons par ce qui te perturbe.

— Il y a une ligne bizarre. *Doigts frigorifiés, rose aux joues des filles.*

— Je crois que ça fait référence à la chorale familiale, l'année juste avant celle où tu es partie, dit Tom avec un regard lointain, porté sur ses souvenirs. Nous étions tous là. Mes parents…

Il s'interrompt. Son regard se pose sur elle, puis se détourne.

— Et ma mère, complète Lily de la voix la plus neutre possible.

— Je ne voulais pas…

Il passe sa main sur son visage.

— Je t'ai dit que je n'étais pas doué pour ce genre de choses.

— Tout va bien, le rassure Lily en lui serrant affectueusement le bras. Bref, il manque une syllabe à ce vers.

— Il va falloir que tu m'expliques. C'est toi qui écoutais les cours de littérature de Liliana, pas moi.

— Contrairement aux deux premiers sonnets, celui-ci est en alexandrins, explique Lily. Ce qui signifie qu'il y a douze syllabes par vers. Avec un hémistiche au milieu : six, six.

Tom écarquille les ycux.

— Comment tu te souviens de tout ça ?

Lily se sent rougir.

— Grandma Violet disait que j'avais hérité de son cerveau. Je me souviens de presque tout ce que j'entends, vois ou lis, comme un film dans ma tête.

— Tu pourrais être espionne, toi aussi.

— C'est un peu tard pour changer de carrière. Et Grandma Violet était cryptologue, pas espionne.

— Il n'est jamais trop tard. Et c'est exactement ce que dirait une espionne.

— Tante Liliana expliquait tout si bien.

— OK, donc il manque un truc à cette ligne, dans la deuxième partie ?

Il la relit en comptant sur ses doigts.

— Sauf quand on compte un mot avec deux syllabes au lieu d'une, précise Lily.

— Mais ce serait de la triche. N'importe qui peut le faire.

Lily récupère le stylo de Tom et ajoute un accent à l'un des mots, transformant *rose* en *rosé*.

— Merde alors ! Il est temps de déboucher le vin.

***

Les marches qui mènent à la cave craquent sous leurs pieds.

— Chuuuut, leur chuchote Tom. Ne nous grillez pas.

Lily réprime un rire. Elle sait qu'elle ne devrait pas s'amuser. Au premier étage, Ronnie est en deuil et, dehors, Philippa ne se réveillera jamais. Mais Lily ne peut s'empêcher de se réjouir à l'idée de résoudre l'énigme. Et si elle peut la décrypter en surface, peut-être pourra-t-elle trouver ce que recèle la cave.

— Waouh ! s'exclame Tom en jaugeant les étagères qui vont du sol au plafond. Il doit y avoir des milliers de bouteilles ici.

Il en sort quelques-unes et inspecte les étiquettes.

— On dirait qu'elles sont rangées par ordre alphabétique de domaine et de région. Du Liliana tout craché.

— Sara les a probablement déjà fait estimer.

— J'avais l'impression qu'elles avaient mis le bazar ici, hier. Mais à part pour l'absence totale de poussière, on pourrait croire que rien n'a été touché. Tout a été rangé.

— Ce qui signifie que Mrs Castle a des nuits très chargées…

Tom réfléchit un instant, avant de demander :

— C'est bizarre, elle aurait dû entendre quelque chose, si elle cachait l'indice d'hier, la nuit où Philippa est morte.

— Tu ne crois tout de même pas qu'elle aurait pu…

— Non, bien sûr que non. Je ne vois pas Mrs Castle en meurtrière. Même si on ne sait pas vraiment pourquoi elle est là. Et on ne sait pas non plus ce que faisait Philippa debout au milieu de la nuit.

— Ronnie m'a dit quelque chose, avant d'aller se coucher. Apparemment, elle voulait vérifier que quelqu'un allait bien.

— Une personne en particulier ?

— C'était ce qu'il avait l'air de penser.

— Donc la personne dont elle est allée prendre des nouvelles aurait pu la tuer ?

— C'est possible. Elle ne lui a pas dit grand-chose de plus. En tout cas, il ne s'en souvient pas.

— Peut-être que d'autres détails lui reviendront, une fois le choc passé.

Lily sent la peur enfler en elle.

— Et si Philippa avait été tuée parce qu'elle savait quelque chose ? Quelque chose que Ronnie sait aussi ? Est-ce qu'on ne devrait pas garder un œil sur lui, au cas où il deviendrait une cible ?

— Je pense qu'il ne craint rien, à moins qu'il ne se souvienne soudain d'un détail important. Ça reste une menace, mais il va falloir faire avec.

Ses mots font tilt dans l'esprit de Lily. *Faire avec*. Elle l'a lu récemment, dans le poème. *La douleur reste vive, il faut faire avec*. Un vers dont le dernier mot ne rime avec rien d'autre dans le sonnet. Elle sépare les lettres AVEC dans sa tête et les invertit, jusqu'à former un nouveau mot.

— Houhou, qu'est-ce que tu fais ? demande Tom en agitant la main devant elle.

— Je me conforte dans l'idée qu'on est au bon endroit.

— Je n'en doute pas – où d'autre veux-tu ranger le rosé dans un manoir de campagne ?

— Dans une anagramme de AVEC.

Après un temps de réflexion, Tom applaudit.

— CAVE ! Tu es géniale, Lil. Une idée plus précise de l'endroit où regarder ?

Il avance vers la pièce suivante qui contient aussi des alcools forts.

— C'est grand, ici.

Tom récupère une bouteille de vin et siffle d'admiration.

— Mis en bouteille en 1963 ! Ça fait vieux. Il a probablement un goût abominable. Un mélange de vieux pneu et d'urine.

— Certaines choses se bonifient avec l'âge, dit Lily.

Tom commence à dresser la liste de toutes les choses qui s'améliorent avec le temps, de celles qui empirent, de celles qui s'arrangent puis se détériorent, comme *Star Wars*, mais Lily reste concentrée sur cet autre vers qui se démarque. Ce n'est pas le valet qui a découvert sa mère. De plus il n'y avait pas de valet à l'époque du centre de séminaires. Il y en a peut-être eu un à l'hôtel, mais ça reste à vérifier. En tout cas, ce n'est pas ce qui va l'aider à trouver la clé.

Pourquoi veux-tu autant la trouver, d'ailleurs ? demande une petite voix dans sa tête. Une autre lui répond que c'est faux, elle n'y tient pas particulièrement, elle essaie juste de se distraire en aidant Tom. Et puis, plus elle étudie les poèmes, plus elle a de chances d'en révéler les secrets.

— *Gravée dans mon esprit comme un mur élégi*, lit-elle à voix haute.

— Ça ne veut rien dire, peste Tom en interrompant enfin son monologue.

— Justement… en plus ça ne rime pas.

— Je ne vois pas trop en quoi ça va nous aider.

— Quel est l'élément indispensable d'une bonne bouteille de vin ?

— Une deuxième ! lance-t-il avec humour.

Il baisse les mains en voyant l'expression de Lily.

— OK, d'accord, j'arrête de dire n'importe quoi. Il faut un tire-bouchon.

— Presque. Je crois que c'est là qu'on va trouver la clé. Le bouchon.

— Ça y est, j'ai compris, dit Tom consultant son énigme. ÉLÉGI ne rime pas et c'est l'anagramme de LIÈGE. La clé est planquée dans un bouchon !

Lily confirme, et Tom lui prend la main.

— Je crois que ça fait des années que je ne t'ai pas vue aussi à fond, dit-il.

— Je sais. Je ne devrais pas.

— La tragédie ne signifie pas qu'il faille s'interdire toute joie, énonce Tom. Parfois les émotions se contredisent, mais restent liées. Comme ce que disait Grandma Violet. La peur est de l'autre côté du mur de l'excitation.

— Je ne vois pas comment la mort pourrait être de l'autre côté de la joie.

— Elle nous aide à apprécier la vie.

— Tu fais un très bon psy, tu sais.

Il lui lâche la main avec un sourire gêné.

— Oh, chut. Ne dis pas de bêtises. Maintenant, retournons à nos moutons. Il y a du vin à déboucher. Il va falloir le boire, j'en ai bien peur. C'est la seule manière d'avancer. À moins qu'il y ait une contre-indication ?

Lily scrute son visage en quête d'un signe qui montrerait qu'il sait qu'elle est enceinte, mais n'y trouve rien.

— Je ne suis pas sûre que l'alcool nous aide sur le long terme, répond-elle.

Tom fait la moue.

— Bon, d'accord. Dans ce cas, on devrait sûrement chercher un rosé.

Il passe devant les rangées. Tout au fond, dans la troisième cave, il s'écrie :

— Ah ah !

Lily avance vers un mur de bouteilles de la couleur rose de l'eau de sa baignoire.

— Relis le poème, demande Tom. Liliana nous a forcément donné un indice. Et cette histoire de valet ?

Mais Lily sort déjà une bouteille au milieu du mur. Elle en montre l'étiquette à Tom.

— Tavel, lit-il en fronçant les sourcils.

Puis un sourire éclaire son visage.

— *Valet* ! s'exclame-t-il.

Il a compris.

***

— Je ne comprends pas, se plaint Holly.

Dans la cuisine, Lily creuse le bouchon de la bouteille. Elle a d'abord tenté d'utiliser un tire-bouchon, mais il est resté coincé à cause de la clé enfoncée à l'intérieur du liège.

— Tu changes l'ordre des lettres de VALET, explique patiemment Rachel, et ça donne…

— Non, ça, j'ai bien compris, l'interrompt Holly. Mais comment as-tu su qu'il fallait aller à la cave ? Les indices pointaient déjà vers la cave hier, et c'était une fausse piste.

— C'est ma mère tout craché, répond Sara. Imaginez un peu être sa fille. Elle s'amusait à me mettre sur une fausse piste, puis se moquait de moi quand j'atterrissais au mauvais endroit.

Elle se tourne vers Tom.

— Et après, c'est moi qu'on traite de cruelle et d'idiote. Elle aurait adoré me voir courir à la cave hier puis lire l'énigme aujourd'hui et partir du principe qu'elle se fichait encore de moi, peste Sara en croisant les bras.

— On ne peut pas faire confiance à Liliana, même six pieds sous terre, conclut Rachel.

— Maman a été incinérée, précise Gray. Elle est dans une urne à la maison.

— À vrai dire, elle est dans une urne ici même, rectifie Sara.

Gray devient livide.

— Pourquoi ? demande-t-il d'une voix qui rappelle à Lily celle qu'il avait petit garçon.

— Je me disais que ses cendres devaient être dispersées dans son manoir chéri. Elle est dans ma trousse de toilette. Peut-être que je pourrais la sortir et la poser sur la cheminée, pour qu'elle voie ce que donne son jeu.

Sara aussi a régressé pour redevenir la petite fille vexée qu'elle était, invoquant la colère pour conjurer les larmes. Pour la première fois, Lily perçoit l'impact que les manies de Liliana ont eu sur sa fille. Elle passait tant de temps avec Lily qu'il n'y a rien d'étonnant au ressentiment de Sara. Cette dernière n'a jamais réussi à correspondre à l'idée que se faisait Liliana d'un grand esprit. À présent, être à la hauteur lui serait définitivement impossible. Tout comme Liliana ne serait jamais la mère qu'elle aurait dû être pour Sara.

Gray aussi semble au bord des larmes.

— Elle ne voulait pas être enterrée, dit-il. Elle détestait le froid.

— Très bien, dans ce cas on la casera dans le placard de la buanderie, entre la chaudière et l'étendoir à linge. Elle sera ravie. Ce sera comme ces vacances dans les Caraïbes où elle ne nous a jamais emmenés.

Gray éponge une larme solitaire. Sa manche remonte, dévoilant un bandage autour de son poignet. Remarquant le regard de Lily, il cache aussitôt ses mains derrière son dos. Puis il s'éloigne, tirant les manches de son pull sur ses mains. *Oh, Gray. Encore maintenant ?*

Le couteau glisse alors que Lily regarde ailleurs. Il dérape et entaille son autre main qui tient la bouteille par le goulot. Du sang tache le liège.

— Attention, dit Tom. Tu veux que je le fasse ?

— Elle n'a pas besoin de l'aide d'un homme, Tom, intervient Sara.

Lily lui adresse un sourire qui ne rencontre qu'une expression furieuse. Très bien. C'est plus facile ainsi.

Le bouchon sort, morceau par morceau. Enfin, Lily parvient à extirper le bout qui entoure la clé. Découpant le reste du liège, elle la brandit.

— La troisième clé, annonce-t-elle.

— Si seulement j'avais un cerveau comme le tien, murmure Holly.

Une fierté surprenante pétille en elle. Lily s'est toujours représenté son esprit comme une version mentale de son appartement : des piles de bric-à-brac immenses et inutiles.

— À ta place, je garderais le tien, grince Sara. Lily est toute seule dans sa tête. Toi, au moins, il y a quelqu'un qui t'aime.

La fierté de Lily s'émousse comme du champagne débouché que l'on a oublié de boire.

En empochant la clé, elle se souvient de Philippa.

— Est-ce que tu as trouvé la clé de Philippa en la déplaçant ? demande-t-elle à Sara.

— J'espère que ce n'est pas une accusation, grogne Sara, mains sur les hanches.

Tom lève les paumes.

— Personne n'accuse personne. C'est une question valable, et c'est bien toi qui l'as soulevée le jour de sa mort.

— Personne ne l'aurait tuée pour une simple clé, affirme Holly. Ce n'est pas un mobile valable.

— Parce que tu estimes qu'il existe une raison valable de tuer ? rétorque Sara en la fusillant du regard.

— Non, pas du tout, je disais juste…

Tom s'intercale entre Sara et Holly comme l'arbitre d'un combat de boxe particulièrement inégal.

— Et si l'on attendait que Ronnie se réveille pour aller simplement dans leur chambre chercher la clé ? Elle est sûrement dans un tiroir, une boîte à bijoux, ou quelque chose du genre. On ne saura pas tant qu'on n'aura pas cherché.

— Pourquoi pas, ronchonne Sara.

Elle se tourne vers Lily.

— Mais tu es sûre que tu veux cette clé, sachant que Philippa est potentiellement morte pour la sienne ?

Un frisson parcourt l'échine de Lily. Les clés n'ont pas d'importance. Il faut qu'elle reste concentrée sur la quête de l'assassin de sa mère.

— Tiens, tu n'as qu'à la prendre, dit-elle en la remettant à Sara.

Tom prend une profonde inspiration. Il ne va pas manquer de la rabrouer pour ça plus tard. Mais, pour le moment, Lily s'en fiche. Elle ne voit que Philippa dans son tombeau de glace et sait qu'elle ne veut pas l'y rejoindre. Aussitôt, Lily se rend compte qu'elle imagine Philippa allongée sur le dos, ce qui est techniquement impossible.

— Quand tu as déplacé Philippa, reprend Lily, tu as fait attention à ne pas toucher le couteau, pas vrai ?

— Évidemment. Je ne suis pas débile, j'ai déjà regardé *Line of Duty*. Même si…

— Même si quoi ? coupe Tom avec un soupir agacé. Qu'est-ce que tu as fait, encore ?

— Gray l'a maintenu pour qu'il ne tombe pas quand on l'a retournée pour la poser sur la glace.

— Face contre terre ? demande Rachel avec un frisson.

— C'était soit ça, soit sortir le couteau, justifie Sara. Et on ne pouvait pas altérer les preuves.

— C'est un peu tard pour ça, rétorque Tom.

***

En ouvrant la porte de service, Lily découvre Gray adossé au mur, fumant une cigarette aussi fine que lui.

— T'en veux une ? propose-t-il.

Elle secoue la tête. Elle a arrêté en apprenant qu'elle était enceinte et n'a ressenti un manque profond que brièvement car, une semaine plus tard, l'odeur du tabac lui donnait déjà la nausée. Même chose pour le vin rouge. De là où elle se trouve, elle aperçoit Sara dans la cuisine. Si seulement ses aversions de grossesse pouvaient aussi la tenir éloignée des gens toxiques.

— Tu vas quelque part ? demande Gray avec surprise, comme si elle n'avait aucune raison de vouloir sortir de la maison.

— Je vais voir Philippa. Je m'en veux de la laisser seule là-bas.

— Je comprends. J'y suis passé un peu plus tôt, moi aussi. Mais tu vas avoir du mal à t'y rendre. La neige commence à vraiment monter.

Il a raison. Malgré le début de journée radieux, la neige s'est remise à tomber sans qu'elle l'ait remarqué.

— Ne t'en fais pas, tout va bien, poursuit Gray. J'ai bien refermé la glacière et je me suis assuré qu'aucun animal ne puisse entrer.

— Ah, dit Lily, déconcertée. Merci.

Elle n'y avait même pas songé.

Gray tire sur sa cigarette et souffle la fumée. Le bord de son bandage apparaît sous sa manche.

— Et toi, ça va ? demande Lily.

Elle frôle doucement sa manche.

Gray recule.

— Ce n'est pas ce que tu crois. J'ai eu un accident.

Lily hoche la tête, pour donner le change.

— Non, vraiment. Demande à Sara. J'étais en train de couper du bois pour la cheminée dans sa chambre, et j'ai glissé. C'est tout.

— Tu peux tout me dire, tu sais. Je comprends.

Gray plonge son regard dans le sien.

— Je sais que tu comprends.

Il semble hésiter, se demandant peut-être si Lily vaut la peine qu'il lui confie ses problèmes.

— Si tu préfères parler à quelqu'un d'autre, il y a Tom aussi.

— Il sait écouter, oui.

Puis Gray laisse tomber sa cigarette dans la neige et regarde l'étincelle s'éteindre avant d'ajouter :

— Mais les morts aussi.

— Je suis contente que tu sois là, dit Lily. Pour Philippa.

— Moi aussi. C'est ma première vraie défunte.

Perturbée, Lily le regarde s'éloigner d'un pas lent à travers le potager, puis rentrer dans la maison.

22

— Ça me rend toujours un peu triste, les restes, dit Holly en récupérant une assiette sur la table du buffet. C'est comme être le plan B à un mariage parce qu'une autre invitée s'est désistée.

Seulement à un mariage cannibale, alors, songe Lily avant de culpabiliser – comment peut-elle faire des blagues dans sa tête alors que Philippa est morte ?

— À un mariage cannibale, du coup, dit Tom.

Tout le monde rit doucement sous cape, et Lily est soulagée que quelqu'un puisse parler pour elle.

Le buffet a effectivement quelque chose de triste. Les fromages entamés ont l'air prisonniers de leur dôme de verre. Les feuilletés à la saucisse sont les plus brûlés de la fournée, et les raisins commencent à se ratatiner.

— Merci pour ce travail colossal, Mrs Castle, lance Sara sur un ton dégoulinant de *saracasme* sirupeux comme du chutney.

Elle toise la table avec un rictus hautain, le énième depuis son arrivée à Endgame House – une éternité semble s'être écoulée depuis.

— Tout le plaisir est pour moi, Miss Sara, répond Mrs Castle en remplissant un plat de *mince pies* réchauffées. Mangez donc, je vous en prie. Dire que je pensais que personne n'aurait faim, vu les circonstances.

Et c'est vrai. Personne n'a de véritable appétit, mais ils remplissent néanmoins leurs assiettes avant de se retirer en groupes dans leurs coins préférés de la maison.

Lily s'installe avec Tom dans le séjour. Elle picore sans conviction un sandwich à la dinde si sec qu'elle ne parvient à avaler ni le pain de mie ni la viande. Tom attise le feu, cassant le bois noirci en cendres.

— Je pensais que Ronnie serait réveillé, à cette heure-ci, dit Lily.

— Je crois que Rachel lui a donné deux autres somnifères. Il faut qu'il récupère du choc.

— Il ira mieux un jour, tu crois ?

L'espoir dans sa voix ne concerne pas que Ronnie.

— Oui, avec le temps. Avec notre aide aussi, et celle d'un psy. Il lui faudra peut-être de l'EMDR – c'est l'acronyme pour *Eye Movement Desensitisation and Retroprocessing*, une thérapie qui consiste à soigner les traumatismes émotionnels par des mouvements oculaires de gauche à droite. Ça pourrait l'aider à digérer le traumatisme de l'avoir trouvée morte. Sans quoi il risque de rester coincé dans ce souvenir douloureux et de le ressasser indéfiniment.

Il lui jette un coup d'œil, mais s'abstient de commenter l'évidence.

— Tu n'as pas besoin de le dire. Je ne me suis pas remise de la découverte du corps de ma mère.

— Je sais que ça ne me regarde pas, mais je pourrais te recommander quelqu'un, si tu veux, qui pourrait aider dans ce cas précis de traumatisme. J'ai vu des miracles avec l'EMDR. Ça pourrait t'éviter tes cauchemars.

Lily hoche la tête lentement.

— Tu me donneras le numéro quand on sera rentrés.

Dès qu'elle a prononcé ces mots, elle sent son anxiété croître. Au moins, Tom n'abordera plus le sujet pendant un moment. Elle se débrouillera seule, avec un peu de chance en trouvant l'assassin de sa mère.

Tom repose le tisonnier sur son support et s'enfonce dans son fauteuil. Il lui sourit, et elle brûle de lui parler de sa quête. Il pourrait savoir quelque chose. Il a vécu à Endgame pendant plusieurs années après la mort de Mariana, jusqu'à la mort de ses propres parents. Et, bien qu'il s'agisse d'un accident, il est sûrement curieux d'en savoir plus sur cette époque. Elle suppose qu'il s'est tourné vers la psychanalyse et la psychothérapie pour apprendre à gérer sa propre tristesse. Chacun sa manière de faire avec la mort.

Et peut-être que l'aider serait réparateur pour lui.

— Tom, il faut que je t'avoue quelque chose.

Tom se tourne vers elle, mais soudain des pas font craquer le plancher à l'étage.

— Ronnie est réveillé, fait remarquer Lily.

***

Quand Tom et Lily atteignent le premier étage, ils découvrent Ronnie en train de balancer des objets dans sa chambre. Lily fonce à l'intérieur, pile au moment où un livre heurte la porte.

— Je n'y crois pas, elle ne peut pas m'abandonner !

Ronnie s'est rebranché exactement sur le même fil de pensée qu'avant son sommeil. Il se griffe les joues avec ses ongles.

— Viens par là, mon ange, chuchote Lily en le serrant dans ses bras.

Il la repousse vers Tom, qui rétablit son équilibre et l'interroge du regard pour vérifier qu'elle va bien. Elle répond d'un hochement de tête. Elle a toujours rêvé de ce degré de communication. Quand on ne peut pas, ou ne veut pas parler, mais que par merveille quelqu'un peut lire en vous.

Ronnie la saisit par les épaules. Ses yeux sont injectés de sang.

— Je dois voir Samuel.

— Ce n'est pas possible pour le moment, mon vieux, dit Tom en l'écartant avec douceur de Lily. On a un problème de voiture.

Ronnie prend la tête de Tom entre ses mains.

— Personne d'autre ne doit lui annoncer. C'est à moi de le faire. Compris ? À moi.

— Évidemment. Tu es son père.

— Voilà. C'est moi son père.

Le visage de Ronnie se tord en une grimace.

— Qu'est-ce que je vais faire sans elle ? C'était elle qui gérait tout. Comment il va faire sans elle ?

— Vous serez là l'un pour l'autre, assure Tom. Et on sera tous là pour vous deux.

Ronnie repose son front contre celui de Tom.

— Je vais avoir besoin de toi, frangin, sanglote-t-il.

***

Lily et Tom passent les heures suivantes auprès de Ronnie. À parler lorsqu'il en a envie, à se taire, ensemble, lorsqu'il préfère le silence. Il refuse de quitter sa chambre et reste assis sur le lit, serrant le châle de Philippa dans ses bras. Il en frotte l'ourlet entre son pouce et son index. De temps à autre, il le porte à son visage pour en renifler l'odeur.

Lily voudrait chercher la clé de Philippa, mais ça lui semble déplacé, vénal, devant l'état de Ronnie. Elle comprend. Elle aimerait être dans sa propre chambre en cet instant. Chaque centimètre de son corps est endolori. La fatigue lui pique les yeux. Elle regarde par la fenêtre, voit la neige tomber sur le parc et ne pense qu'à sa couette. Sa tête sur l'oreiller moelleux.

— Quand est-ce que je vais pouvoir aller la voir au funérarium ? demande Ronnie après un long silence.

Lily et Tom échangent un regard.

— Comment ça ? demande Tom.

Ronnie déglutit.

— Eh bien, je sais que je ne peux pas y aller tout de suite, qu'ils doivent… vous savez…

Saisi d'un haut-le-cœur, il plaque une main sur sa bouche. Lily sent son œsophage se contracter par empathie.

— Prendre soin d'elle, comme a dit Gray. Mais je pourrai la voir demain, pas vrai ?

Personne ne lui ayant dit que la dépouille se trouvait dans la glacière, il a supposé que sa femme avait été emportée pendant qu'il dormait. Et c'est le cas. Mais pas là où il l'imagine.

Lily ne peut pas continuer à lui laisser croire ça.

— Je suis désolée, Ronnie, dit-elle. Tu t'es fait une fausse idée. Philippa…

Tom lui donne un petit coup de coude et elle se tait.

— Philippa ne peut pas recevoir de visites avant plusieurs jours, poursuit-il. Une histoire de jours fériés et de jours ouvrables. Il faut que tu te concentres sur ta santé pour retrouver des forces avant de la voir.

Il lance à Lily un regard lourd de sens par-dessus la tête baissée de Ronnie, mais elle n'a aucune idée de comment l'interpréter.

Ronnie se remet à pleurer.

— Je suis désolé, dit-il en s'essuyant le nez. Je n'arrive pas à m'arrêter.

— Rien ne t'y oblige, mon vieux. C'est une réaction saine.

— Tu es le mieux placé pour le savoir, j'imagine, répond Ronnie avec une tentative de sourire.

— Exactement. Je suis un pro. Et d'après mon avis professionnel, il faut que tu manges quelque chose.

— Peut-être que je devrais reprendre les cachets de Rachel.

Il supplie Tom et Lily du regard.

— Je ne sais pas, Ronnie, murmure Lily en songeant à son addiction à l'alcool.

— Je sais à quoi tu penses. Mais c'est différent. L'alcool, je m'en servais comme automédication pour fonctionner et continuer à vivre. Maintenant, je veux les cachets pour ne pas continuer à vivre. Pas tout de suite.

Il lève la main, anticipant ses protestations.

— Et je ne veux pas en finir non plus. Je veux juste mettre les choses sur pause. Faire cesser la douleur.

— Ça se comprend, mon vieux. Tu sais quoi ? Descends avec nous, mange un bout, prends ce que tu veux dans le garde-manger, ou même cuisine quelque chose. Sara serait ravie qu'un chef reprenne la barre.

Ronnie se tourne vers Tom et l'attrape par les épaules. Sa respiration est vive, rapide, comme un début de crise d'angoisse.

— Je ne peux pas cuisiner. Pas sans Philippa.

Quand on perd un être tant aimé, il emporte avec lui une part de vous dans la mort. Mieux vaut peut-être rester seul.

***

Lily obtient ce qu'elle veut en début de soirée. Après avoir bercé Ronnie dans un sommeil médicamenteux, elle se replie vers sa chambre avec l'intention d'étudier les plans de la maison qu'Isabelle lui a remis. Mais elle est trop fatiguée pour se concentrer, et elle est certaine que sa vision diminue. C'est un effet secondaire de la grossesse dont on parle peu – la rétention des fluides dans ou derrière l'œil qui peut modifier la forme de la cornée. Apparemment, tout revient à la normale après l'accouchement. En général.

Tant de changements qu'elle n'avait pas anticipés. Certains sont les bienvenus – les seins dignes d'une statue de marbre, pour commencer. Et des cheveux plus épais, car ils cessent de tomber pendant la grossesse.

Évidemment, ça veut aussi dire qu'ils tomberont tous d'un coup après la naissance de Bean. Grandma Violet prétendait qu'elle avait perdu une dent à chaque enfant. « Ils ont aspiré tout le calcium de mes os, a-t-elle décrété au dîner un soir, en accompagnant ses mots d'un bruit de succion digne de Hannibal Lecter mangeant un foie. Ils pompent tout ce qui est bon dans le corps de leur mère pour grandir. C'est comme ça. D'adorables petits parasites, tous autant qu'ils sont. Et je ne regrette rien du tout. »

Lily a aussi entendu dire – avec des bases scientifiques plus incertaines – venant de son amie Natalie, rencontrée à l'unique cours prénatal auquel elle a assisté, que si le bébé est une fille, elle absorbe aussi toute la beauté de la mère.

— Prends-moi tout ce que tu veux, Beanie, chuchote-t-elle à son ventre.

Bean semble lui faire un check du poing à l'intérieur.

Toc toc.

— C'est moi, Miss Lily. Je vous ai apporté à souper, annonce la voix de Mrs Castle étouffée par la porte de la chambre.

Lily s'est transformée en un cliché de femme enceinte – s'asseoir ou se lever lui arrache presque un gémissement. Elle se tient sans cesse le dos. Elle a prévenu tout le monde qu'elle comptait faire une croix sur le thé – c'est-à-dire le dîner, à l'heure londonienne – et se coucher tôt, mais son ventre gargouille déjà. Bean est affamée, même quand Lily ne l'est pas.

En ouvrant la porte, elle découvre Mrs Castle avec un plateau de crackers, de fromage, de biscuits au gingembre, et un mug de thé à la menthe poivrée. Le souper idéal d'une femme enceinte.

— Alors vous savez, constate Lily.

Mrs Castle hausse les épaules.

— Ça paraît évident.

— Pour tout le monde ? s'inquiète Lily en songeant aux mises en garde d'Isabelle et Liliana.

Mrs Castle secoue la tête – pourtant ses boucles ne bougent pas.

— Les autres sont bien trop préoccupés par leur nombril pour remarquer quoi que ce soit. Liliana m'a fait part de ses doutes la dernière fois que vous vous êtes vues. Elle m'a dit que vous aviez l'air rajeunie, nauséeuse, et que vous aviez le « fameux éclat ».

Elle éclate de rire.

— Je vais vous dire un truc. Le rajeunissement est temporaire. C'est le dernier cadeau de la nature, ou sa mauvaise blague, avant de vous vieillir de dix ans dès l'instant où le bébé sort.

— Merci pour ces paroles rassurantes, Mrs Castle. J'ai hâte. Ne dites rien aux autres, je vous prie. Je ne suis pas de taille à affronter toutes les questions sur l'héritage.

Mrs Castle acquiesce et lui tend le plateau.

Lily s'apprête à faire demi-tour quand une question lui vient.

— Vous dites que Liliana vous a parlé de moi ?

De nouveau, Mrs Castle opine du chef. Elle lève le menton, comme pour la défier de lui poser une question plus personnelle encore.

— Comment avez-vous connu Liliana ? demande Lily. Enfin, est-ce que vous avez travaillé pour elle jusqu'à sa mort ?

— J'ai fait de mon mieux pour m'occuper d'elle et de sa maison. Et je continue.

Mrs Castle baisse les yeux sur ses mains et frotte son annulaire, probablement fatigué par toutes ces corvées ménagères imposées par Liliana.

— C'est curieux qu'elle n'ait jamais parlé de vous, dit Lily.

Mrs Castle éclate d'un rire triste.

— N'est-ce pas ? Peut-être qu'elle ne s'en sentait pas libre.

— Pourquoi ?

— Vous n'êtes pas la seule dans la famille à avoir vos petits secrets.

— Je vois ça. Je ne connais même pas votre prénom. Pardonnez-moi.

— Liliana m'appelait juste sa gouvernante.

— Ce n'est pas ce qu'on fait de plus informel.

— Parfois, on prend ce qu'on nous donne.

— Alors vous n'avez pas l'intention de me dire votre prénom ?

Mrs Castle retourne à la porte.

— Bon appétit, Miss Lily.

La porte se referme lentement derrière elle.

Une fois qu'elle a fini de manger, Lily se met au lit. Elle a laissé les rideaux ouverts pour regarder les flocons s'accumuler sur le rebord de la fenêtre. Elle compte ces minuscules alternatives aux moutons, et sombre dans le sommeil.

28 DÉCEMBRE

Quatrième jour des Douze

23

Il est 3 h 28. Lily est éveillée et affamée. Encore.

Elle longe le couloir sans allumer les lumières. Ses pieds connaissent par cœur tous les recoins de la maison, après des nuits passées à y errer, enfant. Quand elle habitait à Endgame House, le petit matin lui appartenait. Vêtue d'une robe de bal imaginaire dont les cerceaux avaient l'amplitude d'une porte, elle valsait dans l'escalier. De temps en temps, elle tournait à l'angle d'un couloir et tombait sur des congressistes enlacés mais, en général, elle les entendait surtout ronfler dans les chambres.

Ce soir, en revanche, alors qu'elle descend les marches dans son pyjama trop large en quête de féculents, ce sont d'autres bruits qui lui parviennent d'une chambre. Des bruits qu'elle-même n'a pas entendus depuis de trop longs mois. Le genre de bruits dont résultent la honte, les câlins, une cystite, les adieux, ou une grossesse surprise.

Et ils proviennent de la chambre de Sara.

Lily aurait aimé être le genre de personne qui se contente de poursuivre sa route et d'en sourire. Toutefois, elle s'attarde dans l'escalier, tentant de deviner qui est avec Sara. C'est étonnamment difficile à déterminer. Les gémissements sont bien ceux de sa cousine, et ils se mélangent aux chuchotements de quelqu'un d'autre. Lily scrute le couloir. La porte de la chambre de Rachel et Holly est grande ouverte. Ça ne pourrait pas être Holly, n'est-ce pas ? Avec un pincement de jalousie, Lily se détourne. Mieux vaut ne pas analyser les raisons de cette émotion. Rien de bon n'en résultera. Comme avec le sexe. Elle ne s'aimera pas davantage après.

Sur la pointe des pieds, Lily descend les dernières marches et rejoint la cuisine. La lueur de la lune illumine la neige du jardin potager. Des toasts, voilà ce qu'il lui faut. Beaucoup de toasts.

Alors qu'elle place une tranche de pain de mie dans le grille-pain, elle entend des bruits dans le garde-manger.

— Mrs Castle ? Ce n'est que moi, Lily. Je grignote.

Un objet tombe dans le garde-manger, une conserve, peut-être. Lily s'attend à voir Mrs Castle en émerger en grognant, mais au lieu de ça elle entend la porte de service s'ouvrir et quelqu'un en sortir. Lily se précipite à la fenêtre pour tenter de discerner la silhouette qui disparaît tout juste. Elle entend ensuite la porte de l'arrière-cour dont le vieux bois craque.

Pourquoi s'enfuir sinon pour ne pas être vu ? Lily court dans le garde-manger. La porte vermoulue est ouverte.

Elle enfonce ses pieds dans une paire de bottes en caoutchouc, attrape une lampe torche suspendue au mur et s'aventure dans le froid. La neige mouillée lui brûle la peau alors qu'elle projette son faisceau sur le terrain. Personne en vue. Pas même un renard. Seulement des pas imprimés dans la neige.

De retour dans le garde-manger, frissonnante, elle vérifie ce qui a été pris, ou laissé. Mais comment savoir ? Les bocaux et les conserves sont alignés comme une troupe de soldats en défilé militaire. Les oignons marinés flottent, le piccalilli pâteux reste immobile – seuls témoins silencieux de ce qui a pu se passer ici.

Une montagne de roulés à la cannelle attend sur le plan de travail en marbre, couverte d'un voile de tulle, prête pour le petit déjeuner. Lily en prend un qu'elle grignote en spirale – le plus facile des labyrinthes. Elle ne le savoure pas vraiment, pourtant. Elle ne pense qu'à la silhouette qui s'est enfuie. Qui était-ce, et pourquoi la fuir ?

***

« Les Yorkshire Dales subissent actuellement les plus grandes chutes de neige enregistrées depuis des années », annonce le présentateur radio aux hôtes rassemblés dans le jardin d'hiver le lendemain matin pour le café. Lily songe qu'il suffit vraisemblablement d'une tempête et d'un psychopathe pour que la société moderne régresse au point de revenir au poste de radio pour obtenir ses informations. « Les lignes téléphoniques et le courant sont coupés dans une grande partie de la région, et la crainte est maintenant que de nombreuses personnes âgées en situation de danger soient dans l'incapacité de contacter les secours. »

— Et les plus jeunes, alors ? peste Sara en arrachant une feuille au *ficus elastica*. Quand vont-ils s'inquiéter pour nous ?

— Au moins, on a encore l'électricité, fait remarquer Gray.

— Je sais à qui tu me fais penser, lui dit Rachel. À un animateur de Disney Channel, mais dans un film de Tim Burton.

Gray est complètement dérouté par cette comparaison.

— Euh… merci ?

— C'est un immense compliment, venant de Rachel, dit Holly.

Rachel hoche solennellement la tête.

— Le chauffage central fonctionne au gaz, et la cuisinière tourne au bois. Il y a aussi un groupe électrogène si le courant venait à être coupé, les informe Mrs Castle. Isabelle Stirling l'a fait réviser au cas où ce scénario se produirait.

— Ah, Isabelle, ironise Sara. Miss Parfaite. Maman en parlait en termes presque aussi élogieux que de Lily.

— Oh, mangez donc vos *brandy snaps* au lieu de râler, vous me fatiguez, bougonne Mrs Castle.

Elle se lève de son fauteuil en osier et sort de la serre.

Toute l'attention se reporte sur les biscuits disposés sur un plateau, sortes de cigarettes russes très sucrées fourrées à la crème fouettée.

— Je parie qu'il y a un indice au milieu, dit Holly en s'emparant d'un biscuit.

Sara se précipite pour en prendre un avant de la railler :

— Rachel t'a clairement choisie pour ta vivacité d'esprit, Holly.

— C'est pas fatigant, à force, d'être une peste à temps plein ? rétorque Rachel.

— Laisse-moi y réfléchir…, commence Sara en écrasant le *brandy snap* dans son poing. Non.

Comme Holly l'a prédit, chaque *brandy snap* contient en son cœur un minuscule papier. Lily est la dernière à dérouler le sien. Gray lit le poème à voix haute. Lily n'avait jamais remarqué combien sa voix était profonde et belle, probablement parce qu'il parle toujours si bas, comme s'il craignait de déranger le monde avec ses mots. Mais lire les vers de sa mère lui permet d'oublier sa timidité.

Une chouette descend, entre Noël et Nouvel An –
Son vol, la mélancolie de ce temps suspendu.
Les jours meurent et hantent ces murs silencieusement
Mais le froid de la lame perce la peau tendue.

Un souffle léger à votre oreille, un soupçon minuscule,
Une dentelle qui manque à l'appel. Le voile est fin
Avant janvier, prenez garde. Mangez jusqu'à demain.
Les spectres à l'Épiphanie éclateront leur bulle.

Aujourd'hui, profitez, savourez l'attente,
Portez un toast joyeux – santé !
Sur le marbre, virevoltez, roulez, dansez.

La lune lactée éclaire les âmes errantes.
Laissez ce parfum de cannelle embaumer vos soirées
Car vos jours sont comptés et les fantômes sont prêts.

— Encore une chansonnette pleine de joie et de bonne humeur, merci Maman, se moque Sara.

— Je trouve que c'est son plus beau poème, répond Gray.

Sa voix a retrouvé son volume de dortoir d'internat, mais au moins il ose prendre la parole.

— Elle nous dit de profiter de la vie, dans l'entre-deux des jours.

— Merci pour la traduction, cher frère. Est-ce que tu peux pousser l'exploit jusqu'à nous donner l'emplacement de la clé ?

— Le poème mentionne le marbre et une chouette. La terrasse est faite en marbre, n'est-ce pas ? demande Holly en effleurant le bras de Rachel. Tu ne disais pas qu'à une époque il y avait des bals sur la terrasse ? *Sur le marbre, virevoltez.* Et il y a une sculpture de chouette sur le mur. Ça pourrait être au-dessous ?

— Pourquoi tu n'irais pas voir de ce côté-là ? propose Sara avec des yeux doux. Je te suis.

Écarlate, Holly prend ostensiblement la main de Rachel.

— Tu viens avec moi ?

Rachel semble confuse.

— Oui, bien sûr. Tu n'as pas besoin de poser la question.

Par-dessus son épaule, Holly jette à Sara un regard apeuré. La peur que Rachel découvre qu'elle était avec Sara la nuit dernière ? Ou craint-elle autre chose ?

— Qu'est-ce qui se passe, ici ? demande Tom.

— C'est toi qui es censé tout comprendre du comportement humain, rétorque Sara en croisant les bras. À toi de nous le dire.

— Pourquoi tu lui as dit que tu la suivais ? interroge Gray.

— Pour qu'elle pense qu'elle a raison. Et pour aller tranquillement du côté de la vraie cachette.

— Qui se trouve… ? s'enquiert Lily.

— Là où Tom et toi nous conduirez, réplique Sara. Où que tu ailles, je viens aussi. Je vais te suivre comme ton ombre.

Lily songe à la silhouette qui s'est échappée du garde-manger la nuit dernière.

Et en cet instant, elle sait exactement où est cachée la clé.

— Tu vas devoir attendre longtemps, dans ce cas, prévient Lily. Parce qu'aujourd'hui je ne joue pas. Ça ne me semble pas correct. Ce pauvre Ronnie refuse de descendre, de nous voir, et il ne sait toujours pas…

— Que sa femme est un glaçon ? interrompt Sara.

Elle est la seule à rire.

— Que tout le monde lui ment, termine Lily.

— Techniquement, Tom est celui qui lui a menti, précise Sara. Tu n'as qu'à t'en prendre à lui. Quant à moi, je ne revendique aucune responsabilité dans cette histoire. Elle a été assassinée par je ne sais qui. Rester là, mornes, c'est possible. Moi je préfère passer à autre chose.

Elle regarde Tom droit dans les yeux comme pour le défier de la contredire.

Tom se prend la tête entre les mains. Ses épaules se mettent à trembler.

— Je ne savais pas quoi faire d'autre, balbutie-t-il.

Les lèvres de Sara se tordent en un rictus moqueur. Elle s'apprête à déverser une nouvelle salve de mots acides sur lui, quand Lily intervient :

— Je vais te donner un indice sur l'endroit où se trouve la clé. À condition que tu nous laisses tranquilles.

— Ah, voilà qui m'intéresse ! s'exclame Sara en s'approchant de Lily pour lui tapoter le sommet de la tête. Allez, je t'écoute. Où est-elle ?

— Ce n'est pas une anagramme cette fois. En tout cas pas la pièce. Elle est rédigée en toutes lettres sur deux mots.

Sara parcourt le poème, le regard vif comme celui d'un chat suivant un pointeur laser. Puis elle se fige.

— Je l'ai ! Pas si maligne cette fois, Maman.

Quand Sara quitte le jardin d'hiver, suivie de Gray qui traîne les pieds, Tom se tourne vers Lily.

— Alors, où est-elle ?

Lily désigne le milieu du septième vers.

— Garde-manger ! Je n'arrive pas à croire que je n'ai rien vu.

— Je ne l'ai repéré que parce que j'y ai surpris quelqu'un plus tôt. Enfin, pas exactement *surpris*. Je suis descendue chercher quelque chose à grignoter cette nuit, quand j'ai entendu un bruit, mais la personne s'est enfuie. Bref. Entre ça et *lactée, cannelle, toast*, et il y avait des roulés à la cannelle sur le plan de travail en marbre.

— Alors, tu aurais entendu Mrs Castle qui mettait l'indice en place ?

— Mais pourquoi se serait-elle enfuie quand je l'ai appelée ? Elle est plutôt du genre à me renvoyer au lit et me dire de m'occuper de mes oignons.

— Certes. Mais qui ici s'enfuirait ? Il suffisait de prétexter un petit creux.

— C'est ce que je n'arrête pas de me demander depuis. Et s'il y avait vraiment quelqu'un d'autre sur le domaine, une personne qui aurait tué Philippa ?

Tom opine de la tête, puis se fige.

— Qu'est-ce qu'il y a ? demande Lily.

— Pas sur le domaine. Et si cette personne se trouvait dans la maison ?

24

— Hors de question qu'on se sépare, décrète Tom.

Lily et lui se sont lancés dans une fouille de la maison, au cas où un intrus se cacherait effectivement sur le domaine.

— Même si ça va nous prendre des siècles pour faire le tour de toutes les pièces, insiste-t-il, je refuse d'avoir ta mort sur la conscience.

— Et je préférerais que tu ne meures pas, tout court.

— Je vais faire de mon mieux.

Ils ont déjà écumé toutes les pièces du rez-de-chaussée. Mrs Castle a pesté quand ils lui ont demandé de déverrouiller sa chambre et de la leur faire visiter. Lily a ensuite tenté d'arracher Tom aux flippers de la salle de jeux, mais il est resté hypnotisé par les manettes et les lumières. Ce n'est qu'en éternuant qu'elle a réussi à le distraire suffisamment pour lui faire perdre sa dernière bille et le rediriger vers la sortie.

En retour, Tom s'est échiné à traîner Lily loin du garde-manger près duquel elle tendait l'oreille pour savourer la frustration de Sara qui ne trouvait pas la clé. Ils ont aussi arpenté le premier étage – où Lily a découvert le spa et ses salles de massage. Avant, c'était là que l'on stockait le linge et les oreillers pour les participants aux séminaires dont les chambres se trouvaient au même niveau. Tom lui a rappelé le jour où ils se sont cachés de Ronnie sous une pile de serviettes-éponges. Le parfum de la lavande, de la fleur d'oranger et les effluves de la lessive en poudre y flottaient encore, au moins dans sa mémoire, mais ils n'ont débusqué personne.

Dans la salle de bal, Tom lui a pris la main et s'est mis à crier victoire… avant de comprendre qu'il voyait son propre reflet dans le mur de glaces. La vieille horloge les a chassés du mouvement de son pendule.

Ils examinent à présent les chambres d'hôtel de luxe. Les suites qui donnent sur le parc sont de loin les plus spacieuses, pourvues d'un lit à baldaquin, d'une immense baignoire îlot à pattes de lion, et d'une machine à espresso de grande qualité. Elles ont le même style décoratif que les plus petites chambres, dans une palette d'argent, de bordeaux et de bleu pâle.

— Ces chambres me font penser à une fratrie avec le même patrimoine génétique, fait remarquer Tom. Elles sont toutes différentes – grandes, petites, tassées, longues –, mais elles se ressemblent et tentent chacune d'impressionner pour être la meilleure. L'élue.

— Ce n'était pourtant pas comme ça entre toi et Ronnie, si ? demande Lily. J'ai toujours pensé que vous vous entendiez bien.

— Oui, oui bien sûr. Et c'est toujours le cas. Je pensais plutôt à Sara, si jalouse de toi.

— De moi ? Je ne suis que sa sœur *adoptive*.

— Et sa cousine. Elle a plus d'ADN en commun avec toi qu'elle ne le souhaite.

— Peut-être qu'il vaut mieux être enfant unique.

Sa main se dirige vers son ventre avant qu'elle ne puisse la retenir.

Tom sourit.

— C'est bon, tu n'es pas obligée de te cacher. Je suis au courant.

— Pourquoi tu n'as rien dit ?

— J'attendais que tu me l'annonces. C'est ton droit de choisir d'en parler. Même si j'ai fait quelques allusions pas très subtiles.

— Ah bon ?

Lily se repasse leurs conversations en mémoire. Il lui a effectivement demandé si elle n'avait pas quelque chose à lui confier. S'il y avait une contre-indication pour le vin…

— Ah. Tu t'en es rendu compte quand je me suis évanouie ?

— C'est difficile à louper, une fois que tu libères le petit gars de ton corset.

— C'est une fille.

Tom sourit souvent, mais cette fois il est si radieux que son visage n'est plus que fossettes.

— Au milieu de toute cette histoire, tu vas avoir un bébé !

Il attrape un coussin sur le lit et le fourre sous son pull.

Lily s'esclaffe.

— Ce n'est pas pour tout de suite. Encore quatre mois, plus ou moins.

— Au printemps. C'est super. Il ne fera pas trop chaud à l'hôpital.

— Oui, la température de la maternité sera ma préoccupation première le jour de l'accouchement.

— Hé ! s'écrie Tom en enlevant le coussin pour le lui jeter. Laisse à Sara son *saracasme*.

Une pensée semble lui venir. Il s'assied sur le lit et la regarde.

— Et le père ? C'était une FIV, ou une bonne vieille pipette, ou… ?

— Une bonne vieille pipette ? Vraiment ? C'est comme ça que tu parles à tes clients ? À n'importe qui ? Parce que je te suggère de revoir ta méthode.

— Eh bien, comment veux-tu que je le sache ? Je ne savais même pas que tu étais en couple.

— Je ne le suis pas.

— Alors…

— Alors c'était l'histoire de quelques nuits dont je croyais qu'elles mèneraient à un couple.

— Et ça n'a pas été le cas.

— Ce sont des choses qui arrivent.

— Est-ce qu'il sait, pour le bébé ?

Lily repense au moment où elle l'a annoncé au père de Bean. C'était dans un restaurant végétarien de Brighton. Elle ne s'attendait pas à le voir sauter de joie, pas exactement, mais elle n'imaginait pas non plus qu'il se lèverait immédiatement pour la planter avec l'addition, son tapis de yoga, et la petite Bean à élever (qui à l'époque n'était pas plus grosse qu'une lentille).

— On peut arrêter avec les questions, maintenant ?

Tom met ses mains sur sa bouche.

— Désolé. Je suis débile. Oublie que je l'ai mentionné. Sache juste que je suis très heureux pour toi.

Il sonde son expression et ajoute :

— Si toi, tu l'es.

— Je crois que je le suis.

— Dans ce cas, ça me suffit, conclut Tom.

— Tu ne diras rien ? Ça risque de compliquer les choses ici.

Tom semble confus, puis son visage s'éclaire.

— Le contrat ! Oui, ça risquerait de taper sur les nerfs de Sara, pas vrai ?

Il y a tant de malice dans sa voix que Lily se sent obligée de préciser :

— Oui, elle serait furieuse. Mais ce n'est pas une raison pour le lui dire. Et d'ailleurs ça n'a aucune importance, parce que je ne veux pas de la maison. C'est plus simple si personne n'est au courant.

Tom fait mine de tirer une fermeture Éclair sur sa bouche.

— Motus et bouche cousue.

***

Il ne reste qu'un endroit à fouiller à cet étage.

— Tu n'es pas obligée d'entrer, dit Tom alors qu'ils atteignent le seuil de la chambre de Mariana.

Lily ouvre la porte, puis hésite. Y mettre un pied, c'est déclencher l'avalanche des souvenirs.

— Sérieusement, insiste-t-il. Je peux entrer et faire le tour en un rien de temps. De toute façon, il ne semble pas y avoir qui que ce soit là-dedans.

Lily secoue la tête et entre. Les rideaux ouverts laissent se déverser la lumière timide de l'hiver. Elle s'attendait à sentir monter une bouffée de panique, mais elle est étrangement calme. Le papier peint représentant une forêt, combiné à la moquette vert foncé, donne à la chambre une atmosphère de clairière sacrée. Sur la table de chevet se trouve la boule à neige, un tricot entamé et une photo de Lily dans un cadre en forme de cœur.

— Tu vas bien ? demande Tom sur le seuil.

— Étonnamment, oui.

À présent, elle est prête à lever les yeux.

Puisant sa force dans les baleines du corset, elle se redresse et lève la tête pour observer le lustre. Il pend au plafond, cassé. Le crépi est fissuré comme le glaçage d'un gâteau de Noël qu'on aurait laissé tomber par terre.

***

— Bon, eh bien, si quelqu'un se cache dans la maison, bravo à lui, dit Tom alors qu'ils atteignent le rez-de-chaussée pour se diriger vers la cuisine. Clairement, on a trouvé meilleur que nous à cache-cache.

— Un sacré compliment, venant de toi, répond Lily.

Sara émerge du garde-manger, le visage couvert de farine. Des paquets, des jarres et des conserves sont sortis sur la table de la cuisine et toutes les surfaces disponibles. Les bocaux sont ouverts, les conserves éventrées.

Sara semble épuisée.

— Dis-moi où elle est !

Mue par un élan de compassion, Lily lui dit :

— Regarde dans la boîte de Golden Syrup.

— On a déjà regardé *partout* !

Sara se tourne vers le comptoir et saisit la boîte cylindrique en fer verte qui contenait le sirop de mélasse délicieusement doré.

— Tout est vide, il ne reste qu'un tube de sauce au chocolat.

— Oh, désolée, dit Lily en comprenant qu'elle a mal lu tout le poème. J'ai lu LES ÂMES et j'y ai vu l'anagramme de MÉLASSE, l'autre nom du Golden

Syrup. Je vois probablement des anagrammes là où il n'y en a pas.

Ça la fait penser à cette expérience de chasse aux fantômes où elle est allée avec une ex. Elles ont campé devant un vieux fort dans le Kent pendant qu'un barbu dénommé Ken communiait avec les morts et pointait des lumières paranormales. Le guide avait semblé parfaitement ordinaire au début, jusqu'à ce qu'un soldat du XVIIe siècle mentionné dans le dépliant touristique prenne possession de son corps.

— Tu as regardé à l'intérieur du tube ? demande Tom.

Sara pousse un soupir.

— On n'allait quand même pas tout ouvrir. Mrs Castle a déjà menacé de m'étrangler. Mais d'accord, si ça t'amuse.

Elle se dirige vers l'évier et presse le tube pour en éjecter la sauce au chocolat. Elle ressemble beaucoup à du sang.

— Pourquoi tant de gâchis ? fait remarquer Lily en plaçant un bol sous le jet.

Sara lève les yeux au ciel, mais continue de vider la sauce dans le bol. Elle garde son expression sardonique et lasse jusqu'à ce qu'il n'en reste presque plus une goutte. Puis elle presse le tube plus fort. Son expression change. Elle attrape un couteau dans le bloc et éventre le contenant en plastique. Elle y plonge les doigts et en tire une grande clé dégoulinante de chocolat.

25

— Il y a un problème ? demande Tom à Lily après le dîner.

Ils sont sortis prendre l'air sur la terrasse, emmitouflés dans leurs manteaux et écharpes. Même ici, Lily parvient difficilement à lever les genoux assez haut pour avancer dans la neige.

— Tu as à peine prononcé un mot depuis que Sara a récupéré la clé, continue-t-il. Il n'y a pas de problèmc avec le…

Il baisse les yeux vers son ventre en articulant :

— Bébé. Pas vrai ?

Lily entraîne Tom par le bras un peu plus loin.

— Je t'ai dit de ne pas en parler !

— Je veux juste m'assurer que tout va bien, c'est tout. Désolé.

— C'est pas grave. Personne n'a entendu.

— Tu n'es quand même pas en train de regretter d'avoir laissé ta clé à Sara, n'est-ce pas ? Ou de l'avoir menée à la suivante ? Parce que je comprendrais si c'était le cas. Tu as le droit de vouloir la maison, tu sais. Tu peux me le dire. Et je ne te le reprocherais pas non plus, surtout maintenant avec le bé…

— Mais c'est pas possible, Tom ! s'écrie Lily.

Il lève les paumes en signe d'apaisement.

— Pardon, pardon.

— C'est rassurant, finalement, cette incapacité totale à la discrétion. Il y a tellement de secrets ici, en étuve comme un pudding dans un cuit-vapeur. Tes bourdes permettent de relâcher la pression.

— Promis, à partir de maintenant, je me tais.

Et il tient parole. Même si ça ne l'empêche pas de lui jeter sans cesse des regards inquiets quand ils retournent à l'intérieur. C'en est trop. Parfois, il faut savoir prendre de la distance, même avec ceux qu'on adore.

— Je vais me préparer un chocolat chaud, annonce Lily. Tu en veux un ?

— Je vais t'aider, propose Tom en remontant ses manches.

— Non, j'ai besoin de respirer un peu, répond-elle aussi gentiment que possible.

L'expression de Tom s'effondre. Il hoche la tête vigoureusement, comme pour masquer son dépit.

Lily se sent soudain coupable.

— Je suis désolée, dit-elle en l'étreignant brièvement. Je suis fatiguée, et tout ça est un peu trop pour moi. J'ai besoin d'un chocolat chaud et d'aller me coucher tôt.

Tom opine encore en s'éloignant. Lily regrette ce sentiment de soulagement qui vient avec la solitude. Mais c'est elle tout craché. Même dans une maison avec un assassin, elle préfère rester seule.

Il y a une autre raison que celle de l'incompréhensible manque de discrétion de Tom. Lily entre dans le garde-manger qui a été rangé, et dont tous les bocaux ont retrouvé leur place sur les étagères. Elle récupère le bol de coulis au chocolat et soulève le film qui le recouvre. En respirant son odeur, Lily est projetée dans ses souvenirs, exactement comme au moment où Sara a récupéré la clé dans la bouteille. Sauf que cette fois, elle n'est pas obligée de les refouler.

Elle s'assied à la table de la cuisine et ferme les yeux.

La dernière fois qu'elle a senti ce sirop, elle était à cette même table, des années plus tôt. Oncle Edward prévoyait une performance en *one man show* de *Hamlet* sur la terrasse à l'occasion d'un séminaire sur Shakespeare, et il voulait du sang.

« Le secret pour fabriquer un faux sang crédible, a-t-il expliqué, c'est d'utiliser quelque chose que tu as envie de goûter. »

Il a mélangé du sirop de maïs avec du chocolat, ajouté quelques gouttes d'eau, de colorant alimentaire rouge, et une touche de bleu. Il a continué de touiller, de goûter et de tester la couleur sur sa peau. Pendant tout le processus, il lui demandait son avis et hochait la tête très sérieusement devant ses suggestions.

Enfin, quand ils ont trouvé la consistance et la couleur parfaite, Edward a tendu la cuillère à Lily.

« Tu veux goûter ? »

Lily a hoché la tête. La mixture sentait bon, et qui ne voudrait pas faire dégouliner du faux sang de sa bouche ?

Elle a pris une généreuse cuillerée de la préparation et l'a déposée sur sa langue.

« Maintenant, va faire peur à ta mère », a dit Edward.

Lily a gloussé, le faux sang dégoulinant sur son menton.

Edward s'est esclaffé.

« Allez, file, avant qu'il ne t'en reste plus. »

Lily s'est précipitée hors de la cuisine. Elle ne pouvait pas appeler sa mère, sans quoi le sang se déverserait et elle gâcherait la surprise. Alors elle a fouillé chaque étage, sentant l'anxiété monter et réprimant l'envie de déglutir.

Si sa mère n'était pas à l'intérieur, elle devait être dans le parc. Lily a élaboré un nouveau plan : courir sur la terrasse et y appeler sa mère, et tant pis s'il ne restait plus de sang. Elle voulait juste voir sa maman.

Alors qu'elle fonçait vers les portes vitrées, la salive s'accumulant dans sa bouche, sa mère a surgi de nulle part.

« Tout va bien, mon cœur ? »

Stupéfaite, Lily a ouvert la bouche. La mixture ensanglantée a lentement coulé de ses lèvres.

Sa mère a hurlé et l'a saisie par les épaules.

Aussitôt, Edward est accouru de la cuisine, avec un immense sourire.

« C'est du faux, frangine. Pas de panique. »

Mariana l'a fusillé du regard.

« On l'a fabriqué ensemble », a expliqué Lily.

Sa mère ne parvenait pas à la regarder.

« Viens, on va te débarbouiller », a-t-elle dit.

Lily ne comprenait pas pourquoi sa mère ne trouvait pas ça drôle. Elle s'est sentie emmurée dans la tristesse alors que sa mère lui nettoyait le visage.

« Maintenant, file mettre des vêtements propres », a ordonné Mariana.

Elle ne souriait toujours pas. Lily n'arrivait pas à comprendre ce qu'elle avait fait de mal.

« Il est fichu ? a-t-elle demandé en regardant son T-shirt couvert de sang coagulé.

— Non, ça s'en va facilement au lavage », a répondu sa mère.

Elle semblait au bord des larmes.

Lily ne pouvait pas lui faire de câlin, car elle était couverte de faux sang. Il fallait qu'elle aille vite se changer pour serrer sa mère dans ses bras très longtemps. Mais si elle ne parvenait pas à la retrouver, comme plus tôt ?

« T'étais où ? a demandé Lily. Je t'ai cherchée partout. »

Sa mère a regardé dans le couloir, puis s'est retournée vers Lily.

« On a dû se croiser. »

Elle a ensuite pris une profonde inspiration, comme pour s'apprêter à plonger. Puis son visage s'est adouci.

« Ne t'inquiète pas, je t'attends ici jusqu'à ce que tu reviennes. Ensuite on pourra faire de la couture toutes les deux, ça va nous calmer. »

Mariana a caressé la tête de Lily avec une tendresse infinie.

« J'ai acheté des nouveaux sequins. »

Ravie, Lily a cavalé dans l'escalier, débarrassée de sa tristesse. Elle s'est arrêtée sur le palier pour regarder en bas. Sa mère était toujours au même endroit. Mais elle avait l'air terrifiée, la main sur sa gorge. Des larmes roulaient sur ses joues, brillantes comme des sequins.

***

Lily ouvre les yeux. Est-ce pour cette raison que la clé se trouvait dans la bouteille de sauce au chocolat ? Pour raviver chez elle le souvenir du faux sang de l'oncle Edward ? Et dans ce cas, est-ce que Tante Liliana essaie de lui dire qu'il a joué un rôle dans le meurtre de Mariana ?

Impossible. Edward était un homme merveilleux. Tout le monde l'adorait. Il passait son temps à faire rire et sourire les autres. L'idée que l'oncle Edward puisse être un assassin est presque inimaginable. Presque.

29 DÉCEMBRE

Cinquième jour des Douze

26

C'est devenu une habitude pour Lily : en descendant pour le petit déjeuner, elle s'arrête prendre des nouvelles de Ronnie. Ce matin, au lieu d'être étendu en silence sur son lit, il est habillé de pied en cap, debout près de la fenêtre. Lily s'approche.

— Tante Liliana parlerait d'illusion anthropomorphique, dit Ronnie en observant le paysage sinistre.

Sa voix est monotone, aussi plate que la vitre le séparant du brouillard givré qui hante le parc.

Lily ne voit plus les bois, ni même un seul arbre. Tout est enseveli sous le blanc.

— C'est comme ça que tu te sens ? Noyé dans le brouillard ?

Ronnie hoche la tête.

— Engourdi. J'ai l'impression qu'il n'y a plus rien devant moi.

— Je comprends.

Elle place une main hésitante sur l'épaule de son cousin. Il ne proteste pas, ce qui est un bon début.

— Est-ce que tu te sens de descendre manger quelque chose ?

Il hésite. C'est également bon signe. Puis il acquiesce. Encore mieux.

— Pas de pression, enchaîne Lily. Tu peux remonter quand tu veux.

— Je vais venir, dit-il. Ensuite je demanderai à Mrs Castle de m'emmener voir Philippa. J'ai mis le costume qu'elle m'a acheté. Je pensais qu'elle aimerait me voir le porter.

Il effleure timidement le revers de sa veste lilas.

— Oh, Ronnie…

Il faut qu'elle lui dise. Ce n'est pas juste de lui mentir ainsi.

— Mais il faut que je te pose une question, d'abord, dit Ronnie.

— Je t'écoute.

Elle est soulagée par ce bref répit, et s'en veut aussitôt.

— Et il faut que tu me répondes sincèrement. Promis ?

Ses grands yeux de labrador sont si tristes.

— Juré.

Ronnie prend une profonde inspiration.

— Pourquoi tu es vraiment là, si ce n'est pas pour la maison ? Pourquoi tu tiens autant à résoudre les énigmes ? Parce que j'ai beau être resté caché dans ma chambre, je vous ai entendus. C'est toi qui détricotes toutes ces anagrammes, comme tu démêlais les pelotes de laine aux pieds de ta mère.

C'est au tour de Lily d'hésiter.

— Souviens-toi que tu as promis, insiste-t-il.

Lily pense à la lettre de Liliana, à l'injonction de ne se fier à aucune personne de la famille, pour son bien comme pour celui des autres, de garder tous ses secrets le temps de découvrir ceux de la maison.

Mais elle a fait une promesse. Et il est temps pour Lily de commencer à tenir parole et de partager ses secrets.

— Tante Liliana m'a dit que les énigmes me révéleraient autre chose que l'emplacement des clés.

— Comme quoi ? demande-t-il avec un regard intense.

Lily prend une profonde inspiration et se lance :

— Les circonstances du meurtre de ma mère.

— Quoi ?

Ronnie porte une main à sa poitrine comme si son cœur se serrait pour elle.

— Et d'autres choses que je n'ai pas encore saisies. D'ailleurs, je ne comprends pas grand-chose.

Lily sent les larmes de frustration monter. Elle est là depuis quoi ? Cinq jours, et elle n'a pas avancé.

— Tu vas y arriver, assure Ronnie. Ça se voit à la manière dont tu déniches toutes les clés. On dirait bien que Tom avait raison – tu as toujours été la meilleure au jeu de piste de Noël.

— Tu parles d'une ironie. Je récupère les clés pour que quelqu'un d'autre gagne la maison, mais je suis incapable de découvrir les secrets qu'elle renferme.

— Tante Lil voyait toujours plus grand. On ne trouvait les derniers cadeaux qu'en rassemblant tous les indices.

— Alors il faut que je reste jusqu'au jour des Rois, c'est ça ?

Ronnie hausse les épaules.

— Ça dépend d'à quel point tu veux connaître la vérité. Et je peux peut-être t'aider pour ça.

Il regarde dans le couloir, afin de vérifier qu'il n'y a personne sur le palier ou dans l'escalier. Puis il ferme la porte.

— Écoute, j'ai toujours eu du mal à croire au suicide de ta mère. Ça n'avait aucun sens. Elle était si pleine de vie, si souriante.

— Un sourire peut dissimuler beaucoup de choses.

— Je sais. Mais quelque chose ne collait pas. Et puis un truc récemment m'a fait douter plus encore.

— Quoi ?

Dans le couloir, des pas résonnent. Ronnie attend qu'ils s'éloignent, mais la méfiance est impossible à chasser.

— Je vais déterrer ça et je te le montrerai plus tard.

— Merci.

Pétrie par la culpabilité qui refait surface, Lily ajoute :

— Et il faut aussi que je te dise toute la vérité.

Le gong sonne l'heure du petit déjeuner.

— Tu me raconteras ça quand les autres seront en train de courir partout après une clé.

Il tend les bras pour la serrer contre lui alors que le gong retentit de nouveau.

— J'aimais beaucoup ta mère, tu sais, dit Ronnie en descendant l'escalier.

Il désigne le portrait de Mariana au mur et ajoute :

— Je comprends que tu aies voulu rester le plus loin possible d'ici.

— C'est ce que tu ressens aussi, maintenant ?

Ronnie secoue la tête.

— Tu sais, je pensais que je ne voudrais plus jamais entendre parler de cette maison. C'était Philippa qui avait de grands projets pour Endgame House, pas moi. Elle voulait en faire un hôtel et me confier la carte du restaurant. Elle pensait que c'était ce que je voulais. Peut-être que c'était le cas. Maintenant, je ne sais plus. Je me dis que je devrais essayer, pour elle.

— Je pense que c'est ce qu'elle voudrait, confirme Lily.

Les effluves de haddock, de riz et de curry du kedgeree s'échappent de la salle à manger, indiquant que les couvercles des plats en argent ont été soulevés. Lily bloque sa respiration en passant la porte.

— Lily ! Tu as vu ce brouillard de malade ? s'écrie Tom avec un grand sourire en désignant la fenêtre.

Son sourire s'efface dès qu'il aperçoit Ronnie derrière elle.

— Désolé, mon vieux. Je ne t'avais pas vu.

— Tu n'es pas obligé d'avoir l'air triste en ma présence, dit Ronnie.

— Exactement ! approuve Sara depuis son fauteuil, la cuillère déjà pleine de riz aux épices et au poisson. La vie continue.

Il n'aura fallu que ces trois mots pour que Ronnie remonte dans sa chambre en courant.

— Bravo, Sara, la réprimande Tom.

— Je n'ai fait que dire la vérité.

— Puisque la vérité te tient tant à cœur, dit Lily, je me demandais si tu pouvais m'apprendre quoi que ce soit sur la mort de ma mère.

— Je pensais que c'était un sujet que tu préférais éviter, vu que c'est toi qui l'as causée en étant une si mauvaise fille, lance Sara avec une compassion caricaturale.

Holly et Gray poussent un petit cri en même temps.

Rachel secoue la tête et Tom lâche un bruit agacé. Lily, quant à elle, s'imagine en train de plaquer le visage de Sara dans son assiette de kedgeree et de la voir se relever avec une moustache de crème de poisson au curry. Elle ravale sa colère avec une gorgée de jus d'orange avant de déclarer :

— On m'a donné des raisons de penser que ce n'est pas le cas.

— Qui ça, on ?

— Je n'ai pas l'intention de te le dire.

Elle n'a pas de justifications à donner aux cinq autres.

— Tout ce que je sais, intervient Tom, c'est ce que Papa disait de Mariana. C'était à son enterrement. Il a dit :« Il y a toujours des brouilles entre sœurs », quand Tante Liliana se trouvait près du cercueil de ta mère. Ensuite il a ajouté : « Sans Liliana, ta tante serait encore en vie. » Je lui ai demandé ce qu'il voulait dire par là, mais il a refusé de m'expliquer. Je trouvais ça horrible, avec Mariana qui était encore toute proche. Ça m'a déjà semblé bizarre à l'époque, c'est pour ça que je m'en souviens.

— Est-ce que tu sous-entends que ma mère a fait quelque chose pour provoquer le suicide de sa sœur ? interroge Sara. Parce que je sais qu'elle était vindicative, mais quand même pas à ce point.

Elle ne semble plus si sûre.

Gray s'éclaircit la gorge.

— Ta mère était adorable, dit-il à Lily. Et Maman l'aimait plus que tout. C'est pour ça qu'elle t'aimait autant.

Sara fusille Lily du regard.

— Vous voyez, insiste Tom. Il y a même des brouilles entre les sœurs adoptives.

***

Plus tard, dans le jardin d'hiver, Lily surveille la météo. Les flocons ont cessé de tomber, et le soleil brille d'une lumière rasante sur le parc d'Endgame.

Peut-être que ses rayons parviendront à faire fondre assez de neige pour leur permettre de sortir un peu, et surtout de laisser passer les voitures sur les routes. Ensuite ils pourront déplacer l'arbre abattu, conduire jusqu'au poste de police le plus proche, et cesser de mentir à Ronnie.

Elle a essayé de monter le voir plusieurs fois, mais Sara lui colle aux basques, persuadée qu'elle a trouvé le prochain indice. Impossible de s'en débarrasser. Et elle ne veut pas infliger la présence de Sara à Ronnie.

Sara passe sa matinée et son début d'après-midi dans l'anticipation du sonnet suivant. Chaque fois que Mrs Castle débarque avec de nouveaux plats ou boissons, elle se jette dessus comme une pie sur des breloques brillantes. Ce n'est que dans l'après-midi que Gray s'écrie enfin :

— Ici ! Venez voir !

Tout le monde quitte précipitamment son fauteuil.

Planté dans le hall, Gray désigne le sapin. Très soigneusement, il soulève une immense boule rouge d'une branche.

— Il y a quelque chose à l'intérieur.

Il la brandit à la lumière, et le verre prend une douce couleur translucide de grenade. Gray la secoue doucement, comme pour en remuer les pépins. Un morceau de papier roulé penche dans la boule.

— Et si c'était un indice pour un autre jour ? demande Sara. Tu risques d'être éliminé de la compétition.

— Les boules rouges n'étaient pas là hier, affirme Gray. J'en suis sûr.

— Ah bon ? Tu passes ton temps à faire l'inventaire de tout ce qui change ici ? rétorque Sara d'une voix sceptique. Dans un manoir de cette superficie ?

Gray se gratte la nuque et hausse les épaules.

— Je n'y peux rien, c'est comme ça que ma mémoire fonctionne.

— Il y a vraiment des cerveaux bizarres dans cette famille, commente Sara avec dépit. Mais soit, c'est utile. Qu'est-ce que tu attends ? Fais passer.

Elle tend la main et Gray place doucement la boule au creux de sa paume.

Sara examine la décoration puis en dévisse la partie supérieure. Elle en sort le papier et le lit à voix haute.

Aujourd'hui, c'est Halôa que je célèbre,
Une fête antique des vignes taillées
Où le vin coule pour éloigner les ténèbres.
Les aînées se rassemblent dans des rues décorées

Avec des cadeaux phalliques et conseils murmurés
à l'oreille des vierges, elles livrent leurs secrets.
Ingérer des mets subtils, au cœur de l'hiver
et déposer dans la neige ses offrandes à Déméter.

Ravivez cette tradition de l'Histoire
Car en chaque femme modèle pleine d'espoir
Réside un mystère divin.

Prudes, je n'ai pas l'esprit si mal placé.
L'aînée que je suis à la jeune femme chuchote enfin :
Use de tous les dons que l'on t'a accordés.

À la fin de sa lecture, Sara jette la boule et le poème par terre. Le verre éclate en mille morceaux couleur grenade. Gray se penche pour ramasser les débris.

— Était-ce bien nécessaire, Sara ? demande Rachel d'une voix où perce l'impatience.

Holly est adossée au chambranle. Ni l'une ni l'autre n'ont ouvert de boule.

— Halôa ? Comment sommes-nous censés savoir ce que c'est ? C'est encore un coup de Maman pour me punir de n'avoir pas lu tous ses maudits bouquins, peste Sara.

— Et si elle s'adressait à toi ? suggère Holly. Tu pourrais être la jeune femme, et elle l'aînée qui te conseille d'utiliser tes talents.

Sara éclate d'un rire amer.

— Maman ne me croyait pas pourvue du moindre talent.

Elle se tourne vers Tom.

— Tu as fait du grec, toi. Qu'est-ce que c'est que cette histoire ?

Tom relit le poème.

— Tu as raison, en connaissant un peu le grec, l'emplacement du jour est limpide. Halôa est une fête des récoltes, Déméter la déesse des moissons…

Lily affiche un petit sourire.

— Même Lily a compris, commente Sara.

Son visage vire au rouge, de honte ou de colère, c'est difficile à dire. Peut-être s'agit-il de deux versants de la même émotion.

— Tu veux bien nous le dire simplement ? demande Rachel. On n'a pas besoin d'énumérer la liste de tout ce qu'on ne comprend pas.

— Premier mot du septième vers, indique Lily.

— *Ingérer*. La cuisine ? propose Holly.

— Aussi l'anagramme de GRENIER, où l'on stockait le blé…, précise Tom.

— Merci, dit Sara en se penchant pour ramasser l'énigme avant de se précipiter dans l'escalier.

— J'espère que c'est caché dans un sextoy, marmonne Rachel, et que notre prude de Sara va devoir l'ouvrir. Voilà qui serait divertissant.

— Je ne suis pas certaine qu'elle soit si prude, commente Lily en songeant aux gémissements qu'elle a entendus venant de sa chambre.

— Oh, vraiment ? s'exclame Tom en se frottant les mains. Si tu as des potins, tu te dois de les partager. Je vois mal Sara oser plus qu'un missionnaire. Le péché, sexuel du moins, et Sara semblent diamétralement opposés.

Lily tente de ne pas rire, mais elle n'y arrive pas.

— C'est une image dont je me serais bien passée.

***

En équilibre sur une jambe, Lily toque à la porte de Ronnie avec son pied.

— Je t'ai préparé un plateau-repas. Les autres sont occupés à courir après les clés, je me disais qu'on pourrait discuter un peu pendant que tu manges.

Sans réponse de la part de Ronnie, elle pose le plateau devant la porte.

— Je laisse tout ça ici, je ne t'embête pas plus. Viens me voir quand tu seras prêt.

Elle pose une main sur la porte.

— Courage.

Au dernier étage de la maison, Sara, Gray, Rachel et Holly font craquer le plancher dans leurs fouilles du grenier. L'air y semble plus frais qu'au moment de la visite de Lily, quelques jours plus tôt. Par la fenêtre de toit ouverte se déverse la lumière lilas du crépuscule. Le soleil est plus chaud, encore maintenant. Peut-être que la neige finira par fondre, malgré tout.

Un souvenir revient, fantasmagorique, presque comme une silhouette devant elle. Lily assise avec Isabelle dans le grenier, sous le Velux. Un jour d'hiver, encouragées par Tante Liliana, elles avaient écrit LILYETISABELLE sur une feuille et en avaient découpé les lettres pour les réarranger en anagrammes.

Lily avait réussi à tout réorganiser en YÉTI BELLE LILAS.

« Tu devrais prendre Yéti, c'est mignon pour toi qui aimes tant la neige, avait dit Isabelle. Et moi je serais Lilas, comme la fleur d'été.

— Dans ce cas, qui est Belle ?

— Nous deux », avait répondu Isabelle.

Et elles s'étaient installées sous le Velux pour lire et sucer des Haribo saveur rhubarbe et crème anglaise jusqu'à en avoir la langue sèche.

Ce souvenir était caché sous tous les autres dans cette maison. Le retour au grenier a soulevé les housses de protection et a laissé Lily le redécouvrir pour la première fois depuis des années. Tous les autres doivent vivre une expérience similaire.

Gray caresse la crinière d'un cheval à bascule qui se trouvait à l'époque dans la nursery.

Tom construit une maison en Lego à côté d'une tour de Jenga effondrée.

Rachel déballe une boîte de photos de famille en les commentant pour Holly.

Sara, en revanche, n'a pas perdu le fil. Elle ne cesse de revenir au poème, le front plissé.

— J'espère vraiment qu'on ne cherche pas un godemiché, grogne-t-elle.

Rachel ricane.

— Oh, arrête, Rachel, dit Sara en lui tournant le dos. Tom, tu dois m'aider.

— Non, vraiment, rien ne m'y oblige, répond Tom en sortant une boîte de Playmobil. Je t'ai déjà mise sur la piste du grenier. Donc je dirais que c'est toi qui me dois quelque chose.

— On en a pour cent ans à rester coincés ici, geint Sara en désignant le mur de cartons.

— Ça me va, décrète Tom sans lever la tête.

— On sait tous que c'est moi qui vais gagner, affirme Sara, alors autant m'aider à aller plus vite.

La colère de Lily, qui bouillonne au fond d'elle-même depuis trop longtemps, commence dangereusement à affleurer à la surface. Elle imagine Sara jetant tout le contenu de la maison à la benne, balayant ses souvenirs, et ceux de Tom, de Ronnie. Dire qu'en bas son cousin préféré pleure la perte de l'amour de sa vie tandis que Sara, qui n'en a rien à faire de rien, proclame à tout-va que « la vie continue ». Oui, la vie doit continuer. Mais celle de la maison serait bien plus belle avec Ronnie en chef cuisinier d'un hôtel géré par Rachel et Holly.

Lily sait qu'elle a sa part de responsabilité dans cette vision hypothétique et cauchemardesque de l'avenir. Ces derniers jours, elle a mené Sara à une clé et lui en a donné une autre. Si Sara s'est emparée de celle de Philippa – voire l'a tuée pour ça –, dans ce cas les probabilités d'avoir la bonne clé pour remporter la maison jouent en sa faveur.

Il est temps pour Lily de faire pencher la balance et de gagner une clé pour Ronnie.

Elle reprend le poème pour le relire tandis que Sara est occupée à vider une malle de ses affaires. Remarquant le geste de Lily, Tom refait mine de fermer sa bouche à clé.

Lily observe le grenier : les vieux lampadaires, les secrétaires, les pupitres en bois gravés d'initiales, et le vieux buste de couture qu'utilisait sa mère pour lui apprendre à confectionner des vêtements.

Un mannequin ne serait-il pas une *femme modèle* ?

Lentement, Lily se lève. La voyant s'avancer vers le buste, Tom lance :

— Sara, par ici !

Sara lève aussitôt la tête et suit Tom dans un coin du grenier. Il se plonge dans un vieux carton de déguisements et déclare :

— Je parie que la clé est quelque part là-dedans.

Sara ne perd rien de son sérieux en déterrant les écharpes, chapeaux et vieux vêtements dont ils se paraient pour monter des spectacles.

Lily, pendant ce temps, fait le tour du mannequin. Une fermeture Éclair le traverse de haut en bas, au milieu du dos. C'est nouveau. Elle a bel et bien appris à coudre des glissières ici, mais il n'y en a jamais eu sur le buste lui-même.

Tentant de ne pas faire trop de bruit, Lily fait descendre la tirette. Coincée à l'intérieur, et attachée au revers de la housse du mannequin, se trouve la cinquième clé.

***

Lily a encore le sourire aux lèvres en redescendant les marches. Sara a disparu en ronchonnant, Rachel n'arrive pas à maîtriser son fou rire, Gray a demandé qu'on le laisse seul dans le grenier pour réparer un vieux parc pour enfants, et Tom est parti aider Mrs Castle à préparer le dîner.

S'arrêtant de nouveau devant la porte de Ronnie, Lily remarque que le plateau du déjeuner est resté intact. Le thé a refroidi dans la théière, les œufs brouillés ressemblent à de la gelée figée, le toast est ramolli dans l'assiette. Seule la pomme ne s'est pas détériorée au fil de la journée.

Elle frappe à la porte.

— Ronnie ? Je peux entrer ?

Pas de réponse.

— Je sais que j'ai dit que je ne voulais pas m'imposer, mais j'ai besoin de vérifier que tu vas bien.

Son absence de réponse n'est pas inhabituelle. À vrai dire, il a rarement répondu toutes les fois où elle est passée le voir. Mais, cette fois, le silence n'est pas le même. En cet instant, la pièce lui semble vide.

La peur lui chatouille la peau. Sans réfléchir, elle ouvre la porte.

Ronnie gît au sol. Sa tête est maculée de rouge.

Le cœur de Lily résonne dans ses oreilles, mais pas aussi fort que son hurlement. Elle se précipite vers lui, veut le toucher, l'apaiser. Mais elle sait que c'est pour se rassurer elle-même, et pas lui. Ce n'est pas du faux sang. Ronnie est mort.

30 DÉCEMBRE

Sixième jour des Douze

27

Il est minuit passé quand Lily abandonne enfin les autres à leurs disputes et alibis pour remonter à l'étage. Mais seulement au premier.

Ronnie gît encore sur la moquette. Elle a refusé de laisser quiconque le toucher. Elle porte ses gants blancs de couturière pour ne rien déranger. À présent, au calme, elle s'installe en tailleur à quelques mètres de lui. Même si ses yeux sont ouverts, vitreux, et ses membres raides dans son costume, la façon dont ses doigts sont recroquevillés au creux de sa paume l'autorise à imaginer que, d'une certaine manière, il dort.

Philippa ne le verra jamais dans son costume lilas. Et il ne lui fera jamais ses adieux avec. La mort à Noël est la plus cruelle. Depuis le décès de sa mère, Lily a bien conscience que les traumatismes n'épargnent aucune date du calendrier. La mort surgit tout autant pendant les fêtes, si ce n'est plus, que n'importe quel autre jour de l'année. Mais qu'une personne décide de se donner la mort durant cette période censée être heureuse est d'une cruauté particulièrement vive. Elle songe au petit Samuel, leur fils. Il n'a que quatre ans, et le voilà orphelin. Est-ce une bonne ou une mauvaise chose qu'il n'ait pas l'âge de garder des souvenirs de ses parents ? Dans tous les cas, il portera ce traumatisme avec lui toute sa vie. Noël le hantera à jamais.

Gray s'est retiré pour prier dans la minuscule chapelle. Il dit qu'il n'arrive pas à donner de sens à tout ça, qu'il a besoin de réponses. Lily, en revanche, préfère souffler ses mots à Ronnie qu'à Dieu. Si Dieu peut l'entendre, alors Ronnie aussi, et Dieu a suffisamment de personnes à écouter. Autant adresser à Ronnie ses paroles tendres.

— Je t'ai demandé de me parler de Philippa, commence-t-elle.

Elle est allongée par terre, de l'autre côté du lit, comme pour une soirée pyjama. Ainsi, elle peut contempler la rosace du plafond aux méandres d'empreinte digitale et prétendre que Ronnie écoute son monologue comme elle a écouté le sien quelques jours plus tôt.

— Alors maintenant je vais te dire tout ce que j'aime chez toi. Et pour une fois tu ne peux pas en rire, prétexter des choses à faire en cuisine, ou me distraire d'une quelconque façon.

Elle s'interrompt, s'attendant presque à ce qu'il se dérobe avec une blague, ou un pet. Puis elle reprend, la voix réchauffée par un sourire :

— Ça me fait toujours rire, tes boutons qui ne sont jamais alignés. Même sur ta veste de chef, un côté est systématiquement plus long que l'autre. J'adore aussi ta manière de penser que tout est toujours exceptionnel. Le plus beau coucher de soleil, la meilleure promenade, jusqu'à la prochaine. Je parie que, si le paradis existe, en ce moment, tu es en train de dire que c'est ta meilleure vie après la mort.

Lily se tait un moment, au cas où un sanglot voudrait s'échapper.

— Et ton rire, qui se communique à toute la pièce. Ton chili – remède officiel à la gueule de bois ; tous ces cailloux que tu collectionnes chaque fois que tu vas sur une plage ; ton enthousiasme infini quand tu fais la connaissance d'une nouvelle personne. J'adore ta passion pour le foot alors que tu es incapable d'y jouer. Et les lacets roses de tes Dr. Martens. Ton cœur si tendre et ton esprit vif. Ton imitation de furet est inégalable, y compris ta tentative de grimper dans ton propre pantalon. Et puis j'adore ta passion incompréhensible pour les entremets. Et ta cuisine est délicieuse. Je n'oublierai jamais la fois où tu m'as préparé un soufflé aux framboises que tu as apporté sur ta tête comme une toque. J'aurais aimé que tu puisses ouvrir un restaurant ici. Je serais même revenue à Endgame pour y manger.

En disant cela, elle se rend compte que c'est vrai. La maison a trouvé un moyen de se rendre attachante.

— Et je vais te confier autre chose. Tu aurais fait un tonton incroyable. Je suis désolée de ne pas te l'avoir dit ce matin. J'aurais dû. J'aurais dû tout te dire. J'aurais dû parler et je ne l'ai pas fait, et ce poids m'accompagnera toujours. Mais je parlerai de toi à ma fille. Tom aussi. On te rendra si présent que ce sera comme si tu étais encore en vie.

Un soupir s'échappe de la bouche de Ronnie.

Lily se redresse. Et si elle s'était trompée ? Et s'il était simplement inconscient et qu'il venait de se réveiller ? C'est possible, n'est-ce pas ?

Elle se relève pour l'observer. Un long sifflement passe ses lèvres, mais sa poitrine ne bouge pas. C'est simplement l'air qui quitte ses poumons pour de bon. Elle aimerait croire que l'âme s'envole du corps dans ce dernier souffle. Sachant très bien que Ronnie se moquerait d'elle, Lily se dirige vers la fenêtre. Ils étaient là, le matin même, à regarder les ténèbres. Si elle avait su, elle aurait suivi Ronnie à l'étage et ne l'aurait pas quitté des yeux. Elle ouvre grande la fenêtre. Si les fantômes existent, elle ne veut pas prendre le risque que celui de Ronnie reste piégé dans cette maison.

Des pas montent dans l'escalier, tournent à l'angle sur le palier et ralentissent pour s'arrêter devant la chambre. Lily retient son souffle. La porte s'ouvre.

Gray entre. Il tend le bras pour allumer puis s'immobilise en apercevant Lily.

— Tu es venue passer du temps avec lui aussi. Je vais te laisser tranquille.

Il s'apprête à partir quand Lily le retient.

— Tu veux bien me relayer pour le veiller ? À l'aube ? Et ne laisser personne l'emmener ?

Gray hoche la tête, comme si passer la nuit avec un mort était parfaitement normal. Dans certaines cultures, ça l'est. Tour à tour, les proches veillent le défunt. Elle se demande qui sera là pour elle.

Quand Charlie, un des amis païens de Lily, est mort à l'âge de quarante-cinq ans, sa femme et sa fille ont passé la nuit avec son corps. Elles l'ont lavé, habillé, et ont chanté pour lui tenir compagnie. Le lendemain, dans les bois, Lily et les autres endeuillés ont déposé du compost, des bricoles, des lettres, des pièces et des fleurs sur sa sépulture pour lui dire adieu.

Lily avait choisi la fleur préférée de Charlie, une rose. Après l'avoir déposée, elle est passée sous une arche faite de branches de sapin, derrière laquelle tout le monde dansait et chantait, car ils étaient entrés dans une nouvelle relation avec Charlie. Une qui ne mourrait jamais.

Ici, Lily veille sur Ronnie par crainte que son assassin veuille l'emporter, mais elle espère aussi accueillir cette nouvelle relation avec lui. Ainsi, elle entendra toujours sa voix dans sa tête.

Lily s'installe aussi confortablement que possible par terre. Puisque la grossesse l'empêche de dormir, autant en profiter.

La nuit passe lentement, aussi interminable qu'une partie de Monopoly. Le brouillard s'est éclairci et à présent le ciel est sans nuages. Les étoiles d'hiver se démarquent comme les points blancs des dominos.

De temps en temps, elle jette un coup d'œil à Ronnie. À la lueur de la lune, il semble nimbé d'argent, au point qu'il aurait sa place parmi les statues du jardin. Elle tente de se souvenir de ce qu'il lui a dit au matin, le moindre détail qui pourrait lui servir. Qu'avait-il vu qui lui laisse croire qu'elle a raison au sujet de l'assassinat de sa mère ? À moins qu'il ait surpris une conversation ? Non, il parle de retrouver « quelque chose » pour lui montrer, c'était donc tangible. Quelque chose dans la maison ?

Ou dans la chambre. Elle furète, consciente de ne rien pouvoir déplacer sans altérer les preuves d'une scène de crime. Mais son cousin a été tué pour une raison. Et cette raison pourrait être cachée tout près.

Elle ouvre les tiroirs, regarde à l'intérieur de sa valise, sous le lit. Elle ignore ce qu'elle cherche. Ce que voulait lui montrer Ronnie pourrait être n'importe où. Au pire, elle risque de tomber sur la clé, ce qui ne serait pas rien en échange de la douleur qui l'étreint. Fouiller dans les affaires de Philippa et Ronnie – le rouge à lèvres et le chargeur de rasoir, les tampons et le porte-clés tour Eiffel, souvenir de leur lune de miel à Paris – est une activité si chargée en émotion qu'elle est obligée de s'arrêter plusieurs fois pour pleurer.

Avant d'abandonner, elle décide d'inspecter les vêtements dans la penderie. Dans la poche intérieure d'une veste, Lily découvre une enveloppe. Au dos, l'écriture pleine de boucles de Liliana, adressée à Ronnie. À l'intérieur, une autre enveloppe est adressée à Lily. De la main de sa mère.

28

Gray apparaît sur le seuil, le ciel est encore d'encre, parsemé de feux étoilés. Si rousse, la lune éclaire toujours. Avec un pincement au cœur de dernière minute, Lily se demande s'il va vraiment tenir parole.

— Je vais veiller sur lui, promet-il avec la solennité d'un croque-mort.

Avec un dernier regard pour Ronnie, elle empoche les lettres et quitte la chambre pour rejoindre celle de Tom. Elle frappe trois fois.

— Il fera jour dans quelques heures. Et il n'a pas neigé de la nuit, annonce-t-elle assez fort pour percer le sommeil profond de son cousin.

Tom ouvre la porte et passe une main dans ses cheveux en bataille, créant plus d'épis encore.

— Quelle heure est-il ? demande-t-il dans un bâillement.

— Tout juste 7 heures. Il faut qu'on déplace ce chêne.

— Mais comment ? Sans l'aide de Ronnie pour le soulever…

Il regarde vers la chambre de son frère où Gray monte la garde.

— Je sais que c'est difficile. Mais il faut qu'on parte d'ici. C'est trop dangereux de rester.

Tom acquiesce. Alors qu'ils avancent dans le couloir, Gray approche et tend sa main à Tom.

— Mes sincères condoléances. Je suis désolé pour ta perte.

Puis il incline la tête en les laissant passer.

— Tu parles d'un moment gênant, marmonne Tom alors qu'ils enfilent leur manteau pour affronter la neige.

Dehors, il fait encore froid. Le souffle de Lily se matérialise dans l'air sec. Des nuages gris se forment au-dessus de leur tête, se préparant pour les prochaines chutes de neige.

Il faut absolument partir *maintenant*.

Lily avance plus vite en s'efforçant de ne pas glisser.

— Je crois qu'il fait juste ce qu'on lui a appris à faire.

— Mais Ronnie est son cousin, proteste Tom. Pas un client. Il se comporte comme s'il n'avait aucune émotion. On dirait toi, mais avec un plus mauvais sens du style.

Lily a l'impression qu'on lui plante un pieu en plein plexus solaire. Quand elle parvient à se contrôler, elle explique calmement :

— J'ai beaucoup d'émotions, Tom. Tu le sais très bien.

— Je ne dis pas que tu n'en as pas, juste que tu les gardes pour toi. Soit Gray fait la même chose, soit, et c'est probable, il est comme sa sœur et la mort de Ronnie ne signifie rien à ses yeux. Elle ne le surprend même pas.

— Tu ne crois tout de même pas qu'il aurait pu tuer Ronnie ?

L'esprit de Lily ne cesse de revenir à ce que Gray lui a dit le soir de la mort de Philippa. Elle était sa première défunte. Ronnie est le deuxième.

— On ne peut jamais connaître parfaitement quelqu'un, mais je ne suis pas sûr que ce soit une si bonne idée de le laisser seul avec le corps. C'est lui qui a emporté Philippa, souviens-toi.

— Avec Sara.

— Certes. Et Rachel ne les en a pas empêchés.

Tom frissonne, puis conclut :

— En tout cas, il a trouvé la bonne branche professionnelle. Ses yeux me font penser aux oboles en argent que les Grecs plaçaient sur les paupières des morts.

Ils ont atteint la voiture. L'arbre ne semble plus si immense à la lumière du jour, même s'il va tout de même leur falloir une tronçonneuse pour le couper.

— Je vais reculer la voiture, décide Tom. Comme ça on verra mieux à quoi on a affaire.

Tom monte derrière le volant et insère la clé dans le contact. Rien ne se passe. Il baisse la vitre manuellement.

— La batterie a dû tomber à plat, dit-il.

— C'est bizarre. Tu as fait une longue route le 24, et pourtant elle redémarrait très bien le lendemain.

Tom hausse les épaules.

— Peut-être que c'est dû au froid. Moi aussi, je serais mal en point dans toute cette neige.

Il sort de la voiture et ouvre le coffre pour en extraire les câbles de démarrage.

— Amène ta Mini pour la brancher et faire redémarrer ma voiture.

— Tu ferais mieux de vérifier qu'on peut soulever le capot, répond Lily en désignant l'arbre dangereusement proche.

— Facile.

Tom se penche dans l'habitacle et actionne une manette. Un déclic s'ensuit, et il soulève le capot.

— Tadaa !

C'est alors que son expression s'effondre.

— Quoi ? demande Lily.

Le visage de Tom est aussi sinistre que le ciel.

— Va ouvrir le tien.

Perplexe, Lily rejoint tant bien que mal la Mini et sa carapace de neige. Le capot de la voiture s'ouvre avec un soupir.

— Tu vois quelque chose ? lance Tom au loin.

Lily ignore ce qu'elle est censée chercher. Puis elle remarque un vide. Il manque quelque chose.

— La batterie n'est plus là ! crie-t-elle.

Tom fait claquer son capot.

— La mienne non plus. Je parie qu'elles ont toutes disparu. On ne peut pas partir d'ici.

Lily songe à Ronnie et Philippa. Fuir est probablement la seule chose qu'elle puisse faire pour eux. Elle doit s'échapper de cette maison qui a tué sa mère et pourrait la tuer, elle et sa fille. Elle place une main dans sa poche pour palper la lettre de sa mère.

— Il faut partir à pied, décide-t-elle.

— Non, Lily.

— On va prendre des provisions et ça ira très bien. On embarquera l'atlas aussi. On ne doit pas être si loin du village le plus proche. Quelqu'un aura bien un téléphone portable, là-bas. Ensuite la police se débrouillera pour venir. Ils seront bien obligés. C'est un double homicide.

— On est à quoi ? Quinze kilomètres du village ? Sur des routes verglacées, la plupart en pente, et totalement impraticables pour les piétons comme pour les voitures. Ça va nous prendre des heures pour y arriver. Plus encore si l'on doit traverser des champs et des collines. Le tout avec seulement une courte fenêtre de jour. Si l'un de nous se tord la cheville, se fatigue ou a besoin de se reposer – ce qui est très probable puisque tu es enceinte et que tu as l'air de ne pas avoir dormi depuis des semaines –, on risque de ne jamais se relever. Il gèle. Et on n'a pas de téléphone. L'un de nous pourrait mourir d'hypothermie. On ne peut pas se mettre en danger, ni nous ni ton petit passager.

— Si on reste dans la maison, on sera en danger de toute façon.

— Je ne sais pas quoi te dire d'autre, Lily. J'ai perdu ma tante et mon frère. Je ne veux pas te perdre aussi.

Ses yeux brillent de larmes.

— J'ai peur.

Lily serre ses mains gantées dans les siennes.

— Moi aussi, j'ai peur.

— Ça fait une raison de plus de rester.

— Quoi ?

— J'ai beaucoup réfléchi. Je veux qu'on gagne la maison, pour Ronnie. On pourrait monter une coopérative avec Rachel et Holly, s'allier et faire tout notre possible pour qu'Endgame ne finisse pas entre les mains de Sara. Ou de Gray.

— Je ne peux toujours pas croire que Gray pourrait les avoir tués.

— En théorie, n'importe qui ici aurait pu tuer Philippa dans la nuit, ou Ronnie dans la journée. Mais il se trame autre chose. Et je ne peux pas m'empêcher de me dire que Sara est derrière tout ça. Dis-moi que tu n'es pas d'accord.

— Je suis d'accord.

Tom regarde le manoir, le ciel qui s'assombrit autour, et la neige qui recommence à tomber. Puis il se tourne vers Lily.

— Tu caches quelque chose. Je le sens. Tu dois me dire quoi.

Lily revoit dans ses yeux la douceur de ceux de Ronnie. C'est peut-être leur discussion sur le meurtre de sa mère qui a coûté la vie à son cousin. En tout cas, c'est ce que lui crie son intuition. Et elle ne compte pas l'ignorer une fois de plus. Elle va protéger Tom, même si ça implique un petit mensonge. Au moins, il restera en vie.

— Je ne sais rien de plus que toi, déclare Lily.

Elle lâche ses mains pour le prendre par le bras et marcher vers la maison.

— Allons découvrir ensemble ce qui se trame, conclut-elle.

29

Des oiseaux gris traversent le ciel maintenant strié de pourpre. Lily et Holly marchent derrière Tom, Rachel, Sara et Mrs Castle, qui portent le cadavre de Ronnie vers la glacière. Une procession du point du jour pour qu'il rejoigne sa femme dans le cercueil de Noël.

Chaque fois que l'un d'eux trébuche, ou perd sa prise sur le bras ou la jambe de Ronnie, le cœur de Lily fait un bond. Elle refait le serment de parler à sa fille de son oncle Ronnie.

Quand il est placé à côté de Philippa, leurs mains se touchent. Les larmes de Lily se déversent pour ne plus se tarir.

***

Au petit déjeuner, personne ne parle. Dans le silence, on n'entend que les toasts qui croustillent, le thé qui gargouille et les céréales mâchonnées. Lily parvient à avaler un peu de pain sec. Collées l'une à l'autre au bout de la table, Rachel et Holly mangent sans regarder personne. Tom a la tête baissée sur son assiette, l'air aussi perdu que les batteries qui manquent à toutes les voitures.

Rachel se met à pleurer en silence et Holly se penche davantage pour nicher son nez au creux de son oreille. Lily se détourne – ce geste trop intime lui fend le cœur – et surprend Sara qui l'observe. Cette dernière incline la tête sur le côté et dépiaute une viennoiserie sans ciller. Elle en veut à Gray qui a souhaité s'attarder dans la glacière pour se recueillir, sans elle. Lily se demande si la rancœur de Sara est un trait de personnalité permanent.

À cet instant, Mrs Castle entre dans la salle à manger avec une cafetière pleine qu'elle pose sur la table en déclarant :

— Je n'ai pas entendu un seul mot prononcé ici depuis une heure, et ça me rend chèvre. Cette situation est suffisamment tragique pour y ajouter le silence. La maison n'aime pas ça. Et moi non plus. Allez donc faire la chasse aux indices au lieu de rester là.

— Les autres poèmes sont disponibles, alors ? demande Sara.

— Écoutez, dit Mrs Castle en agitant son index long et fin. Je ne suis pas autorisée à en discuter ni à vous dire où ils se trouvent. Mais je vous conseille de chercher. Alors, qu'est-ce que vous en déduisez ?

Elle se penche pour approcher son visage à quelques centimètres de celui de Sara.

Sara recule d'un bond. Lily sent un sourire faire frémir ses lèvres. Toutes les grandes maisons ont besoin d'une gouvernante comme Mrs Castle.

L'expression de Tom se durcit. Il se lève avec détermination et quitte la salle à manger. Sara n'est pas loin derrière lui.

Rachel et Holly ne bougent pas.

— Je n'ai plus envie de jouer, déclare Rachel.

— Je comprends, dit Lily.

— Ils sont partis ? lui demande Rachel en regardant la porte ouverte.

Holly se lève d'un bond pour inspecter le hall.

— Je ne vois plus personne.

Rachel plonge le bras sous la table pour y récupérer une boîte.

— J'ai pensé que tu voudrais jeter un coup d'œil à ça. Je l'ai descendue du grenier. Elle était juste à côté du buste, ouverte, comme si on était censés regarder à l'intérieur.

— Je t'ai vue montrer des photos de famille à Holly, se souvient Lily.

Rachel acquiesce.

— Après ce que tu as dit sur ta mère… Bref, jettes-y un coup d'œil.

Rachel lui tend la boîte et, d'un coup, ses épaules s'allègent, comme si elle lui en remettait aussi la responsabilité.

— Merci, murmure Lily.

La boîte est plus légère que son contenu.

— Ne dis rien à Sara, prévient Rachel. J'ai peur que ça nous mette toutes en danger.

— Aucun risque, répond Lily, un peu vexée que Rachel l'en pense capable.

— On sait, la rassure Holly. Sinon, on ne te l'aurait pas confiée. C'est sa manière de dire qu'on s'inquiète pour toi.

Rachel effleure la joue d'Holly du dos de la main. Holly la regarde avec tant de passion que Lily a du mal à croire que c'est elle qu'elle a entendue dans la chambre de Sara. Ce ne serait pourtant pas la première fois qu'elle se trompe sur le compte de quelqu'un.

Mais Holly ne semble vraiment pas du genre infidèle. Peut-être sont-elles poly ? Quelle que soit leur situation, le monde a besoin de plus d'amour comme le leur.

— Tu ferais bien d'aller chercher cette clé, conseille Rachel à Lily. Nous, on est de ton côté.

— Mais je ne veux pas…

— De la maison, oui, on sait. C'est ce que tu n'arrêtes pas de répéter.

— Peut-être que c'est la maison qui te veut, suggère Holly.

Le plancher craque au-dessus d'elles. Difficile de déterminer si c'est la maison qui approuve, qui proteste, ou simplement quelqu'un qui marche à l'étage.

Après avoir emporté la boîte dans sa chambre, Lily tombe nez à nez avec Tom, à bout de souffle. Il brandit une guirlande de papier colorée, enroulée autour de ses avant-bras comme une version festive des chaînes que traîne le fantôme de Jacob Marley qui rend visite à Scrooge.

— On a trouvé l'énigme ! Enfin, Gray l'a trouvée.

Il désigne des décorations suspendues aux balustres.

— J'ai couru aussi vite que j'ai pu, mais il est arrivé en premier et il m'a donné la guirlande. Tu y crois, toi ? Il y en a d'autres aux étages supérieurs, alors Sara ne devrait pas tarder à nous rattraper. Viens dans ma chambre, propose-t-il. Comme ça ils ne pourront pas voir ton cerveau en action.

La chambre de Tom se trouve dans une aile de la maison. Il joue avec la guirlande argentée de son sapin, l'embobine autour de son poignet. Puis il regarde par la fenêtre du balcon qui donne sur le verger.

— Je suppose que si j'avais un très long filet de pêche, je pourrais récupérer des pommes d'ici.

Lily détache les quatorze maillons de la chaîne de papier, prenant garde à conserver leur ordre. Au dos de chacun est inscrit un vers du sonnet. Au fil de sa lecture, les morceaux rouge, bleu, et vert de papier gommé luisent sous les lumières du sapin.

Rois et reines, mon indice est un pronom.
L'Olympe à Endgame se trouve dans les bas-fonds.
Voilà, c'était facile, ne vous plaignez pas.
Une seule façon de me remercier cette fois :

Soyez fabulous, *ne sombrez pas*
dans la médiocrité. Chanteurs ou soldats,
dames, flèches, dauphins aussi
Demandez-vous : Que Ferait Bowie ?

À mi-chemin vous refroidissez,
Suivez les traces pour rentrer à bon port.
C'est un jeu difficile, car il s'agit de creuser

La terre changée en pierre par la mort.
La maison gagne toujours, je le sais
Alors mieux vaut en profiter.

— Il faut redescendre, dit Lily.

Elle essaie de ne pas penser à la terre changée en pierre de la tombe de sa mère. Le deuil devra attendre.

— Tu es sûre ? demande Tom.

Surpris par sa vitesse de déduction, il trébuche en se dirigeant vers la porte, encore emmêlé à la guirlande du sapin.

— C'est ce que dit le deuxième vers, explique Lily qui franchit déjà le seuil.

— Et ensuite ?

— Et ensuite on va s'amuser un peu, répond Lily.

***

— Tu es certaine que c'est là ? demande Tom en regardant autour de lui dans la salle de jeux.

— *Mon indice est un pronom*… le *je*, explique rapidement Lily. Et ensuite il y a *Rois et reines* comme aux échecs. *Chanteurs* pour le karaoké ou *soldats* pour les jeux vidéo. *Dames* et *flèches,* c'est évident. *Dauphins,* c'est une blague pour le flipper.

— Soit, admet Tom. Alors où est la clé ?

Gray entre, les maillons de la guirlande de papier dans les mains. Son visage est rouge d'un côté, comme après une chute. Ou une gifle.

— Ça va, Gray ? demande Lily.

Gray porte sa main à sa joue et se détourne pour la cacher.

— Oui, pourquoi ?

— Très convaincant, dit Tom en s'approchant. Tu peux nous en parler, tu sais. C'est Sara qui t'a frappé ?

Gray jette un coup d'œil apeuré vers la porte.

— Je ne peux pas.

— Je comprends, répond Tom d'une voix douce. Mais on peut se serrer les coudes. Tu n'as qu'à rester avec nous.

Gray adresse à Lily un regard suppliant. Puis il secoue la tête.

— Je dois trouver la clé.

Il se replonge dans les indices en marmonnant. Lily le voit s'intéresser au placard à jeux de société. Il s'y précipite, l'ouvre et en sort tous les jeux de cartes.

— *Traces*, comprend Lily.

Gray opine du chef et continue ses fouilles. C'est fascinant. Son esprit fonctionne exactement comme celui de Lily. Et de Liliana. Lily se sent plus proche que jamais de sa famille.

— Hé oh, lui rappelle Tom. On n'est pas là pour regarder les autres jouer. C'est toi le cerveau, dis-moi où chercher !

— Commence par les échecs, je vais regarder du côté du flipper.

Gardant un œil sur Gray qui farfouille dans un coffret de casino – *la maison gagne toujours*, se rappelle-t-elle –, Lily plonge sous le flipper. Aucune trace de clé, seulement des fissures dans le mur que dissimule l'imposante machine. Il y a toujours quelque chose de sinistre derrière un jeu.

— Rien par ici, annonce Tom. Je vais tenter la machine à karaoké.

Lily relit le sonnet, essayant de trouver ce qu'elle a loupé.

— Je l'ai ! s'écrie Gray.

Il est planté dans un coin de la salle, une cible en main. La clé est scotchée à son dos.

30

— Je pense qu'on devrait rester ensemble cette nuit, dit Tom en raccompagnant Lily à sa chambre. Au moins, toi, reste avec moi. Comme ça je saurai que tu vas bien. Je peux dormir par terre et te laisser tout le lit. Je pêcherai des pommes depuis la fenêtre pour le petit déjeuner.

— Merci, mais ça va aller.

— Je m'inquiète juste pour toi.

— Tu seras le mari formidable d'une femme comblée, un jour.

— Je n'en suis pas si sûr.

— Tu es mignon, gentil, loyal, intelligent, drôle…

— Sans oublier incroyablement séduisant, renchérit Tom en agitant les sourcils. Et tout ça sans le moindre effort. Vieillir tout en restant sexy n'est pas donné à tout le monde, tu sais.

— Et je suis sûre qu'une chanceuse s'en rendra compte.

— Toi aussi, tu trouveras quelqu'un. Quelqu'un qui restera dans ta vie et que je pourrai rencontrer.

— Peut-être. Pour l'instant, je suis toute flagada. Je veux juste aller me coucher.

— Fais gaffe, d'abord le patois qui refait surface, et bientôt tu déménages dans le Yorkshire. Ton accent est de plus en plus fort aussi, tu as laissé le sachet de thé infuser trop longtemps.

Lily s'esclaffe. Il n'a pas tort.

— Le passé est toujours présent, au fond.

— Comme une image derrière la petite porte d'un calendrier de l'Avent.

Ils demeurent silencieux un moment. Lily songe à tout ce qui est remonté à la surface depuis son arrivée, et se demande ce qui l'attend encore. Perdu dans ses pensées, Tom a l'air triste.

— En parlant de porte, reprend Lily d'une voix aussi claire que possible. Tu devrais verrouiller la tienne, aussi.

Tom retrouve son sourire et évacue les souvenirs.

— Mais je reste derrière la tienne jusqu'à ce que tu te sois enfermée, d'accord ?

— Bonne nuit, Mister Tom, dit-elle comme quand ils étaient petits.

Son sourire est si mignon, radieux et timide à la fois, qu'elle se penche pour déposer un bisou sur sa joue.

Lily entre dans sa chambre et verrouille la porte derrière elle. Puis elle écoute Tom s'éloignant en sifflotant « We Wish You a Merry Christmas ». En détachant son corset de maternité, elle pousse un soupir.

Lily a attendu toute la journée pour regarder la carte de sa mère et l'a placée dans la boîte que lui a donnée Rachel et qu'elle a cachée dans sa chambre. Mais elle ne s'autorise à la lire qu'une fois dans son lit. La lettre de Liliana à Ronnie lui demande de transmettre la carte à Lily lors du dernier jour du jeu « pour lui apporter la preuve une bonne fois pour toutes ».

La carte est une gravure d'Endgame House à Noël par Tante Veronica. Toute la famille y est représentée en train de chanter des chants de Noël. À l'intérieur, de l'écriture de sa mère, on peut lire :

Joyeux Noël, ma magnifique fille. Je t'aime. J'ai beau t'avoir donné naissance, tu m'as donné la vie. Tu me remplis de joie chaque jour, et j'ai hâte de connaître la suite de nos aventures. Je serai toujours là pour toi. Je te souhaite d'oser montrer au monde combien tu es extraordinaire. Mais surtout, sois toi-même. Continue de chanter, et les jours mornes passeront. Car l'été revient toujours.

Pas vraiment les mots d'une femme au bord du suicide. La phrase fait écho au vers de Liliana. Qu'était-ce déjà ? *Soyez* fabulous, *ne sombrez pas dans la médiocrité*. Évidemment, on peut compter sur Tante Lil pour ajouter une couche sur la médiocrité, et pour faire référence à Bowie. Parfois, Lily se dit que Sara n'a pas tout à fait tort. Si Liliana avait accepté sa fille telle qu'elle était, Sara serait-elle devenue ce qu'elle est maintenant ? Si elle n'avait pas espéré de Sara qu'elle devienne la prochaine Bowie, un génie ou une star, qu'elle manie les mots ou le pinceau, si elle lui avait simplement demandé d'être elle-même, Lily serait-elle en cet instant en train de soupçonner Sara de meurtre ?

Si sa mère avait survécu, Lily serait capable de prendre la parole. Elle ne serait pas piégée par la lâcheté ; elle ne s'emprisonnerait pas dans des corsets pour empêcher son corps de s'épanouir. C'est ce qu'il faut qu'elle offre à Bean : un espace où s'épanouir.

Elle pense à sa mère et ses chants de Noël pour l'endormir et, très doucement, juste pour Bean et les petites souris dans les murs, elle fredonne « Au cœur du morne hiver ».

31 DÉCEMBRE – SAINT-SYLVESTRE

Septième jour des Douze

31

Le réveillon de la Saint-Sylvestre. Les gens l'attendent comme une naissance. L'année qui arrive à son terme. Tant de pression pour une seule soirée, tant de préparatifs, pour que, finalement, la page du calendrier se tourne sans qu'il se soit rien passé. On commence le lendemain un peu plus lourd que la veille. La plupart des futures mères dépassent leur terme, alors Lily n'est pas près de pouvoir sortir le champagne. On devrait l'acheminer par robinet dans les salles d'accouchement – les bulles à volonté à côté du protoxyde d'azote.

Lily se réveille tôt et en profite pour parcourir tous les documents de la boîte que lui a confiée Rachel, et les poser à côté des plans de la maison remis par Isabelle. Tout cela signifie forcément quelque chose, elle ne sait simplement pas encore quoi.

En récupérant le dernier document dans la boîte, ses mains se mettent à trembler. C'est le rapport du médecin légiste qui a procédé à l'autopsie de sa mère. Dans ce rapport, Sir Archibald Fleming déclare que Mariana Armitage a tenté de se pendre dans sa chambre, puis, lorsque cette tentative a échoué en raison d'une

« fixation instable de la corde au plafond », qu'elle s'est rendue dans le labyrinthe pour s'y trancher les veines.

Tout est inscrit ici, noir sur blanc, comme les touches du piano de sa mère. Liliana s'est forcément trompée. Dans la pièce voisine, Mariana essayait de se tuer pendant que Lily dormait. Puis, allant au bout des choses, comme toujours, elle avait renouvelé la tentative dans le labyrinthe, cette fois avec succès. Mais alors, pourquoi tout ce faux sang sur son manteau ? Et pourquoi la police n'a-t-elle pas gardé le vêtement comme preuve ? Et si l'idée de départ était de se tuer dans sa chambre, pourquoi aller ensuite dans le labyrinthe ?

Lily s'empare de nouveau de la carte de vœux de sa mère et relit ses mots pleins d'espoir. Mais qu'est-on censé dire d'autre à son enfant ? Lily effleure son ventre qui semble pousser chaque jour. Il est dur, plus solide que le reste de son corps. *Reste là-dedans aussi longtemps que possible, Beanie*, pense-t-elle. *Le monde est cruel, dehors*.

En rangeant les papiers, Lily remarque un talon de chéquier, minuscule vestige d'une ère analogique. C'est aussi la preuve d'un chèque émis pour un montant de 45 000 livres au nom de Sir Archibald Fleming. Le médecin légiste. Et il est signé par l'oncle Edward.

***

Devant le miroir de sa salle de bains, Lily contemple sa robe du jour, inspirée par une flûte de champagne à l'envers. Elle a brodé à la main trois mille perles de rocaille jaunes translucides pour représenter les bulles, et elle espère que leur éclat détournera l'attention de la tristesse qu'elle lit sur son visage. Si, comme les preuves l'indiquent, Edward a bien soudoyé le médecin légiste, et probablement tué Mariana, alors Tom ne doit jamais l'apprendre. Il n'y survivrait pas.

En ouvrant la porte, elle découvre une carte sur le plancher. À l'avant, une invitation à la soirée du réveillon. Au dos, le sonnet du jour.

Dans le silence, écoutez la voix de Mariana.
Quelqu'un parmi vous en sera incapable
Et ira se cacher comme chaque fois,
Ratant ainsi une chance inestimable.

Vous ne pouvez pas le contourner
Car ses murs existentiels sont inévitables,
Ses chemins se séparent comme les fils d'un rouet
Qu'il vous faudra tisser pour révéler la fable.

Le monde est cruel, mais il faut y rester
Immergez-vous. Piétinez des dalles.
Trouvez votre voie, puis persévérez.

Maintenant allez chercher le Graal.
Merveille, pour hériter de mon cœur,
Il n'y a d'autre choix qu'être vainqueur.

Lily sent son souffle se bloquer sous son corset, son cœur remonter vers sa gorge. Elle savait qu'il faudrait à un moment aller chercher une clé dans le labyrinthe. Ce jour est arrivé.

La colère de Lily monte comme les bulles d'une bouteille de champagne secouée. Le message que lui adresse Liliana ne peut pas être plus limpide. « Grandis un peu et retourne dans le labyrinthe ».

Lily éprouve un nouvel élan de compassion pour Sara, et pour les étudiants de Liliana. La cruauté de sa tante vient parfois sous couvert de paroles encourageantes, et elle les dispense encore depuis l'urne.

À présent, Lily est piégée dans un labyrinthe créé par Liliana. Soit elle abat les murs qu'elle a érigés et rejoint la quête, soit, ainsi que le prédit Liliana, elle se réfugie lâchement dans sa chambre.

C'est exactement pour cette raison qu'elle ne veut pas de la visibilité, et certainement pas de la réputation, dans son métier.

Des pas montent dans l'escalier. Tom apparaît, agitant une invitation bordée de doré.

— Je vois que tu as reçu la tienne.

— Oh oui, Liliana s'est assurée de me transmettre le message. Je ne crois pas que vous ayez besoin de mon aide pour comprendre où se trouve la clé, pour cette fois.

Tom avance prudemment vers elle, comme craignant sa réaction.

— Je suis désolé. Je ne me rendais pas compte que Tante Lil pouvait être si…

— Garce ? suggère Sara en arrivant derrière Tom.

Tom fait volte-face.

— Je n'utiliserais pas ce mot.

— C'est parce que tu es trop gentil, rétorque Sara. Et qu'est-ce que ça t'apporte, en fin de compte ? Regarde la mère de Lily. Oh, c'est vrai, tu ne peux pas. Elle est morte.

Lily perçoit la tristesse de Sara comme une doublure sous sa robe de colère. Et elle comprend. Certaines personnes refoulent leur rage, et d'autres l'expriment. Tom et Lily sont dans la première catégorie, Sara dans la seconde. Et c'est Liliana qui l'a faite ainsi.

— La tienne aussi est morte, dit Lily en arrosant sa voix de compassion comme on arrose un *Christmas pudding* d'eau-de-vie. Et je comprends pourquoi tu lui en veux, à elle, à moi, à tout le monde.

Un souvenir lui revient soudain de Sara piétinant le château de cartes parfait que Gray avait mis une journée entière à construire. Les larmes de son cousin.

— Et je comprends aussi pourquoi tu veux réduire Endgame House en miettes pour prendre un nouveau départ.

— Tu ne sais rien de moi, crache Sara.

Ses yeux sont infusés de rage. Voilà pourquoi Lily ferait mieux de se taire.

— Ni de ma mère, continue-t-elle, ni de ce dont elle était capable. À ta place, je ne chercherais pas à fouiller.

— Qu'est-ce que tu veux dire ? demande Tom.

— Tu sais très bien ce que je veux dire !

Sara pointe son index à quelques centimètres du visage de Tom, qui recule contre le mur. Sara plonge la main dans sa poche et Lily bondit, la croyant armée d'un couteau. Mais au lieu de ça, elle tire son carton d'invitation.

— Ça montre exactement le degré d'estime que ma mère avait pour moi : zéro. Tout un poème dédié à sa nièce chérie qu'elle s'est empressée d'adopter. Elle ne s'embarrasse même pas d'anagrammes cette fois-ci. *Merveille*, c'est ce qu'elle pense d'elle. Comme si nous, on n'était bons qu'à faire joujou, mais à la précieuse Lily elle transmet de vrais messages. J'ai relu les anciens indices. Ils parlent tous de découvrir des secrets, ou de se trouver. Dans tous les cas, ma mère s'adresse à *elle*.

Sara se tourne vers Lily. Ses yeux sont pleins de larmes qui n'ont nulle part où aller.

— Je suis désolée, murmure Lily.

Et elle le pense vraiment, parce que Sara a raison.

Le menton de Sara se met à trembler, ses lèvres aussi. Elle plonge son regard dans les yeux de Lily avec une intensité brûlante, trop chargée d'informations. Lily se détourne.

— Et voilà, dénonce Sara. Maman avait encore raison. Tu es lâche, et tu ne seras jamais son héritière de cœur, ni rien du tout d'ailleurs. Au moins, ma mère était courageuse. Elle agissait, en bien ou en mal.

Alors que Sara s'éloigne, la petite voix de la haine de soi se fait entendre dans la tête de Lily. Bean s'agite, comme si elle l'entendait aussi. Désormais, Lily ne peut plus se permettre de rediriger sa colère vers l'intérieur. Mais alors, que faire de toutes ces vexations ? Peut-être que Sara a raison : Tom et Lily, et Mariana avant eux, sont trop gentils. Et ça ne les mènera pas à la victoire. Il faut qu'elle l'accepte : c'est perdu d'avance.

— Tu devrais aller dans le labyrinthe, conseille Lily à Tom alors qu'il tente de la réconforter. Je vais faire exactement ce qu'a prédit Tante Liliana : rester dans ma chambre.

***

Lily passe sa matinée à regarder par la fenêtre de sa chambre ses cousins dans le labyrinthe. Elle repère le bonnet à pompon de Tom qui apparaît et disparaît, le manteau rouge de Sara, la capuche jaune d'Holly. Rachel inspecte l'extérieur du labyrinthe, et Gray fume devant l'entrée.

Les jurons fusent sous sa fenêtre ouverte. La couche de neige beaucoup trop épaisse les empêche de chercher la clé. Lily imagine leurs mains gantées fouillant sous les haies, et en sortir blanches. Une fois enlevés, les gants révéleront des mains rougies et raides, brûlées par le froid, inutiles.

Régulièrement, elle décide de les rejoindre, atteint la porte de sa chambre, puis s'arrête. Endgame a beau imprimer sa peau, le labyrinthe, c'est trop. Elle ne peut qu'être spectatrice pendant que ses cousins parcourent l'endroit où le dernier soupir de sa mère s'est figé dans l'air glacial de l'hiver.

Ce sont Rachel et Holly qui abandonnent les premières. Elles émergent du labyrinthe main dans la main à l'heure du déjeuner. Lily descend l'escalier pour les accueillir. En bas, la décoration a changé. Des banderoles suspendues aux poutres clament « *Happy New Year* ». Des ballons flottent et se cognent au plafond, gonflés jusqu'à la limite de l'explosion.

Mrs Castle leur apporte trois assiettes de *welsh*.

— Bon réveillon, leur souhaite-t-elle d'un ton aussi joyeux qu'un pavé balancé sur une vitre.

Holly frissonne encore.

— Je ne vois pas comment quelqu'un pourrait retrouver la clé. Il y a tellement de haies, elle pourrait être cachée n'importe où.

— Je croyais que vous n'aviez plus envie de jouer ? demande Lily.

Rachel et Holly échangent un sourire.

— On voulait trouver la clé pour te la donner, explique Rachel. Histoire de compenser tous ces cadeaux de Noël que je ne t'ai jamais envoyés. Non pas que ça ait marché. Enfin…

Rachel lève sa fourchette et conclut :

— Au moins, ça m'a éveillé l'appétit. Ça faisait des jours que je n'avais plus eu faim.

Lily pousse son assiette de fromage fondu vers elle.

— Tiens, prends mon *welsh*.

— Merci. Tu n'as rien vu dans le poème qui indiquerait une cachette plus précise ?

Lily secoue la tête.

— Évidemment. L'endroit est clairement indiqué, mais il manque l'indice principal. Liliana sait vraiment comment nous faire marcher.

***

Lily passe le reste de la journée derrière sa fenêtre. Depuis l'extérieur, elle doit avoir l'air d'un fantôme. La Dame blanche en personne. Mais elle a moins de pouvoirs qu'un spectre.

Sara et Gray émergent après le coucher du soleil. Lily attend que Tom réapparaisse aussi. Mais il ne le fait pas. Les heures passent, sans aucun signe de lui.

Pétrie d'inquiétude, Lily finit par descendre.

— Quelqu'un a vu Tom ? demande-t-elle à Holly et Rachel qui s'enivrent au champagne dans le séjour.

— Pas depuis qu'on est entrées dans le labyrinthe, répond Holly. Mais il était très motivé.

Sara et Gray jouent aux cartes dans le jardin d'hiver.

— On l'a laissé là-bas, dit Sara.

Gray ne relève pas la tête. Il regarde fixement sa suite de cœur comme si elle allait lui prédire l'avenir.

— Vous ne pensez pas qu'on devrait s'en inquiéter ? demande Lily. Ça fait des heures qu'il est tout seul dehors.

— Vas-y, je ne te retiens pas, dit Sara en retournant à sa main gagnante. Et bon courage à lui pour trouver la clé. J'étais peu motivée pour mourir d'hypothermie dans ce fichu labyrinthe.

Lily s'emmitoufle à nouveau et sort. La neige imbibe sa jupe. Il fait si froid qu'elle a l'impression que le tissu de sa robe se fige immédiatement.

— Tu peux le faire, s'intime-t-elle à voix haute en essayant de se rappeler les encouragements de Tante Liliana.

Mais qu'a-t-elle de merveilleux alors qu'elle n'est même pas capable d'entrer dans un labyrinthe ? C'est pathétique.

— Tom ! crie-t-elle face aux couloirs sombres que forment les haies.

Pas de réponse.

— Tom !

Rien, seul l'écho de sa voix sur la neige.

Elle songe à la fois où elle a appelé Ronnie, sans obtenir de réponse.

Devant l'entrée du labyrinthe, elle repère une branche par terre. Les projecteurs éclairent du rouge vif, couleur de baie, sur l'écorce. Son cœur bat plus vite. Pas Tom. Par pitié, pas Tom.

Avançant à grands pas dans la neige, elle contourne le labyrinthe et trouve Tom, allongé sur le ventre. Du sang colle à ses cheveux. Lily se penche, saisit son poignet. Elle sent son propre rythme cardiaque, mais pas le sien.

Elle ajuste ses doigts à plat. Retient son souffle.

Un pouls. Faible, inconstant, mais présent.

La petite Bean vibre dans son ventre. Tom est en vie. Tout juste.

Lily s'agenouille à côté de lui.

— Tom, chuchote-t-elle. Tu m'entends ?

Ses paupières tremblent.

— Tom, réveille-toi.

Tom grommelle. Un filet de sang sort de sa bouche. Il ouvre les yeux.

— Lily.

Il tente de se lever, mais retombe sur le flanc.

— Doucement, dit Lily.

— Ma tête, articule-t-il trop lentement. Comme si. Dans. Machine à laver.

Il se rallonge, épuisé.

Lily, en revanche, sent l'euphorie du soulagement : il a tenté une blague.

— Elle serait plus propre si ça avait été le cas. Tu as du sang partout. J'ai cru qu'il y avait eu un meurtre au clair de lune.

— Pas cette fois.

Tom s'arrache au sol pour s'asseoir. Sa tête ballotte d'avant en arrière, son regard est incapable de se fixer.

— Tu sais ce qui s'est passé ? demande Lily.

Tom secoue la tête et le geste lui arrache une grimace. Il effleure sa blessure, puis contemple sa main ensanglantée.

— Je suis sorti du labyrinthe pour chercher Gray – pour lui taxer une clope – mais il n'était pas là. J'ai entendu quelqu'un derrière moi et… c'est tout ce dont je me souviens.

— Quelqu'un a essayé de te tuer. Avec la même méthode que pour Ronnie.

— Mais pourquoi ?

— Je l'ignore. On y réfléchira plus tard. D'abord, il faut qu'on te ramène à l'intérieur.

Avec l'aide de Lily, Tom se lève. Il chancelle et Lily resserre sa prise.

— Si je me fais assassiner pour de bon la prochaine fois, tu me vengeras, pas vrai ? dit-il alors qu'ils avancent lentement vers la maison.

Ses phrases sont plus rapides à présent, un déluge de mots incohérents.

— Heureusement que tu as réussi à me retrouver sans GPS. Eux y crient, cages de haies, vraiment horribles tous ces chemins, balbutie-t-il.

— Je ne comprends rien à ce que tu racontes. Et, au risque de me répéter, je préférerais que tu ne meures pas.

— J'ai réussi à ne pas baisser le rideau ce soir, donc c'est déjà pas mal. Bravo, Lily, tu as empêché un troisième meurtre de Noël.

À l'intérieur de la maison, ils entendent des cris :

— Dix, neuf, huit, sept, six, cinq, quatre, trois, deux, un !

— Bonne année, murmure Lily.

Une mélodie s'échappe de la maison, la ramenant aux réveillons de son enfance, où elle veillait jusqu'à minuit puis s'endormait sur les genoux de sa mère avant même que Big Ben ait sonné son douzième coup. À Endgame, ce n'est jamais qu'un au revoir. Tant qu'il restera la tradition de chanter « Auld Lang Syne ».

1ER JANVIER – JOUR DE L'AN

Huitième jour des Douze

32

Lily ouvre brusquement les yeux. Elle tente de prendre une inspiration, en vain. Une main appuie sur sa gorge et serre. Elle tente de repousser les doigts gantés, mais ils sont trop puissants. Une silhouette est penchée sur elle, cachée par une capuche et protégée par l'obscurité.

Lily rue, se débat, mais son agresseur ne bouge pas. Une statue. La main se resserre autour de son cou. Elle pense aux marques sur le cou de Mariana ; elle pense à Bean, qui ne peut pas respirer si elle non plus.

Lily enfonce ses doigts dans le visage penché sur elle. Elle a l'impression de ne rencontrer que du vide. Ou de traverser de la soie. L'obscurité se rapproche, réduit son champ de vision. Elle entend son propre dernier souffle.

Puis sa gorge est libérée.

Elle roule du lit, tombe par terre, inspire profondément. Protège son ventre.

Il y a une bagarre dans la chambre, deux silhouettes à présent. Des livres sont éjectés de la bibliothèque. Cherchant l'interrupteur, elle tire sur le fil et la lampe tombe. Quand elle parvient à l'allumer, elle est seule dans la chambre.

Dehors, le couloir est vide. Elle voudrait croire au cauchemar, pourtant son cou endolori et marqué de rouge prouve que l'agression était bien réelle.

Mais quelqu'un l'a secourue.

Tom se lève rapidement quand elle toque quelques minutes plus tard et lui demande de déverrouiller sa porte. Il cligne des yeux sous la lumière du couloir et bâille en tentant de passer les bras dans les manches de son peignoir qu'il ne cesse de louper. Le sang qui a partiellement séché sur sa tête forme maintenant une plaie coagulée.

Quand Lily lui raconte l'attaque dont elle a été victime, il se réveille comme si elle venait de lui balancer un seau d'eau glacée en plein visage.

— Tu avais raison. Dès que le jour sera levé, on part à pied. On emmène Rachel et Holly, et Gray s'il est capable de s'arracher aux menottes de sa sœur. La supériorité numérique, c'est ce qu'il nous faut.

— Tu crois que c'est Sara qui m'a agressée ?

— Qui d'autre ? J'ai entendu la manière dont elle t'a parlé hier. Et j'ai vu comme elle te regarde.

— Elle me hait, confirme Lily.

— Elle se déteste plus encore. Mais tu es son bouc émissaire. Le retour ici doit réveiller autant de choses chez elle que chez toi. Et je ne vais pas laisser sa psychose faire de toi son agneau sacrificiel.

— Ce qui m'intéresse vraiment, c'est de savoir qui m'a sauvée.

— Bonne question. Tu ne l'as pas reconnu ?

— Il faisait nuit, je n'ai vu que des ombres.

Elle ne lui parle pas de l'étrange sensation en touchant le visage de son assaillant. Elle ne lui confie pas non plus qu'elle aimerait plus que tout que sa sauveuse soit sa mère.

***

— Tant que Miss Rachel et Miss Holly ne seront pas descendues, il n'y aura pas de « petit déjeuner » ce matin, annonce Mrs Castle en mimant des guillemets qui indiquent que, par petit déjeuner, elle entend indice. Ce sont mes ordres.

— Pas même un petit toast ? supplie Tom avec un sourire attendrissant. Je suis blessé, j'ai besoin de subsistance.

Mrs Castle se détourne pour cacher un léger sourire.

— Surtout pas des toasts.

Assise en face de Lily, Sara pianote impatiemment. Elle tend l'oreille vers la porte, guettant l'arrivée de Rachel et Holly dans l'escalier.

— Personne n'a l'intention de me demander comment je me sens ? reprend Tom. Ou alors Lily, vu qu'elle a failli devenir un fantôme d'Endgame, elle aussi ?

— Comment ça ? s'étonne Gray.

Son regard passe de Lily à Tom. Soit il est très bon acteur, comme Oncle Edward, soit il n'a vraiment aucune idée de l'agression à laquelle Lily a survécu.

Lily tente de donner un coup de pied à Tom sous la table, mais ses jambes ne sont pas assez longues.

— Quelqu'un a tenté d'étrangler Lily cette nuit, annonce Tom.

— Et il a réussi ? demande Sara. Vu sa sale tête, j'ai du mal à en juger.

— Heureusement, une autre personne est venue me défendre. Sans quoi, il aurait réussi.

Lily baisse son foulard en soie d'un côté, révélant les marques laissées par les doigts sur son cou.

— Quelle chanceuse d'avoir d'un ange gardien, répond Sara. Et toi, Tom, qui est le tien ?

— Lily, évidemment. C'est elle qui m'a trouvé avant que mon agression se transforme en meurtre. Abandonné dans la neige, par ce froid ? Je serais mort. Lily est mon ange.

— Et ne serait-elle pas merveilleuse sur ton sapin ? réplique Sara.

Elle se lève et se dirige vers le hall pour y faire sonner le gong.

— Debout, là-haut ! crie-t-elle dans l'escalier. Ce n'est pas parce qu'on n'a pas trouvé la clé dans le labyrinthe qu'il faut rater la suivante.

Elle attend quelques secondes, puis crie à nouveau.

— RACHEL, RÉVEILLE-TOI !

Sa voix est impressionnante, elle résonne dans toute la maison.

Mais aucun bruit ne lui répond à l'étage.

Soudain, Lily a l'impression d'avoir loupé une maille de son tricot. Et si quelqu'un les avait attaquées ? Et si celui qui a tenté de s'en prendre à elle et Tom s'était rabattu sur Rachel et Holly ?

La peur la saisit. Elle se lève d'un bond et monte la première volée de marches, puis la deuxième.

Tom court aussi. Sara est restée plantée en bas.

— Dites à ces paresseuses qu'elles me font perdre mon temps.

Lily ne prend même pas la peine de frapper, elle ouvre la porte en grand. Elle s'attend tellement à les trouver étendues sur le lit ou par terre, le regard vide, qu'elle les y voit presque.

Mais elles ne sont pas là.

Il n'y a plus trace des deux femmes dans la chambre, pas de valise, rien dans la penderie. La seule chose qui reste est un mot sur le lit.

Chère Lily,

Il fallait qu'on s'en aille. Tom a été agressé, et je ne peux pas risquer qu'il arrive quoi que ce soit à Holly. Beatrice a besoin de nous et nous devons avant tout penser à elle. Nous avons tout ce qu'il faut pour partir à pied. Tout va bien se passer pour nous. Et dans le cas contraire, au moins ce sera de notre fait, et pas de la main d'un autre. Bonne chance. Nous ne lancerons pas l'alerte avant le 5. J'espère que d'ici là tu auras remporté la maison. Tu la mérites plus que quiconque. Ta mère aurait voulu que tu restes. Liliana aussi.

Sois courageuse, stratège et prudente.

J'espère te revoir après toute cette histoire pour repartir sur de bonnes bases.

Rachel xx

Tom lit le mot après Lily.

— Tu vois ? Je t'avais dit qu'il fallait partir.

Il commence à faire les cent pas et ajoute :

— On aurait dû aller les voir directement et partir tous ensemble.

— Tu crois que c'est l'une d'elles qui m'a sauvée cette nuit ?

Elle essaie de se souvenir de la silhouette de son ange gardien, mais tout est flou.

— Peut-être, dit Tom.

— Et tu crois que Sara est derrière tout ça ?

Tom acquiesce.

— Et qu'elle veut la maison ?

Il acquiesce encore.

— Alors, c'est hors de question que je la lui laisse.

33

Quand Tom et Lily redescendent, Mrs Castle les suit dans la salle à manger avec un porte-toasts en argent. Au lieu de tranches de pain de mie, quatre cartons épais sont rangés entre les arceaux.

Sara en arrache un et commence à lire dans son coin. Encore une fois, Gray lit à voix haute.

Avez-vous déjà songé à mourir ?
Ou plutôt au silence qui suit la mort
Comme la fin d'un récital
Sans les applaudissements, seule la note finale.

Regarder les vivants sans intervenir,
Un écran dont aucun son ne sort,
Parler, dans un mutisme fatal.
Deviendrai-je un fantôme loyal

à Endgame, pour toujours errer,
faire tourner les tables, trembler les fenêtres.
Qui écoute les morts ? Enfants, vous osiez.

Mais n'ayez crainte dans l'obscurité
Car je ne hante que les infâmes traîtres,
Or qui voudrait du mal à sa tante préférée ?

— Mais qu'est-ce qu'elle raconte encore ? peste Sara. Personne n'a jamais trahi Maman. Elle s'en est assurée. Et l'idée de revenir nous hanter ?

Elle secoue la tête pour se débarrasser de l'image de sa mère et ajoute :

— Bref, on s'en fiche. C'est la clé qui compte.

Elle croise les bras et lève le menton en direction de Lily.

— On t'attend.

Lily tente de toutes ses forces de l'ignorer, mais le regard de Sara la colle comme du ruban adhésif.

Gray se lève et sort de la pièce.

— Je lui ai dit d'arrêter de fumer mais il est incapable de se gérer tout seul, râle Sara.

Lily relit le sonnet. Encore un délicat jeu. Hier, la nuit tissée de dangers l'a laissée un peu confuse. L'indice n'est pas si évident. Beaucoup de références à la musique, et la maison n'a pas de pièce qui y soit dédiée. Sans compter que la musique était déjà mentionnée dans plusieurs sonnets – logique, car Mariana comme Liliana en étaient adeptes. Mais c'était Mariana qui possédait tout le talent. C'était elle qui avait le pouvoir de faire chanter n'importe quel instrument, de libérer la voix de n'importe qui. Lily aurait aimé avoir cette confiance en elle.

Alors, où peut bien se trouver la clé ? Un *écran* et les *fenêtres* pourraient désigner un miroir ? Et *quid* de *faire tourner les tables* ? Ça pourrait faire référence au boudoir où Grandma Violet organisait ses séances de spiritisme. Oui, ça pourrait être ça – il y a beaucoup d'allusions aux fantômes, à Liliana qui les hante. Lily revoit l'ombre qui l'a sauvée cette nuit.

— Trouvée, annonce Gray sur le seuil. Elle était dans le pot d'une plante du jardin d'hiver.

Lily ne l'a même pas vu revenir. Il brandit la clé à deux mains, comme un ticket d'or.

Lily laisse Sara se chamailler avec Gray.

— Pourquoi tu ne m'as rien dit ? *Osiez* au lieu d'osier ?

Encore une clé de perdue.

Tom la suit dans l'escalier.

— Ça va ?

— À part pour la situation générale, oui, ça va. Pourquoi ?

— Ça ne te ressemble pas de louper un indice.

— Tu crois que j'ai perdu la main ?

— Ce n'est pas ce que j'ai dit. Désolé, je m'exprime mal.

Il effleure la blessure de son crâne et ajoute :

— Je m'inquiète juste pour toi.

— Tu as raison, je ne vois plus les indices. J'essaie de réfléchir à ce qu'ils signifient, mais ils m'échappent.

— Tu as juste besoin de repos, dit Tom quand ils arrivent devant sa chambre.

Lily acquiesce. Mais elle a d'autres choses à faire. La boîte de documents l'attire autant que son lit. Et elle songe à la lettre de Rachel. La paperasse l'emporte.

— Je vais essayer de dormir, prétexte-t-elle.

— Je vais faire en sorte que personne ne te dérange, promet Tom. Quitte à monter la garde devant ta porte.

— Ça ne sera pas nécessaire, s'esclaffe Lily.

Une fois dans sa chambre, bureau poussé derrière la porte pour empêcher quiconque d'entrer même avec une clé – ce qu'il avait certainement fallu à l'agresseur de la veille –, Lily déballe de nouveau la boîte.

Elle parcourt chaque page, ignorant sa fatigue, car elle sait que la noirceur menace une fois encore la maison. La vue depuis sa fenêtre lui inspire une idée de robe : de la soie bleu nuit parsemée d'étoiles en sequins. Elle ne trouve rien d'autre dans les documents.

Jusqu'à tomber sur une coupure de journal évoquant l'accident de voiture qui a coûté la vie à Edward et Veronica. L'article rapporte un problème de freins défaillants, trop usés. Rien d'inédit pour Lily. Elle se souvient du jour où Liliana, en rentrant du travail, leur a annoncé, à Sara, Gray et elle, que leur oncle et leur tante étaient décédés. Liliana semblait brisée. Son frère et sa sœur, disparus en l'espace d'un an. Edward oubliait fréquemment de faire réviser sa voiture, ce n'était pas une surprise, il tardait également à renouveler son assurance. La police avait conclu à une négligence tragique. Tante Liliana a pleuré pendant une semaine. Grandma Violet ne s'en est jamais remise. Le cancer l'a emportée peu de temps après, mais elle avait déjà baissé les bras.

En revanche, Lily n'avait jamais vu la photographie en couleurs qui accompagnait l'article. Ce n'est pas le genre de chose que l'on montre aux enfants : la voiture de collection d'Oncle Edward écrasée contre un mur. Les corps n'y sont plus, mais les preuves restent. Des taches de sang sur le tableau de bord, le volant, et le pare-brise fracassé. Lily observe l'image un long moment, se demandant ce qu'elle voit.

Sur un gros plan, un ruban jaune à pois rouges traîne sur le plancher. Exactement comme ceux qui fermaient les papillotes des crackers et décoraient les cadeaux.

Mais elle n'a aucune idée de ce que cela signifie.

2 JANVIER

Neuvième jour des Douze

34

Air trouble, par l'encens envahi
*Et que l'*Iliade *épice. An nouveau*
Sur l'autel de la Vérité obscurcie
Mais dont la voix je me fais l'écho.

Vous tous rampez en zone grise
Creusée par la vénalité,
Remplie par le péché et l'emprise
De l'absolue vanité.

Je jette la première pierre.
Ouvrez les yeux, ôtez vos œillères,
Révélez au grand jour celui qui a tué.

Inspirez le parfum de la Vérité
Car pour hériter de la maison
Il faut viser juste dans l'accusation.

— Je ne crois pas qu'il y ait besoin de suivre Lily cette fois, commente Sara. La dernière fois, Gray a trouvé la clé et elle n'avait rien compris.

Gray rougit.

— C'était un coup de chance.

— Ouais, ouais, c'est ça, grogne Sara. Du coup, tu devines quoi maintenant ?

Gray regarde Lily droit dans les yeux en disant :

— La chapelle.

Sara lit le poème en diagonale et hoche la tête.

— Encens, autel, ça se tient.

— Et les substantifs abstraits, renchérit Lily. Vérité, vanité, vénalité, péché… que des conceptions religieuses.

— Vu que tu es agnostique, lance Sara à Lily, mieux vaut que tu restes ici. Tu ne voudrais pas souiller ce lieu sacré de ton hypocrisie.

Sara entraîne Gray hors de la salle à manger, et celui-ci jette à Lily un dernier regard dont elle ne comprend pas tout à fait le sens.

— On ne les suit pas ? demande Tom.

— Pas là-bas, non, répond Lily.

— Tu ne vas tout de même pas écouter ses bêtises ? Elle te manipule ! S'il y a quelqu'un qui est hypocrite, c'est bien elle.

— Je crois que Gray essaie de nous donner de l'avance pour chercher le véritable indice.

— Et pourquoi ferait-il ça ?

— Je l'ignore. Mais il y avait quelque chose dans son regard. Ce n'est qu'une intuition. Même si je doute qu'à Sara flâner nuise, bel effort de sa part.

— Mais il ne s'est jamais rebellé contre Sara. Jamais. Ce n'est pas près d'arriver.

— Tu es psy et tu ne crois pas que les gens puissent changer ?

— Oh si, ils peuvent changer, dit Tom en se détournant. Mais pas en bien.

— Cette maison a vraiment une mauvaise influence sur toi, décrète Lily en se levant. Allez, on va te remonter le moral !

— Tu sais où est la clé ! s'écrie Tom, soudain radieux.

— Suis-moi.

***

La chambre de Liliana est un véritable autel voué au culte des livres et de Bowie. Des étagères de livres couvrent les murs. Sur sa coiffeuse sculptée de style gothique sont suspendus des colliers de deuil victoriens. Les photos de famille côtoient celles de Ziggy Stardust, Jareth le roi des gobelins, et le Thin White Duke. Sur la table de chevet trône un pot de pièces argentées – cinq, dix, vingt et cinquante pence – brillantes, comme neuves.

— Qu'est-ce qui t'a mis la puce à l'oreille ? demande Tom en examinant avec précaution les bijoux fantaisie d'une grande commode.

— Quand j'ai lu *Vérité* deux fois, j'ai tout de suite pensé au parfum de Liliana, explique Lily en approchant des photos. *Truth*, de Calvin Klein. Vérité, en anglais. Et cette référence à l'*Iliade*, mélangée à l'Église, ça n'avait pas de sens. Alors j'ai relu le deuxième vers et je l'ai tourné dans ma tête. L'ILIADE ÉPICE. AN : c'est encore une anagramme.

Tom se mord la langue en réfléchissant.

— PIÈCE DE LILIANA ! s'écrie-t-il en brandissant un poing victorieux.

— Regarde dans les tiroirs de la coiffeuse, je pense que tu vas y trouver la clé dans sa trousse de toilette.

— Pourquoi ? demande Tom en s'y dirigeant.

— Un autre nom pour ça, c'est…

— Un vanity !

Tom ouvre le tiroir supérieur et caresse tendrement les tubes de maquillage de Liliana. Son respect est touchant.

Pendant ce temps, Lily récupère une photo de Liliana et Mariana sur la terrasse d'Endgame, où elles regardent des participants à un séminaire jouer au cricket.

— Et on a une clé ! s'exclame Tom.

Mais Lily ne lève pas la tête. Elle est prisonnière de la photo. Les cheveux clairs de Mariana sont relevés en queue-de-cheval. Attachés par un ruban jaune à pois rouges.

35

— Bien joué, marmonne Sara quand Tom et Lily redescendent. J'imagine que vous avez eu de la chance, cette fois.

— Je ne parlerais pas de chance, réplique Tom en brandissant la clé à la manière de Gray la veille.

Lily lui donne un coup de coude pour l'empêcher de provoquer davantage Sara.

— Félicitations, dit Gray. Je crois que j'aime tant la chapelle que j'ai pris mes désirs pour des réalités.

Encore ce regard pénétrant, comme s'il essayait de communiquer quelque chose à Lily.

— Peu importe la raison, on a perdu une clé à cause de toi, aboie Sara.

— Il y en aura d'autres, dit Gray.

À son ton sinistre, on pourrait croire qu'il parle d'autre chose.

Lily passe le reste de la journée à tenter de se retrouver en tête à tête avec Gray. Elle le suit dans le jardin potager quand il sort fumer, mais Sara aussi. Elle se place à côté de lui pour se servir au buffet du déjeuner, mais Sara s'insère entre eux. Ce n'est que lorsque sa sœur disparaît aux toilettes que Gray se faufile auprès de Lily.

— Il faut qu'on parle, chuchote-t-il. J'ai besoin de ton aide.

— Qu'est-ce que je peux faire ?

— Je ne sais pas par où commencer.

Les épaules de Gray commencent à trembler.

Elle l'entend lutter pour contrôler sa respiration.

— C'est allé beaucoup trop loin.

— Quoi donc ?

Le pas pressé de Sara claque sur les dalles du grand hall.

— Je te raconte tout ça quand Sara sera partie se coucher, promet Gray. On se retrouve dehors. Regarde à ta fenêtre.

Puis il s'éloigne pour devenir une ombre se confondant au mur.

***

Le reste de la journée passe lentement. Tom et Lily jouent aux devinettes et ressortent leur vieille boîte de *Destins : le jeu de la vie*. Ils en changent les règles. Fini, les petits sujets rose et bleu pour le masculin et le féminin, ainsi que l'objectif théorique d'en collectionner un de chaque à l'arrière de la voiture comme autant d'enfants pour gagner la partie. Dans la voiture de Lily, le personnage qui la représente est bleu, et celui à l'arrière – Bean – aussi.

— Et tu veux un personnage de quelle couleur comme partenaire ? demande Tom en lui tendant un pion rose et un bleu.

— Peu importe, tant que je l'aime, répond Lily.

***

Sara va se coucher à 21 heures et Lily commence à bâiller ostensiblement peu de temps après. Une fois dans sa chambre, au lieu d'enfiler son pyjama, elle se couvre du plus grand nombre de couches possibles, puis cache le tout sous un peignoir qui lui tombe aux chevilles. Si on la surprend, elle prétextera un petit creux. Plusieurs fois, l'idée qu'il s'agisse d'un piège l'effleure. Elle a envie de prévenir Tom, mais craint de lui attirer plus d'ennuis. Il est déjà blessé. Il faut qu'elle coure le risque. Gray semble vouloir trahir Sara, choisir entre le noir et le blanc. Elle n'a pas d'autre choix que de lui faire confiance.

Le moindre renard ou blaireau dans la neige fait battre son cœur plus vite, tandis qu'elle guette l'arrivée de Gray. Enfin, il apparaît. Il lève la tête et montre la direction de l'est du parc, puis il s'engouffre dans la nuit.

Lily sort de sa chambre sur la pointe des pieds et descend l'escalier. Empruntant les bottes en caoutchouc de Tom, elle franchit en hâte les portes vitrées. Sur la terrasse, les pas de Gray disparaissent déjà sous de nouveaux flocons.

Une silhouette apparaît au bout du jardin et lui fait signe. Gray s'éloigne vite et elle le suit à travers le terrain, puis les herbes hautes du jardin sauvage qui percent la surface de l'épaisse couche de neige. Il se dirige vers la chapelle. Son sanctuaire. Lily accélère le pas, mais reste trop lente. La neige est de plus en plus épaisse. Elle sent à peine ses pieds et les voit encore moins. La chapelle, la maison, tous ses repères sont ensevelis, effacés par le blanc sur blanc. Rien n'existe plus.

Elle n'aurait jamais dû sortir. Tom ne sait même pas qu'elle est partie. Ce pourrait être un piège, Gray qui la conduit à la mort.

De précieuses secondes s'écoulent. Elle poursuit d'un pas maladroit, espérant pouvoir se fier à Gray et à son propre sens de l'orientation. Enfin, le vent soulève son voile de flocons pour révéler la chapelle. Bâtie en pierre beige, elle contraste sur le ciel ardoise. La porte est déjà ouverte. De la lumière se déverse sur la neige.

— Gray ? appelle Lily en entrant.

Sa voix porte dans le petit espace. Elle remonte l'allée, entourée de part et d'autre par les bancs. Sa mère lui a dit un jour qu'elle pourrait se marier ici, quand elle serait grande. Lily lui a répondu qu'elle ne se marierait jamais. À l'époque, elle ne comprenait pas pourquoi elle avait le droit d'épouser un homme et pas une femme. C'était une règle débile. *Certaines choses changent pour le mieux, Tom*, songe-t-elle.

Les flammes des cierges vacillent sur l'autel familial. L'encensoir est encore chaud, exhalant son dernier souffle parfumé. Juste à côté, une urne vide est posée au milieu de cendres. Gray s'est assuré que Liliana repose chez elle. Néanmoins, il n'y a aucun signe de sa présence.

Peut-être est-il parti. Inspiré par Rachel et Holly, il a pris ses cliques et ses claques. Bravo, Gray. Un rebelle, enfin. Bowie serait fier.

Lily fait demi-tour, et c'est alors qu'elle aperçoit un pied dépassant de l'extrémité d'un banc. Une chaussette à rayures. C'est Gray. *Tom s'en est sorti*, se rassure-t-elle en approchant. *Peut-être que Gray est simplement blessé, qu'il va bien.*

Mais, en arrivant à son niveau, elle constate que non. Et il n'ira jamais mieux. *In splendoribus sanctorum.* Il gît sur les pierres gravées aux noms des morts d'Endgame. Du sang ruisselle de son crâne. Ses beaux yeux sont ouverts, mais ne la voient plus. Sa bouche est béante, mâchoire brisée, remplie de pièces d'argent scintillantes.

Assassiné dans le lieu où il se sentait le plus en sécurité. Puni d'avoir voulu se confesser. Dans la religion anglicane, le péché, s'il existe, finit par être absous. Il est venu pour lui parler, il a trouvé la mort au rendez-vous.

Elle s'agenouille auprès de lui.

— Je suis désolée.

Elle lui prend la main, déplie ses doigts, et trouve au creux de sa paume un bout de ficelle à laquelle une clé est attachée. Elle regarde de plus près. C'est celle qu'elle lui a remise, enfant, dans la voiture. Il comptait la lui rendre. Lily prend doucement la clé et referme le poing de Gray.

Soudain, la porte de la chapelle claque.

Lily se lève, vacille. Elle aimerait rester avec son cousin, le veiller comme il a veillé Philippa et Ronnie, mais l'assassin n'est pas loin.

Dehors, elle aperçoit une ombre, une silhouette en noir qui semble voler sur l'étendue blanche en direction de la maison.

Alors qu'elle patauge après l'ombre, les flocons tombent au ralenti. Le ciel tout entier pleure Gray et se revêt de gris pour lui rendre hommage. L'air lui brûle les poumons. Elle a arrêté d'aller à la salle de sport au bout de douze semaines de grossesse, et ça se voit. La silhouette s'arrête, se tourne vers elle, puis s'élance vers le labyrinthe.

L'assassin sait qu'elle ne peut pas y entrer, il la connaît bien. Elle est trop engourdie par le froid pour savoir si cette trahison par un proche est pire encore. Si c'est un inconnu, il les épie attentivement.

À l'entrée du labyrinthe, elle se fige. Mains sur les hanches, elle tente de reprendre son souffle. Le pas lourd de l'inconnu fait craquer la neige. Si elle reste ici, l'assassin passera forcément devant elle pour sortir du labyrinthe. À moins d'escalader une haie. Lily connaît le labyrinthe mieux que quiconque ; il faut qu'elle entre.

Mais elle ne peut pas. Elle est paralysée. Encore une fois. Si elle n'agit pas, l'assassin de Gray s'en tirera. Et elle sera aussi lâche que ce que dit Sara.

Lily se penche, récupère de la neige au creux de sa main et se la passe sur le visage. La brûlure du froid relance une décharge d'adrénaline et elle entre dans le labyrinthe. Elle n'a aucune idée de ce qu'elle fera au moment de se confronter au tueur. Elle veut juste connaître son identité. Confirmer qu'il s'agit de Sara. Les haies s'élèvent vers le ciel autour d'elle. Mais elle ne fera pas demi-tour.

Même dans les bottes de Tom, ses pieds connaissent le chemin par cœur. Alors qu'elle tourne à un angle, elle se retrouve assaillie par le souvenir des parois se refermant sur elle quand elle a trouvé sa mère, des branches la griffant dans sa course pour fuir.

Elle accélère le pas, tentant de dépasser son appréhension. Soudain, elle tourne à gauche et s'immobilise. Une respiration sifflante, juste derrière la haie.

Lily avance de trois pas puis tourne pour faire face à l'inconnu. La silhouette en noir tend les bras, capuche rabattue, visage dissimulé derrière un voile de tulle. Pendant un instant, elle croit voir un fantôme. Ou la Mort en personne. Puis la silhouette plaque ses mains sur la poitrine de Lily pour la projeter contre la haie. Lily trébuche sur une racine, atterrit par terre et tente de se raccrocher aux branches de ses mains engourdies.

Désormais, l'assassin la domine de toute sa hauteur. Il lui écrase le pied, y met tout son poids. Puis recommence, avec de l'élan. Lily hurle. Sa cheville est en feu dans la neige. La silhouette noire s'élance dans l'allée verte. Lily se laisse retomber sur son oreiller de neige.

Elle a échoué. Encore. Comment espère-t-elle faire une bonne mère alors qu'elle les a mises, elle et son enfant, en danger ; alors que, chaque fois qu'elle tente d'améliorer les choses, elle les empire ? Sans elle, Gray serait toujours en vie. Et peut-être que Ronnie aussi. Ainsi que Philippa. Lily n'a aucune chance de gagner la maison face à Sara. Ni même de rester en vie jusqu'à la fin du jeu.

La neige tombe dru, parant Lily d'une lourde couverture. Elle pourrait abandonner. L'hypothermie est, paraît-il, la meilleure manière de mourir. On a si froid que l'on a l'impression de se réchauffer alors que le sang se redirige vers les organes vitaux. À un moment, on somnole doucement, pour ne plus jamais se réveiller. Le sommeil approche, et Lily l'attend.

Soudain, Bean palpite dans son ventre.

Lily se met à ramper, cherche une racine, n'importe quoi pour s'aider à se relever. Ses doigts se referment sur quelque chose de dur. Elle l'attrape, mais la chose part avec elle. Elle lève le bras pour sortir sa main de la neige.

Au creux de sa paume se trouve une clé. Il reste un espoir.

Lily s'agrippe à la haie et tire de toutes ses forces jusqu'à réussir à se lever. Des poignées d'épines tombent sur le sol blanc. Sa cheville la lance affreusement, alors

Lily se penche pour remplir sa botte de neige, l'empêcher d'enfler davantage et atténuer la douleur.

Une fois hors du labyrinthe, un poids se lève alors que les souvenirs reculent entre ses murs. Elle récupère la branche qui a servi à attaquer Tom et la coince sous son aisselle. D'abord une arme, maintenant une béquille.

Elle remonte lentement vers le jardin. En passant devant la roseraie, elle ressent un besoin urgent de s'étendre sur le banc molletonné de neige et de s'endormir comme un cynorhodon jusqu'au printemps.

— Lily ! hurle Tom.

Ses pas martèlent la terrasse jusqu'à ce qu'il atteigne le muret. Le voilà. Il dévale les marches, dérapant presque sur une congère. Quelques instants plus tard, il est auprès d'elle, passe un bras autour de sa taille, la soutient.

— Que s'est-il passé ? demande-t-il.

Lily revoit dans un flash le corps de Gray gisant sur la dalle commémorative. Elle voudrait en parler à Tom, mais c'est à Sara qu'il faut l'annoncer en premier. Si elle ne le sait pas déjà.

— J'ai couru après une ombre dans le labyrinthe. Celle qui a essayé de m'étrangler. Je l'ai rattrapée, mais elle m'a écrasé la cheville et s'est enfuie.

— Oh, Lily, dit Tom la gorge nouée. Je suis désolé.

— Au moins, je suis entrée.

— Attends, mais c'est vrai, ça. Tu es entrée ?

Lily opine de la tête. Elle tente un sourire.

Prenant appui sur Tom, elle parvient progressivement à remonter sur la terrasse. Sara se précipite à travers les portes-fenêtres. Elle serre ses bras autour d'elle pour se protéger du froid.

— Vous avez vu Gray ? demande-t-elle en regardant vers le parc.

— Tu ne penses vraiment qu'à ton nombril, la rabroue Tom. Tu ne vois pas qu'il est arrivé quelque chose à Lily ?

Sara reporte brièvement son attention sur sa cousine et fronce les sourcils.

— C'est quoi, ton problème ?

— Comme si tu n'étais pas au courant…, marmonne Tom.

— Je te demande pardon ? rétorque Sara.

— Lily a été agressée. Encore une fois. Et Gray et moi ne sommes pas du genre à faire du mal à qui que ce soit.

Sara plante ses mains sur ses hanches.

— Tu n'es quand même pas en train de m'accuser de meurtre, j'espère ? Parce que ce serait de la calomnie.

— De la diffamation, corrige Lily sans pouvoir s'en empêcher.

Comme si le corset de sa bouche s'était délié.

Sara se tourne vers elle.

— Qu'est-ce que tu racontes ?

— Ça n'a pas d'importance. Sara, je suis désolée, mais il faut que…

— Ce qu'elle dit, c'est que, pour qu'il s'agisse de calomnie, il faudrait que tu prouves qu'il y a mensonge. La diffamation, en revanche, porte juste atteinte à ta réputation, qu'elle soit vraie ou fausse. Donc, si tu veux me faire un procès, à ta place je miserais sur la diffamation, sans quoi il te faudrait prouver que tu n'es pas une meurtrière.

Sara se place nez à nez devant Tom.

— Est-ce qu'on pourrait arrêter tout ce cirque et rentrer ? insiste Lily. Il faut vraiment que je parle à Sara.

***

Le hurlement de Sara résonne dans toute la maison. Depuis le séjour, l'horloge de parquet sonne pour se joindre à ses lamentations.

— Non, pas Gray, c'est impossible !

Elle ne cesse de secouer la tête, comme si l'horreur allait cesser ainsi. Mais rien ne peut l'enrayer.

Tom semble presque aussi affecté que Sara.

— Il y a forcément quelqu'un d'autre sur le domaine, déclare-t-il. Mrs Castle était dans la cuisine, et j'étais là avec Sara, donc ça ne peut pas être elle. D'ailleurs, elle ne ferait jamais ça à Gray.

Sara se dirige vers le hall et enfile son manteau.

— Je ne te crois pas, crache-t-elle. Tu l'as forcément imaginé. Je vais te prouver que c'est faux.

Elle s'élance vers la cuisine, Tom sur les talons. Lily boitille derrière, se retenant aux murs.

Sara ouvre la porte qui donne sur le jardin potager et une nouvelle bourrasque glaciale s'engouffre dans la maison.

— Je viens avec toi, dit Tom en essayant de passer un bras autour de Sara.

— Non ! hurle Sara en se dégageant.

Lily pose une main sur le bras de Sara.

— Mais s'il y avait quelqu'un dehors ? On ne devrait pas se séparer.

— Ne vous approchez plus de moi et de Gray, vous deux. Je vous interdis de me suivre.

Elle part en trombe et Tom vacille sur le seuil.

— Qu'est-ce que je dois faire ? demande-t-il les yeux écarquillés comme un petit garçon.

— Respecter ce qu'elle veut. On sera là pour elle à son retour.

— Tu es sûre ? s'inquiète Tom en regardant la silhouette de Sara s'éloigner.

— Je ne suis plus sûre de rien.

***

Une fois séchés et changés, Tom et Lily boivent un thé dans le jardin d'hiver – le meilleur endroit pour guetter le retour de Sara – quand Tom déclare :

— Je me disais… mettons qu'une personne étrangère à la famille soit derrière tout ça. Il faut qu'on trouve de qui il s'agit.

Lily acquiesce. Elle pensait exactement la même chose.

— Mais quel mobile aurait-elle ? objecte-t-elle. Si c'est pour la maison, et c'est forcément ça, alors les seules personnes susceptibles d'hériter sont, ou plutôt étaient ici. À moins que tu ne soupçonnes des chatons d'avoir enrôlé Mrs Castle pour nous tuer et récupérer le manoir ?

— Je pensais plutôt à un humain. Un humain en particulier.

Il évite le regard de Lily et se concentre à la place sur le poêle à bois.

— Qui ça ?

— Et si ta mère avait été mariée à ton père, sans qu'on le sache ?

— Je n'ai pas de père, répond Lily d'une voix neutre.

— Je suis désolé, Lily, mais d'un point de vue purement technique et biologique, tu as forcément un autre parent. Et s'il pouvait prétendre à des droits sur la maison ?

— Dans ce cas, Isabelle l'aurait su, non ?

Sa voix est un cran plus anxieuse.

Tom hoche la tête, lentement.

— Oui, tu as probablement raison. J'ai aussi pensé à une autre raison pour laquelle c'est forcément quelqu'un de l'extérieur. Et tu ne vas pas l'aimer non plus.

Il baisse les yeux sur son ventre corseté.

— Qui que ce soit, l'assassin n'est visiblement pas au courant pour mini-Lily. Sans quoi vous seriez toutes les deux déjà mortes.

La main de Lily se pose aussitôt sur son ventre.

— J'ai été agressée à deux reprises.

— Mais la première fois quelqu'un t'a sauvée, et la seconde ta seule blessure est une cheville écrasée – rien de vraiment fatal.

Il a raison. Pourquoi tuer Gray et pas elle ?

— Ça pourrait confirmer la théorie qu'il s'agit de ton père. Il veut récupérer Endgame, mais pas te tuer.

Les yeux de Tom s'illuminent au fil de sa pensée.

— Peut-être qu'il t'a même sauvée de son complice.

— Alors maintenant il y aurait *deux* assassins dans la nature ? demande Lily avec scepticisme.

— Bon, d'accord, peut-être que je vais un peu loin. Je cherche juste des réponses.

— Moi aussi. C'est pour ça que je suis venue.

Mais Tom ne l'écoute plus.

— Et si le mobile n'était pas financier ? Et si c'était la vengeance ?

— La vengeance de quoi ?

— Qu'est-ce que j'en sais ? dit Tom en se levant pour faire les cent pas. J'essaie simplement d'éviter la crise d'angoisse. C'est toi qui es douée pour élucider les mystères. Et Gray. Mais tu es la seule…

Il laisse la fin de sa phrase en suspens et elle continue à flotter entre eux. *Lily est la seule encore en vie.*

Un sentiment de solitude profonde imprègne sa peau, creuse ses os. Elle se tourne vers Tom.

— Il faut que je te montre quelque chose.

***

À l'étage, dans sa chambre, Lily raconte à Tom la véritable raison de sa venue. Elle lui montre la lettre de Liliana, lui parle du manteau et lui explique timidement pourquoi elle croit maintenant que sa mère ne s'est pas donné la mort.

Tom souffle un bon coup.

— Ah ouais.

Il se frotte le front comme pour aider toutes ces informations à pénétrer.

— Je ne sais pas trop comment je me sens pour toi. Content que tu te sois délestée du fardeau de la culpabilité que tu portais, ou furieux que quelqu'un t'ait arraché ta mère.

— Je ne sais pas comment je me sens non plus.

Ils sont assis en tailleur sur le tapis, comme quand ils jouaient aux cartes Top Trumps, enfants. Sauf que cette fois, ils échangent des photos de rubans jaunes à pois rouges. Lily prend soin de dissimuler celle de l'accident de voiture. Nul besoin d'exhiber sous le nez de Tom un gros plan du lieu de la mort de ses parents.

— Qu'est-ce que je suis censé voir ? demande-t-il.

— C’est le ruban de ma mère, explique Lily.

Elle pointe toutes les photographies de Mariana le portant, noué dans ses cheveux.

— Je ne sais pas pourquoi, mais Liliana voulait manifestement attirer mon attention dessus. Il y avait les mêmes autour des crackers et des cadeaux qui renfermaient les énigmes.

— Et alors ?

Lily prend son temps, se demande comment formuler la suite, avant de compléter :

— Et le même genre de ruban a été retrouvé dans la voiture de ton père et de ta mère, le jour de leur décès.

Tom devient livide. Ses deux mains sont crispées sur ses rotules. Il lève la tête.

— Je ne comprends pas ce que cela signifie.

— Moi non plus.

Elle s’apprête à lui montrer le rapport du médecin légiste, mais s’arrête soudain. Cela reviendrait à lui dévoiler que son père a tué Mariana, et cette information changerait leur relation à jamais. Si ce n’est pas déjà le cas.

3 JANVIER

Dixième jour des Douze

36

Sara n'est pas à la table du petit déjeuner le lendemain matin, mais Mrs Castle oui.

— Il faut qu'on discute, annonce Mrs Castle à l'arrivée de Tom et Lily.

Ils s'apprêtent à s'asseoir en face d'elle, mais elle chasse Tom de la main.

— Non, pas vous, mon petit. Allez ouste !

Elle lui lance un toast qu'il attrape au vol, déconcerté, avant de déguerpir.

— Pourquoi Tom ne peut pas rester ? demande Lily. On ne devrait pas se séparer, avec tout ce qui se passe.

— Moins il en sait, moins il court de risques.

Mrs Castle sonde le visage de Lily.

— Vous ne lui avez rien dit, n'est-ce pas ?

— Seulement les raisons pour lesquelles Tante Lil m'a fait venir ici. Et ce que j'ai découvert sur ma mère.

Avec un soupir, Mrs Castle prend un petit pain et le rompt, laissant échapper un nuage de vapeur. Elle y dépose une cuillerée de gelée de mûroise.

— Ce n'était pas bien malin, Lily.

— Je croyais que vous étiez censée rester impartiale.

— J'ai été embauchée pour tenir ma langue, vous apporter à manger et des poèmes, et ne pas me mêler à vos histoires. J'ai pour consigne stricte de ne pas interférer avec la compétition. Mais nous sommes coincés dans cette maison, sans le moindre signe d'amélioration du côté de la neige. Trois personnes sont mortes. Tom et vous avez de la chance d'être encore en vie. Et la personne la plus susceptible d'être l'assassin est en ce moment dans la chapelle en train de pleurer son frère. Alors je ne suis pas exactement inquiète à l'idée d'enfreindre les petites lignes de mon contrat.

— Vous pourriez partir, suggère Lily. Comme Rachel et Holly.

— Moui, dit Mrs Castle en grignotant un bout de pain.

— Qu'est-ce qu'il y a ? Vous semblez sceptique.

— Nous n'avons qu'un mot, pour toute preuve de leur départ. Sommes-nous certaines que c'est bien l'écriture de Rachel ?

Lily songe à son enfance et aux gribouillis ratatinés de Rachel. Elle n'a jamais reçu ne serait-ce qu'une carte de Noël d'elle depuis.

— Je ne sais pas. Mais le contenu lui ressemblait.

— Et si ce n'était pas elle ? Et si elles étaient encore sur le domaine ?

— Vous ne pensez pas qu'elles sont mortes ?

Lily plaque ses mains sur son cœur en imaginant tous les endroits où des cadavres pourraient être cachés sur un domaine enneigé. Ils n'ont toujours pas fouillé les appentis dans les arrière-champs, les écuries, le fumoir, les vieilles dépendances ou…

— J'espère que non, et vraiment je préférerais me tromper, mais il y a une autre éventualité. Et si l'une d'elles était l'assassin ?

— Impossible.

— Ou bien elles pourraient toutes les deux être de mèche avec Sara. Elles ont tué Gray, mais Sara ne le sait pas. Elles ont changé le plan de leur côté.

— Je n'imagine pas Rachel capable d'une chose pareille. Et Holly ? Certainement pas.

— Parce que vous cernez si bien les gens, n'est-ce pas ?

Lily songe à toutes ses amitiés et ses amours passées. Elle se tait. Peut-être projette-t-elle simplement un idéal sur Holly.

— C'est bien ce que je pensais. Le mieux, à mon avis, serait que vous me disiez ce que vous avez trouvé pour le moment. Vous avez des suspects pour le meurtre de Mariana ? Des indices ?

— Quel genre d'indices ? interroge Lily.

— Je ne sais pas, moi, des empreintes louches sur un verre ? Ce n'est pas ce qu'on trouve dans les polars ?

— Et pourquoi devrais-je vous confier tout ça ?

Mrs Castle lui prend la main et la serre fort entre ses doigts.

— Pour que je puisse vous aider, tête de linotte.

Lily aurait adoré profiter de ce temps avec cette femme qui semble tout comprendre de la vie, qui est liée à l'histoire de sa famille et qui pourrait lui en parler. Elle aurait voulu que Mrs Castle la guide, lui dise quoi faire de toutes ces informations qu'elle ressasse dans sa tête, comme toutes ces autres femmes fortes ont essayé de le faire, qu'elle lui montre comment être mère.

Mais ce serait incroyablement égoïste. Trop de personnes ont déjà péri.

— Vous dites vous-même que moins les gens en savent, mieux cela vaut pour eux. Mon silence vous protège.

Mrs Castle prend une nouvelle bouchée de pain à la mûroise.

— Pourquoi croyez-vous que j'ai accepté ce travail ? Parce que laissez-moi vous dire que ce n'était pas pour l'argent.

— Pour le calme paisible de la campagne ? La compagnie d'hôtes si charmants ?

— Votre tante avait le sarcasme facile, comme vous et Sara.

— Vous ne m'avez pas révélé grand-chose de ce qui vous lie à elle. S'il vous plaît, j'aimerais savoir comment vous la connaissez si bien.

L'espace d'un instant, Mrs Castle semble avoir abaissé le pont-levis. Mais la forteresse se referme aussitôt.

— Vous allez devoir élucider ça toute seule, comme le reste.

— Alors je vous réponds la même chose. Raconter ses secrets est périlleux. Regardez ce qui s'est passé ici. Vous feriez mieux de partir dès maintenant et de tenter votre chance avec la neige. Tout ce que je veux, c'est que vous soyez en sécurité.

— *Idem*, mon petit.

Mrs Castle gobe la dernière bouchée de son petit pain.

— Mais si je meurs en premier, faites-moi plaisir et goûtez cette confiture, d'accord ? Si je puis me permettre, elle est délicieuse.

***

Le sonnet suivant se fait attendre jusqu'au soir. Mrs Castle a confié à Tom la mission de préparer des *old fashioned* avant le dîner, et il a trouvé les indices enroulés autour des morceaux de sucre sur le bar à cocktails.

Si l'on brisait la glace avec de la tequila ?
Juste un petit verre pour sceller notre trêve.
Après tout, c'est Noël et qui vivra verra.
Profitons de ce soir avant qu'il s'achève.

Et si tout était pardonné ?
Et si nous faisions la paix ?
Gin and tonic on the rocks *pour moi,*
Old fashioned *pour ceux qui aiment ça.*

Dans des tumblers en cristal de bohème
Qui ne peuvent pas trancher de veines.
Ce manoir est malade depuis la racine.

Mais tout n'est pas perdu, je m'obstine.
Si vous avouez vos péchés, fondez
une équipe, rassemblez les clés.

Sara est assise dans le coin de l'orangerie où Gray aimait à rouler ses cigarettes. Elle fait tourner la sphère de glace dans son verre. Son visage est si creusé que ses joues semblent aspirées. Son poème est posé sur la table. Elle ne l'a pas lu.

Lily approche, boitant toujours légèrement, même si sa cheville va mieux.

— Je suis sincèrement désolée, Sara.

— Tu l'as déjà dit hier.

— Je regrette de ne pas avoir pris le temps de le connaître mieux, avant…

La voix de Lily s'éteint. Elle sait qu'il n'y a rien qu'elle puisse dire qui aidera sa cousine.

— Je suis là, si tu as besoin de parler.

— Je te l'ai déjà dit, ne t'approche pas de moi.

Lily retourne sur le canapé où Tom essaie de faire flamber un zeste d'orange.

— Apparemment il faut le laisser se consumer un peu pour libérer les molécules d'orange de la peau, explique-t-il. Ensuite il faut sentir le zeste, et le cocktail prend une autre saveur.

— Pas besoin de me convaincre de la puissance des odeurs, dit Lily. La grossesse en fait un superpouvoir. Même si je ne vois pas comment je pourrais m'en servir pour sauver le monde.

Elle jette un coup d'œil vers Sara.

— Je n'arrive même pas à la réconforter.

— J'ai essayé, tout à l'heure, confie Tom. Elle refuse même de me regarder.

Il se penche vers elle et baisse le ton.

— Est-ce que ça fait de moi un égoïste si j'ai vraiment envie de réfléchir à l'énigme avec toi ?

— Peut-être un tout petit peu insensible. Mais ça se comprend.

— J'aime bien te voir jouer à la détective. Élucider un meurtre à Noël. Tu me fais penser à Grandma Violet.

— Merci du compliment, dit Lily avec une révérence.

— Maintenant que j'ai flatté ton ego, est-ce qu'on peut chercher la clé ? S'il te plaît ?

— Bon, d'accord.

Elle récupère le poème.

— Mais je n'ai pas réussi à trouver une seule anagramme. Celui-ci ne va pas être facile à décoder. Cela dit, il est encore possible que l'on gagne si deux druides surgissent de nulle part pour faire apparaître une clé.

— Je vais plutôt miser sur ton cerveau. Tout ce que je sais, c'est qu'il y a beaucoup de coupures dans cette histoire, fait remarquer Tom.

— *Trancher des veines*. Ça, on sait à quoi ça fait référence.

Elle lit l'inquiétude dans le regard de Tom et ajoute précipitamment :

— Ne t'en fais pas, je vais bien. Ça dit justement que ce n'est pas ce que ma mère a fait. Tout va bien, promis.

— Je vais rester assis ici à boire tranquillement pendant que tu mobilises ton autre superpouvoir.

Tom récupère son cocktail et fait tinter les glaçons dans le verre taillé en biseau.

— La glace fond plus vite dans l'alcool, fait-il remarquer.

— Attends, répète ?

Lily récupère son stylo et se penche sur le poème.

— *Fondez…*

Lily trace un cercle autour du dernier tercet du poème. La glace « fond ». *Briser la glace…* Elle tapote le stylo plus haut sur le papier. Et sur quoi sont servis les spiritueux ?

— *On the rocks*, répond Tom.

Son sourire victorieux s'efface.

— Mais ça veut dire que je sais où l'on va…

— La glacière, confirme-t-elle.

— Et nous sommes l'équipe gagnante.

37

Il neige toujours lorsqu'ils mettent un pied dehors. La nuit est d'encre, les flocons piquent la peau de Lily comme des moustiques de glace. Tom et Lily orientent le faisceau de leurs torches vers la glacière devant eux. Un tombeau pour deux. Sara a insisté pour laisser Gray dans la chapelle, au moins pour l'instant. Elle y ravive l'encens et les cierges. « Comme il aimait », dit-elle.

Tom déglutit.

— Il faut entrer. Il fait trop froid pour rester dehors.

— Je te rappelle que c'est une glacière, rétorque Lily.

Tom ne la contredit pas.

La porte du bâtiment est de nouveau scellée par le gel et Tom doit donner plusieurs coups de pied pour la décoincer. Ils la laissent grande ouverte, fermement calée par plusieurs lourdes pierres pour empêcher quiconque de les y enfermer.

— On devrait faire brûler de l'encens ici aussi, suggère Tom. Pour leur rendre hommage comme à Gray.

Mais Lily sait qu'il songe plutôt à l'odeur de décomposition qui imprègne l'air, malgré la glace.

Lily s'approche du corps de Ronnie. Elle voudrait le couvrir d'une couverture, pour le garder au chaud. Elle ressent encore l'envie de s'occuper de lui, une envie que la mort n'a pas coupée. C'est pour ça qu'elle trouve les vœux de mariage si absurdes. Pourquoi s'aimer jusqu'à ce que la mort sépare ? Pourquoi ne pas continuer à aimer *après* la mort ? Si sa mère est toujours dans son cœur, pourquoi n'en irait-il pas de même avec quelqu'un qu'elle aime assez pour s'unir à lui *pour la vie* ?

— Je culpabilise de chercher la clé, murmure Tom.

Il regarde son frère et ses larmes gouttent sur la glace.

— Il serait vraiment déçu qu'on n'ait pas organisé de véritable veillée mortuaire pour lui.

— Il dirait que, même si lui ne boit pas, il ne faut pas qu'on s'en prive. Il voudrait que tu inventes des tas de jeux de mots minables sur la mort pour baptiser les cocktails, avec cette même glace.

— C'est vrai, reconnaît Tom en s'essuyant les yeux. On préparerait des *mortinis* pour tout le monde. Et des *morgue-aritas*.

Lily s'esclaffe, la main sur la bouche.

— C'est vraiment pourri comme jeu de mots, Tom. Ronnie aurait adoré.

— Il t'adorait, Lily. Et moi aussi.

— Alors, trouvons cette clé pour lui.

Malgré une fouille des moindres recoins de la glacière – y compris les murs extérieurs et le toit – la clé reste introuvable et Lily commence à craindre qu'il ne faille déplacer Ronnie et Philippa dehors pour atteindre le fond. Elle sent que Tom pense la même chose. Il est allongé sur le sol froid pour tenter d'éclairer les blocs de glace par le bas.

— Je ne vois rien.

Il se mord la lèvre et jette un coup d'œil furtif aux cadavres.

C'est alors que Lily remarque que le pic à glace n'est plus au même endroit. Quand ils ont laissé Ronnie sur la glace, le pic était suspendu au mur. À présent, il est posé contre les blocs, à l'extrémité, loin de Ronnie et de Philippa.

— On devrait commencer par les blocs tout au bout, suggère-t-elle. Les plus proches du pic à glace.

Tom s'empare du pic et commence à tailler.

***

Plus d'une heure plus tard, ils émergent de la glacière, le visage rouge, mais avec une clé gelée. Mrs Castle les attend, les jambes enfoncées dans la neige, portant deux Thermos sur un plateau et des plaids écossais sur le bras. Elle tend une Thermos et un plaid à chacun.

— N'essayez pas de me faire croire que nous attendre ici faisait aussi partie de vos consignes, Mrs C, dit Tom. Parce que, si c'est le cas, Tante Lil pousse vraiment le bouchon trop loin.

— Ça n'en faisait pas partie, confirme-t-elle. J'ai pensé que vous deviez être gelés là-dedans.

Elle fait volte-face et repart à grands pas à travers les champs.

— Venant de Mrs Castle, c'est quasiment une déclaration d'amour, commente Tom en la suivant dans l'obscurité.

***

Après un dîner composé d'un potage de légumes et d'orge, et de pain tout juste sorti du four accompagné d'un beurre aux algues, Tom et Lily montent se coucher.

Cette fois, c'est Lily qui suggère de dormir dans la même chambre.

— Tu crois qu'on devrait le proposer à Sara aussi ? demande Lily en priant pour qu'il dise non. Elle a vraiment vrillé, je ne l'ai jamais vue dans cet état. Elle était presque aimable tout à l'heure.

Le rire de Tom remplit la chambre de Lily.

— Absolument pas. Hors de question que je m'endorme à côté d'elle. Elle me tuerait en plein ronflement. Mais ne t'inquiète pas, je te dédouane officiellement de la responsabilité de ce qui lui arrivera.

Lily s'excuse et disparaît dans sa petite salle de bains pendant que Tom va récupérer des affaires pour dormir. Une fois seule, corset dénoué et abandonné par terre, Lily se tourne de profil devant le miroir. Elle caresse le renflement de son ventre d'une manière nouvelle. Il est plus gros qu'à son départ de Londres.

— Sûrement l'air du Yorkshire, chuchote-t-elle à Bean.

Le mystère de la montagne – même si, techniquement, il n'y a que des vallons dans la région.

À travers la porte, elle entend Tom traîner son matelas par terre. Puis quelques pas, et une clé qui tourne dans le verrou. Ils seront en sécurité cette nuit.

Elle enfile son pyjama en flanelle et cherche autour d'elle quelque chose pour cacher son ventre. Puis elle s'arrête. C'est Tom. Si elle ne laisse pas son cousin préféré la voir telle qu'elle est vraiment, alors elle ne le fera jamais avec personne.

Lily ouvre la porte de la salle de bains et entre dans la chambre. Tom est pelotonné dans son lit de fortune, par terre. Il la regarde et sourit.

— Content de voir que tu ne caches plus ma nièce.

Il fait un coucou en direction du ventre de Lily.

— Salut là-dedans, petite puce !

Subitement, il redevient sérieux.

— Il faut quand même que tu continues à faire attention. Si c'est Sara la tueuse, elle ne doit surtout pas savoir pour ton enfant. Elle disait déjà plus tôt que c'était louche que tu n'aies pas bu une seule goutte d'alcool depuis ton arrivée. Je lui ai raconté que tu étais shootée aux antibiotiques à cause de la cystite du siècle.

— Tom…, grommelle Lily.

— Je crois que ce que tu veux dire c'est : « Merci, Tom, pour ta discrétion et ta vaillance. »

— Tu as raison, c'est exactement ce que je voulais dire.

Lily enjambe le matelas de Tom pour grimper sur le sien.

— Et merci de toujours penser à moi. Je ne suis pas sûre d'en mériter autant.

En se réfugiant sous les draps froids, ses pieds tombent sur quelque chose de chaud tout au fond. Lily tend le bras et récupère une bouillotte dans sa vieille housse en peluche de pingouin.

— Mrs C a encore frappé, dit Tom. Elle n'est plus du tout crédible dans son rôle de vieille chouette grincheuse.

Lily place la bouillotte contre son dos endolori et s'installe au milieu d'un nid de coussins savamment arrangés.

— C'est bizarre, le deuil, marmonne Tom d'une voix endormie. Je me disais justement combien j'étais heureux d'être tonton à nouveau, et j'ai tout de suite déchanté parce que Ronnie ne la rencontrera jamais. Alors qu'il aurait fait un si bon tonton. Bien meilleur que moi.

Il enfouit son visage dans l'oreiller. Lily n'entend pas ses sanglots, mais elle voit ses épaules trembler.

— Je suis tellement désolée, Tom.

Elle fait un geste pour sortir du lit, mais Tom l'arrête avec des trémolos dans la voix.

— Reste où tu es. Il faut que tu te reposes. Plus que quelques jours à tenir. Isabelle revient pour la nuit des Rois. Ou peut-être que, d'ici là, Rachel et Holly auront contacté la police.

— Et ensuite on pourra partir d'ici pour toujours.

— Sauf si l'on gagne.

Tom se rassied.

— Imagine ce qu'on pourrait faire de tout cet espace.

— De l'espace maudit.

Lily sent son moral retomber. Tom a raison. Le deuil est une sensation étrange, qui autorise la joie une minute, et plonge dans des abîmes de tristesse la suivante. Elle n'arrête pas de revoir Gray sur le sol de la chapelle. Il était sur le point de lui confier quelque chose. Une chose qui valait qu'on le tue, et qu'on lui enfonce les trente pièces d'argent du traître dans la bouche.

— Quoi qu'il en soit, quelqu'un veut vraiment ce manoir. Et, par principe, il est hors de question que je lui cède, décrète Tom avec des notes glaciales dans la voix.

— Tu ne crois pas vraiment que ça pourrait être mon père, si ? Le meurtrier ? demande Lily, d'une voix si jeune, si effrayée.

— Je n'aurais jamais dû te dire ça. Ce n'était qu'une hypothèse. Mais ce n'est pas juste de te mettre cette idée en tête. Parfois, ma bouche parle avant que mes synapses se connectent. Je suis désolé.

— Excuses acceptées.

Mais l'idée de son père qui l'attend, au-dehors, ou même étant la silhouette qui l'a sauvée, lui reste en tête. Comme une note de piano qui s'estompe, mais ne disparaît jamais.

— Je suis content que tu sois là, Lily. Malgré toute cette horreur.

— Étonnamment, moi aussi, je suis contente d'être là.

Et c'est vrai. Cela fait un moment qu'elle n'a pas consciemment souhaité être ailleurs. Elle ne veut pas savoir ce que ça dit d'elle.

— Ça ne serait évidemment pas le cas sans toi.

— Naturellement, répond Tom dans un bâillement. Et tu m'as donné le meilleur du pire Noël de toute ma vie.

Lily éteint la lampe de chevet. Le calme apaisant du silence qui naît entre deux personnes en confiance les enrobe comme une deuxième couette. L'obscurité les borde. Dehors, deux chouettes hululent. Peut-être que Tom et elle parviendront à tenir jusqu'à la nuit des Rois, finalement.

4 JANVIER

Onzième jour des Douze

38

— *Vous avez raison, Miss Lily*, lit Sara à voix haute. *Il n'est pas nécessaire que je reste en danger. Je vais déjouer un zeste flou et tenter ma chance dans la neige. Prenez soin de vous et de votre Tom. Il faudra aller chercher plus de bois dans la remise pour votre dernier jour. J'espère que votre Épiphanie sera plaisante. Lenora Castle.*

Sara jette dans la poubelle la lettre qu'elle a trouvée sur la table de la cuisine et commente :

— Comme c'est charmant. J'imagine qu'elle ne me portait pas dans son cœur, alors ?

— Pas vraiment, répond Lily en coupant l'herbe sous le pied de Tom.

Est-ce ça, alors, dire ce que l'on pense ? Elle retire la lettre de la poubelle.

— Tu as sauté une ligne, Sara.

Tom se penche par-dessus son épaule et lit à voix haute :

— *PS : Vous trouverez l'indice suivant là où les paroles tournent en rond. Vous voyez, moi aussi je versicote. LAC*

Tom pose sa main à plat sur son cœur et pousse un soupir.

— Je crois que je suis amoureux de Mrs Castle.

— Là où les paroles tournent en rond ? relève Sara. Comme un tourne-disque ?

— Même toi, tu commences à devenir bonne à ce jeu, plaisante Tom en lui donnant une tape dans le dos.

Le vieux tourne-disque se trouve dans le séjour. Sara cherche du côté des enceintes et de la platine, pendant que Lily et Tom sortent les vinyles de la commode. Ils inspectent chaque disque, sa pochette et sa plaquette.

En sortant le dernier de sa rangée, Tom pousse un petit cri. Il tend le 33 tours à Lily.

Lily se met à trembler. Sur la face avant, une photo de sa mère. Elle porte son manteau vert, avec un capuchon en fourrure, et pose sous le saule pleureur enneigé du parc d'Endgame. En haut de la pochette, un encart jaune indique :

Chants de Noël, violoncelle et
voix par Mariana Armitage,
inclus « Au cœur du morne hiver » en *fa* majeur

— Tu savais qu'elle avait sorti un disque ? demande Tom avec un regard doux.

Lily secoue la tête.

— Je savais qu'elle était musicienne professionnelle, mais je n'ai jamais voulu connaître les détails parce que…

— C'était trop douloureux, complète Tom.

Lily acquiesce.

— On devrait l'écouter, propose Tom en sortant le 33 tours de sa pochette.

Trois morceaux de papier en tombent.

— On dirait que ma mère voulait que tu retrouves la tienne, fait remarquer Sara. C'est mignon.

Il n'y a pas trace de son *saracasme* habituel dans sa voix.

Soucieux, Tom ouvre grands les bras. Sara s'y réfugie.

Lily a presque envie de les rejoindre dans leur étreinte. Tous les trois sont orphelins à présent. À chacun il manque une mère. Mais le visage de Sara est si serein que Lily a l'impression d'être de trop. Elle recule et lit le poème.

Si tôt dans l'année naît l'ambition,
Avant même l'arrivée des bourgeons,
C'est qu'elle mûrit sous la neige
Et que la nuit si longue la protège.

La fertilité est aidée par le temps
Et par une conviction :
Cette année, ce sera différent.
Et pourquoi pas ? Je ne dis pas non.

Au lieu de promesses de perdre ou gagner tant,
Laissez âme et corps s'épanouir,
Tourner, tendre les bras sur le doux sol blanc.

Le parfum de noisette casse celui des soupirs
Mais les anges de neige fondent au soleil
Et les rêves se perdent chaque jour plus que la veille.

Beaucoup de références à l'extérieur – *bourgeons*, *neige*, *noisette*, *les anges de neige* – mais aussi à tout ce qui pousse, *mûrit*, est *fertile*… et à la *nuit*, au *rêve*, donc à la chambre. Donc la référence à la chambre et *fertilité* pourraient indiquer un lieu où l'un d'eux a été conçu, est né, ou a été allaité, ce qui correspondrait à…

— Tu es consciente que tu parles toute seule ? interroge Sara.

Un sourire éclaire son visage.

Lily se sent soudain honteuse.

— Ah bon ?

— C'est impressionnant, commente Tom. Vraiment. Alors, tu sais où l'on va, du coup ?

Lily regarde avec réticence la pochette du disque. Sa mère, chantant la chanson qui berçait Lily. Enregistrée pour toujours. Elle voudrait l'écouter, mais pas devant eux. Ils pourraient comprendre, c'est quelque chose qu'elle doit faire seule. Elle repose le disque sur l'étagère.

— La nursery, annonce-t-elle.

***

— Non pas que je veuille faire mon psy, dit Tom alors qu'ils se dirigent tous les trois dans le couloir. Mais on monte à la nursery sur la base de quelques mots dans un poème et ce ne serait pas la première fausse piste.

— Tu es en train de chercher un jeu de mots avec « Freud » et « fraude », pas vrai ? demande Lily.

Tom sourit.

— Tu me connais bien.

Sara rit avec lui. Encore une fois, le *saracasme* a disparu. Lily frissonne. Elle est mal à l'aise de voir Sara ainsi – un serpent privé de ses crocs, mais qui sourit encore.

— Regardez, lance Sara en se précipitant dans la nursery, le vieux cheval à bascule de ma mère !

Quelqu'un l'a descendu du grenier. Elle caresse la crinière du cheval, comme Gray quelques jours plus tôt.

— Et voilà le *doux sol blanc*, dit Tom en désignant le tapis moelleux immaculé. Super pour faire des anges de neige, très mauvaise idée avec des enfants. Ça ne pardonne pas. On dirait qu'on n'est pas au bon endroit, Lily.

Il se dirige vers un carton de peluches et en sort un Dispy en tirant sur son antenne.

— J'adorais ce truc, commente-t-il en secouant la tête.

Lily a aussi trouvé ses jouets préférés. Elle récupère sa poupée Jessie de *Toy Story* et la replace à côté de Buzz et de Woody. Lily était fascinée par Jessie. Elle portait son costume de *cowgirl* à chaque fête d'anniversaire, qu'il y ait un thème ou non. Chaque jour méritait qu'on se déguise.

Son Télétubby toujours en main, Tom la rejoint. Il désigne Woody et, à sa tête, Lily sait qu'il prépare une nouvelle blague.

— Je t'arrête tout de suite, il y a une enfant dans la pièce, dit-elle en montrant son ventre.

— Et une autre là-bas.

Tom jette un coup d'œil vers Sara. Assise sur le cheval à bascule, elle se berce avec un sourire béat. Lily n'a jamais rien vu de plus perturbant.

— Qu'est-ce qu'on fait ? chuchote Lily. On ne peut pas la laisser dans cet état.

— La sortir de la nursery pour commencer, et ensuite de la maison. Plus longtemps elle reste ici, plus ça va empirer.

— Alors il faut qu'on poursuive le jeu ?

— Exactement. C'est l'heure des trucs d'adultes. On commence par où ?

Lily se réfère à l'énigme, puis observe la pièce.

— Si on cherche quelque chose qui *tourne* sur le tapis, je suppose…

— Ne me dis rien.

Tom se précipite vers un placard et en sort des boîtes. Tous les jeux auxquels ils jouaient, enfants, certains achetés pour eux, d'autres datant de l'arrivée des Armitage à Endgame en 1955. Il y a le Monopoly *Star Wars*, Twister, la bataille navale, les Meccano… et un circuit de train.

— Je peux t'assurer que celui-là tourne en boucle jusqu'à ce qu'il n'y ait plus de piles.

Tom en arrache le couvercle, mais il n'y a pas de clé à l'intérieur.

L'un après l'autre, Lily ouvre tous les tiroirs de vieux vêtements et jouets de bébé. Elle récupère une petite couverture en crochet dont Grandma Violet disait qu'elle avait été cousue par sa propre grand-mère et la serre contre sa poitrine. Elle repartira à Londres avec.

Au-dessous se trouve exactement ce qu'elle cherchait. Tom se matérialise à côté d'elle.

— Ta vieille boîte à musique !

Lily l'ouvre, et aussitôt la ballerine au centre de la boîte se met à virevolter.

— Elle tourne en rond.

Sara descend du cheval, le laissant se balancer seul.

— Comment tu as su ?

— Tu reconnais la musique ?

Sara pose une main sur l'épaule de Tom en approchant pour écouter.

— Je reconnais la mélodie, dit-elle doucement.

— C'est la « Danse de la Fée Dragée » de…

— *Casse-Noisette* ! s'écrie Tom.

Il arrache le poème des mains de Lily.

— *Le parfum de noisette casse celui des soupirs,* tout y est !

Il prend Sara par la main et l'entraîne dans une valse au milieu de la pièce. Sara s'esclaffe, ses yeux brillent. Elle regarde Tom comme si son visage n'avait jamais connu l'ombre d'un cadran solaire. La mort de Gray a brisé sa carapace.

— Ta mère nous a emmenés voir le ballet, tu te souviens ? demande Lily alors que Tom cesse de tourner.

Sara, encore étourdie, reste dans les bras de Tom.

— On a mangé une glace à l'entracte, se rappelle sa cousine.

— Mais oui ! Fraise pour toi, chocolat pour moi, et vanille pour Gray.

Sara caresse la joue de Tom tendrement.

— Tom aime la glace au café. Et parfois à la pistache. Mais uniquement pour les grandes occasions.

Tom recule d'un pas.

— Je suis désolé, Sara, mais je crois qu'il faut qu'on te ramène en bas et qu'on t'installe bien au chaud devant la cheminée. Tu ne te sens pas très bien.

Sara chancelle vers lui, l'air confus, les bras tendus.

— Pourquoi tu t'éloignes, Tommy ? On est censés rester ici pour toujours.

— Elle me prend pour Gray, chuchote Tom à l'oreille de Lily. C'est un cas classique de transfert en ces circonstances. Elle a besoin de croire que Gray est toujours en vie, alors elle le projette sur une personne vivante.

— Je les ai tués pour toi, dit-elle en avançant lentement vers Tom, le regard toujours perdu.

— Elle est piégée dans le passé par le choc traumatique. Elle doit avoir tué les autres et justifié ses actes en disant que c'était pour Gray. Alors, quand Gray a voulu t'aider, elle a vrillé. Si ce n'était pas si effrayant, ce serait triste.

Lily hoche la tête, mais quelque chose la dérange, la perturbe, la titille. Elle repense à ses conversations récentes avec Tom. À aucun moment elle ne lui a dit que Gray voulait l'aider. Une menace froide se referme sur son cœur. Elle ne peut pas courir, mais son esprit tourne à toute vitesse. Sara et Tom, ou Tom et Gray se servant d'alibis mutuels. Elle-même, qui a aidé Tom à récupérer les clés tous les jours. La tendresse d'une Sara en état de choc à l'égard de Tom, et leurs disputes féroces en public. Puis elle se souvient des gémissements provenant de la chambre de Sara.

Lily pourrait se cacher. Jouer le jeu. Fuir.

Ou dire ce qu'elle pense.

— Comment sais-tu que Gray voulait m'aider ?

Tom sourit, les yeux écarquillés.

— Tu me l'as dit, bien sûr ! Hier soir, pendant notre soirée pyjama.

— Ah oui. Désolée, j'avais oublié.

— Ça fait beaucoup de choses à digérer en ce moment, dit Tom en lui tapotant le dos.

Lily tressaille à son contact et tente de le cacher.

Sara dévisage intensément Tom.

— Tu as dormi avec elle ?

— Par terre, répond Tom d'une voix claire.

Son regard, en revanche, ne quitte pas Lily.

— Tu m'as dit que tu voulais rester seul hier soir.

Les yeux de Sara sont remplis de douleur. C'était avec Tom qu'elle couchait. Et c'est pour Tom qu'elle a tué.

Tom chuchote à Lily :

— Je lui ai dit de ne pas rester toute la nuit dans la chapelle avec Gray. Qu'elle avait besoin de se reposer.

— La pauvre…, dit Lily, sincèrement compatissante. On devrait faire ce que tu as dit, continue-t-elle.

La ramener bien au chaud au salon. Et ensuite chercher une solution pour partir d'ici et aller chercher les secours.

— Ça me va, acquiesce Tom.

Il échange un regard furtif avec Sara et hoche la tête.

Lily tente de maîtriser son pas jusqu'à la porte de la nursery.

— On ne part pas, décrète Sara.

Lily ne regarde pas en arrière.

Continue à avancer, s'intime-t-elle.

Le bruit d'un pistolet qu'on arme. Sara ajoute :

— Et toi non plus.

Lily fait volte-face. Sara pointe un revolver sur sa tête.

— Non, Sara, s'interpose Tom en levant les mains comme s'il n'était pas une menace lui aussi. Donne-moi ton arme.

— Seulement si tu lui dis pour nous, le supplie-t-elle.

— Je crois que Lily a déjà compris.

Le regard de Tom se durcit.

— Allez, Lily. Tu es devenue si douée pour élucider les mystères, mais pas assez pour empêcher les autres de mourir.

— C'est vrai, ça, Lily, renchérit Sara en se postant à côté de Tom. Résous l'énigme.

Lily tente de réfléchir, de rassembler toutes les pièces du puzzle. Mais son esprit est un labyrinthe d'impasses.

— Je n'ai pas encore tout compris. Mais j'ai l'impression que Tom et toi avez mijoté ça ensemble. Et que tu as même tué Liliana. À vous deux, vous avez éliminé ses héritiers jusqu'à ce qu'il ne reste plus que vous, et vous comptez rejeter la faute sur Gray.

— Non, pas sur Gray. Jamais de la vie, proteste Sara.

— On en reparlera plus tard, chérie, dit Tom. Ça pourrait simplifier les choses. Après tout, c'est bien lui qui a coupé l'arbre et trafiqué les voitures, et il m'a frappé avec une branche pour ne pas éveiller les soupçons de Lily. Ses empreintes sont partout. Y compris sur l'arme qui a servi à le tuer.

Sara secoue la tête.

— Tu n'aurais pas dû lui faire de mal, Tom.

— Il comptait tout raconter à Lily. Il te l'a dit lui-même.

Un éclair de folie traverse les yeux de Sara.

— On dira que c'est Lily qui nous a menacés avec un revolver, alors on s'est débattus pour le lui prendre et le tir est parti accidentellement. Ensuite on fabriquera toutes les preuves.

Tom réfléchit.

— C'est vrai qu'un accident peut si vite arriver dans cette famille. Et il faut effectivement se débarrasser des témoins. C'est d'ailleurs ce qu'on a fait avec Philippa et Ronnie. Ils en savaient trop. Philippa nous a surpris en train de nous embrasser et elle est devenue méfiante.

Sara pointe le revolver en direction de Lily. Sa main tremble.

— Je vais le faire, propose Tom. Comme preuve de mon amour pour toi, Sara, et parce que j'ai peur que ta main tremble trop et qu'au lieu de toucher Lily tu n'abîmes notre grenier.

Alors que Sara tend son arme à Tom, un sourire narquois et familier réapparaît sur son visage.

Puis s'éteint quand Tom retourne le pistolet contre elle. Et tire.

39

Tom presse la gueule du revolver contre le dos de Lily, la poussant à avancer dans le couloir. D'un coup de pied, il ouvre la porte de la chambre de Lily et, sans cesser de la menacer, lui enjoint d'entrer. Il sort la clé de la serrure et l'empoche.

— Et maintenant ? demande Lily.

Tom tire son fauteuil de bureau et le place au milieu de la pièce, loin de tout ce qu'elle pourrait attraper.

— Assieds-toi face à moi. Mains sur les genoux.

Lily place sa main sur ses cuisses, les pouces pressés contre son ventre pour rassurer Bean. Bean bouge, comme pour la rassurer à son tour.

— J'imagine que tu vas me laisser là jusqu'à demain pour que je trouve la dernière clé, avant de me tuer.

— Je n'ai vraiment aucune envie de te tuer.

— Mais j'aurai résolu toutes les énigmes.

Tom fait quelques pas vers elle. Il range l'arme dans la poche de sa veste.

— On s'entend si bien, toi et moi, pas vrai ?

— C'était ce que je croyais.

— Je ne plaisantais pas quand je te disais qu'on pouvait rester ici tous les deux. Et si on s'accorde sur nos témoignages, la police mettra tout sur le dos de Sara et de Gray. J'ai caché les batteries des voitures dans l'armoire de Sara, avec le couteau à viande qu'elle a pris pour tuer Philippa. Il y a les empreintes de Gray sur la tronçonneuse qu'il a utilisée pour couper l'arbre *et* la branche. Je me suis aussi arrangé pour qu'il récupère l'arme avec laquelle j'ai tué Ronnie, puis lui. On pourrait dire qu'il nous a menacés avec, et que Sara s'est sentie obligée d'y mettre un terme.

— Gray ne mérite rien de tout cela.

Tom hausse les épaules.

— Gray est mort, de toute façon.

— Parce que tu l'as tué.

Tom pousse un soupir.

— Lily, tu es une fille intelligente. Tu sais que je n'avais pas le choix.

Elle serre les poings en entendant le mot « fille », prête à parier que, si elle réexamine leurs conversations – ce qu'elle espère avoir le temps de faire un jour –, elle découvrira sous un nouveau jour plein de ces micromanipulations. Mrs Castle avait raison. Elle n'est vraiment pas douée pour cerner les gens.

— Il avait l'intention de tout te raconter, poursuit Tom. Sara avait perdu le contrôle sur lui.

— Elle a donc perdu son utilité à tes yeux.

— J'ai su que j'allais devoir la tuer la nuit où elle t'a agressée. Elle s'est laissé emporter par ses émotions.

— Alors tu es intervenu.

— Ce n'était pas moi. Sûrement Gray. Il avait un penchant pour toi. Jusque-là… maintenant on pourrait dire qu'il est complètement à plat.

Il s'esclaffe et Lily n'arrive pas à croire qu'elle a un jour aimé son rire. À présent, il lui fait l'effet d'une raclette sur un pare-brise givré.

— J'ai vraiment vu un voile gris sur ses yeux, tu sais, quand il est mort. Je ne crois pas en Dieu, mais je l'ai regardé s'éteindre. Encore un fantôme pour Endgame.

— Tu n'avais vraiment aucun sentiment pour Sara ?

— Si, peut-être un peu. Je ne sais pas. Tu l'as vue, elle n'avait aucun sens de la retenue ou de la discrétion. Elle n'arrêtait pas de me tripoter dans la nursery. C'était un maillon faible. Elle n'aurait jamais tenu pendant un interrogatoire de police.

— Et moi si ?

— Tu es la personne la plus capable de retenue et de maîtrise que je connaisse. Tu bouillonnes d'émotions sans jamais le montrer. Dans un interrogatoire, tu resterais impeccablement calme et modérée. La reine du meurtre à l'anglaise.

Tom s'agenouille devant elle dans une imitation de l'allégeance. Sa main, cependant, reste sur son arme.

— Et qu'est-ce que j'y gagne ?

— La moitié d'un manoir ? propose Tom en riant. La chance de t'échapper de Londres et de revenir aux sources ? Un endroit de rêve pour que ta fille puisse s'épanouir ? Je continue ou ça fait assez de raisons ?

— Je veux savoir une dernière chose. Est-ce que tu as tué Liliana ?

Tom secoue tristement la tête.

— Non, ça c'était entièrement la faute de Sara. Elle a réussi à la faire paniquer en lui racontant ce qu'on comptait faire à sa famille, et ensuite elle lui a confisqué son inhalateur. Sa propre mère. Simple. Efficace. Froid, d'une froideur plus radicale que la glacière. Difficile de prouver quoi que ce soit à part un accident. Même pas besoin de soudoyer le médecin légiste.

Ah, et oui, j'ai vu que tu me cachais ça dans ta chambre, l'autre nuit.

— Je sais que Sara détestait sa mère, mais au point de la tuer ?

— Elle voulait la maison et, surtout, elle ne voulait pas que quelqu'un d'autre en hérite. Elle se disait qu'en tuant Liliana le jeu de piste n'aurait pas lieu. Manifestement, c'est raté. Tante Lil avait déjà tout prévu, mais finalement je suis content qu'elle l'ait fait, parce que, grâce à toi, j'en suis récemment venu à soupçonner que…

— Liliana a tué tes parents. L'« usure » des freins. Le ruban jaune de ma mère laissé dans l'habitacle.

— Je t'avais dit que tu étais douée.

— Et si tu as lu le rapport du médecin légiste, j'imagine que tu sais pourquoi elle les a tués.

— Papa a assassiné Mariana. Mais je le savais déjà plus ou moins.

— Quoi ?

Le sang de Lily se fige comme si elle venait d'entrer dans la glacière.

— J'ai surpris Papa en train de fabriquer du faux sang, le soir de Noël. Il m'a dit que c'était pour un tour de magie, mais ensuite il m'a réveillé en entrant dans la chambre voisine vers 2 heures du matin. C'était le matin du *Boxing Day*. J'ai attendu qu'il s'endorme pour aller dans notre salle de bains commune. Il y avait du faux sang dans le lavabo, et un rasoir taché sur le rebord de la baignoire. Le lendemain matin, tout avait disparu, et j'ai appris pour Tante Mariana. Tu n'es pas le seul génie de la famille. Peut-être qu'avec tout ce talent, je vais remporter le jeu de piste demain.

— *On* va le remporter, corrige Lily.

— Exactement.

Tom se lève et enlève une peluche sur son genou.

— Maintenant, tu vas dormir un peu. Il faut que ton cerveau soit en forme pour résoudre cette dernière énigme. Je t'enferme à clé, bien sûr. Je ne voudrais pas qu'il t'arrive quelque chose. Je pourrais même dormir devant ta porte, histoire d'être certain.

Il se penche pour déposer un baiser sur sa joue tout en pointant son arme vers son ventre.

Jamais il ne les laissera, ni elle ni Bean, sortir d'ici vivantes.

La porte se referme derrière lui et la clé tourne dans la serrure.

5 JANVIER – NUIT DES ROIS

Le dernier jour des Douze

40

— Pas de temps pour la grasse mat', claironne Tom en ouvrant la porte de sa chambre à la volée.

— Il fait encore nuit, proteste Lily en remontant sa couette jusqu'au menton.

— Tu n'entends pas les douze joueurs de tambour ? C'est le dernier jour des Douze. On a jusqu'à 16 heures pour trouver la chambre secrète.

— Super.

— Je te l'ai déjà dit, Lily, râle Tom en approchant si près qu'elle sent l'alcool de la veille. Arrête avec le sarcasme. Ça ne te va pas. Tu vaux mieux que ça.

— Et comment on est censés obtenir le dernier sonnet sans Mrs Castle pour nous l'apporter sur un plateau ?

— Cette adorable vieille grincheuse a pensé à tout. Je suis allé chercher du bois dans la remise suivant les instructions de sa lettre, et j'ai trouvé un gâteau sur le panier du petit bois.

— Un gâteau des Rois, souffle Lily. Comme quand on était petits.

Le souvenir lui revient du gâteau aux épices décoré de pâte à sucre et de glace royale. Une fois, la veille de l'Épiphanie, Tom y a trouvé le haricot sec qu'on y cache traditionnellement, et a ainsi été couronné roi de la fête. C'est Sara qui est tombée sur la seconde fève, un petit pois qui faisait d'elle la reine. Ils se sont pavanés ensemble dans le manoir comme dans leur royaume pour cette nuit des Rois.

— Oui, je me suis souvenu de cette histoire de fèves, dit Tom. Alors j'ai écrasé le gâteau et j'ai trouvé les indices. Il n'y avait que deux exemplaires du poème, comme si elle savait.

Tom sort les énigmes de sa poche, s'assurant qu'elle remarque bien que la seconde contient son arme.

— Je vais te le lire, propose-t-il. Je sais combien tu aimais les lectures de Gray. Dommage qu'il ne soit plus là.

Allons danser, toi et moi, valser dans l'au-delà
Sous le plafond, l'écho de nos rires d'antan.
Nos âmes s'épuisent sur la piste jusqu'à l'achèvement,
encore. Les vivants s'écarteront sur nos pas,

parcourus de frissons et ignorant pourquoi.
La Mort n'est pas une musique triste pour moi,
Pour nous qui chantons, inséparables à jamais,
Dans la tombe nos os sont enlacés.

Et quand nos spectres danseront des claquettes
et regarderont de vieux films, ils penseront
que la télé se détraque, que la pendule s'arrête,

Que c'est au robinet qu'on doit ce bruit de fond,
car ce sont eux qui n'ont pas été sages.
Dire que nous croyions vivre pleinement sans visage.

Les mots, lus par Tom, sonnent faux. Il n'a aucun sens du rythme, de l'harmonie, de la beauté. Et cette dernière ligne, lue avec une mimique lubrique de ses sourcils, donne envie à Lily de partir en courant pour aller vomir.

— Romantique, non ? lance Tom.

— Tu crois que Liliana s'adressait à qui dans celui-là ? Parce que je n'ai pas l'impression que ce soit à moi.

— Tante Lil n'avait pas de petit copain, si ? J'étais à peine né quand Oncle Robert est mort, alors je ne l'ai jamais vue avec personne.

— Peut-être qu'elle s'adresse à ma mère. Elle parle d'achèvement et suggère que leurs fantômes danseront à jamais ici.

— Quelle importance ? réplique Tom d'une voix impatiente. Bon alors, où est-ce qu'on cherche cette clé ?

Encore une fois, et pour la dernière, Lily se creuse les méninges en relisant le sonnet.

— Un poème où deux personnes dansent ensemble pour toujours. Je crois que cet indice est peut-être le plus limpide de tous. Où danserais-tu pour le bal de la nuit des Rois ? Je ne vois qu'un seul endroit…

Avec cet indice, Lily voit la salle de bal sous un nouveau jour. Elle voit presque les fantômes virevolter dans les murs de glaces. Ici, Lily à cinq ans, qui danse les pieds sur ceux de sa maman ; ici, Rachel, qui lit dans son coin en leur tournant le dos. Et là, Liliana et Mariana, qui virevoltent ensemble dans leur jeunesse. Peut-être ont-elles dansé ici avec leurs amours. Peut-être que le poème de Liliana est adressé à feu son mari, Robert. Ou peut-être est-ce à quelqu'un d'autre.

— On n'a pas le temps pour s'admirer devant le miroir, lui rappelle Tom. Mets tes lunettes, allez.

— Mes quoi ?

— Tes lunettes magiques, là, quand d'un coup tous les indices se remettent en place sous tes yeux.

Lily jette un coup d'œil rapide à l'indice.

— Je crois que même toi tu peux comprendre celui-là.

Tom rougit. Il se mord la lèvre. Il est redevenu ce petit garçon qui ne supporte pas de passer pour un idiot. Il sort le revolver de sa poche.

— Dis-moi où chercher.

Lily a envie de lui rétorquer que, s'il la tue, il ne trouvera jamais la clé ni la chambre secrète. Mais ça ne ferait qu'attiser sa colère, et elle-même ne saura jamais la vérité si elle meurt avant.

— Regarde dans la pendule. Le poème dit qu'elle s'arrête, alors peut-être que la clé est coincée dans ses rouages.

Lily désigne l'horloge ancienne suspendue au mur. Elle imagine un bal au cours duquel son carillon sonnerait à minuit et une femme magnifique, vêtue à la fois de haillons et d'étoffes luxueuses, s'enfuirait. Elle aimerait bien créer cette robe. Elle aimerait bien rencontrer cette femme.

Gardant son arme pointée sur elle, Tom recule lentement jusqu'à atteindre l'horloge ovale au mur. Dans le silence, l'absence du tic-tac est presque assourdissante.

Tom regarde fixement le cadran.

— La clé est là. Tu t'es plantée, elle a remplacé une des aiguilles. Pas si maligne que ça, finalement. Hein ?

Lily ne répond pas.

— Tu sais quoi ? enchaîne Tom en s'approchant avec son sourire retrouvé. Fêtons la découverte de cette dernière clé en dansant.

— Ici ?

— Je ne vois qu'un seul endroit…, réplique Tom en se faisant l'écho de ses paroles.

Il tend la main et l'attire dans ses bras comme il l'a fait avec Sara.

Lily l'esquive et referme ses bras autour d'elle.

Le sourire de Tom disparaît. Il serre les dents et la transperce du regard.

— On n'a pas le temps, justifie précipitamment Lily. Il faut que je trouve cette chambre secrète. On n'a que jusqu'à 16 heures avant qu'Isabelle récupère la maison pour la donner à des chatons.

Tom serre le poing et pointe le revolver sur la tête de Lily.

— Dans ce cas, tu ferais mieux de te mettre au boulot.

41

De nouveau enfermée dans sa chambre, Lily est allongée sur le lit, une main sur son ventre. Elle est censée réfléchir à l'emplacement de la chambre secrète. Mais c'est simplement l'excuse qu'elle a donnée à Tom pour qu'il la laisse tranquille. À quoi bon essayer ? Quoi qu'il arrive, elle va mourir. Soit elle trouve l'emplacement de la pièce, et ensuite Tom la tue, soit elle refuse, et Tom la tue. Tom pourra ensuite se faire passer pour le héros de l'histoire auprès de la police, et Isabelle lui remettra sûrement les clés de la maison.

Tout ce que Lily a réussi à accomplir à Endgame, c'est échouer à sauver sa famille et aider un assassin. Elle n'aurait jamais dû faire confiance à personne. Elle aurait dû rester dans le labyrinthe qui la retient prisonnière depuis toujours et attendre que la neige soit son linceul.

Dehors, le vent glacial gémit à la fenêtre. Les rideaux ouverts dévoilent une vitre couverte de flocons dont le gel se fissure comme une coquille d'œuf. Alors, Lily retrouve cette sensation d'être chatouillée par un souvenir. Quelque chose en rapport avec une coquille d'œuf. Une conversation à la chaleur du feu de camp, peu de temps avant la mort de sa mère. Elle ferme les yeux pour se rejouer la scène et les mots lui reviennent.

« Certaines personnes semblent aussi délicates qu'une coquille d'œuf, disait Mariana à Oncle Edward et à Tante Veronica. On pense qu'on peut les briser en serrant le poing, qu'il suffit de les étrangler. Chaque coup laisse sa fissure. Mais si l'on réarrange les lettres de la COLÈRE qu'ils infusent, elle finit par ÉCLORE et se déchaîne pour accomplir ce qui doit l'être. »

Veronica a chuchoté à l'oreille de Mariana, mais suffisamment fort pour que Lily l'entende – ne jamais sous-estimer l'ouïe des enfants.

« Liliana va s'opposer à nos projets pour l'hôtel et compte persuader le reste du conseil d'administration. Nous aimerions que tu votes contre elle. »

Mariana a secoué la tête. Veronica a ensuite regardé Lily et s'est rapprochée de sa mère. Lily n'entendait plus, mais sa mère l'a prise par le bras et l'a serrée contre elle.

En s'éloignant, Veronica affichait une colère froide.

C'est cette colère et celle d'Edward qui ont tué sa mère. C'est la colère de Liliana qui l'a poussée à tuer son propre frère et sa belle-sœur, et qui a fini par conduire à sa propre mort. Celle de Tom et Sara qui a fait d'eux des assassins.

La colère de Lily, en revanche, est ce qui va la maintenir, elle et la petite Bean, en vie. Qui va les faire éclore. Et c'est elle qui va empêcher Tom de mettre la main sur la maison.

Lily pose les pieds par terre, se lève et dispose tous les poèmes les uns à côté des autres sur le sol. Un fil les relie forcément, Liliana s'en sera assurée. Il suffit de trouver lequel et de tirer.

Fouillant dans son sac, elle sort la lettre de Liliana qui lui est uniquement destinée et dans sa lecture, elle s'arrête sur une phrase. *Elles seront là, dans chaque indice : au commencement et à la fin de tout ce qui hante notre lignée depuis tant d'années.*

Elle a vu cette phrase dans une énigme, elle en est sûre. Parcourant les poèmes, elle trouve celui qu'elle cherche, celui du *Boxing Day*. *Le volume de larmes versées marque le début et la fin de la lignée.*

Est-ce qu'elle parle du début et de la fin de la lignée ? Est-ce qu'elle pense au bébé de Lily, Bean ? Mais dans ce cas où serait le début ? Et si dans lignée il fallait lire « ligne » ? Elle entendrait tout simplement « vers » ?

Sentant l'adrénaline infuser son corps, Lily inscrit la première et la dernière lettre qui « marque » la ligne initiale de chaque sonnet.

E**st-il vrai que la mémoire appartient aux éléphant**s
D**ormez-vous comme des bébés sous vos couverture**s
O**ù mon cœur gouverne ce manoir mon chez-mo**i
U**ne chouette descend, entre Noël et Nouvel A**n
A**ujourd'hui, c'est Halôa que je célèbr**e
R**ois et reines, mon indice est un prono**m
D**ans le silence écoutez la voix de Marian**a
A**vez-vous déjà songé à mouri**r
A**ir trouble, par l'encens envah**i
S**i l'on brisait la glace avec de la tequil**a
S**i tôt dans l'année naît l'ambitio**n
A**llons danser toi et moi, valser dans l'au-del**à

ÉDOUARD A ASSASSINÉ MARIANA

Lily le savait, mais elle se surprend quand même à souffler de soulagement. Edward a tué Mariana pour la maison, et ensuite Liliana l'a tué. Mais pourquoi cette orthographe Édouard, au lieu d'Edward ? Liliana ne fait pas d'erreur, pas avec les mots en tout cas.

Toute coquille est forcément délibérée. Lily se penche sur la ligne qui la contient. *Où mon cœur gouverne ce manoir mon chez-moi*. Alors elle comprend. Comme toujours, Liliana a attiré son attention sur une anomalie. Et celle-ci dévoile un secret qui la fait sourire. Tout est une histoire de rythme. On peut lire *où mon cœur gouverne, ce manoir*. Mais aussi *où mon cœur gouverne ce manoir*. Son cœur, la gouvernante. Mrs Castle. *Mon chez-moi*, son cœur, la gouvernante. Elle lui a bien dit qu'on pouvait se sentir chez soi dans un lieu, ou auprès d'une personne. C'est ce que signifie le seul message qui ne soit pas adressé à Lily. Le dernier poème était là pour Mrs Castle, réclamant une danse quand elles seront toutes les deux mortes. L'amour moderne.

Lily ne peut réprimer un sanglot, cette fois. Mais elle se ressaisit en entendant la clé tourner dans la serrure.

— C'est bon, c'est résolu ? demande Tom en regardant les sonnets étalés par terre.

— Pour l'instant, j'ai juste la confirmation que ton père a tué ma mère. C'est écrit avec la première lettre et la dernière de chaque vers.

Tom acquiesce.

— Donc, en réalité, je ne fais que terminer un jeu qui a commencé il y a des dizaines d'années. La plus longue partie de Monopoly jamais répertoriée. Et je gagne.

— Seulement si on trouve la chambre secrète.

Tom sort de la pièce et revient avec une masse maculée de sang séché. Lily se ratatine.

— C'est ce que tu as utilisé pour tuer Ronnie et Gray.

— Et alors ? Si tu ne parviens pas à trouver cette pièce de manière intelligente, je ne vais pas avoir d'autre choix que de recourir aux bonnes vieilles méthodes.

Il prend de l'élan et abat la masse sur le fond de l'armoire de Lily. Le bois cède dans un fracas.

La maison grince autour d'eux, comme tremblant de peur.

— Arrête. Je vais la trouver, promis.

— Je savais que toi aussi, tu voulais cette maison. Tu es aussi égoïste que nous tous.

Tom lui souffle un baiser et s'en va, l'enfermant une fois de plus.

***

Bean frétille dans son ventre alors que Lily relit frénétiquement les sonnets. Il y a tant de champs sémantiques en commun : la musique, la mort, le chant, Bowie.

Lily s'arrête un temps pour penser à Bowie, comme tout le monde devrait le faire. « Que ferait Bowie ? » Bonne question.

Mais qu'est-ce que ça signifie ? Bowie était un caméléon incandescent. Magnétique. Il n'avait pas besoin de se limiter à une version de lui-même à montrer au monde. Quel rapport avec Lily, ici et maintenant ?

Qu'est-ce qu'elle ne voit pas ? Lily sort Christina du lit et la pose sur ses genoux. Elle frotte l'ourlet de la jupe de la poupée de chiffon entre son index et son pouce pour se réconforter. Sous ses doigts, elle sent les coutures qui relient les différents tissus.

C'est ça.

Bowie avait pour habitude de découper des articles, des pages de livre, de les associer à ses pensées, à tout et rien qui s'ajoutaient pêle-mêle pour former les paroles de ses chansons. Empruntant à William Burroughs, fondateur du mouvement artistique de la Beat Generation, Bowie découpait les mots et les recousait pour leur donner une nouvelle interprétation.

C'est ce que doit faire Lily.

Elle récupère les ciseaux sur son bureau et commence à découper les poèmes.

— *Let's Dance*, dit-elle, portée par la mélodie de Bowie.

42

Lily tente d'ignorer le vacarme de Tom qui défonce les murs à coups de masse, mais le bruit s'infiltre sous sa peau comme les échardes de la rampe d'escalier. Elle sent le manoir lui résister. Elle ne sait pas comment c'est possible, mais elle jurerait que c'est le cas.

— Concentre-toi, s'intime-t-elle à voix haute en éparpillant les bouts de papier découpés devant elle.

Les mots se mêlent, se pollinisent, créent de nouveaux liens. Zut. Buée. Souda. Jouer. Mord… non, cette piste ne mène à rien. Lily parle à voix haute, consciemment maintenant, et elle écoute l'écho de ses mots dans la chambre. Chaque fois que Bean l'entend, elle frétille. Que ferait-elle si elle se mettait vraiment à chanter ?

Le thème de la musique revient encore et encore. *Continue de chanter, et les jours mornes passeront*, promettait sa mère dans sa carte de vœux. *Peut-être trouveras-tu la force d'âme nécessaire pour faire entendre ta voix*, écrit Liliana dans sa lettre. Mais que doit-elle chanter ? Gribouiller le motif du labyrinthe l'a toujours aidée à réfléchir, alors elle prend un stylo et commence à dessiner de sa main libre.

Elle pense à l'aria d'opéra que sa mère chantait, mais il n'y a rien dans les poèmes pour en donner les notes. Elle cherche une chanson, une simple chanson. Elle essaie de relier les points, d'en faire une constellation.

C'est alors qu'elle le voit.

Les mots parsèment la moquette sombre comme des étoiles.

Cœur, *hiver*, *mornes*, *terre*, *pierre*.

Des indices qui jouent une musique. La chanson que chantait sa mère. « Au cœur du morne hiver ». Lily récite ces paroles qu'elle a mille fois entendues, d'un poème de Christina Rossetti devenu chant de Noël.

Au cœur du morne hiver
Sous les cris du vent
Le gel muait en pierre
Terres et étangs.
La neige tombait blanc sur blanc.
Blanc sur blanc, sur blanc.
Au cœur du morne hiver,
Il y a bien longtemps.

Et à cet instant, elle sait qu'elle veut la maison. Mais comment gagner ? Elle n'a qu'une seule des douze clés possibles.

Les clés. Il y en a douze.

Il y a douze clés possibles en mode majeur.

« Au cœur du morne hiver » est en *fa* majeur.

De nouveau, un sentiment de déjà-vu vient la chatouiller. Elle retourne à la lettre de Liliana. Et la voilà, répétée ici : *les indices majeurs sont dissimulés dans les plus mineurs.*

Fa majeur. La tonalité de la chanson, une gamme de huit notes définie par sa tonique, le *fa*.

Tout tourne autour de la clé de *fa*. Et peut-être que c'est la clé que tout le monde cherche depuis le début.

Alors elle a la clé, il lui manque la porte.

CRAC

La maison tremble autour d'elle. Il faut persévérer. Elle doit encore trouver l'emplacement de la chambre secrète. *Réfléchis*.

Elle griffonne à nouveau le labyrinthe pour se concentrer, puis se souvient d'une autre partie de la lettre : *Il est temps de faire prendre à ces gribouillis une forme dans la réalité.* À la première lecture, Lily n'y a vu qu'une raillerie de plus sur ses dessins de mode, le genre de commentaire condescendant que Sara connaissait bien. Mais peut-être s'agissait-il d'autre chose. L'image qu'elle dessine tout le temps pour canaliser ses pensées, c'est le labyrinthe. Le labyrinthe est au centre de sa vie. Le labyrinthe qui apparaît sur chaque nappe, sous-verre, set de table, assiette, tasse, soucoupe, et même sur les dés à coudre dans la maison. La réponse est peut-être juste ici, dans son champ de vision, depuis toujours et depuis qu'elle est arrivée. Le labyrinthe.

Liliana le désigne depuis le début, et a donné à Lily tout ce dont elle avait besoin pour gagner. Mais en quoi cela va-t-il l'aider à trouver la chambre secrète ?

Puis elle se souvient.

Lily ouvre le dossier d'un coup et en sort les plans d'Endgame. La maison et le labyrinthe font la même superficie. Elle ferme les yeux. Plaçant le stylo sur le plan, au niveau de l'entrée principale, elle retrace le chemin du labyrinthe dans sa tête et laisse le stylo suivre. Il tourne, avance et s'arrête dans l'encochement secret entre les haies où Lily s'est cachée et où Mariana est morte.

La pointe du stylo enfoncée sur le papier, Lily ouvre les yeux. L'emplacement secret du labyrinthe correspond à la salle de jeux de la maison. Évidemment. Le jeu de piste ne pouvait pas se terminer ailleurs.

Si elle veut atteindre la chambre secrète avant que Tom ait fini de détruire le manoir, elle va devoir sortir. Mais elle est enfermée dans sa chambre. Tom a la clé. *Réfléchis.*

Dans sa lettre, Liliana dit à Lily qu'elle veut lui donner une porte de sortie. Et que les clés apportent protection et liberté. Lily fouille les poches de son manteau et en sort la clé trouvée dans le labyrinthe, ainsi que celle que Gray lui a rendue.

Elle insère la première dans la serrure. Sans résistance. Puis elle essaie sa clé, celle qu'elle portait autour du cou, enfant. Elle fonctionne aussi. Comme probablement toutes les clés. Ce qui expliquerait comment on s'est introduit dans sa chambre. Liliana ne pouvait pas savoir qu'elle aurait réellement besoin d'ouvrir une porte physique, et pas que symbolique, mais ça n'a plus d'importance. Lily déverrouille la porte. Elle est libre.

Elle se précipite sur le palier. À l'étage du dessous, Tom abat chaque porte sur son chemin vers l'arrière du manoir. Lily pose la main sur un mur et le caresse. Elle est sûre de sentir la maison aller à la rencontre de ses doigts.

Le vent gémit dans la maison comme pour distraire Tom et couvrir les pas de Lily dans l'escalier, où elle évite chaque marche grinçante. Elle ne peut pas se permettre de perdre cette dernière partie de cache-cache.

En atteignant la salle de jeux, elle regarde autour d'elle, sentant son propre fantôme et ceux de Tom et Gray, quelques jours plus tôt, peser sur le présent. Elle éternue, comme la dernière fois qu'elle était ici. Où dissimuler une chambre secrète ? Puis elle se rappelle la fissure derrière le flipper.

Lily tire sur une patte de la machine, mais elle est impossible à déplacer. Elle tente de la pousser par un côté. C'est plus facile, mais ses mains glissent et elle dérape accidentellement sur le bouton *On*.

Le flipper s'allume dans un spectacle de sons et lumières. Autour, tout n'est que silence. Les coups de masse ont cessé. Des pas se précipitent dans l'escalier. Lily pousse de toutes ses forces, elle sait qu'un tel effort physique n'est pas raisonnable dans son état, mais quel choix lui reste-t-il ? Le flipper bascule juste assez pour lui permettre de presser d'un doigt la ligne qui court dans toute la hauteur du mur.

Un déclic. Une porte s'ouvre.

Lily cligne des yeux en pénétrant dans une pièce chauffée et remplie d'instruments de musique. Il y a une harpe celtique, une batterie, un violoncelle usé, un clavecin… et au mur des photos de Lily et de sa mère. Tant de photos. Sur un des clichés, elles chantent ensemble sous le saule pleureur. C'est la salle de musique dont sa mère a toujours rêvé, à l'abri des participants aux congrès et de tous. Une salle de musique où règne le silence.

Une main l'attrape par l'épaule. Tom la pousse de côté en la dépassant, cherchant partout l'acte de propriété du manoir. Lily perd l'équilibre et tombe sur les timbales. Leur son résonne dans la pièce, et Lily sait aussitôt quoi faire.

Elle prend une profonde inspiration, déglutit et, une main sur son ventre, elle ouvre avec la note juste d'*Au cœur du morne hiver*.

Tom se tourne vers elle, les yeux écarquillés.

Puis une porte bascule dans le mur le plus éloigné de la salle de musique. Une chambre secrète qui donne naissance à une autre.

Isabelle Stirling se penche pour passer le cadre de la porte et entre dans la salle de musique, un dossier à la main.

— Et nous avons une gagnante. Lily Armitage, je vous déclare propriétaire d'Endgame House.

Tom sort son revolver et le brandit à quelques centimètres de la tête de Lily.

Un chat gris s'échappe derrière Isabelle, frôlant les chevilles de l'avocate. Lily croit à une hallucination, elle est forcément déjà morte.

Tom regarde le chat, ébahi.

— Qu'est-ce que…

Mais il ne voit pas la silhouette sombre qui dépasse Isabelle pour foncer sur lui, le renverser et envoyer valser son arme.

La silhouette se penche et récupère le revolver.

Mrs Castle abaisse sa capuche pour que Tom puisse voir son visage. Puis elle le tue.

43

— Asseyez-vous là, Miss Lily, ordonne Mrs Castle en lui désignant le fauteuil au coin du feu.

Lily s'enfonce dans le siège et écoute le cuir craquer et prendre sa forme. Mrs Castle place un plaid écossais sur ses genoux.

— La ligne fixe fonctionne de nouveau et j'ai appelé la police. J'ai aussi mis de l'eau à chauffer. Je vais vous préparer un petit quelque chose à grignoter.

Elle tapote l'épaule de Lily et sort du séjour.

Lily regarde fixement la porte après son départ. Mrs Castle a tué Tom. Et maintenant elle prépare du thé.

Isabelle est plantée à côté de la cheminée, comme au premier jour.

— Ça fait beaucoup d'événements à digérer, dit-elle. Sois douce avec toi-même. Il m'a fallu longtemps pour m'y faire.

— Tu étais au courant pour tout ?

— Quasiment. Liliana ne faisait confiance qu'à Mrs Castle et moi. Elle a tenté d'aller voir la police pour leur expliquer ce qui était arrivé à ta mère, mais personne ne l'a écoutée. « Pas assez de preuves. Pas dans l'intérêt public. »

Depuis la cuisine s'échappent le sifflement d'une bouilloire et les murmures d'une télévision.

— Les intermédiairès n'étaient plus fiables, alors elle s'est reposée sur nous, explique Isabelle en s'asseyant dans l'autre fauteuil.

Les flammes éclairent doucement sa peau. Elle se penche afin de caresser le gros chat gris qui frotte sa tête contre ses chevilles, et le prend pour le déposer sur ses genoux. Il a les yeux chassieux et aveugles.

— C'est Winston ! s'écrie Lily.

Winston lève la tête au son de sa voix et se met à ronronner. Elle se lève pour s'approcher du fauteuil d'Isabelle.

— Salut, gros pépère.

Winston se redresse pour taper sa tête contre la paume de Lily.

— Il vit avec moi maintenant, explique Isabelle quand Lily se rassied. On a passé des sacrées vacances de Noël à Endgame, pas vrai, Winston ?

— Attends, tu étais là pendant tout ce temps ? Avec le chat ?

— Tu dois avoir une tonne de questions.

Winston ronronne sous les caresses d'Isabelle. Elle n'a pas tort. Les interrogations pleuvent et s'accumulent comme des flocons.

— Tant de questions. Et je ne sais pas du tout par où commencer.

— Alors permets-moi de le faire. Après être venue te voir dans ta chambre, je suis partie et j'ai placé tous les téléphones dans le coffre dédié au cabinet Stirling, comme Liliana l'avait malheureusement stipulé, puis…

— Pourquoi malheureusement ?

— Parce que, dans sa tentative d'empêcher la triche et la concurrence déloyale, elle t'a ôté la seule chose qui aurait pu assurer ta sécurité.

Elle lève les yeux vers Lily et ajoute, rougissante :

— Et celle des autres, bien sûr. Si tu avais pu appeler la police quand Philippa a été assassinée, Ronnie et Gray seraient encore en vie.

— Et il resterait un parent à Samuel.

— Oui. Liliana serait horrifiée de son destin. Elle l'aimait tant.

— Qui ne l'aimerait pas ? Désolée, poursuis. Je t'ai interrompue.

— Ce sont toutes ces réponses qui tombent comme des flocons, dit Isabelle.

Ses yeux dorés se posent sur Lily, et elle reprend :

— Bref, j'ai donc déposé les téléphones – y compris le mien en suivant les règles de ta tante comme une idiote – et je suis revenue. Un taxi m'a déposée tout au bout du domaine, et j'ai traversé les bois et les champs à pied. J'ai attendu dans le fumoir que vous alliez tous vous coucher, puis Lenora m'a ouvert.

Mrs Castle arrive avec un présentoir débordant de mini-sandwichs et de parts de cake au gingembre. C'est comme si elles se retrouvaient à la veille de Noël, que les douze jours n'étaient jamais passés. Elle tapote à nouveau l'épaule de Lily.

— Prenez donc une tranche de *parkin*. Je reviens avec la théière.

Isabelle la regarde s'éloigner, mais c'est elle que Lily observe cette fois. Ses cheveux ont l'air d'avoir vu plusieurs bombes de shampooing sec ces derniers jours, mais pas une seule goutte d'eau, et ses yeux sont cernés d'une ombre tirant sur le prune.

— Lenora a été incroyable, commente Isabelle. Tu as fini par comprendre qui elle était ?

— Celle qui gouverne le cœur de Tante Liliana.

Isabelle confirme avec un sourire triste.

— Elles étaient déjà amantes bien avant le décès de Robert et, depuis, elles ne se séparaient qu'en votre présence – ce qui faisait beaucoup quand vous étiez encore jeunes. Une fois que vous êtes tous partis à l'université, Lenora a emménagé à Grantchester.

— Son cœur appartenait à Liliana, au point de la suivre.

— Il lui appartient toujours, dit Mrs Castle en apportant le thé.

Elle sert à chacune une tasse, puis plonge la main dans son tablier et en sort une bague en or. Une alliance.

— Ça me faisait tout drôle, de ne pas la mettre. C'était l'idée de Liliana, évidemment, pas la mienne. Jamais elle ne m'aurait traversé l'esprit. Elle disait que ça éviterait les questions gênantes. Je pense que c'était surtout elle qui voulait les éviter.

Les larmes brillent dans les yeux de Mrs Castle, mais ne coulent pas.

Liliana gardait pour elle trop de secrets, dont certains auraient dû être révélés depuis longtemps.

— Quoi qu'il en soit, reprend Isabelle, Liliana avait donné pour instruction que je reste avec Winston dans la salle de musique et dans la chambre secrète qui y est cachée, pour garder un œil sur tout le monde, m'assurer que les règles du jeu étaient respectées, etc. Lenora nous apportait à manger, à boire, et de quoi changer la litière du chat, Dieu merci. Elle nous a rejoints en feignant son départ. Nous étions un peu à l'étroit sur la fin. Mais au moins, Winston pouvait se balader dans la salle de jeux quand tout le monde dormait.

— C'est pour ça que je n'arrêtais pas d'y éternuer, dit Lily en sentant de nouveau l'irritation au fond de sa gorge et de ses oreilles.

— J'espérais à moitié que tu résoudrais le mystère rien qu'à cette déduction, avoue Isabelle.

— Je ne suis pas *si* douée.

— Oh que si !

— Bon allez, Izzy, il faut embrayer, coupe Mrs Castle. J'ai un dîner à préparer.

— Vous êtes en repos. Allez donc vous détendre. Réfléchir un peu à ce que vous allez raconter à la police.

— La vérité, pardi.

Mrs Castle s'assied sur une chaise et se frotte la nuque. Winston saute des genoux d'Isabelle et suit la voix de Mrs Castle.

— Il y a eu assez de mensonges.

— La police est en route, c'est vrai que je ferais mieux d'accélérer dans mes explications. J'avais donc les caméras de sécurité pour surveiller le périmètre à l'extérieur et quelques-unes à l'intérieur, mais peu. Dehors, elles n'ont pas survécu à la neige. Mrs Castle était mes yeux et mes oreilles.

Mrs Castle lève sa tasse pour saluer cette reconnaissance et boit une gorgée d'un thé à peine adouci de lait tandis que Winston s'installe sur ses pieds.

— Liliana pensait avoir anticipé toutes les éventualités, mais elle n'avait pas prévu que sa propre fille la tuerait et planifierait le meurtre de ses cousins. Elle avait bien trop d'ego pour cela.

Mrs Castle sourit et regarde dans le feu comme si ses souvenirs y vivaient encore. Son sourire s'efface.

— Et elle n'aurait jamais soupçonné Tom. Même si, quand on le regarde pour ce qu'il est, on voit le portrait d'un meurtrier.

— Pourquoi n'avez-vous pas tenté de les en empêcher ? demande Lily à Isabelle.

Isabelle baisse la tête pour éviter son regard.

— Au début, je ne savais pas qui était coupable. Lenora est venue me trouver dans la salle de musique après la découverte du cadavre de Philippa et nous en avons discuté. Impossible de trouver le moindre enregistrement nous renseignant sur l'identité du tueur. Évidemment, j'étais tout autant coincée par la neige que vous. Mais j'ai continué de veiller. J'ai arpenté les couloirs la nuit, gardant un œil sur toi.

Lily se redresse, des miettes tombent sur ses genoux.

— Tu m'as parlé. Je croyais à un fantôme.

Isabelle acquiesce.

— Je montais souvent la garde depuis la chambre de Liliana ou de Mariana, c'est pour ça que tu m'as entendue à travers les murs.

— Elle n'a pas fait que ça, renchérit Mrs Castle en soulevant Winston pour le placer sur ses genoux.

C'est alors que Lily comprend.

— C'est toi qui m'as sauvée.

— J'étais bien obligée.

— Mais ça veut dire que tu as enfreint la règle de non-intervention.

— Comme tu l'as dit le soir du réveillon de Noël, parfois les règles sont injustes. Et si la personne qu'on aime depuis l'enfance est étranglée…

Lily sent son pouls battre jusque dans son cou. Elle se tempère en se disant qu'Isabelle parle sûrement d'amour platonique. Sororal. Entre filles.

— Je craignais que Rachel ou Holly se fassent tuer, alors Mrs Castle les a persuadées d'aller se réfugier dans l'ancien cottage du gardien, tout au bout du domaine, et de laisser un mot pour faire croire à leur départ. Afin d'assurer leur sécurité.

— Alors elles sont toujours ici ? s'enquiert Lily en se frottant la tête.

— Je vais aller les chercher, propose Mrs Castle. Leur dire que la voie est libre. Elles doivent n'attendre qu'une chose, retrouver Beatrice.

Elle s'en va avec un dernier clin d'œil entendu à Isabelle. À présent, c'est au tour de Lily de rougir.

— Avant qu'elles arrivent, reprend Isabelle, j'ai encore une dernière lettre de Liliana à te remettre.

— Encore une énigme ? Mon cerveau est vraiment ramollo.

— Ouvre et tu verras.

Isabelle sort une enveloppe de sa poche.

Lily prend une profonde inspiration et l'ouvre. Les effluves du parfum Truth s'en échappent, et Lily sent les larmes monter.

Ma Lily chérie,

Si tu lis cette lettre, c'est que je suis morte et que tu es la nouvelle propriétaire du domaine d'Endgame. Félicitations, ma chérie, je savais que tu en étais capable. J'aurais dû te le dire depuis longtemps. J'ai failli le faire, tant de fois. Mais je n'ai pas ton courage. Je ne parviens que maintenant à l'écrire. J'ai tué Edward et Veronica, après avoir découvert qu'ils avaient assassiné Mariana. J'avais déjà des doutes, car je savais que ta mère ne nous aurait jamais quittées volontairement, toi et moi. La nuit qui a précédé sa mort, elle m'a raconté qu'Edward et Veronica avaient voulu pactiser avec elle pour m'exclure et lui remettre la maison. Ils ont menacé de s'en prendre à toi et ont prévenu Mariana que, la fois suivante, ce ne serait pas du faux sang qui dégoulinerait de ta bouche. Elle a tenu tête. Le lendemain, elle était morte. J'ai retrouvé le médecin légiste. Avec un généreux chèque et la garantie que je n'irais pas trouver la police, il m'a raconté ce qui s'est vraiment passé. Edward a tenté de pendre Mariana au plafond de sa propre chambre pour faire croire à un suicide, mais le nœud coulant n'était pas assez solide. Mariana a réussi à s'échapper et à courir jusqu'au labyrinthe. Edward l'y a suivie et l'a étranglée. Il lui a ensuite ouvert les veines des poignets pour faire croire à une seconde tentative, mais elle était déjà morte, et le sang coulait à peine. Edward a alors ajouté le faux sang sur ses manches et soudoyé le médecin légiste. Quand j'ai confronté Edward, il a tout reconnu en riant. C'est pour cette raison que je l'ai tué, lui et sa femme. Et je ne l'ai jamais regretté.

Malheureusement, à cause de cette tragédie, j'ai également mis sous clé toutes les choses merveilleuses de ma vie et je ne les ai jamais partagées avec toi. Comme cette salle de musique que Mariana avait fait aménager pour échapper aux participants des séminaires. Ainsi que cette petite pièce secrète supplémentaire, qui t'était destinée, et où tu chantais avec elle depuis ton berceau.

— C'est pour ça que je l'ai vue apparaître de nulle part, souffle Lily en arrachant son regard à la page pour se tourner vers Isabelle. Et Philippa a vu quelqu'un sortir des murs.

— C'est aussi ce qui explique cette rumeur de Dame Blanche, renchérit Isabelle. Du moins, je l'espère. Je garde cette impression que personne n'est jamais seul dans ce manoir.

Lily reprend sa lecture.

Tout ce que tu faisais la ravissait, et elle t'aimait, elle ne t'aurait jamais, au grand jamais, quittée. J'aurais dû te le dire chaque jour, au lieu de te laisser croire à un mensonge. Et je ne me le pardonnerai jamais.

Fais ce que tu veux de la maison. Tout ce que je te demande, c'est de regarder au plus profond de toi, sans fuir comme je l'ai fait, et de prendre soin de mon cœur pour trouver le tien.

Je t'aime à jamais,

Liliana Armitage-Castle

Lily repose la lettre et laisse ses larmes couler. La pendule sonne quatre fois. Le jeu de piste est terminé.

***

Lily et Isabelle sortent de la maison, ensemble. Dehors, la fraîcheur de l'air est revigorante. La neige s'est remise à tomber. Assez pour parer la nature et le toit de la maison de blanc. On ne devinerait jamais ce qu'il s'est passé sur ces terres sans en gratter la surface. Les secrets de ce manoir sont sur le point d'être révélés au grand jour, et c'est une bonne chose. Peut-être qu'ainsi ils seront exorcisés.

Car Lily ne veut plus se cacher. Elle a chanté et fait entendre sa voix.

Des sirènes retentissent au loin dans la vallée. La police arrive enfin. Les jours à venir seront difficiles, mais pas autant que les douze passés. Rien ne pourra jamais être aussi horrible. Le savoir n'est pas un si mauvais point de départ pour une nouvelle vie.

— Que comptes-tu faire de la maison ? demande Isabelle.

— Je ne sais pas, avoue Lily. Je ne pensais pas être confrontée à cette question.

— Si tu veux partir et ne jamais revenir, je ne t'en voudrai pas. Je peux m'occuper de la mise en vente. Plusieurs promoteurs sont déjà intéressés. Ça ferait une belle somme.

Lily contemple le manoir. Elle pense à sa mère, et à tous les merveilleux souvenirs d'elle que ces murs renferment comme une boîte à musique. À Ronnie et à Gray, tous les deux brillants à leur manière. Et il y a Liliana, cruelle et aimante, à cheval sur le seuil qui sépare la pièce du bien et celle du mal, et qui demande à Lily de refermer cette porte. Et Tom et Sara, Edward et Veronica, assassins pour posséder une maison qui en fin de compte n'est qu'un tas de poussière.

Endgame House semble retenir son souffle, la fumée qui s'échappe de la cheminée se fige dans l'air en attendant sa réponse. Elle a l'impression qu'un poids pèse sur ses épaules, mais il est à présent rassurant. Imaginer le manoir réhabilité en appartements pour riches la rend triste. Et l'idée de tout détruire au bulldozer est pire encore. Pendant un instant, elle croit voir une silhouette à la fenêtre de sa propre chambre. Mrs Castle, peut-être. Mais elle était au rez-de-chaussée quand elles ont quitté la maison. D'ici, elle ne discerne pas de visage, mais elle a l'impression que c'est sa mère. Puis un nuage passe sur le soleil et la silhouette disparaît.

Lily continue à avancer.

— Je crois que je vais la garder.

Les fantômes ont besoin d'un endroit où errer, même s'ils ne sont que dans sa tête.

— Il y a forcément quelque chose de bon à tirer de cette maison, ajoute-t-elle.

— C'est grand, pour y vivre seule, fait remarquer Isabelle.

Elle se détourne et tend le cou vers le lit de fleurs comme pour inspecter les cynorhodons givrés.

Le cœur de Lily s'emballe en songeant aux sous-entendus derrière ce commentaire. Non, elle se fait sûrement des idées.

— On sera au moins deux, répond Lily, moi et le bébé.

Isabelle sourit.

— Je me demandais quand tu comptais me l'annoncer. J'espérais que tu m'en parles la veille de Noël, mais c'est mieux ainsi.

— Je l'aurais fait, si j'avais su que tu restais dans les parages pour me surveiller comme la plus grande stalkeuse du monde.

Le rire d'Isabelle fait décoller un oiseau des arbres, et le battement de ses ailes vient l'applaudir.

— Et j'ai besoin de beaucoup de place pour confectionner des robes, ajoute Lily. Je pourrais fabriquer ma première collection ici. Endgame Couture.

— Parfait.

— Ou alors je pourrais enseigner, ouvrir une école de couture. Ou gérer un lieu de retraite pour victimes de traumas. Ou un refuge pour Samuel et d'autres orphelins comme lui et moi. Je ne sais pas. Peut-être tout, mais à différents moments, coudre les projets dans ma vie sous un même toit pour les réunir. Conjurer la malédiction pour de bon. Je vais demander à Mrs Castle de s'associer à moi pour la gestion. Cinquante-cinquante.

Les possibilités lui apparaissent et se relient, comme passées sous la surjeteuse, une finition qui rassemble tous les différents tissus.

— Ça aurait beaucoup plu à Liliana, confirme Isabelle. Et à ta mère.

Lily acquiesce. Tant d'émotions passent à travers elle. Tous les fils de sa vie qui se rejoignent en un écheveau solide.

En passant devant le cadran solaire, elle ressent le besoin urgent de poser une question à Isabelle. Une question complètement inappropriée, et embarrassante si elle s'est fait des idées, et la raison lui hurle de surtout se taire. Le temps presse.

— Tu as prévu quelque chose pour la Saint-Valentin ?

Isabelle s'arrête, surprise.

— Est-ce que c'est une invitation, Lily Armitage ?

Comme d'habitude, Lily ressent l'envie de fuir, de ravaler ses mots. De se cacher derrière des anagrammes, d'empiler des couches de sens multiples sur la peur. Elle inspire profondément et franchit le pas de la peur vers l'excitation.

— Oui, Lilas-Belle, répond-elle.

Isabelle ouvre la bouche, stupéfaite, mais Lily poursuit :

— Je pensais à un dîner romantique quelque part dans une ville surpeuplée, très loin de la campagne.

— À une seule condition, Yéti-Belle.

Lily sourit. Son cœur se recoud.

— Encore des règles du jeu ?

— Seulement celle-ci : que tu me fasses une robe à porter pour notre premier rendez-vous. Ton propre modèle. La première de ta collection. Mais ne fais pas le corset trop serré, par contre.

— Ça me va. Tant que ça ne t'ennuie pas que, moi, je ne porte pas de corset.

La stupéfaction d'Isabelle est totale.

— Je n'aurais jamais cru t'entendre dire ça un jour.

— Il est temps de laisser mon corps s'épanouir.

— Pour ton âme, c'est déjà fait.

Lily regarde à nouveau Endgame House. Les rideaux sont ouverts. Peut-être qu'elle devrait tout bonnement les enlever. Laisser la lumière du jour se déverser, montrer les taches et les larmes que contient le cœur d'une maison. Laisser la lune révéler les fantômes qui l'habitent.

Elles marchent en rythme, du même pas. Isabelle lui prend la main. Elle est chaude et douce, et Lily s'y sent chez elle.

La neige tombe, blanc sur blanc. Au cœur du morne hiver, maintenant, et pour longtemps.

À VOUS DE JOUER, LES RÉPONSES !

Jeu 1 : les douze jours d'anagrammes[1]

Un poirier et sa perdrix – eux, on part. Pire, *sir !* Dire, p. 165.

Deux tourterelles – tout sur l'ex réel de, p. 195.

Trois belles poulardes – brille sous pétales d'or, p. 235.

Quatre merles noirs – qui. Rester là, mornes, p. 269.

Cinq anneaux d'or – à donner aux cinq, p. 292.

Six oies et leurs œufs – feux étoilés. Si rousse, p. 309.

Sept cygnes gracieux – GPS. Eux y crient, cages, p. 339.

Huit jeunes laitières – jeu. Hier, la nuit tissée, p. 350.

Neuf ballerines – flâner nuise. Bel, p. 356.

Dix danseurs de gigue – gagne si deux druides, p. 381.

Onze joueurs de flûte – déjouer un zeste flou, p. 393.

1. En point bonus, l'anagramme de Laura Bourgeois – soir au bal rouge, p. 146. (*N.d.T.*)

Douze joueurs de tambour – Zut. Buée. Souda. Jouer. Mord, p. 423.

Jeu 2 : la chasse aux titres

Christmas Pudding, Agatha Christie, trad. Jean-Michel Alamagny, p. 29.

Le Noël d'Hercule Poirot, Agatha Christie, trad. Françoise Bouillot, p. 86.

La mort donne le la, Georgette Heyer, trad. Daria Olivier, p. 91.

La Mystérieuse Affaire de Styles, Agatha Christie, trad. Thierry Arson, p. 118.

Le Crime de Noël, C. H. B. Kitchin, trad. B. d'Astier, p. 191.

Pas question de m'avoir, Francis Duncan, trad. Jeanne Fournier-Pargoire, p. 222.

Noël tragique à Lexham Manor, Georgette Heyer, trad. Perrine Vernay, p. 238.

Le Cercueil de Noël, Ngaio Marsh, trad. Sophie Dalle, p. 315.

Meurtres au clair de lune, Gladys Mitchell, trad. Jean-Noël Chatain, p. 338.

La Mort au rendez-vous, Gladys Mitchell, trad. Katia Holmes, p. 363.

Le Mystère de la montagne, J. Jefferson Farjeon, trad. F. Laroche, p. 386.

Meurtre à l'anglaise, Cyril Hare, trad. Mathilde Martin, p. 405.

REMERCIEMENTS

J'ai caché les noms des merveilleuses personnes que je veux remercier dans une grille de mots mêlés. Toutes m'ont aidée dans la vie ou dans l'écriture de ce livre pendant une période difficile, et je leur en suis infiniment reconnaissante. Les noms à chercher sont énumérés dans la liste ci-dessous – parviendrez-vous à tous les retrouver ?

Je ne pouvais pas non plus résister à la tentation de vous proposer un dernier jeu. Dans la grille de mots mêlés se cache également une chanson, la préférée de Lily, et la mienne aussi. Bonne chance, et joyeux Noël !

Agatha Christie
Angela Chrismas Shadbolt
Ben Willis
Bonnier
Ciara Corrigan
Colin Scott
Dame Margaret Rutherford
David and Carolina
Di and Antonio
Eleanor Stammeijer

Guy
Jenna Petts
Jon Appleton
Karen Minto
Katherine Armstrong
Kelly Smith
Louise Voss
Lin and John
Lou and Steve
Mum and Dad
Maureen and Leo
Michelle and Sam
Priand Colin
Nick Stearn
Pam Russell
Sheila and Tony
Roz Davies
Same and Nigel
Stephen Dumughn
Sofia Maia
Steph Broadribb
Verity
Susi Holliday
Tina and Dave

E O T G O W P C A J D K H V N W X M P R M L D D Y K
H Y M U Q X H D I T E A E R D N H R Q I L O A R P A
U V Y T O J I G A A E N R L P U E D C R I U V O Z T
N E O F W D Y I M V R L N B L J E H G W N A I F U H
E I T S I R H C A H T A G A I Y E C N N A N D R B E
L J C V E H I D I S S R C E P L S L P D N D A E B R
A E F K B U D K F K D C M O L E R M H W D S N H B I
H D G E S N Z Y O O L M L E R M T K I I J T D T I N
N U C I A T Z I S T A O A J A R Q T E T O E C U R E
T L Y A N I E I R T V N N C C P I Q S I H V A R D A
N R N L Z D P A S T D L H W R D I G F N N E R T A R
O I U O W W N R R S L L E S S U R M A P W A O E O M
T Y F U W W O A A N T N M R L Q V B L N A Y L R R S
L W V I L N N M M K A R E N M I N T O S R N I A B T
G J A S A M B X W A N I L O C D N A I R P O N G H R
A N G E L A C H R I S M A S S H A D B O L T A R P O
X M L V Q E R Y E V S E I V A D Z O R F M D B A E N
Z E C O M S T E P H E N D U M U G H N U O N E M T G
K M U S K P Q S I H I R U F N K L H M U Y A N E S X
Y J B S V H D V D N V H I S D Q G A G P T A W M R G
J A K Z J F W V F A N Z U T F U N Q B K L L I A X Q
J O N A P P L E T O N O W V Y D I R V K O I L D G I
T T O C S N I L O C T C B W D R T O L G F E L P I U
D I A N D A N T O N I O E A G B S V B Y A H I Z T E
K N E M A U R E E N A N D L E O K U C J X S S O U S
S U S I H O L L I D A Y W X L K S D G B I P F T R L

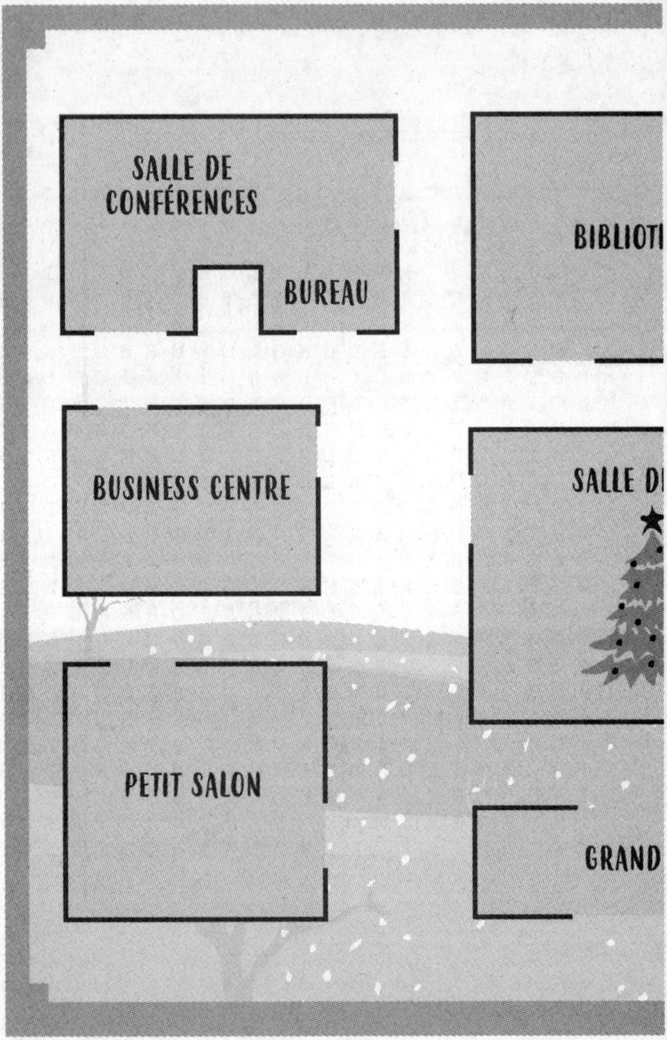

SALLE DE CONFÉRENCES
BUREAU
BIBLIOTH
BUSINESS CENTRE
SALLE D
PETIT SALON
GRAND

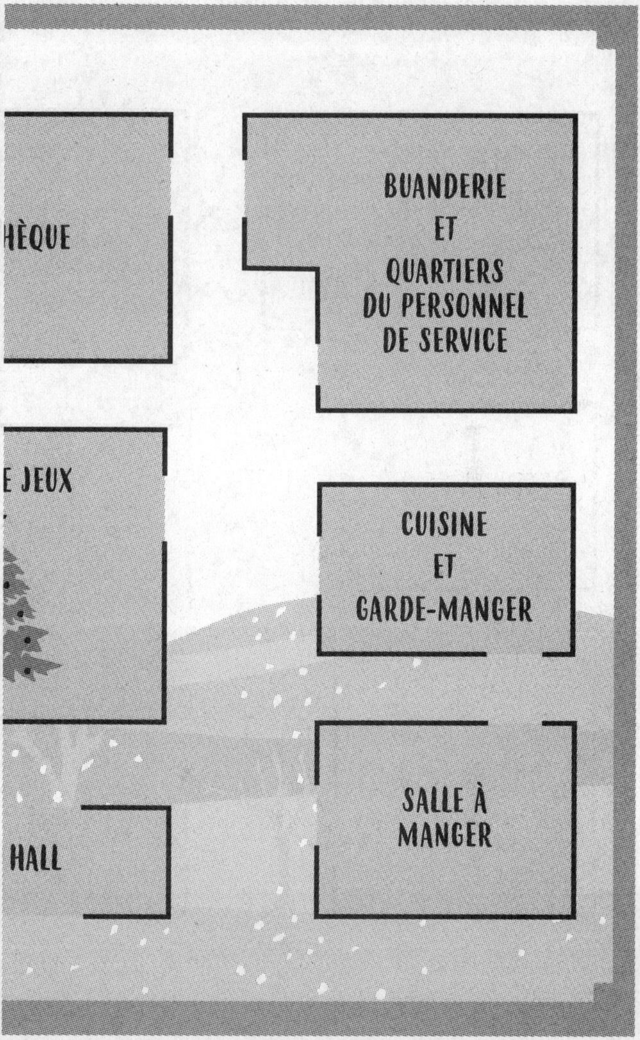
HÈQUE
BUANDERIE ET QUARTIERS DU PERSONNEL DE SERVICE
E JEUX
CUISINE ET GARDE-MANGER
SALLE À MANGER
HALL

Cet ouvrage a été composé et mis en page
par PCA, 44400 Rezé

Imprimé en France par
CPI Brodard & Taupin
en septembre 2023
N° d'impression : 3053989

#lisez! engagé
www.lisez.com
Pour plus d'information :
Imprimé sur du papier issu de forêts gérées durablement.

Pocket – 92 avenue de France, 75013 PARIS

S33774/01